2016
中国高校文学作品排行榜

散文卷

中国高校文学作品征集评审委员会/选编　冰峰/主编

中国出版集团　现代出版社

图书在版编目（CIP）数据

2016 中国高校文学作品排行榜 . 散文卷 / 中国高校文学作品征集评审委员会选编；冰峰主编 . —北京：现代出版社，2018.9

ISBN 978-7-5143-6897-0

Ⅰ. ① 2…　Ⅱ. ①中…　②冰…　Ⅲ. ①中国文学—当代文学—作品综合集②散文集—中国—当代　Ⅳ . ① I217.1

中国版本图书馆 CIP 数据核字（2018）第 203967 号

2016 中国高校文学作品排行榜 · 散文卷

主　　编　冰　峰
选　　编　中国高校文学作品征集评审委员会
策划编辑　庞俭克
责任编辑　申晶
出版发行　现代出版社
地　　址　北京市安定门外安华里 504 号
邮政编码　100011
电　　话　010-64267325　010-64245264（兼传真）
网　　址　www.1980xd.com
电子邮箱　xiandai@cnpitc.com.cn
印　　刷　三河市宏盛印务有限公司
开　　本　710 mm × 1000 mm　1/16
印　　张　17
字　　数　301 千字
版　　次　2018 年 9 月第 1 版　2018 年 9 月第 1 次印刷
书　　号　ISBN 978-7-5143-6897-0
定　　价　39.80 元

第七届"包商银行杯"全国高校文学作品征集、评奖、出版活动

总策划 赵　智　李镇西
策　划 金　岩　庞俭克　张清华　谭五昌

组织委员会
主　任 赵　智　李镇西
副主任 李献平　金　岩　王慧萍　魏占元　庞俭克
成　员 陈亚美　谭五昌　臧　棣　陆　健　蒋守法　刘　鑫
魏丽峰　林　俊　张大群　张云霞　彭　莎　刘　颖
安　琪　梁　翔　赵俊义　赵文轩　刘不伟　陈　龙

评审委员会

小说评委
梁鸿鹰 《文艺报》总编辑
王　山 《中国作家》主编
邱华栋　鲁迅文学院常务副院长
郑　子　中央新影集团微电影发展中心主任
付秀莹 《长篇小说》选刊主编
安　琪　作家网总编室主任
刘不伟　作家网媒体部主任

散文评委
张清华　北京师范大学文学院副院长
梁海春　中国现代文学馆副馆长
杨晓升 《北京文学》社长兼执行主编
刘玉龙 《亚洲微电影》杂志常务副主编
方　文 《中国作家》编辑部主任
陈亚美　作家网副总编
张大群　作家网图书出版部主任

诗歌评委
高洪波　全国政协委员、中国作家协会副主席
叶延滨　中国作家协会诗歌委员会主任
吴思敬 《诗探索》主编、原首都师范大学文学院院长
姜念光 《解放军文艺》主编
谷　禾 《十月》诗歌编辑
臧　棣　北京大学教授
霍俊明　中国作家协会创研部研究员

目 录

在第六届全国高校征文颁奖会议上的讲话（代序）

冰 峰

首先，感谢今天到会的各位领导、老师、同学和文学界的朋友们，感谢你们在百忙之中抽出时间来参加我们的会议，支持我们的高校文学活动。

中国高校文学作品征集、评奖、出版活动于2010年9月18日启动以来，累计收到来稿50多万篇，活动受到了各方面的关注，活动成果被数百家媒体大篇幅报道，大家可以在网上看到这些消息。

高校征文活动编辑的《中国高校文学作品排行榜》已经出版24卷，门口就有这套书的展示，大家可以看到。这套书除了在各大书店、网店销售，我们还分别向国家图书馆和全国各高校图书室、文学社团进行了捐赠。

可以说，在大学校园里，我们的活动是最具影响力的文学活动。有几点感受我很想在这里谈谈。

一、对于大学生来说，我们的奖是雪中送炭的奖。

纵观当今之文坛，可谓奖项林立，旗号纷争，但仔细看去，这些文学奖项，关注的大多是已经成名或即将成名的作家。至于躲在校园里萌发文学青梦的学生，则与这些奖项毫无关系。

其实，人生的第一次是珍贵的，第一次恋爱，第一次写作，第一次投稿，第一次发表……第一次获奖，这是一个人生命中最闪光的东西。而我们却忽视了这种美好，现在看到的，文学界和政府部门所设立的奖项，所举办的文学活动，都是为那些已经成名的作家设立和举办的。我们喊了多少年“文学走进校园，培养文学新人”的口号，实现了吗？文学新人培养出来了吗？

今天我敢这样说，“包商银行杯”全国高校征文这个奖就是为那些刚刚萌动写作热情的同学设立的，我们要让他们发表作品，拿到奖金，走上文学舞台。我们的奖金虽然不高，但对学生来说，也是一笔可观的收入。

所以说，我们所举办的高校文学活动，不是为作家们锦上添花，而是为那些刚刚起步的、还不能独立行走的文学孩子们，以扶持的方式送去一份力量，一份关怀，一份鼓励。

二、我们的奖是纯洁、干净的奖。

这些年，我们不断听到诟病评奖的消息。什么“跑奖”呀，“评委徇私”呀，等等。我觉得这些都很正常，因为评奖捆绑了太多利益。一次获奖，省里接着奖，市里接着奖，县里还要奖，获一次国家级奖，除了名誉、名望的收获，光奖金就可以拿到几十万元，甚至几百万元。在利益的捆绑之下，评奖能不变形吗？

我们再看看评奖程序，有些文学奖项的参评作品，都是署名的、发表过的，作者名字无法隐藏或遮盖。评委又是文学圈子里的人，对每位作家又很“熟悉”。即使没有行贿重礼，但平时的交情和对作者或友善或憎恶的评价不可能不放在评委的天平上，这些额外的“分量”能不让公正的天平失衡吗？

其次，我们评价一个人，总是“全面的”看，一方面的成功，往往会被误读为“这个人做什么都行”。官当得好，钱挣得多，文章也应该写得好……小说写得好，散文也应该写得好。反之亦然。如此推断，或如此戴着有色眼镜看作品，有失偏颇就成为必然。翻阅历届国家级文学奖的获奖名单，可见多数获奖者在作家群中身份显赫，这说明了什么？

如此看来，有些文学奖项的评奖与其说是在评作品，还不如说是在评作者。

我们的高校征文则不然，学生相对单纯而干净，所写作品几乎都是处女作，是人生第一次交出的文学答卷。可以想见，作者的心情是激动的，情绪是忐忑不安和诚惶诚恐的，谈何跑奖之不齿念头？再者，学生仅仅是校园里的书生，还未走入社会，也很难与评委老师搭上关系。至于跑奖的经费，那就更无从谈起了。

再就评奖程序而言，高校征文评选程序是：作品由中文系学生筛选，文学编辑初选后，隐去姓名、学校名、编号，最后经终审评委投票评出奖次。从评奖程序来看，终审评委看到的仅仅是作品文本，根本看不到文本之外的任何信息，加之学生的作品大多未曾发表，评委根本无法获知作者任何有效信息，为人情而投票之事是绝对不可能发生的。

另外，为了让参赛学生对自己的作品有一个客观的认识，我们又将评奖过程制作成视频专题，通过作家网公开播发。这样，每位参赛入围同学不仅得到了一流作家、编辑家对自己作品的把脉和指导，同时也找到了自己作品的病灶和不足，看清了自己作品的优缺点，其受益是多方面的。

当然，视频专题同样也展示了评委严谨的评审态度。看了评奖视频就会知道，评委是如何各抒己见、唇枪舌剑来评审作品的。因为评委们不知道作者是谁，只对文本说话，只说自己想说的话，没有任何顾忌。可以说，整个评奖过程，就是评委们文学观点的论辩过程。

因此说，“包商银行杯”全国高校征文的奖，是一个公正、有分量的奖。没有水分，没有任何掺杂使假之处。

所以说，高校征文的奖是纯洁、干净的奖。

三、我们的奖倡导了一种社会风气。

现在的家长普遍认为，只有学习音乐、美术、影视、传媒等热门专业才能够获得社会的认可，才有可能成为明星、大腕，才有可能挣到大钱。文学是一条艰苦的、没有前途的路。我们举办高校征文活动，就是要改变社会的这种看法，倡导一种新的风气。那就是大学生写文学作品，也可以发表，也可以拿奖金，也可以出名。

莫言获奖了，曹文轩也获奖了，这让文学找到了应有的光荣。莫言、曹文轩的获奖给文学界带来了一股暖风，带来了一个文学春天，这是我们中国人期盼已久的收获。它让中国人的文学梦清晰了许多，也绚烂了许多。

既然文学界都发生了如此大的震荡，大学校园的文学热升温也就是自然而然的。莫言在北师大演讲的时候，连走廊里都坐满了学生。这样的场景，令人兴奋又鼓舞。

我们的高校征文已经成功举办六届，第七届也已经开始。我相信，有了莫言诺贝尔文学奖、曹文轩国际安徒生奖的影响和激励，有了我们高校文学征文活动的推动，我们的大学生一定会热情高涨，投身文学事业。也许，我们今天在座的某一位，就是未来国际大奖的获得者。

四、心灵的雾霾需要文学清洗。

《心灵的雾霾需要文学清洗》，这是我曾在《中国高校文学作品排行榜》中所写序言的标题，里面我也写了这样一段话：放眼当下，各种各样的污染汹涌而来，我们的精神被围困！娱乐节目，网络生活，虚拟空间……冷冰冰的科技、机械像洪水猛兽般淹没了人类的生活，浪漫、情趣、自然、人性……这些美好的词汇在逐渐僵化，成为僵尸。我不知道，我们的生存环境已经被雾霾笼罩，如果我们的情感空间和精神空间也被雾霾笼罩，我们的出路将在何方？

前几天我和朋友们一起吃饭，也谈到了电子商务和微信对人性的伤害。现在我们天天抱着手机说话，对着电脑购物，人性中最美好的东西在逐渐消失，情感在钝化，生命中带有体温的人性、情感体验在消失，“清明上河图”中描绘的生活情景几乎没有了，“煮酒论英雄”的场景似乎一去不复返，我们几乎像计算机一样思考问题，像机器一样活着。

于是我想，面对这样的恐怖局面，我们的出路在何方？这个时候，我想到了“文学”。

“文学”不仅是一个美好的词汇，她更是我们心灵的家园和治愈精神疾病的良药。有她在，我们的精神就不会寂寞，不会被饿死、冻死。只要这个词汇还活着，我们人类就有希望，我们的人性就会有体温，我们的心灵家园就不会被雾霾完全吞噬。大学生是国家和社会的未来，他们灵魂深处的文学情结等待我们去发现、挖掘、引导，这是我们的责任。

文学与人生是紧密联系的，像血缘关系，她可以在我们受伤的时候疗伤，疼痛的时候镇痛，忧郁的时候打开情感的天窗。文学是心灵最有营养的食品之一，文学对人的改造和心理疾病的治疗是潜移默化、不露痕迹的……社会需要正能量，需要温暖，需要文学来唤醒我们人性的善良与正义。

总之，文学是思想、情感的载体，也是一种能力强大的程序、菌群或病毒，她会入侵人的灵魂，改造一个人，重塑一个人。一部好的文学作品，便是有益的菌群和营养;一部坏的作品，便是伤害人体的病毒。好的作品会帮助人获得健康、快乐、积极向上的心态，从而让社会和谐，人类进步。坏的作品会熏染人颓废、堕落、伤感、自暴自弃，甚至犯罪。因此，我们需要文学来救赎我们，让我们重新像人一样活着，有情感，有体温，有爽朗的笑声，有人性表达。

今天我之所以请了许多朋友、嘉宾来参加活动，主要有一个目的，就是希望大家能够关注高校征文的活动，共同为推动高校的文学事业做一些事情。我一个人的力量有限，但我相信，有在座的各位领导、老师、朋友们的共同推动，文学一定能够走进大学校园，走进大学生的情感深处。

大学生是国家的未来，是社会的未来，也是文学的未来！所以，只有大学生热爱文学，我们的国家才会有璀璨的未来，我们的明天才会晴空万里，阳光灿烂。

最后，引用习近平总书记的一段话让我们共勉。“未来中国，是一群正知，正念，正能量人的天下。真正的危机，不是金融危机，而是道德与信仰的危机。谁的福报越多，谁的能量越大。与智者为伍，与良善者同行，心怀苍生，大爱无疆。”

檐下客

华南师范大学 / 黄婉婷

一

自从大厦代替了土房，我就很少见到屋檐，遑论那栖息在屋檐下的燕子。“旧时王谢堂前燕，飞入寻常百姓家”，现在却是无处可寻了。我称呼这群南来北往的游者为檐下客，秋冬寒冷时节便南飞筑巢，待来年春暖花开之时又北归，于是一小方屋檐或是角落，成了南方人与燕子结缘的契机。

读的诗文多了，不由发现古人对于燕子也颇为喜爱，“细雨鱼儿出，微风燕子斜”，那是展开俊俏翅膀飞翔的燕子；“翩翩新来燕，双双入我庐”，那是寻觅到好住处欢快栖息的燕子；诗人韦庄的《燕来》颇有意思，“去岁辞巢别近邻，今来空讶草堂新。花开对语应相问，不是村中旧主人”。以燕子视角描绘，却是旧燕见新人，燕子尚知返回旧居，所见却早已物是人非了。这翩翩燕子的惆怅之情，我总能领略到一二。

然而，每一个外出的游子啊，何尝不是如同这燕子般，都是某座城市的檐下客罢了。正如这粤东临海的小镇，是我父母早年外出停留的地方，他们在这里生活、经营，我在这里成长。有时候我想，如果我能掀开这自诞生之日便居住在其间的小镇的地皮，是否能看到往昔的小镇模样？四周都是田地，海边有着沙滩，月色朦胧的夜晚，小孩儿会结伴去抓螃蟹。再后来，田地被填上钢筋水泥，住宅区开始兴建，连片的商铺依靠着学校的后墙排开，沙滩被掩盖而筑起了铁栏杆，防着偷渡客渡海。然而这些我都不曾见过，只是依稀从头发灰白的老人口中听到一二。我记忆中的小镇早已变换了模样。红色铁板的椅子是电影院的标志，一长排挂满青色杧果的树是商铺前的标志，银灰色的铁皮天花板是家的标志。是的，铁皮房，是我的第一个“巢”。20 世纪 80 年代末 90 年代初大批来深圳打工的年轻人，造就了这一奇特的建筑。地面淋上水泥，四面用土砖垒砌，再加上银色的铁皮，这样就是一个家了。简陋、杂乱，但这几乎是我所有童年记忆的诞生地。水泥地有很多坑坑洼洼的小凹洞，那是我把台球当作玩具砸在地上的痕迹；柜子上一道高过一道的刮痕，见证了我的成长；还有悬挂在半空的竹篮子，那是妈妈仍旧保留的家乡习俗，将吃不完的东西放在篮子里挂在半空，防着虫鼠和贪吃的我。下雨的时候屋顶咚咚作响，时而随着下雨变换节奏。炎热的午后我们就躺在水泥地上，深灰色的地板像是井底一般清凉。我记得我从楼梯上的铁皮房搬到楼梯下更大的铁皮房，然而兜兜转转，一直在那里，直到我上小学前才搬离。然而我总会浮想起在那里居住的时光，朦胧得像是轻烟，偶然能窥见一些清晰的片段，让我感到欢愉，也感到惆怅。

我像是小燕子一样，在那铁皮房里见到了这座城市最初的模样，那时的它还不完美，破旧、贫瘠、紊乱，但生机勃勃。我记得铁皮房没有独立的厨房，在门外搭上架子就可以炒菜煮饭了，然而我的父母连个炒锅也没有，于是妈妈先用唯一的铁锅煮饭，然后盛出来，再去煮菜。邻里有着工人、屠夫、菜农，每个人上下班的时间不同，所以铁皮房周围总有声响。胖胖的珍姨喜欢过来抱着幼小的弟弟，瘦小的婶姐喜欢来聊天，也有端着饭碗四处走动随意闲聊的邻居，评点着不同人家的饭菜。喧嚣吵闹，杂乱油腻，但我总期待他们的到来，为我家带来笑声与温馨。此后我们辗转住过店铺里的小阁楼、住宅房，却再也没有这样来去自如的邻居，也不曾遇到过能亲如家人的邻里。我开始获得更多的独立空间，拥有自己的房间，但我似乎又失去了某些珍贵的东西。住在铁皮房的那几年是家里最为困难的时段，父母需要不断挣钱，才能偿还家乡的债务，所以我没有出去玩乐的机会，也没有可以随意买自己想要的东西的能力。我记得我至今的生日只有两次吃过蛋糕，第一次就在铁皮屋里，我央求了许久才实现这个愿望，夜里爸爸关上店铺骑车去买回蛋糕，却在匆忙中忘记拿刀叉，我们围着小桌子用汤匙吃了大半个蛋糕，余下的妈妈又放在篮子里挂在半空。我以为我很穷困潦倒，但我回想起这段时光，却不记得有过哭泣的时候，那些模糊的记忆不曾让我感到悲伤，纵然是感叹，但绝不是憎恶。那里清贫、狭窄，没有糖果和游戏，没有什么玩伴，但那是我父母建筑起的家，是我的所有，是我最为眷念的地方。

然而我再也回不去了。离开几年后我试过自己再去到铁皮房那里，其实并没有什么大的变化，小路破裂的地方被填补好水泥，门前的水沟被清理干净。但我走到了楼梯口，再也没往前走下去。我看见原先住过的房子早就变换了租客，一个妇女抱着孩子在门口站着，警惕地看着我。我打量着其他的住房，却都关上了铁门。我不知道租客是否仍是原先的那批人，然而即便是，他们也不一定能认出我。突然间，我感到恐慌，快步走了出去。我知道人事必然会变化，但真的见到了，总会感到恐惧与无措。我把记忆中的场景拿去和现实比照，妄图找到契合点，最终得到的，不过是无情的打击。燕子离开了，再回来看到的却是新人，我抛弃了铁皮房，再回来时，那里已经不属于我了。又或者说，属于我的铁皮房，早被埋藏在旧时光里，几回梦里再遇，不过是一种奢望罢了。慢慢地我明白，失去的东西和离开的地方都一样，当我不再拥有它，不再踏足那片土地，哪怕咫尺之间，都只是属于过往的回忆。

然而我又能怎么做呢？我什么也做不了，就像我没法再回到那间铁皮房，我也没法回到过去的时光，我只能一直向前走，去寻找新的巢穴。很久以后我似乎终于明白，我所怀念的，其实也不是那间铁皮房，不是其中的邻里，而是那种无忧无虑的时光，不用担心学业、就业、租房，时间对于小孩儿来说没什么意义，你玩乐了一天，明天还是如此，没有任何的限制，你也不必去追求什么，没有什么好担忧的。然而这一切的忧愁啊，终究是要有人来抵挡的，以前是我的父母，现在终于轮到我了。我突然明白为什么人不要总是回忆过去，过去的种种美好都不是真切的，好与坏，善与恶，哪个不是相对而生呢？背井离乡，它远远不是简单的四个字，它是每个外出者身上的重担，有时候竟要背负一辈子，它压低了脊背，滞缓了脚步，却将这一切归咎于年老。于是我总觉得自己有种难以言说的惆怅，漂泊感？陌生感？生活并没有给我长久的愉悦，我像是总在寻找着什么，但总是不能捕获到。我不过是这座城市的游子，只是降生在此地，然而我没有这座城市的户籍，没有它给本地人的优待，有的只是贫困，只是落魄。铁皮房是最接近故乡的住处了，它还没被城市的陌生化侵袭，然而我终究是要抛弃它，一步步融入这座城市，一步步成为陌生化的部分，只有这样，我才能在这片土地上建筑出属于我自己的巢穴，才有自己安身立命的地方。这也许也是我们这一代外来者的宿命，融入，或是被抛弃？我仍旧没能弄明白。

二

人们喜欢燕子，因为它们是益鸟，能捕捉害虫。但这座城市的“檐下客”们，又有多少人喜欢？建筑工人、送货工人、环卫工人，如是种种，三十几年前这座城市还是一片贫瘠时的建筑师，现在在哪里？又过得如何？很多我记忆中的长者或是返回老家，或是奔赴另一个地方，这座城市对于早期的建设者并不算宽容。有时候我觉得，这座城市对底层的人来说似乎太过严苛了，机会、财富，当力气不足以满足城市建设的要求时，所有的努力并不能换来相应的回报。

我爸总喜欢和我们说起当年他和我妈出来打工的场景，一个铁锅，几副碗筷，几件衣服和一台旧单车，这基本就是两人的全部家当。他们每天天亮就起床，爸爸去批发市场拿货，妈妈负责收拾摊位和招揽客人。那时连个小拖车也没有，要是有两件大货物，爸爸只能一次拿一个，把它搬到几米外，又飞快地跑回去把另外一件拿过来，一路拖曳着直到上车的地方。他又喜欢学着各种方言，客家话、潮汕话、粤语，听得我们糊里糊涂的，总是笑话他，但客人却又能听得懂，有时候这样子能闲聊好久。我只觉得每次说到这些往事时他总是笑着，想必那时的经历对他来说都是有趣的。这座城市有着千万个像我父母一样的人，从农村出来，靠着拼劲儿和力气，住在简陋的地方，每天辛劳工作着，以满足生活的基本需求与抚养子女成长。但拼搏一生，能换取到的可能只是很一般的生活条件，衣食无忧，却总是担忧着高昂的房价，等待着能攒够钱买一套属于自己的房子，却又一次次错失了机会。

我突然想起了之前广场上竖立的一个雕像，那是一只巨大的耕牛，浑身的铜色显示出它的健壮，背脊弓起来而牛角向上顶，脚下正踏空，似乎要向前冲去。每次我看到这雕像，都能感受到一种不顾一切的冲劲儿，似乎不论前面有多少阻碍，它总能一口气向前冲击过去。这是“深圳牛”，是我从小接受教育的所谓“深圳精神”的表现。然而大约十年前，它还是被搬走，取而代之的是一个我不懂表现什么含义的雕像。创新，这是这座城市新的定位，它追求新颖与创意，追求年轻与活力，于是父母那一辈人开始变得不合时宜，他们的勤劳工作变成了毫无新意，他们的日渐衰老变成了负担，我们总说他们保守刻板，却忘记了正是这份刻板固执养育了我们。如果连脚下的土地也被更换，如果连养育我们的父母也被抛弃，我们又将以何为生存的依据？

房子，近年来越发成为外来者要考虑的一大问题。我见过制衣厂工人的租房，三室两厅的房子，大厅用隔离板切割出两个房间，一下子变成了五个单间。然而每个单间又住着两到三人，于是他们每天要早起轮流使用卫生间，晚上拖着疲惫的身体回来，仍旧要排队等待洗澡，时不时还要应对因时间问题而导致的争吵。然而这算是一般的租房了，我还听过送货工人抱怨环卫工的住房，那甚至算不上单间，只是楼梯下开辟出的存放工具的仓房，有着一张小桌子和床，收集起来的废品被堆叠在一边，等待着拿去废品站出售。破烂腐朽的味道，潮湿阴暗的空气，这就是他们的家。就因为没有文凭，不会创新，他们做着沉重繁杂的工作，却只获得低廉的收入，这就是城市的回报。

但我一方面感叹着城市的不公，另一方面却又竭力向着它靠拢，我追求高文凭，渴求好的收入，期盼拥有属于自己的房子，想要摆脱父母一辈的经历，过上舒适的生活。我到底在追求什么？突然我发现迄今为止我所做的事情，似乎都在重寻故乡与追求城市之间徘徊，我渴望再次获得故乡的质朴人情与悠然闲适，却又希望能向城市的要求靠拢，获得它的认可。于是我感叹着城市的变化，希望它能缓下来，好让我的记忆找寻到依托的载体；鄙弃它的不公，却又竭力去迎合它的要求，期盼能在这城市获得立足之地。我想这是一种城市病，每个外来者多少总会有点这症状，没有房子，没有储蓄，于是怀念在家乡的闲适生活，不适应城里的快节奏。

但总期盼着能多挣点钱，享受着城市的各种新奇与便利。于是我们被过往和现今拉扯着，分不清自己到底真正想要什么，日子过得疲惫而混沌，甚至还深陷其中毫不知晓。二十几年前，我的父母刚来到深圳时，只有一个念头，挣够钱还债，养活子女，供她们上学，所以生活很苦很累也不在乎，只要能实现目标就好，就像是攀岩一样，脚下是错落的石头，甚至有些尖锐，但目光只管看着前方，上去了就不再想怎么后退。现在我却是前顾后盼徘徊不前，是不是人拥有了太多，就容易失去生活的目标呢，还是我追求的太多了？

三

城乡，永远说不完的话题。外出二十几年，在城里有着属于自己的一小套房子，但仍旧不能改变父母希望年老返乡的心。

故乡是怎样的一个存在啊？它就像是亘古的长夜一般，在我二十几年的记忆中，并没有太大的变化。小路仍旧狭窄，曲折的幽径攀缘着青苔，低矮的土房静默地矗立，溪涧的杂草层层地浮动，老人仍旧喜欢坐在庭院前晒着太阳，鸡鸭“呱呱”地在门前走动，十几年前如此，十几年后亦如此。时间似乎只在人的身上停留，于是青年人慢慢长出皱纹，弯下脊背；中年人渐渐白发丛生，步履蹒跚；老年人开始离去，留下座座空房。而那一排排的老房子看似破旧，却又能抵挡住风雨与时间的侵蚀，从不倒下，它们坚毅得让我感慨。所谓的物是人非，都是从人开始的吧，它变化得如此迅速，让人措手不及。近十年来我绝少回乡，屈指可数的几次返乡，是为了出席葬礼。故乡不再是幼小时候暑假回去玩乐的地方，我每次回去只觉得忙碌，四下的招待、奔波，等到一切结束坐上车回家时，我觉得很疲惫。车在高速公路上奔驰，车厢内静默而昏暗，我看见路灯极快地闪过，像是被拉长的随风飘扬的丝带，这让我想到了时光，也在我开始懂事后开始极快地流逝。

然而除去逝去的人，故乡的确没有什么大的变化。我回去仍旧能看到父母居住过的老屋，看到他们说的可以取水洗衣服的小溪，看到他们喜欢的菜馆。中国传统的安土重迁，很鲜明地体现着。城市呢，却又变化得太快，我几乎跟不上它变化的步伐。我一直不是个记性好的人，许多的往事与人，很难在脑子里长久地存着，仿佛生活需要不断地擦拭与回忆，才能容纳现在的记忆。于是我想怀念，但失去了对象，那是一种不能言说的情绪，让我眼眶湿润，但我已经记不起使我如此的人与事。就像是扔到湖里的石头，我看见的是涟漪，却再也找不回那颗石头。我一直以为这是我的问题，很久以后我才发现，不是我忘得太快，而是这座城市选择遗忘。深圳变化得太快了，三十几年的时间里，从一个小渔村变成了今日的大都市，它早已被铲土机一层层地抹去原先的模样，田地、草木变成了高楼、景点，以往数十年乃至百余年才造就的变迁，一下子被速成。人们总在惊叹深圳的变化、深圳的速度，那种三天盖出一层楼的惊人速度，也惊人地抹杀了身处其间的人的记忆。我只觉得童年时的种种建筑早已荡然无存，老房子、旧街道、积水的地下市场、爬满青藤的学校墙壁……一切一切，在脑海里能搜索到的记忆，现在只是存在于人们的记忆与相片中了。于是我开始产生一种恐惧，似乎我存在于这座城市的证明，正一点点被消除，我只能指着建筑工地对别人说这是我初中读书的地方，指着铁栏杆说我们家曾经在这里开过商铺，但我已经没办法再接触到它们。

是否因为故乡无论何时回去，都能找到曾经生活过的痕迹，能给予我的父母许多的回忆与美好，他们才期盼着再次回去呢？上大学前我不懂故乡的好，等自己离开了那座生活了近二十年的城市后，我才察觉到，要在一座城市留下自己的痕迹很难很难。这种痕迹不仅仅是说你到过这里，在这里拍照留念，那只是自己的回忆，而是说再次去到，还有人能认出你，能和你打声招呼。这对于别人没有任何的意义，但至少这样，我能在这座陌生的城市里找到自己熟悉的感觉，找到自己的存在感。城市的高速发展很容易使人失去存在感，淹没在人海和高楼里，人只会觉察到自己的渺小，我找不到在广阔草原中独自一人站立的那种存在感，只觉得自己像一颗尘埃，飘落四处，但没人知晓。我有时总会想起曹禺先生说过的，“宇宙正像一口残酷的井，落在里面，怎样呼号也难逃脱这黑暗的坑”。这座城市固然不恐怖，却总让人产生一种无力感，我一直以为那是漂泊他乡所带来的，最后才察觉到这是城市快速发展的结果，它急速地变动着，改变了地形，改变了建筑，当城市发展的面貌比人的容颜变化得更快时，当人在短时间里能经历那种沧海桑田之感时，时间也变得没有了标准。以前铜铃的声音响起，那是下午五点放学的时候；隔壁电视机广告曲传出，那是七点半电视剧开始的时候；公园里开始插上了花灯，中秋节就要到来了。现在学校被拆了，墙壁隔绝了声音，连公园的池塘也被填上，时间只能在手机上显示，它固然精确，却也少了不少的期待，我没有办法去改变它。

而今我仍旧有许多的疑问，也没人能给出满意的答复。我仍旧是徘徊在不同城市的檐下客，尽管弱小、迷惘，但正是这些问题促使着我去寻找生存的意义，使我不至于过得浑浑噩噩。如果真的是冥冥中的注定，让我在这座城市诞生，那么这些疑问必然也是它给我的思考，我还是没能读懂这座城市，又或许说我一直理解错了，我的一位老师在第一次见我们时说过，“一切的虔诚终将相遇”，我遇到了这座城市，却缺少了虔诚，于是这不是一个美好的开始。假使我能把这座城市当成一个巢穴时，我这只燕子，是否就可以不再南北奔波了呢？

父亲的河流

暨南大学 / 李析容

父亲的命运与一条河流息息相关。父亲的一生都离不开这条河流。

一

这条河流起源于上游的红旗水库，却不受水库的控制，一路奔流南下，流到我们的村子，织成一条明亮碧绿的带子，围着这土坳里的穷乡僻壤绕啊绕，绕成了我们的河流。村里的生活、劳作都离不开它，饮水、洗衣、喂牛、灌田、养鱼、捕虾、赶鸭都要仰仗它的鼻息。父亲尊重这条河，热爱这条河，像虔诚的信徒供奉他们的信仰一样，父亲供养着这条河，用一种特别的方式。

父亲围绕着这条河劳作。他所有的工作都和这河流紧密相连。父亲的本职是一个农民，但同时他又是养牛人、抽水人、捕虾人和赶鸭人。父亲做了一辈子农民，他知道黄土地是个好东西，你在土里播下种子，栽上禾苗，用汗水和粪肥去浇灌，它会回报你，给你一筐筐黄灿灿的麦子玉米，一担担沉甸甸的稻谷高粱。可是地里长不出金子。地里长得出糊口的粮食，却长不出盖房子的砖头、水泥和瓦片，也长不出做家具的木头、铁钉，长不出电视机、电灯和电话，更长不出儿女们上学要用的一张张钞票。

父亲只好向这条河流乞求。河流沉默无言，无论白天还是夜晚，它都是那么静默地流着，带走村庄里的灰尘、污垢与粪水，带来干净清洁的活水。父亲的询问得到了河流沉默的回答。于是，父亲买回了一头牛，还有一台抽水机。

那头小黄牛刚到我们家时，在村子里引起了一阵骚动。那时候，整个村子里还没有一头牛，犁田得向大嘴坝上的唐黄牛家租牛。租牛按天算，一箩筐谷子一天。父亲的牛在村子里燃起了希望，未来将会有更踏实、更便宜的牛来为他们犁田翻土。为此，父亲在村人中得了一个绰号——“小黄牛”。这个绰号伴随了父亲一生，即便在他后来漫长的人生中，他再没和牛打过交道。

父亲像爱儿子一样地爱着这头小牛犊。他一生没有儿子，只有三个女儿，这头小牛也可以算作对他遗憾的一个补偿。小牛犊毛皮鲜黄，比新鲜干燥的黄土颜色还黄，眼睛又大又湿润，闪烁着温驯、柔和的光芒。它的身子是壮实的，四条腿既纤细可爱又结实有力，头上长着柔嫩的刚出土的竹笋似的一双角。父亲老爱去抚摩它的这两只角，好像它们是树的枝芽，摸一摸，就会迅速地长成粗壮的树干。牛儿的尾巴是一条小鞭子，灵活轻便地上下甩动着，赶着蚊子、苍蝇及其他一切未知的虫子。有了牛犊，父亲的爱好从抽水烟变成了放牛和抽水烟。白日里，父亲去田地里干活，放牛的活儿是交给我们姐妹仨的。但每当父亲忙完农活回到家里，趁着薄暮时分的夜色，总会携了他的水烟筒，拎着小板凳，牵着小牛去河边饮水。

二

那条无名的河流流经我们的村庄时，有了一个神秘而奇怪的名字——响水滩。我说它奇怪是因为，自始至终，这条河都平静得如同画在一张画纸上，我从没听它发出过一声呼喊或是低吟。连流动都没有声音的河流，为什么会叫响水滩？后来我才知道，在很久很久以前，这条河流的水曾经非常非常丰满。涨水时节，汹涌的河水犹如千军万马从这狭隘的低洼地奔腾而过，声音巨大，一里外的地方都能够听到水声。我的眼前浮现出那壮烈的景象。那时候的河流必定是气势磅礴，浩荡得如一条江，不然何以有“响水滩”之名呢？然而，它的鼎盛时期已然过去，昔日的辉煌不再，如今的它低调温柔，如同一个慈眉善目的老人。在经历了那许多大风大浪后，它只是默默地庇荫着这一方水土，养育着这一村子的人，为人们造福。

河流两岸生长着一蓬蓬竹子，碧绿参天。父亲每天晚上就牵着牛到那竹林里饮水。水从牛儿的喉咙里滑下去发出咕咚咕咚的声音。父亲听来舒适且受用，仿佛他自己在烈日下行走了许久，终于喝上了甘美的泉水那般浑身通泰、遍体生凉。我也带着牛到河边去饮水，我很爱听牛儿喝水时的声音。那声音里似乎藏着什么奥秘，关于生灵与水源的密切联系的奥秘。我还爱看牛儿饮水时睁开的眼睛，又大又圆又湿又亮的眼睛，眼珠里仿佛涌动着水雾。我一直以为那是牛儿的泪水，却从未弄明白为什么牛饮水的时候会有眼泪。

黄牛长得飞快。秋冬一过，刚入春，它身上的黄色就慢慢褪去，变成了水褐色，长膘了，骨架也更加粗大结实。父亲把犁具套在牛身上，它哀怜地“哞哞”叫了几声，但确实是可以下田犁地了。真是一只棒棒的黄牛！父亲的目光里满是赞赏。

开春犁田耕地，父亲和牛一起回来，往往一身的黑泥，这时候，父亲挽起裤腿，赤着脚，牵着牛慢慢地往河边走，父亲和牛能在河里待上一两个钟头，直到母亲站在坝子边大声地招呼吃饭，水淋淋的父亲和水淋淋的牛才会一前一后地踏着月光回家。他们走进院子里，满院子都是湿漉漉的气味。父亲和牛是奇怪的生物，他们白日里消耗的力量，可以从水里补回来。

三

春耕过后，大地仿佛遭了劫难，从地底翻出的褐色泥土赤裸裸地躺在阳光下，新鲜的伤口暴露在空气中。没有水滋养的田地是绝望而无助的，它们静静地等候着人来为它们注入生机。父亲把黄牛拴在牛棚里，给了它足够的青草、干草和河水，然后径直走到后院，从满是灰尘的杂物棚里搬出了一块铁。那块铁落到地上发出沉闷的声音。父亲用力向它吹了一口气，空气中布满了尘埃的味道。铁块显出它的原形，原来它的今生是一台抽水机。

灌田的季节一到，河流的受难日也到了。抽水机像一台嘶吼的怪兽，从日出吼到日落，再从深夜响到清晨。水管如同水蛭一口咬在河流的脖颈上，咕咚咕咚地开始喝血。大地上长出了许许多多的动脉，将水从河流里输送到千形百状、大小不一的田中。农田慢慢犹如小妇人的脸变得滋润了、丰满了、明亮了，明明地变成了一块又一块倒映蓝天白云的镜子。河流却憔悴了，瘦小了，衣带渐宽，系不住芳草河岸。

这时节，父亲一日三餐都要奔走在输送河水的道路上，检查水管有无破损，有没有水白白地流出。这管子里流动的，不是水，是庄稼人的血。经过三七二十一天昼夜不停地抽水，村里家家户户的田地都有了盈盈的波光，泥软，水润，只等着秧苗下田。抽水机喊哑了的喉咙也终于得到休息。

父亲却又一言不发地到河边去了。他在月光下的河岸上走来走去，看着消瘦的河流如同看着消瘦的爱人，眼睛里心里都是痛。他一会儿蹲在河边，一会儿又站起来，坐立不安地来回走着，口中喃喃自语，好似在安慰这筋疲力尽的瘦河。明年水涨，看它又丰盈如初！

因着牛和抽水机，父亲垒起了地基，盖上了新房。四室一厅的小砖房，上面盖着小青瓦，还外带猪圈和厨房。父亲明白，这一切是谁的恩赐。这世界上的牛有千千万万头，抽水机有千千万万台，但若没有那一条春肥夏瘦的河，父亲什么都得不到。

河流如此慷慨，既给予人们赖以存活的饮水，又补给人们仰之生活的用水。但人的欲望就如同河道，似乎是没有尽头的。至少我站在响水滩的白石桥上，无论是向上游还是下游望，都望不到头。

四

张老八家的彩色电视机运到村里时，再次造成了一番轰动，男女老少都蜂拥而至。彩色电视机像五色颜料将人心与欲望染得花花绿绿。可这是何等贫瘠的一个村庄啊。村人唯一的共同财产，就是那条寂静无声，慷慨而且宽容的河流。

半年之内，村里十家有六家门前晒起了渔网。绿色的渔网线打成了千千结，犹如父亲蹲在自家院门前苦苦思索皱起的眉疙瘩。父亲抽着水烟，呼噜呼噜，似乎在自言自语，又好像在问自己的心。阳光下，挂在各家门前的渔网上的铅锤是灰黑色的，父亲却像被光芒灼伤了似的眯起眼睛。

还没有入秋，我们家门口也挂上了渔网。父亲的渔网是褐色的，也更小，但这丝毫不会妨碍它发挥自己的作用。父亲站在河岸上，把网收在胸前，一手提着拢在一起的挂在网边的铅锤，一手握紧渔网的中心线，一缩一放，一张大网便铺天盖地地投入到河中心。鱼、龙虾、河螺、水草、浮萍等全都在劫难逃，它们在河岸上惊慌地爬着、跳着，父亲捡起鱼和龙虾，像战士奔赴一个又一个战场，奔向一个又一个撒网点。

鼎盛时期，村里三十五户人家，有三十四张渔网，没有渔网的那家是年近七十的胡妈妈。她一个人寡居于此，两个女儿远嫁他乡。胡妈妈没能买上大渔网，她已经没有那样的精力与力气去撒网收网。她买了一个小网兜，用铁丝固定在竹竿上，每日清晨，她提着一个塑料桶在河边逡巡徘徊。若有红色的龙虾浮在水草上歇气，她便一个猛子用小网兜把它挖出来。胡妈妈的动作快而且准，大家一致称赞她的硬朗与矍铄，她自己也深以为傲。每日中午回家，必定会提着满满一桶挥龙虾。龙虾在塑料桶里沙沙地响，像雨声。

父亲终于下了狠心。除了他自己要撒网捞虾，我们姐妹仨也有了任务。父亲认为村东的胡妈妈老当益壮，听说她每日捕虾一月可得近百元。（那时候一百元能干什么呢？我记得我上学每学期的学费是两百元，猪肉七元一斤，街上的面条是一元五角一大碗。）而我们年少力壮，应当向她老人家学习。当我们三姐妹也提着小桶走在河边时，村里的孩子几乎人手一只小塑料桶了。红的、绿的、黄的塑料桶如同走马灯般在河流两岸川流不息，一张张渔网刚刚收起，一只只网兜又像勺子一样伸入河流的内脏中去。无数双赤着的或穿着胶鞋、雨鞋、草鞋的脚在河岸上踩来踏去，以至于来年春天，漫山遍野都是青青绿草时，河流两岸却秃了顶，毫无青草破土的消息。

那年冬天，我们家也买上了彩色电视机，十八英寸，又大又明亮，画面清晰，能收看一十八个电视台节目。寂静寒冷的冬夜，我们围坐电视机前，沐浴着电视屏幕发出的暖色时，我仿佛听到屋外的小竹林里发出“噼啪”的声响。那不是冰裂的声音，那条河流是不结冰的。哦，那是鱼跃出水面的声音吧，我这样想。可那河里真的还有鱼吗？

河流的慷慨似乎到了尽头。当父亲在一个又一个撒网点抛下网，却捕不到一只幼虾或半条鱼时，父亲又蹲在院子前面抽水烟。烟筒仍旧呼噜呼噜地响，只是这响声像责骂，似抱怨。河流仍无声地流着，它从上游带来了无数的浮萍、水草和水葫芦，唯独再带不来一条鱼、一只龙虾。父亲站在河岸上叹息。

五

河流得到了宁静。可惜这宁静并不永恒。人们在很长一段岁月里不再把贪婪的目光投到河中心去，但这并不意味着他们心里贪婪的种子也一并被扼杀了。汩汩流动的河水仍喂养着人们，灌溉着他们心头的隐秘。

下游的烂泥村首先掀起了一场风暴。唐瘸子养了一群鸭，两年后就从一无所有的穷光蛋变为烂泥村首富。响水滩的人们不甘落后，也都开始养鸭。可是鸭子啊鸭子，你不是水里生的该多好！为什么不像公鸡一样待在地上呢？吃青草、捉虫子、玩游戏，何必一定到水里去？可鸭子终究是要养在水里。

村里有人不同意，河水是要喝的呀，饮用、淘米、洗衣，哪一样离得了河流？“挖井！”要养鸭子的人家积极响应国家的号召，纷纷请来了挖井队，在院子里、坝子边挖井。一夜之间，大地上多了无数个黑乎乎的大洞，站在那洞口往下望，阴森森地望不到头，像人心。

父亲又开始在河边走来走去了。那头黄牛最终累死在田坎上，那台抽水机也被当作废铜烂铁卖掉，只有那网无人回收，成了我们的玩具。我们将渔网挂在两根竹子上当吊床，做秋千，在河岸的竹林里来来回回地晃。从那里可以看到父亲的面容愁苦，伸出又干又瘦布满皱纹的手指对着河流比画着。他在沉思，在计算，这条河流经我们村约有八百米，全村三十户人家要养鸭，一家只有不到三十米，中间还有两道桥。河啊，你咋不多拐几个弯？

河流又热闹起来了。雪白的、灰麻的、五彩斑斓的鸭子在水里欢畅地游来游去，翻腾着，嬉戏着，刷洗着羽毛，油光光地在阳光下闪闪发亮。一只又一只鸭子在河里捕鱼捞虾。那些河流刚刚生息出来的鱼虾苗子都化作了鸭儿们身上油亮的羽毛和羽毛下层层加厚的膘。

河流被分成一段段，每一段都养着数目不一的鸭群。父亲整日在河岸上走着，却看不见他所敬仰的河流了，密密麻麻的鸭头等着他去清点，更何况河已没有多少看头。原本温厚的碧玉一样的水色变得混浊了，发黑，河底蕴藏了几十年的烂泥被掀上来，混着鸭屎，腐烂的水草饲料，发出令人掩鼻的臭气。可鸭儿们在这自然的臭气里长得毛色油亮，脑满肠肥，走起路来大腹便便一摇一摆，看得人十分欢喜。

不到三年，村子里的土房茅屋不见了，一座座贴着白瓷砖的小洋房威风凛凛地立在青山水田间。家家户户都有了三层小楼，家里的家具也都一应齐全了，贴瓷砖、铺地板，有的人家甚至装上了抽水马桶。

河流却是彻底地寂静了。我站在竹林里往河里看时，只看到肮脏地、浓稠地如黑浆的死水。河水还在流吗？应该在吧。这条河流曾经可是一条江的啊。但为什么那浮在河面上的烂拖鞋、死猪崽、玻璃瓶子、旧衣服、霉稻草还是一动不动呢？我的眼睛被河流的臭气熏得直流泪。

父亲不再去河边，却时时刻刻面朝着河流的方向沉思着。他从口袋里拿出一包红塔山，蹲在自己院门口吸烟。他早已不抽水烟了，那呼噜呼噜的声音无数次像鞭子似的抽打着他的心。父亲害怕那条比任何时候都更加沉默的河流。它的寂静像无声的质问与控诉。它质问这群人，为何它的无私与慷慨换来的却是这样的回报。

等到那原本鱼儿早该绝迹的河流泛出了几百条肚皮朝天的死鱼时，父亲才又挤在人群里去看了一回。听说上游某处开了一个印刷厂，污水都倾泻到河里来，一河的鱼都被毒死了。这死鱼是上游带下来的吧。父亲静默地看了，又无声地离去。

半年后，又有消息传来。那家印刷厂关闭了，政府说这条河流得整改，于是在上游安了一个水闸，要截断河流的水，治理治理。

第二年夏天，曾经是一条江的响水滩成了旱地。父亲蹲在干枯的河流的岸边，流下一滴混浊的泪水。父亲的河流终于死了，一同死去的，还有父亲那颗干涸的心。

台湾笔记
——在台湾做交换生的日子里

江苏淮阴师范学院/董　玥

在台湾做交换生的近200天里，收获的不只是开阔了眼界与见识，更多的是心灵的成长！

——题记

征战“繁体字”，我尝到了乐趣

虽说来到台湾不存在语言障碍，两岸说的都是中文，但是，在简繁体和书写模式上的差异，仍然是一道必须迈过去的坎儿。当飞机在台北松山机场缓缓降落时，心情忐忑地出了海关，我的征战“繁体字”之路，便正式开始了。

为了缩短作战时间，我率先采取了“各个击破”的游击战。琐碎日常中，这样的机会俯拾即是：街道上的店家招牌、百货公司的商品标价牌、餐厅中的菜单、校园里的贴心标语……只要做个有心人，真可谓“生活处处皆学问，人情练达皆文章”。起初，环顾四周，面对着无处不在的繁体字，此番滋味只可用二字形容：“心累”，几乎做所有事都得连蒙带猜，磕磕绊绊，整天头昏脑涨，堕落为了一个可怜的“半文盲”。尤其是上课时分，老师的ppt、讲义、板书全部是繁体教学，我在认真听讲、疯狂记笔记的同时，还得在脑海中飞速地做简繁体转换。倘若老师大人兴致大发，再临场飙几句闽南语，我就只好欲哭无泪、缴械投降了。处在如此劣势又被动的地位，其实我的内心是拒绝的。因此，第二步作战计划被提上了日程。

这项战略部署简单又实用：分别在手机和电脑里下载搜狗输入法的App，随后调节到“繁体”模式，就一切OK了。这样一来，不论是在台湾用messager、line、手机短信与当地同学交流，和大陆好朋友在QQ、微信上继续保持联络，还是周末在word文档上孜孜不倦地“爬格子”，都会始终处于繁体字的环境下，始终处于“温故而知新”的良性循环中。合理使用这一款App还有一大优点，就是检验识读是否正确，堪称一本近乎完美的简繁体对照大辞典！记得有一次，在QQ上与一死党聊天，没多一会儿她就忍不住吐槽了："你能不能正常点啊？打简体字，赶紧的！那么多笔画看得人一个头两个大！"唯恐我不从命，还发来了三条"语音加急令"。于是乎，本宝宝只好乖乖就范。不过，瞅着自己越来越娴熟的繁体字识别技能，我这心里可是在偷着乐呢！

眼瞧前面的铺陈工作接近尾声，最后一招"撒手锏"，终于得以揭开"庐山真面目"了——一头钻进图书馆，大量阅读繁体字小说。记得刚刚到台湾，参观校图书馆那天，特别是翻阅那一整列一整列繁体、竖版、从右往左排版的报刊时，我不仅非常低效率，而且对繁体字的陌生，更是让这一股别扭劲儿雪上加霜。此后，有了之前的准备工作，我摩拳擦掌地"啃"起精神食粮来，虽仍略显吃力，但"痛并快乐着"，反倒别有趣味。就这样，不知不觉一个多月过去了，我阅读了台湾女性主义作家施叔青、黄娟、陈若曦、琦君等人的系列作品，台湾近年来的畅销书《月光三部曲》，还有简·奥斯丁的《爱玛》、小仲马的《茶花女》和日本推理小说《冻花》等。经过如此一番"头悬梁，锥刺股"的"恶补"，总算"守得云开见月明"，在繁体字的世界里如鱼得水了。

"神功"炼成之后，便是坐待收获的时节。最明显的甜头，要数课业负担减轻了不少，拥有了更多自主安排的时间。此外，上台报告时，面对长达几十页的繁体课件，我亦可以底气十足，即兴发挥；行走在招牌和路标林立的街头，再也不会产生"独在异乡为异客"的苍凉之感；参观文学馆、博物馆或艺术馆时，一目十行地读着一旁的简介，内心宁静、愉悦而充实……在征战"繁体字"的过程中，我真切品尝到了"功夫不负有心人"的欢畅。然而，与此同时，更产生了一些零碎的、不成体系的思考。

众所周知，在我们中国大陆普遍推行的是简体字。对于古代汉语不感兴趣，或大学不修中文课程的人，繁体字在他生活中的出镜率是极低的。换言之，如果将一个大陆人空降到台湾，有高达九成的可能，他将成为台湾社会的"半文盲"（不会认不会写，或只会认不会写）。诚然，相较于繁体字，简体字确实有其自身的优势：笔画少更简洁、书写更省时高效、学习和推广更方便快捷……可是，难道这些就可以成为我们轻视乃至忽略繁体字的理由吗？！不，答案是否定的。若论整体的美观、艺术感以及对中华书法文化的传承，繁体字无疑持有一张完胜的牌。

在台湾，身边的同龄人不仅写有一手飘逸的繁体字，还选修了华语文课程来专攻简体字的，不在少数。有时候，他们还兴致勃勃地和我比赛，在本子上玩繁体转简体的游戏。问及原因，他们很坦诚地说："因为，现在简体字是华语世界的潮流啊。"听闻此言，我的自豪之情油然而生，可是也抑制不住地暗暗担忧。

以管窥豹，在台湾尤其是南部，对包括繁体字在内的、中华优秀传统文化的传承，一直以来都十分重视。安平古堡、大天后宫、延平郡王祠以及遍及全岛的妈祖庙，还有盛大、严肃、一丝不苟的孔庙祭典，都是一幕幕形象生动的诠释。

走过这条征战“繁体字”之路，抛开最初稚气的喜悦，我心中的那一缕无奈、怅然和忧伤，却久久无法散去。

小尴尬中的感动

作为中国大陆的交换生，在台湾想要绕开政治几乎是不可能的。日常的学习、生活中，我便会出其不意地邂逅一些小尴尬。其中虽有不甚美好的回忆，但也不乏一些温馨和感动的片段。

建国老师教我“现代文学”。第一次上课点名，他见我学号的开头字母是V（代表交换学生），便彬彬有礼地问道：“这位同学，请问你是哪里人？”当听闻我来自中国大陆时，他若有所思地点了点头。后来，在讲课过程中，提到我国的文学作品或著名作家时，我发现，他的表达方式有些奇怪。他会流利地说：“《狂人日记》的作者鲁迅，是新文化运动的一员干将。”然后，突然就转入了“结巴”模式，“是中国……大陆……是……中国大陆的作家。”起初我十分困惑：一句简单的国籍介绍怎么让他如此纠结？时间久了，和前后同学渐渐熟悉，我才豁然开朗。“上个学期，建国老师在上课时，”芸嫚说，“从来都是直呼‘中国’的。总是讲，台湾怎样怎样，中国怎样怎样，分得很清楚。这也难怪，我们这边好多人都这样说。现在，哈哈，冷不防就改成中国大陆了！”

经她一提醒，我对此更留心了。果不其然，后来讲到新月派闻一多的“三美”理论、梁启超的《饮冰室文集》、两岸对《百年孤独》作者——加西亚·马尔克斯（马奎斯）翻译的差别等，建国老师都会出于惯性地只说“中国”，然后略一愣神，又在后面加上“大陆”。台南堪称民进党的“万年票仓”，生于斯长于斯的建国老师，无疑是“深绿”。可是在讲课时，他会顾及我的情绪，默默改用“中国大陆”——这个较为温和、折中的称呼。此举无关政治导向，却体现了个人的修养与风度，令我十分感动。于是，我更加用功地学习“现代文学”，想借此表达对他的尊敬。期末考结束后发试卷，建国老师微笑着对我说：“申论题答得很好哦。”之后，还让我当堂朗读。那一刻，我甭提有多爽啦。

还有一件趣事是发生在“经济与政策”公选课上。那天，第三小组上台做关于“中国”的报告。其中一个男生J同学，负责介绍经济发展专题。不知是出于紧张还是其他原因，他想脱离PPT即兴举例时，冲口而出的竟然是：“我们中国，现在是世界第二大经济体……”乍一下，我还以为幻听了：在台湾，公开承认自己归属中国的“勇士”，可不多哇！而坐在我斜前方的刘老师，这会儿也不忙着打分数、写评语了，他抬起头，直愣愣地向J同学行“注目礼”。J同学似乎也意识到了什么，挠了挠头，略带慌张地改口说：“哎……不是……我的意思是……中国台湾……”哇，管他是不是口误，反正又是一枚惊天大彩蛋啊。班里顿时一阵骚动，我心花怒放，再也忍不住了，哧哧哧地笑出了声。J同学旁边的一个男生，笑得比我还猖獗，目光相遇时，还俏皮地挤了挤眼。

后来，和志工伯瑞聊到这件事，伯瑞说：“也许那个J同学家偏蓝吧。台湾虽然有人主张‘独立’，但也有一部分人是支持‘九二共识’的。”“那你呢？半年前大选，你投了谁的票？”因为和他已经相当熟了，所以聊天时我也不会过分顾忌什么。“哎……”伯瑞傻笑了两声，王顾左右而言他，“这个问题，我保持沉默哦……对了《史记》的期中考你有准备吗？需不需要我帮忙找资料呢？”瞬间，我嘴角抽搐，脸上挂起三条黑线：“呵呵，小伙子，你已经暴露了好吗？”不过，转念一想，伯瑞这么做也挺机智：因为政治的分歧而徒增尴尬，影响彼此的友谊，确实没必要嘛。又想起之前他送给我们交换生的日本小点心，真是美味可口，天下一绝啊。身为吃货的我吐吐舌头，便知趣地闭了嘴。

在台湾，不仅可以吃到正宗的日本小点心，还可以轻松买到许多日本的衣服、书籍、化妆品、唱片、首饰等。台湾女生的打扮，也有跟风东京时尚女郎的趋势。甚至到路边一家小餐馆用餐，店里正播放着日本的歌曲；搭乘计程车外出，司机却在收听日本电台的节目。对此，我曾忍不住向大陆的好友倾诉，她痛骂：“台巴子好好的人不做，非要当日爹美爹的狗，也是没谁了。”虽言语刺耳，但也代表了一大批大陆民众的心声啊。正是在这样的社会背景下，教历代文选的庄千慧老师，她的一番话说得我十分感动。

当时，一位同学在发言时谈及那段往事，用了“日治时期”的措辞。庄老师打断他，说：“你认为是‘日治时期’吗？我倒觉得是‘日据时期’。如果你说‘日治’，就是承认了日本政府当年在台湾的合法地位。然而，事实并非如此。现在，我们往往过分夸大了那时日本的贡献。那所谓的‘贡献’，也仅仅是殖民者在为自身谋福利。同学们，你们应该去好好研读台湾史，睁大眼睛，看看日据时期的台湾人，是多么悲惨，多么落魄，多么没有自尊可言。”还有一次，在做课堂报告时，庄老师问台上的女生圣婕：“你这些资料是从哪里找到的？”答曰：“百度。”又指了指我，补充道：“就是他们那边最大的搜索引擎。”庄老师两手一拍，露出两颗小虎牙，笑得亲切又可爱：“哎呀，你怎么能说‘他们’呢？多生疏呀！要说‘对岸’懂不懂？‘对岸’！”话音刚落，圣婕不好意思地推了推眼镜，全班也哄堂大笑起来。

身处台湾，心头常常会涌起五味杂陈的情愫，有失落，有恼怒，有困惑。然而，平淡如水的日子里，这些宝贵的经历，却让我久久难以忘怀。其实，我们都是炎黄子孙，都是中华优秀传统文化的传承者，一样地念唐诗、品宋词、习书法、说汉语、写汉字……甚至，两岸的年轻人会追一样的星，唱同一首歌。公选课上，全班同学一起唱的那首《知足》，仍旧萦绕在耳畔："怎么去拥有一道彩虹 / 怎么去拥抱一夏天的风 / 天上的星星笑地上的人 / 总是不能懂不能觉得足够……"

夏日的五月，正逢台湾的雨季。然而，每每忆及这些小尴尬中的感动，这些点点滴滴，我的心情却如正午的骄阳，异常绚丽、灿烂、明媚。

在身份转换中坚守理性与尊严

在台湾的日常生活和学习中，经常会面临着个人和国家之间的身份转换。这种体验，于我而言还是史无前例的第一次。这其中，有苦涩，有愤怒，也有惊喜和自豪。

因为同修"哲学概论"这门课，我和后排的品妤逐渐熟识。她是那种活泼奔放型的女生，从一开始简单的课程交流，到随意的闲聊，她应该是我在那个班上最亲密的同学了。本以为随着时间的流逝，和她的关系会越来越好（事实上也正有这种趋势），然而一件事情的发生，却彻底搅乱了这一切。那天的课上，教"哲学概论"的邱老师，竟然出言诋毁大陆，言辞十分可笑：中国大陆只允许传播马克思主义哲学，书店里几乎看不到康德、尼采、黑格尔、洛克的著作……听到她"满嘴跑火车"的恶意攻击，我仿佛被点穴一般石化在座位上，又震惊又气恼。这位邱老师，说实话，平日里是一个挺温文尔雅的老太太，怎么谈及两岸分歧的时候，就像被魔鬼附身一般，那么偏激、那么缺乏理性呢？为人师表，竟然如此误导学生，的确令人发指。

课间的时候，我像往常一样转过头，一边吃起司蛋糕一边和品妤聊天。"你相信邱老师的话吗？"这一次我明显闷闷不乐。"相信啊，"品妤的眼睛透露出笃定不疑的神色，"你们中国，不是一直都这个样子吗？"我再一次震惊了。之前的交往中，彼此不触及政治，因此二人相谈甚欢。但没想到，现在她却如此裸露地批判甚至蔑视大陆，那种语调浸透了怜悯、不屑。我有一种深深地被侵犯和被羞辱感。"可是事实并不是这个样子的。"随后，我努力保持镇静，详细地一一做出了解释。然而，她只是敷衍地点了点头，就去和其他同学谈笑风生了。下一周上课前，当我走进教室，她并未像从前一样热情地打招呼，而是在目光相遇时，不自然地将头扭向了一边。后来的日子里，我更加专注地听讲、记笔记、上台发言，却在邱老师与我微笑互动时，由起初的热情回应转变为冷若冰霜、公事公办；我更加认真地完成作业与考试，用事实展现出实力，却在品妤再一次主动搭讪时，继续保持着"拒之于千里之外"的姿态。因为，对于从骨子里不懂得尊重我和我同胞的人，根本没有与之沟通、和解的必要。

相似的不愉快的经历，还发生在一堂经济公选课上。那天刘老师在讲北欧国家的运行机制，然后话锋一转向我发问道："董玥同学，你认为这样的机制适合于中国大陆吗？"我想，每个国家都有其特殊的历史背景和实际国情，运行机制怎么能生搬硬套呢？所以，毫无戒备地回答："当然不适合啊。"不料刘老师竟追问："为什么呢？是因为以瑞典为首的北欧国家政府非常廉洁，而你们的政府却贪污人民的钱财吗？"话音未落，全班便爆发出了一阵怪异的大笑。当时，我恼怒得差点想破口大骂，还好冲动之余想起一句话——"以暴制暴是弱者的表现"。"我认为不适合，是由于那套机制不符合中国的基本国情，不加思考的'拿来主义'是愚蠢的。至于贪污腐败的问题，邪不压正，政府已对那些害群之马进行了严厉的彻查惩处。台湾前"总统"陈水扁曾因贪污7000万锒铛入狱，尽人皆知。"说完之后，前所未有的畅快，我目不转睛地瞪视着他。刘老师尴尬地笑了笑，说："回答的思路很清晰嘛。好，我们来讲下一个专题。"

后来的经济公选课上，我可以感觉到刘老师态度的转变，由无视、敌意、漠然，到友好、和谐的交流互动。在例行"世界时事报道"环节时，班里搜集有关中国大陆新闻的同学，人数也在逐渐增多。甚至有一次，抽到的四位同学从"北上广房价飙升""520之后的两岸发展趋势"聊到"中美南海争端"，简直像一个小型的"中国大陆"新闻专场。也许，刷存在感并不是靠语言暴力；也许，赢回尊严的最佳方法是保持客观、公正，以理服人。

紧张的学习之余，我也会在台湾同学的推荐下，参加一些社团活动。有一次，同修"现代文学"的叶柔学姐邀请我，参加了一场别开生面的联谊会。那天晚上，我和诗谕、佩仪、语柔、尔芹、丽欣等一众小伙伴玩得很开心，甚至一度忘记了彼此迥异的口音和成长背景。她们带我去各个楼层品尝美食、唱歌、跳舞，结识了许多新朋友。其中，在二楼的联谊厅，我们偶遇了一个高高瘦瘦的美国小伙子Clyde。当时，他正捧着一本类似《轻松学中文》的入门教材，读得津津有味。语柔似乎和他很熟，清脆地打招呼："Hey, Clyde, nice to meet you. Look, this is my friend Dong Yue."只见那美国小伙儿站起身，伸出长臂猿般毛茸茸的大手，露出了一个公关的笑容。随后，他指着教材，问语柔："Angela, help me please. What does it mean？Hah, it is so confusing！"

没想到，"百事通"语柔也被难住了。突然，她一拍脑袋，把那个词拿给我看，原来是超级简单的"七点一刻"。"It means a quarter past seven. Do you understand？"Clyde绅士地向我致谢。然而，在得知我是来自大陆的中国女孩时，他的态度竟忽然热烈起来，一时间竟令人难以招架。"Wow, you are from China, right？”他张开双臂，做拥抱状，两排整齐洁白的牙齿赫然在目，“China is so great and beautiful！”浅褐色的大眼睛炯炯有神，仿佛整张脸都在发光。后来，我向他具体介绍了中国北方的一些口语，他听了频频点头，不停地说“Good！ Very Good”！一番愉快的聊天中，全程都是在谈中国的古迹、美景和繁荣的近况。Clyde的话题一个接着一个，简直停不下来。他的眼神告诉我他对中国的喜爱，他的语气让我真切地体悟到做一名中国人的自豪和骄傲。前仰后合地欢笑时，我无意间瞥见了身旁台湾小伙伴们的神情：有些尴尬，有些怅然，有些落寞。

其实，很多台湾人对大陆的误解、讨厌，大部分是源于“井底之蛙”的心态：他们从未踏上过大陆的土地，也从未身临其境地领略过大陆日新月异的发展。他们在经济停滞不前，并愈加落后的当下，常常怀着一种“吃不到葡萄说葡萄酸”的畸形情感，潜意识里自动过滤掉现实，夸大一些阴暗面，只愿意相信某些媒体或绿营人士刻意的抹黑与丑化。也许只有这样，他们才能在遥望茫茫不可知的未来时、在一场无稽之谈的春秋大梦里，继续保持着那夜郎自大的、可笑的优越感吧。

而作为大陆人民的我们，对此只需保持冷静与理性，在不卑不亢中坚守和捍卫尊严，便已足矣。时间，自会给历史一个最公正的裁决。

用友情去填平那湾浅浅的海峡

斯茜是我在台湾的同班同学。她中等的个子，纤细的身材，一头柔顺的长发斜扎成低马尾，配上小巧的水晶钻发饰，俏皮中不失端庄。开学没几天，我就发现她常化不露痕迹却十分精致的淡妆。穿着方面也很讲究，或是学院风的飘飘长裙，或是阳光又fashion的运动款，可淑女，可萝莉。当这样的女生不善言辞、不苟言笑时，自然而然地，就会形成一股独特的气场，让人觉得不容易亲近。因此，尽管坐了近半个学期的邻桌，我对她的了解却并不比初识时强多少。这样的情况，直到那一天才有所改善。

“董玥，诗歌剧展活动，我们被分在同一组哦，”“中国文学史”的课间，我的胳膊被人小心翼翼地摇了一下，抬起头，竟然是斯茜，“希望我们今后可以合作愉快！”她的声音轻缓而甜美，就像热带丛林中蜿蜒而过的一道清凉的小溪。“好，没问题。”我同样报以真诚的微笑。就这样，我们打开了话匣子。从那以后，只要坐邻桌，课间时，斯茜总会主动侧过身，开心地找我聊天。对话时，她的双眸炯炯有神，如同两颗黑宝石般美丽。她的目光专注，却并不会给人以压迫感，因为当你望向她的眼睛时，便会捕捉到那不经意间流露出的羞涩与温柔。斯茜的话不多，却是一个很棒的受访者和聆听者。此外，她对自己的情感宣泄似乎十分克制，你从不会见到她捧腹大笑，或附带一些大幅度的肢体动作。她总是静如处子般的，将自己变成了一幅文艺复兴时期、拉斐尔笔下精美的人物肖像画。

虽然和斯茜的关系越来越近，但我还是有所戒备的。起因便是她的Facebook头像。当好友申请栏里出现“杨斯茜”三个字时，我的注意力却立即被她的和服装吸引了。照片里的她盘着头发，身穿一袭做工精良的柠檬黄碎花和服，淡粉色的腰带在背后叠成整齐的小包样式，身子稍侧，踩着木屐，那一抹恬静的浅笑，活脱脱一个江户时代日本少女的形象。我呆愣了两秒，机械地按了“同意”键，一丝微妙的情愫却在心底悄悄蔓延开来。后来，再遇见斯茜时，她往日的温良、娴静、谦恭在我的眼里不再大放异彩，反而在时刻提醒我：“嗬！一个数典忘祖的亲日派！”有一次，我试探性地问她：“你会说日语吗？”她毫无察觉地微笑：“会的不多哦。不过我阿公的日语很好呢，他少年时期接受的是日本的系统教育。”转而谈及日据时期，她竟没有丝毫痛惜，反而跟我说起那时日本在台湾修建的铁路、建设的工程，言辞间的欣羡之情一览无余。

不得不说，对于“日据时期”的态度分歧，让我与她产生了隔阂。虽然仍会聊天，但我却没办法像以前一样热情似火了。直到“现代教育思潮”课上，听黄俊杰老师讲起“原生家庭对一个孩子深刻的成长烙印”时，我不由得联想到斯茜：她应该也是受到周围环境的影响，才形成了那样的观点吧。从这一层面来看，她是无罪的，她也是一个可怜的被蒙蔽者啊！后来，斯茜主动邀请我一起去吃午餐。席间，她轻咽一口汤，放下筷子，突然一脸期待、郑重其事地说：“董玥，你不会忘记我的，对吗？回大陆以后，我们还可以继续保持联系吗？以后，我给你写信，你要来台湾参加我的婚礼，好不好？”一连串的请求充满了诚挚，她的目光清澈得毫无杂质。那一瞬间，我彻底地释然了。

不久前，斯茜约我结伴去图书馆五楼放映厅看电影。那天，她穿着雅致的黑纱连衣裙，银灰色的公主鞋，撑着太阳伞从木棉树下走来时，台南午后的阳光正大片大片地洒向大地，正如我们灿烂、明媚的心情。看的影片名叫《回忆中的玛尼》，由宫崎骏工作室制作，讲述了一个孤女在城堡中的玛尼的帮助下，逐渐打开心扉的温馨故事。结束时，我瞥见了斯茜微微发红的眼圈和紧握在手中的面纸。原来，在她一直以来平静如水的外表下，也有一颗细腻、敏锐、善感的心呀！而我们终于彼此敞开心扉，则是周五考完试后，那个在“唐人馆”促膝长谈的夜晚。“唐人馆”是学校附近的一家餐厅，装饰古风古韵，环境优雅惬意，播放的音乐亦舒缓诗意，洋溢着浓郁的中国风。那天，从下午五点到晚上九点，我们一边品尝着石锅拌饭、椰果奶茶、冰镇变蛋汤、冰激凌小甜点，一边分享着各自的成长经历、一些沉埋于心的烦恼，还有一些又酸又甜的女生之间的小八卦。在台湾普遍两到三个孩子的家庭模式里，同是独生女的斯茜，似乎和我有着更多相似的想法和感受。交换完青春期的小秘密后，她还略有些怯怯地说："好奇怪，这些话我还是第一次和同龄人倾诉呢。以前都只和妈妈说。"临别时，夜空中满天星光。一阵微风吹来，树叶轻轻地摇曳，在栅栏旁投下一片片黑影。她叮咛我路上小心，我嘱咐她回家早点休息，我们的神情自然又亲密，仿佛早已相识多年。

这，就是我和斯茜之间的情谊。从小心翼翼地走近、不动声色地隔阂，再到亲密无间地"相逢一笑泯恩仇"，一路走来，如此复杂而奇妙。蓦然回首，我不免颇有感触：也许，在某些事情上，我们必须坚守自己的原则和立场，但也无须把站在对立面的他人想得太坏。取代一味地敌视、疏远、冷漠，我们反倒可以尝试着去理解、去包容，用行动去默默地感化。毕竟，"友如作画须求淡，山似论文不喜平"——友情，依旧可以是纯粹的。或许，它更易填平那一湾浅浅的海峡吧？

台北，空欢喜一场

当汽车驶入台北的市中心时，我的心情有些错愕。没错，就是这个形容词，错愕。

这是朱天文笔下"世纪末的华丽"吗？这是那个台湾全岛人或欣羡或嫉妒的"天龙国"吗？这是"亚洲四小龙"时代被无数大陆人所憧憬、膜拜的昼夜笙歌的都市吗？相比于我们一线的北上广，台北与之相差的早已不止一个等级了。如今，面对着车窗外流动的街景，我深深地感悟到了什么叫作"荣耀不再"。

台北虽然高楼林立，但是几乎全给人一种沉闷、阴郁的感觉，一切都是小小的、旧旧的。台湾小说里百提不厌的忠孝东路，不宽不窄，很普通，一点都不罗曼蒂克。沿路有一些咖啡厅、面包房、饮料店，和一般的市区步行街没什么两样，甚而还少了几分洒脱和气派。至于台北的地标，当然非 101 大厦莫属了。怀着激动的心情疾步走入其中，结果又是空欢喜一场：只是一个大型百货公司而已，85 层设有一个 360 度的观景台，徒有虚名，平淡无奇，毫无创意和新鲜感可言。我仿佛受到了欺骗，走出大厦时，嘴角一直挂着一丝无奈的苦笑。

当晚下榻的地方是"贝壳窝青年旅馆"，位于西门町附近。西门町，一个多么陌生又熟悉的名字。之前我从未来过，却在郭良蕙、施叔青、三毛等一系列台湾作家的笔下，认识了它的五彩斑斓、光鲜亮丽，那道耀眼又神秘的光环，在我的心中旋转了好多年。如今，真正置身于西门町的中心地带，我却惶然失神了。并不宽敞的道路互相交错；小吃店和衣饰店比邻而居，显出很堵塞又嘈杂的委屈；停车场旁有一条弯弯曲曲的小巷子，里面是脏兮兮的牛肉汤摊位，对面油光四射的摊主正挥舞锅铲炸着鸡排……整个西门町，仿佛一张蜘蛛网般混乱、无序，一块小小的地盘上密密麻麻地挤满了各式各样的店家，正品和次品夹杂，高贵和世俗不分，金碧辉煌的珠宝行隔壁也许是酸辣四溅的火锅城，宁静美好的星巴克旁边也许是名鞋仿制品的高分贝甩卖会。行走其间，似有一股焦躁在胸中升腾、翻滚，难以抑制。

至于台北的捷运，全城的线路只有区区四五条，相当简单易懂，和北京地铁十三线的恢宏格局根本无法匹敌。烈日炎炎之下，从捷运站升上地面，要想在台北看一场电影，那是需要极大的勇气和决心的。因为，你根本无法网上订票（全岛影院均无网上订票系统也是醉了），必须耐住性子一个接一个地排队等候。然后，拿到票如果你还想买爆米花、饮料之类的吃食，则还要拿凭证券再去排队。最后，再坐电梯去找相应楼层的播放厅（比如，1—3厅在2楼，4—6厅在3楼，7—9厅在4楼）。如此来来回回地折腾，精疲力竭，你的脑海中便只会剩下两个大字：崩溃。

孤注一掷，心有不甘的我，终于跑去逛了一圈台湾人眼中象征着至高身份和财富的——信义区。还好，这一次总算没有过于失望。力挽狂澜于既倒，信义区挽救了台北总体而言低得可怜的分数。只是，实话实说，它也确实没什么让人眼前一亮、叹为观止之处。

台北就像一块活化石，折射出了台湾跻身“亚洲四小龙”全盛时代的缩影，但似乎从那之后便放缓了发展的脚步，渐渐停滞不前，甚至近几年来还开起了倒车。儿时记忆中电影里的台北，和现如今眼前的台北，近二十年来的变化与“日新月异”无缘。仿佛被时代的洪流静悄悄地遗忘，冻结在了陈黄色的旧时光里。

这是政策导向的失误吗？这是城市规划的失职吗？还是因为，这本就是这座城冥冥之中的宿命呢？我们不得而知。

“期望越大，失望越大。”台北印象，大概，就是这句话的印证吧。

雷　腔

中山大学 / 黄　宇

1

当那些久远而零散的记忆被厚重的岁月一点一点覆盖，直至消磨殆尽，在匆匆而过的时光中，鲜少有人会记得曾经生养自己的故乡的最初模样。

我的故乡位于广东最南部的雷州半岛。如今因求学原因虽已离开故乡多年，却从来不刻意去回忆有关故乡的一草一木，一人一事。不是因为背井离乡的漠然，更不是因为被灯红酒绿的繁华都市所迷醉，但凡人都是容易遗忘的动物，对于过去的是是非非，不管是快乐还是伤痛都想化作一场过眼云烟。如今的故乡正在悄然发生着变化：宽阔的公路取代了羊肠小道，高耸的大厦取代了简陋的平房，虽然故乡依然是那个故乡，但它在城市化进程的影响下正逐渐形成另一个陌生的时代。

有时，身在异乡的我会在午夜惊醒，依稀听到一个熟悉的声音在耳边回荡，那声音从喉咙发出，或如泣如诉，或平淡无奇，或慷慨激昂，或婉转柔情。这种腔调，只有在故乡才能听到。而在异乡待久了，连头脑也被同化，形成固定的异乡思维模式，虽然我还认得那种腔调，但每次细细聆听时，它总会不经意地消失，仅残存在我有限的记忆里。许多年过去，我的喉咙里始终潜伏着一种奇怪的性情，这种性情伴随着情感的欢乐或悲伤而演变成不同的声音。

故乡有一出地方戏叫雷剧，每逢过节时，村里都会举办大型雷剧演出。雷剧的演出台还没搭建好，村里的男女老少们总是早早地搬出板凳跑到台下兴奋地占位，而我也是他们之中的一位雷剧迷。我总喜欢抢坐在最前排，仰头看着台上化了各种妆容的人在用不同的腔调演绎着人性深处的伦理道德。在欣赏雷剧的同时，我仿佛感觉到自己的喉咙里隐藏着一种腔调，这是一种发自本能的声音。

平日里，我喜欢用这样一种腔调去表达对故乡的依赖和思念。《灵枢·忧恚无言篇》说：“喉咙者，气之所以上下者也。”于我，会在发声前对喉咙的喉结部分做轻轻地按压，然后尽可能地清空喉咙里的浓痰、唾液以及一切影响阻碍发声的杂物，挺起胸膛，做一个下咽动作，然后深呼吸，以沉淀而充沛的中气，安静澄明地释放出完完全全属于自己的情感之声。这样的释放虽然是酣畅淋漓的，却是一种只能独自承担或狂欢的姿态。

在我出生的雷州半岛，这块在历史上曾被称为南蛮之地的半岛，每位生活在这里的人们身上都流淌着这种性情，这是一种滔滔不绝的流淌，一代又一代地传承，像胎记一样烙印在他们身上，既显性又隐蔽，显性的是人的性情，隐蔽的是生活的沉重。我不知道，到底是何种力量的驱使，让这里的祖祖辈辈要用这种独有的腔调来表达生命的喜怒哀乐。

2

从高中毕业那年开始，离开故乡已近十年，在外地多年的我虽然尽可能以字正腔圆的普通话来掩盖隐藏在自己身上的故乡胎记，但总会因为腔调中无法改变的乡音而暴露身份。这是一种果断而坚决的声音，没有任何准备地从喉咙里倾泻而出。我将这种腔调称为雷腔。这种腔调是由雷剧演变而成，在我不曾懂得雷剧精髓的时候，只找到有关雷剧的书面资料：雷剧，原名大歌班，流行于雷州民系圈内，为人们喜闻乐见，具有浓郁而鲜明的地方特色。雷剧起源于雷州歌，经过姑娘歌、劝世歌、大班歌、雷剧四个发展阶段，到剧种形成历时三百多年。近年，经过雷剧工作者的不断探索、改革，雷剧已拥有八十多种腔调。

这样的陈述是一种书面上的文字介绍说明，它毫不相干地遗留在雷腔上，掩盖住它灵魂深处情感火焰的激荡四溢。这样的火焰和情感显得凄凉而唯美，在那片贫瘠的土地上并没有获得应有的尊严，但雷州人民带着这种固有的腔调已经成为他们对外宣称自己身份的一种骄傲。我之所以道出这样的腔调并不是弘扬保护传统文化，只是随着年龄的增长，在向着岁月荆棘密布的纵深走去时，沿途中，伴随着笑与泪，不断地收获和失去，但那些固有的，留存的所有困惑也随之慢慢被解开。虽然这不是刻意而为，但这种性情如顽疾一样依附在我身上，让我对它产生了依赖。我丢掉了孩童的率真天性，接着又遗失了少年的求知勇敢，导致青年的暮气沉沉的我最终丢掉了故乡的质朴，连同骨肉和血液里的气质。唯一保留的便是这口雷腔。

多年前，在一个漆黑的夜晚，我只身乘着南上的汽车，在阴冷的夹杂着各种生活气味的车厢里，看着窗外飞快后退的景物：田野，河流，只有天空是静止不动的，我的心一直在默默念叨：“从此，我就是一个南上的无家可归的游子。”这种虚无的游荡感穿透了我，渗入我的灵魂，它发出低沉的哀号，声声如泣，这才是我最真实的心灵写照，但之前一路行走，却没有发现这种隐藏在生命阴影部分的特质，它就像建在云端之上的空中楼阁，此时，我的耳朵仿佛听到一种腔调在轻轻地吟唱着流浪歌："流浪的人在外想念你，亲爱的妈妈，流浪的脚步走遍天涯，没有一个家，冬天的风夹着雪花，把我的泪吹下……"从喉咙深处迸出的雷腔，字字真情，如母亲的叮嘱，轻轻地回荡在耳边，以前总感觉"流浪"这个词离自己太过遥远，没想到如今却近在咫尺。在慢慢接近流浪的轨迹上，我却浑然不知，但它突然来到面前，我才想起需要重新看待跟随了自己二十多年的雷腔，这隐藏在性情深处最真实的声音，带着锐利的棱角，在异乡横冲直撞，完成着自我的汲取与释放，以及对寂寥生命的神圣朝拜。后来我的家里发生了一系列的变故，先是爷爷因病去世，之后年幼的妹妹又因绝症离世。在这之后我的性格变得孤僻，但遇到同有着雷腔的老乡时，却好像寻到知音，敞开心扉能聊上三天三夜。后来当我终于在写作中找到情感的宣泄口时，隐藏在身上的这种腔调反而不怎么明显了。但我深信只要拥有雷腔的人，面对和灵魂的对话，一定会得到生命的释然。它会与心灵融合，然后在身体中汇聚成一股爆发力，直冲喉咙，等待最后释放而出。这导致，有时我遇到无法释怀的事情时，会跑到一个空旷的地方用雷腔尽情地呐喊，直到将自己的负面情绪完全清空。

那些我曾经听过的雷剧：《陈琔放犯》《武大娘辞轿》《龙珠奇缘》，在它们当中隐藏的雷腔将红尘世俗的是非因果演变成人间的终极幸福。有一次，在经历了一场考试之后，我和朋友去参加聚会，在聚会上我喝醉了，又恰巧朋友们在起哄中让我唱一首歌，原本性格内向的我在公开场合很少说话，在朋友之间，我给人的印象是腼腆而拘谨。这样的性格，别说在众人面前唱歌，就是让我在众人面前说上一句话都是一个天大难题，但偏偏那晚，我借着酒劲儿，竟然答应了，而且点了一首从头到尾都充满了喜庆气息的歌曲。

当我用雷腔唱完时，在座的朋友都被我喜庆的情感深深感染了。直到聚会结束，所有人全部散去之后，我感到一阵头晕目眩，悄悄走到外面一个无人注意的角落，将肚腹中所有未消化干净的东西连同无法言表的苦楚全部倾泻而出。当我清醒过来时，才发觉之前自己所有的喜庆心情都是伪装的，一切只为了讨得众人的欢心，并掩盖自己的无助。在聚会中，我收到一个成绩查询的回复短信，那场考试我失利了。当卸下那些伪装的沉重外衣后，我感到十分轻松，终于又可以做回自己，终于又回到了对自身、对世界彻底坦诚的悲伤之中。我本以为在这场愉快的聚会过后可以彻底摆脱悲伤，但没想到它又在我的内心深处开始肆无忌惮地蔓延。

在那场考试失利后，我怀着悲伤的情绪重新上路，在经历第二次考试时，虽然分数考得不高，但总算比上次有所进步。在某天的一个夜晚，我在城市的一条深巷里穿行，突然听到巷子里一户人家的一个和我年龄相仿的清瘦男人蹲在自家的门边，随着屋内的音响播放一首经典歌曲《梅花三弄》，清瘦男人跟着歌曲的节奏用雷腔深情款款地唱了起来，虽然男人唱的声音不大，但由于巷子幽静，我还是能听到他安静而澄净的雷腔。

每次听到这首歌时，我都十分熟悉，熟悉到能在每一句歌词中体悟出一种渗入骨髓和灵魂深处的痛感。这让人想起："生相从，死相随，午时钟响，魂魄与你相会，天上人间，必时相聚。"这样的凄美入骨的诀别，让我仿佛穿越时空，与主人公一起感受着既无可奈何又无力改变现状的悲凉心境。

这种心境并不限于歌曲本身，它能跨越时间和空间，和我的现实生活紧紧联系到一起。于我，早已融入歌曲的本身，成为故事的主角，更成为生活的主角。在这首歌曲结束后，我走到那位男人的跟前，和他交流了起来，没想到他和我竟是同乡。他在城市的一家服装厂打工，租住在这栋楼房里。见我是同乡，他也回给了我同样的热情。从他刚才的歌声中，我能理解他作为异乡人寄居在这里的心境。我问他怎么不回去发展，他的回答也很简单：之所以待在城市里不愿离开，只为了最初的坚守。

异乡人就像过气老歌，即使再动听，早已被这座纸醉金迷的城市里的其他腔调掩盖。我对他的回答虽然在意料之中，但还是感到少许的意外，坚守是一个多么深刻的悲伤领悟。刚开始，我和他说着并不纯正地道的普通话，后来渐渐熟悉起来，我们干脆以雷腔交谈。在异乡，在那样一个安静的夜晚，没想到从我口中迸出的雷腔竟变得那么生涩难听，这是以前从来没有过的。是我在异乡的悲伤情感削弱了我对雷腔原本滚瓜烂熟的记忆。交谈了一会儿，我和他成了好朋友。在和他的聊天中，我有意无意地在回避谈及有关故乡的话题，但仅仅因为他用雷腔唱起那首能引起我共鸣的《梅花三弄》，我就答应和他交朋友。我们互留了电话后，便不舍地相互告别了。

后来，我忙于生计，再也没有和他有过任何联系，时间过去了近一年，直到年底时，我突然接到了他打来的电话。他的工厂拖欠员工的工资，想和我暂时借一点钱过日子，等他发工资了就还给我。我二话不说，马上答应了。他在电话那头稍稍迟疑了一会儿，也许是不相信曾经在一年前仅仅见过一面的人竟然会这么爽快答应借钱给他。

3

我深知，在这座人心叵测的城市，借钱本来就是一件天大的难事，但作为同乡，他和我又有许多相似的地方，我找不到任何拒绝借钱给他的理由。当我见到他时，感觉他比上次变得清瘦了一些，但看上去精神饱满，他的一口雷腔依然娴熟。显然，我不希望看到自己的同乡在城市遭受磨难，只有尽自己的所能帮助他。在来到这座城市的几年时间里，我看过太多人世的悲欢离合，正因为这样，逐渐变得有些麻木。但同时又在与麻木顽强抗争着。所以我必须要站起来，尽自己的能力去帮助别人，以消除自己的悲伤。

当我将钱递给他时，他那张面黄肌瘦的脸露出一道笑容，在谢过我之后，他匆匆地消失在城市的人流当中。

很快临近春节了，在中国，春节一票难求，我排了一上午的队，好不容易才买了一张硬座票，在充满着各种无聊烦闷气息的硬座车厢里煎熬地度过了近十个小时后，终于回到了故乡。刚回到故乡的第二天，我就接到了那位同乡打来的电话，他请我去唱歌。我欣然答应了。在小小的包厢里，他又约上几位同乡，如今他们都和我在同一座城市，或打工，或读书。我们又用雷腔点唱了几首歌，每次用雷腔唱的时候总有一种莫名而凄凉的熟悉。在那次聚会之后，我们又再次道别了。

二十年前，我怀着梦想呱呱落地，二十年后，我从故乡人逐渐变成城市人，不管是否愿意，故乡的年轻人总会有坐上前往城市的长途汽车的那一天，去强制自己转变角色。在刚坐上去往异乡的汽车时，每个人的内心都有一种难以言表的激动，这种激动源于对原本身份的厌弃，对故乡熟悉到麻木的环境的厌倦，离开是最好的解脱。

那时，年轻的我恨不得马上甩掉故乡人的身份，从而永远寄居在城市，哪怕只做一个没有任何身份地位的城市人。当汽车载着我向城市进发时，没有想到日后会再回到故乡，我就像一滴新鲜的血液，城市就是一颗大心脏，我正准备给这颗大心脏输入更有活力的血液。反而面对与故乡的分离，我变得果断而决绝，变得冷漠而彻底。当我身在城市这个寄托着曾经的伟大梦想的摇篮时，突然发现，以往所有根植于故乡的记忆逐渐被尘封起来，当我回望，故乡在一种汹涌的狂潮的腔调中崩塌。一方面树林、老屋、小巷、河流等与故乡有关的一景一物再次被我努力地回忆起，另一方面又被迫逐渐地淡出我的记忆。

在故乡和几位同乡聚会的那个夜晚，后来被我无数次地回忆起，我意识到，悲伤是无法消除干净的，因为旧的悲伤尚未消除，新的悲伤又在不断形成。在二十年前，我不知道悲伤到底是一个怎样的名词，在二十年后，我却不得不在梦里一次又一次迎接悲伤的到来。要真正成为一名城市人，需要用一生去努力，需要在漫长的岁月里忍受着来自现实的各种各样的严刑拷打，更需要整个家族的男女老少源源不断地注入其中，前赴后继地成为城市一滴又一滴的新鲜血液，只有这样才能将我身上封存了二十多年的雷腔彻底去除，再烙上时尚的城市腔调。许多生活在城市的年轻人群正忍受着这种改变的悲伤。如果不愿成为城市人，也可以选择返回故乡，从此在故乡默默无闻地娶妻生子，平淡生活，直到老死。这种悲伤，我同样无法接受。

4

虽然我所去往的城市同属广东，但在这里飘荡了数年的我依然不会说一口流利的粤语。并不是我回避学习粤语，我知道是自己身体填充了太多雷腔的元素，导致粤语的气息无法进入我的身体。但我如今终究还是生活在城市，于是总是逼迫自己一定要尽快学会这里的语言，只有这样才不会受排挤。当又一年的春节来临，我返回故乡时，我感觉身体里的雷腔气息虽然被城市化的进程冲淡了，但耳根与心灵依然是纯净的。一年前在城市偶遇的那位同乡又打来电话，他要在故乡举办的一个文艺晚会上登台演唱，正因为这事，我才特地从城市赶回来看他的演唱。

恍惚间，我的脑海中映出了自己的父亲和母亲在故乡为生计而日夜忙碌奔走的背影。父亲一直比较沉默，他很少去外地，在故乡总是习惯用雷腔和别人沟通。在故乡工作几十年，他没有去争取更大的职位，始终当着一名普通的图书馆职员，刚开始我以为父亲不思进取，逃避现实，后来才知道这是他负担起沉重生活的一种隐忍姿态。母亲同样在故乡几十年，始终做着地位卑贱的环卫工作，顶着周围人鄙夷的目光，独自一人扛下了所有的世态炎凉、人情冷暖，以及那些不能言表的悲伤。我被他们在平凡琐碎的生活中所散发出的精神潜移默化地影响着，时常能感受到他们在坚定的雷腔中所隐藏的力量。这让我在城市与故乡之间没有了决绝的勇气，我尽可能地在影响着自己情感的城市与故乡两地之间协商妥协，直到能安身立命。

短暂的年假一晃而过，这天我坐上了开往城市的长途汽车。这条路线我已经来回往返了许多年。车上坐着的人都是从故乡去大城市，有着一口娴熟雷腔的人，在他们之中，有的已经是城市人，有的正准备成为城市人，有的依然对城市充满好奇与向往。当乘务员开始验票时，我竟然不小心用普通话和她说话。一旦坐上这样的客车，我的思维就忍不住变成城市的惯性。好在车上也有一些讲普通话的人，在乘客之中还是能分清谁是城市人，谁是故乡人。因为在他们身上都有着一口流利的雷腔，这些来回往返在城市与故乡之间的人们，本身就带着一种离别的悲伤。

5

我的外公是乡下人，还是一名雷剧演员，从小唱雷剧出身，年轻时在戏台曾经演过穷酸书生，为考上状元，博取功名，悬梁刺股，拼命学习，当终于熬到暖春三月赴京赶考时，却因俊美的外貌而被沿途的富家女相中，为了儿女私情，放弃理想，沉醉红尘，最后抱憾终生。这样俗套的剧情，外公用标准地道的雷腔默默地，不厌其烦地唱了一辈子，在戏班里唱成了一位德高望重的老戏骨。成为我在雷腔的语言环境里最敬重的一个人。小时候，由于父母工作忙碌，他们经常将我寄托在外公家，那时，农村里经常有各种各样的风俗活动，如土地公生日、小孩儿满月、老人祝寿等。每次举办这些风俗活动，总要搭台唱戏，外公是村里戏班的骨干演员，每次登台都少不了他这个主角，自然他也成了最忙碌的人。每次唱戏演出总在晚上，而且进行到很晚才落幕，外公家离戏台很近，只隔了一道墙。时间早的时候，我就到戏台下的观众席坐着看，如果感到累了，就一溜烟跑回去睡觉。我躺在外公家的床上总习惯听着从外面隐隐约约传来的雷剧的声音才能安然入睡，这种声音有时浑厚低沉，有时清亮高亢，有时温和婉转，而我的耳膜已经习惯了这样一种同时拥有不同腔调的雷腔。它给了我最可靠的安全感，让我忘记了独自寄居的孤独和不安。

记得有一次，我看外公唱的一出雷剧，那出雷剧由于剧情的设计，只有外公一个人在台上唱，那晚台下的观众虽然很多，但令人惊奇的是，外公似乎无视他人，将整个戏台当成了他的个人专场，虽然他年事已高，但他对这出雷剧的改编，包括唱腔的许多细节把控上都进行了精心的处理。外公把古老的雷剧唱得既熟悉又陌生。我相信那个晚上，台下的其他戏迷们也看懂了外公唱的这出育人劝世，深藏人生哲理的雷剧。而且我一直隐约感觉到外公的身上藏着一道隐秘的光芒，这道光芒平时被琐碎而沉重的生活遮蔽了，只有在属于他的戏台上，这道光才会完全释放出来。

外公虽然热爱雷剧，但在他根深蒂固的思想里，唱雷剧只是一种无可奈何的生活方式，这种生活方式渺小得令人无法直视。唯一能摆脱这种渺小的途径便是前往大城市工作或者寄居，以前外公总是经常这样对我说。后来，当我真的有机会去到大城市学习和工作时，才发现大城市并非自己愿景中所想象的那样美好，这里充满了轻浮的狂欢，以及人心的叵测。人们疯狂地为自己掠夺各种资源：教育、工作、生活。这里的人们为自己逃离了农村感到庆幸，为自己日渐退化的乡音感到幸福。当我了解到大城市的一切真相后，无奈自己已经是寄居于此的异乡人。当我想把这个真相告诉外公时，他已经去世了。外公走得很突然，一场心脏病夺走了他的生命。这种突然就像侵入我身体的城市之音，要将我体内的雷腔彻底清除干净，从此做一个彻底的城市人。但外公曾经在戏台上遗留下的雷腔让我感到一种真正的尊严，我不敢将此时自己的心灵与外公的心灵做比较，在我看来，外公虽然离开了，却留下了一个永远以雷腔为荣的灵魂。在这点上，虽然我的身体还存在，但实际上只是一副躯壳，因为我始终未能做一名真正的雷州人。

当我写到这里，喉咙忍不住发出阵阵颤抖，虽然斯人已逝，我再也不能从老一辈的雷州人那里听到标准的雷腔，但这些年以来，我只身漂泊在外，尝遍了人生的苦辣辛酸，有时也会因为孤独而以雷腔自言自语，在这种孤独中我的喉咙悄悄保存着最纯粹的雷腔，虽然这不是刻意而为，但我知道雷腔在我身上永远不曾消失，只是有时候它被生活杂音暂时遮蔽了。不管我是雷州人，还是城市人，或者未来还会拥有不可预知的多重身份，但我对雷腔的情怀始终不变。

我在写作中，用回忆的笔道出了故乡内心的辛酸苦辣，更用真实的声音喊出真切的雷腔。它不豪迈，不亢奋，不平淡，不沮丧，它只是一个族系对内的亲切之声，一种对外的美丽文化符号。但它唤醒了我，也唤醒了数以万计的故乡人。

蚕

山东省济宁学院 / 刀 刀

只有父亲和柞蚕还在大山里。剩下的世界不稳，要么急于赶路，要么在妥协于四季的枯荣停止抗争，要么随着西去的太阳沉下去不再醒来，父亲说没有节奏感地过日子哪能长久。就像一个情节忽快忽慢的故事，听众和作者都懒于坚持，最终提前散场，而养蚕就是一件急不得又不能太懒散的事情。长时间的山里生活，会告诉你怎样躲过烈日和痛苦，怎样收获与舍弃，学会过日子就要从学会养蚕开始。

小暑一到，鲁东南的天就彻底热了起来，山川，河流，大地，早熟但未熟透的山桃，柞树与柞树之间的空隙，能热的地方，都会不约而同地热起来。山里的鸟懒得飞到庄稼地偷食，且找一棵枝繁叶茂的柞树，蹲在阳光的缝隙里，不动了，它们在等待契机，过不了多久将会上来一道全新的美味，为了这一刻，所有等待都是值得的。大地之上，人们热爱的事物，在这一刻全部偃旗息鼓，只有一种生物选择在温度最高的日子出生，成长，蜕变，修成正果，沸腾一生，我们拥有同一个父亲。

大山里的事物，多数是关不住的，人们所谓的热爱，往往都是占有与囚禁。柞蚕不同于“春蚕到死丝方尽”里的意象，需要寄养在室内，采桑叶喂养才能成活，一点风吹雨打便吓破了胆。可能也是出于这个原因，柞蚕的食量与桑蚕相当，个头却比桑蚕大两倍多，它们汲取更多的山风雨露和日月精华，率先感受世间消磨与沧桑，一吐一纳间，又是一副超然物外的样子。如果没有足够诗意的大川大河，柞蚕是绝对不会降临的，它们宁愿一生在茧中闭门不出，也不愿意融入一个肮脏的世界。只有最初的孵卵环节，需要在温室里进行特殊处理，我们当地称为“洗蚕籽”。在略暖的水中加一点消毒液，用细纱布轻轻地抚摩蚕籽，一次，两次，三次，到五次后，大概就能够“唤醒”里面的幼虫了。尤其注意的是要干净，不能让任何脏东西接触到它们，将来要喝露水长大的生灵，金贵。经过一个夜晚的等待，壳内的幼虫开始慢慢探出头，整个过程就像母鸡孵小鸡，小心翼翼又充满期待，这个晚上，养蚕人甚至会彻夜不眠，需要等待，需要看护，需要在灯影下慢慢熬着时间，这时候，黎明是在养蚕人的守护中到来的。海上的日出，泰山顶的日出，都不足以让养蚕人动心，动人的黎明需要自己参与进来，拉长它，熬短它，甚至破坏出一个新世界。

第二天一大早，小小的幼虫就全部出来了，暗黑色，一厘米长，柔柔的，缓缓地，它们的视力还不太好，但是凭着敏锐的嗅觉，很快就爬到了事先准备好的柞树叶子上。柞树叶子要选一些相对嫩的，不然小小的蚕儿咬不动，叶子还要连带着一点树枝，不然转移的过程中，容易伤到蚕宝宝。后面要做的就是放养了，将这些爬满幼虫的枝叶，小心地放到篮子里，一左一右，进山了。鲁东南一带，蚕场就像庄稼地，每家每户都有，且有明确的界线，这些界线倒不像地里的界石，硬邦邦的，冷漠无情的，蚕场的界线往往是一棵树，一道山梁，一片绿油油的野花丛。对于刚刚送进来的幼虫，需要选择那些相对"年轻"的柞树，因为它们的叶子鲜嫩，蚕宝宝吃起来更省劲。老一辈说，养蚕就是养孩子，一点不夸张，只是一下子养这么多孩子，真不是普通人能做到的，往往需要很长时间的酝酿，养蚕人经过深思熟虑后，才下定决心养这一季蚕。

蚕场是老蚕场，祖上传下来的，祖上传下来的东西大多可靠，这接近于不容置疑的事实，是什么就是什么，是谁的就是谁的，没有可以质疑的地方。几十年前的生产队大面积地种植过柞树，后来这些树木自生自衍，渐渐地占据了整座大山。草木的占据不同于人类文明的攻占，它们温和而又安静，只需要一场雨，就能将一道山梁染绿，在接下来的枯荣更替中，越来越茂盛，越来越自如，很快就要高过那些曾经一度裸露的石头了。在鲁东南一带，有草木的地方一定就有柞树，因为它们是蚕宝宝的主食，是庄稼人的钱袋，其他树可以少些，柞树不能。以后的若干年，人们不断修剪着这些柞树，不要太高，高了养蚕不方便，也绝不能太低，低了会被吃草的牛羊碰断，要知道这些牲畜是极喜欢在粗糙的柞树皮上"蹭痒"的，那些靠近山路的柞树，往往被牛羊蹭得光溜溜的，俨然一副"包浆"的样子，只不过牛羊不懂得艺术，在它们眼里，那些树要比艺术有用得多。大自然将这些日常的事物，视同己出，一棵草，一块石头，一群羊，简简单单就构成了整个世界，人不再是特立独行的元素，在大自然的怀抱里，养蚕人和蚕的关系就像雨水与草木的关系一样，纯粹而又自然，落了一片树叶，埋了一个人，没什么区别。而柞蚕的新生与成长，同样让整个蚕场充满期待，那些日子，每一片叶子都是光彩照人的。

学会计算是件不容易的事情，山里的生活不像城市，上班，下班，吃饭，休假，用钟表和日历计量着一切。山里人更多的是用太阳，用炊烟，用鸡叫，用一切朴素而原始的东西估算着接下来要做的事情。鸡叫了就得起床，大多数的炊烟散了也就到了该回家的时刻，可能最难念的经都是在田间地头抽着烟想通的，一只羊崽的降生，一枚鸭子蛋的意外破碎，都足以影响一家人的心情。养蚕也是需要计算的，尤其放养的那几天。放养的过程中，有一点要特别注意，就是匀蚕。所谓匀蚕，就是配合柞蚕用腹足倒抓柞枝，通过剪枝将分布过密的蚕调整到邻近无蚕或少蚕的柞树上，以利摄食和栖息。柞蚕的一生要经过四龄，每一龄都是一次蜕变，一次成长，龄与龄之间，有一天到两天的休眠期，这些新陈代谢的日子，需要人们一一计算，刻在树叶上，划进树皮里，或者在蚕场堆几个小石头，三三两两地，就构成了庄稼人的一生。蚕宝宝休眠时一动不动，既不吃也不喝，只等全身的旧皮一一褪去。人们津津乐道的破茧成蝶，只是柞蚕生命历程中很小的一部分，而蜕皮却是日常的，没有多少人知道蜕皮的疼痛与煎熬，就像没人知道一棵野草所经历的风雨消磨。柞蚕提前喝足水，吃够几天的树叶，找个相对隐蔽的地方，静止。这段静止，不能吃，不能喝，不能躲避泼下来的烈日和随时袭来的麻雀，稍有不幸，就会葬身于枝头，跟着秋天一起枯萎。

然而大自然是公平的，不会偏向于处于弱势的柞蚕，也不会偏向于忍受饥饿的鸟儿，有生有灭，才能永葆延续。终于，过上两三天，它们便重生了。彻底“苏醒”后，柞蚕开始大量进食，身体也较前长大了很多，这种力量的蓄积，是短暂又漫长的，短暂的是睡一觉就过去了，并且柞蚕的生命周期也就那么百十天而已；漫长的是养蚕人，要时时刻刻看护好它们，不能有一丝一毫的怠慢，每一次日出都是短暂的，每一次等到日落却又那么那么漫长，黑了养蚕人的脸，不见了曾经风度翩翩的白衣少年。是吧，父亲，无数个山里的父亲，都是这么慢慢老去的，经过几十年的柞蚕放养，他们变得跟柞蚕一样，皱纹深陷，纹理比几十年的树皮还要深刻，有时候累了躲进草丛猫一会儿，很难认出是人还是荒草，土一样的蚕，土一样的养蚕人，土一样的世界。经过第一龄后，蚕宝宝立马从黑色变成了绿色（或者黄色），跟大自然迅速融为一体，那些土生土长的草木，似乎更喜欢和自己肤色一样的生灵亲近，这接近于人类的血统观念。全部匀好后，就是移蚕了，一般从第二龄开始，为使叶质、叶量适合不同龄期柞蚕生长发育的需要并维护柞树生长繁茂，到适当时期要将蚕全部移至另一蚕场，这个过程是足够辛苦的，尤其是起风的时候。

山风没有偏爱，任何脆弱的事物都要经历，年迈的父亲，风化的沙石，干枯的小溪，瘦小的柞蚕，无一例外。不要以为夏天的山风会带来阵阵凉爽，在大山深处，在每个天刚蒙蒙亮的清晨，在日落后暗无天日的谷底，山风就像一把刀，锋利地割掉一切事物的脆弱面，存活下来的才能长久，一路走下去，山里的生活让人的思想坚硬。山风刮起来，柞蚕就要在枝头蛰伏，尤其生命中经历的第一场风，如果它们没有学会规避，那么它们就活不下去，掉下来，或者被甩到别处，都足以让它们丧命。山风来临时，蚕脚底的每一个触角都绷紧神经，全面而有力地抓住触到的任何东西，树枝，树叶，就是自己救命的娘亲。忍一忍，风很快就过去了，外面的阳光暖得出奇。以后，柞蚕便对山风习以为常了，活下来的，只要起风，便能狠狠地抓住枝头末节，尽管摇摇晃晃，但总能立足风雨，处惊不乱。甚至风吹得越大，柞蚕长得越结实，不过是一场动感十足的圆舞曲罢了，而养蚕人，则成了整个节目的幕后工作者。

永远都是父亲，无数个山里的父亲，从一个蚕场到另一个蚕场，有时翻过一道山梁就到了，有时要走很远很远，一天也移不了多少蚕，但是他们从来不会停下，深一步，浅一步地，丈量整座大山。移蚕还要充分尊重蚕宝宝的意愿，如果它很喜欢眼前的这棵柞树，就一定要等到它把整棵树的叶子吃光才移，如果它不喜欢这柞树，就趁早帮它们搬家，蚕宝宝闹起情绪来，真的是好几天不吃不喝的。父亲说，有年有棵树上的蚕宝宝就有意见，直到饿得面黄肌瘦，杵在枝头上动也不动，都以为它不行了，直到把它移走后，它突然大吃大喝，很快就长大了，你小时候也这样……我不记得自己曾经多么挑食，但我可以肯定，我所承受的饥荒远远小于它。父亲的裤腿急促而又有力地碰撞着山里的一草一木，匆匆过后，草木很快就恢复了原来的姿态，好像什么都没有发生，而父亲却在这一次又一次的“迁徙”中慢慢白了头发。来一场大雪吧，让那种寒冷的白，暂时掩盖一下父亲经历的沧桑，让那股发白的凉意降一降六月的酷暑。六月的大山里，所有生命都应该停止代谢，为什么不放过烈日下躲躲闪闪的养蚕人呢。

其实柞树上不仅仅有蚕，还有很多其他生物，有一种是特别恐怖的，当地人称之为“刷毛夹子”，它的学名叫洋辣子，有毒，接触人的皮肤后，瞬间产生痛感。那是一种钻心的疼，并且持续时间很长，以后不经意触到那个痛点，仍然让人疼到麻木，更严重的会长出一个个细小的白色疙瘩，久久不能褪去。而匀蚕和移蚕的过程中，是不可避免要被洋辣子沾到的，一季蚕下来，父亲的手千疮百孔，红一块，紫一块的，就像生病了的老红薯，至于多疼，他永远都不会告诉我们吧。为此，父亲是不让我接触柞树的，因为洋辣子不一定藏在树的什么位置，树枝，树叶，树皮，甚至与它接触过的柞蚕身上都有可能留下“危险”。没错，洋辣子的毛在干燥天里到处飞，落到哪里，哪里就有“危险”，不小心蹭到的话就等着忍受折磨吧。疼到麻木，疼到不疼，没有谁敢和山里人比对疼痛的忍受能力，生存，生活，一次次麻木着养蚕人。

饥饿的时候，会去谷底寻一些野果，山桃最多，不用洗，用袖子一擦就进肚了，这么多年也没见生出什么病症来，山里人的病不从口入，从影子边缘得病的最多。没有一个影子是肥厚的，在山里，一切都单薄，草木，虫鱼，鸟兽，吃不饱穿不暖，对饥饿习以为常。桃树，可能是多年前养蚕人特意种下的，也可能是牧羊者不经意间留下的种子，在风雨中偷偷长大，它们不需要额外的肥料和多余的照看，有阳光和雨水就够了，有寒冷和风霜就够了，无论怎样，身下都是厚厚的土地。桃子很小，核比果肉还多，味道也略带苦涩，但是吃起来，尤其在饥饿的时候，你会感到它是那么果腹，那么甘甜，一天的劳累和饥饿，瞬间便随着一枚桃核跌落山谷，很久都没有回声。也会在蚕场周围捉一些蚂蚱，捡几根枯树枝，轻轻松松便生起火来，不出两分钟，一只只美妙的食物便诞生了，青草的味道，大山的恩赐，随着向上的青烟，越飘越远，一回头，十几年前的事了。

相比父亲，我要做的就轻松多了。蚕宝宝经过一龄后，就会成为鸟儿的攻击目标，需要有人不停地在蚕场驱赶鸟儿，自然是我。蚕宝宝身体柔软，内部多汁，反抗能力差，目标集中易发现等诸多特点，使它成为鸟儿绝佳的觅食对象。山里的鸟，跟山里的人一样，喜欢起个大早，往往是刚蒙蒙亮，它们就开始觅食了。但是我并不需要早起，因为有父亲。父亲一定是在黑夜里起床的，必须赶在鸟儿的前面，无论是起床还是提前到达蚕场，就像一场紧急的抢救，父亲和鸟儿在太阳出来之前，进行着一轮又一轮的竞赛，谁先到达蚕宝宝的处所，谁就赢了。大约过了六点，我吃过后才上山，带着一点父亲的早餐。早饭不能多吃，吃多了在蚕场里运动不方便，并且吃早饭会占用看护蚕宝宝的时间，有时候你多吃一口，偷食的鸟儿也会进来多吃一口，反正谁也占不到便宜，在山里，生存是需要量化的。

驱鸟需要动脑筋，山里的鸟儿比城里的聪明百倍，它们足够机智，能在一场又一场的斗争中赢得胜利，简直就是充满呐喊与奔跑的比赛。当年出生的鸟儿，经验较浅，往往人一吆喝，就吓跑了，比较容易驱赶。但是那些老鸟就不同了，它们身经百战，知道那些吆喝的危险性有多大，人吆喝一声，它们假装飞走，然后折个弯又飞回来了，躲来躲去，总能吃饱。这时候需要不停地在蚕场里走，边走边吆喝，直到鸟儿们倦于这场战争，才会选择放弃美食。后来的几年，家里条件稍微好点了，过年时买的爆竹会剩下一些，我们就有意识地留着，一直等到放蚕时节，它们便派上大用场了。鸟多的时候，点上一个，爆竹炸开的声音，通过一棵棵柞树传到那些偷食者耳朵里，吓得它们半天不敢回来。父亲不舍得点爆竹，即使有再多的鸟，他也不点，只是不停地在烈日下喊，没命地喊。柞蚕的自我保护能力很差，像一个襁褓中的孩子，如果有小型的虫子前来捣乱，它就左摇摆一下头，右摇摆一下头，把它们赶走。如果有大一点的虫子，它就左吐一口“唾沫”，右吐一口“唾沫”，把那些敌人吓跑，柞蚕的这种“唾沫”，其实没有多大的杀伤力，不过是些黑色的液体罢了，真正的敌人，是不会因为几口唾沫而退却的，无论怎么摇摆，鸟儿都不惧怕它。要么是饱餐一顿，要么是饥饿一下午，要么是生死一线，反正谁也摆脱不了谁。鸟儿呀，鸟儿呀，你们到别处吧，我的父亲只有吃饭的时候才能休息，我的父亲嗓子已经哑了、破了，我的父亲跟你们一样飞来飞去永不停息，差点就掉进黄昏里爬不上来。

也有相对轻松的时候，没错，下雨天是最幸福的天，越大越好，当然这不是你想象中的江南烟雨，可以撑着一把油纸伞，缓缓地走在小巷，一不小心就成全了文人笔下的诗情画意。这雨要足够大，大到鸟儿们都不敢飞出来，乖乖地躲起来，蚕场的我们便可以跟着鸟儿闲一会儿。父亲在雨中是看不到江南的，因为父亲没有去过江南，也不知道书里的江南是个什么样子，父亲只知道这雨来得真及时，再不来，就要坏事了。是的，柞蚕需要雨水，平日里的露水填不饱它们的肚子，世间所有的风花雪月，都当不了饭吃，尤其到了后面的紧要关头。蚕宝宝靠着雨的掩护拼命地喝水，不用半个钟头，它们就喝得饱饱的，身体一下子大了好多，趴在雨中一动不动了，这之后它们很快便进入了三龄、四龄。

大雨过后，整个世界忙碌起来，鸟兽虫鱼瞬间长大，草没过人们踩出的小径，而避雨的人一下子老了许多，就要找不到进山的路了——这是一个全新的世界。雨后，柞蚕开始疯狂进食，没命地长，大约两天时间身体就长大了一倍，好像这辈子的饭都要在这两天吃完一样。鸟儿们同样忙，如果说鸟儿也有偷懒的时候，就是刚刚停雨的时候，很长时间没吃东西了，还淋了一场雨，体力耗去了不少，但是不能停下来啊，要饿肚子的，要养家糊口的，于是它们像蜂子一样奔进蚕场。你可能见过温柔的蜜蜂，但是你没见过山里的土蜂，一旦确定目标便没命地冲过去，头破血流也在所不惜。鸟便是这样学会吃食的，足够快，足够准确，才能从养蚕人的嘴里抢过食物，量化本身就是残忍的。更疯的是养蚕人，这时候必须没命地驱赶鸟儿，棍子，爆竹，吆喝，呐喊，来来回回地走动……能用的方法，全部用上，使尽浑身解数，只为实现孩子一份夙愿。只要少进来一只鸟，就能多活几只蚕，多活几只蚕，孩子们的学费就可以少借点了。

还有一种生物也是雨后开始忙起来的，它的忙碌为养蚕人的生活增添了不少情趣，更重要的是，它增添了伙食，没错，是蘑菇。雨后，柞树下会冒出一种特有的蘑菇，灰白色，高高的，一片一片地布满蚕场。看到它们，就看到了今天的晚餐，加上几片肥肉，煮也好，炒也好，炖也好，怎么着都能吃，鲜着呢。最开始的几年，山里人都不敢吃这种蘑菇，说是有毒，父亲是第一个吃的，很多事，父亲都是第一个，永远都是第一个。山里人有个说法，说蒜能解毒，煮蘑菇的时候放上几瓣蒜，如果蒜没有变颜色，就说明蘑菇可以吃。但是谁都知道，这种说法，既没有根据，也不可靠，谁敢拿自己的命开玩笑呢。直到有一年我实在是忍不住了，天天嚷着要吃蘑菇，父亲就采了一些回去，放了很多蒜瓣，看到蒜没有变颜色，就亲口尝了尝，然后吃了半碗，两个小时后又让母亲尝，母亲又吃了半碗，如此反复了几次，才确定让我吃。都是贫穷逼的吧，贫穷既可以让人勇敢，也可以让人获得美味，当然，后者的概率是极小的，只有爱才可以百分百。以后的几年，山里人便接受了这种新食物，好吃，干净，采摘方便。尤其是养蚕人，占尽地利，往往收获的蘑菇最多，但是采蘑菇的同时，一定不能大意，因为鸟儿已经偷偷潜了进来。

柞蚕爱干净，污染过的柞树叶坚决不吃，就像一个爱美的姑娘，对一切都挑剔得很。如果周围有庄稼，是不能洒农药的，因为那些气雾会随着风吹到柞树上，哪怕一点，都会致命。只有干净的山风和雨露，可以接近它，只有淡妆浓抹的景色可以让它睡得安稳。在大山的怀抱里，柞蚕分分厘厘地变长，变大，变得结实无比，周围的景色一笔一画地熟透，俨然一个全新的世界。过了很久，会有个影子慢慢走进景中，近了，近了，步伐稳重而迟缓，眼神犀利而机警，好像是这座大山的守护人，又好像雨中走来的父亲。

就这样，在大自然和父亲的怀抱里，柞蚕健康平安地成长着，它们永远都感受不到父亲和我的存在，在它们眼里，我们跟那些鸟儿风儿没什么两样，只管吃只管睡就够了。外面的世界，只有大自然，风雨雷电，鸟兽虫人，都是大自然，好的坏的，没得选。虽然偶尔有雨，但是夏天基本上是残酷的，养蚕人的衰老也是完全开始于这个季节。六月的太阳大，大到没有一棵树能够完全遮阴，我们跟着太阳起落的方向，挪动着休息的地方。所谓休息，就是正午的时候，鸟儿们吃饱了，天又太热，它们就找个地方猫起来，我们在这段时间里匆匆吃着午饭。父亲吃完就离开树荫，继续在蚕场里“巡视”，而我可以多休息一会儿，想一想新学期的课本，想一想久别重逢的老同桌。在山里，苦难和幸福同时出生，它们因为不同的性别选择了不同的路途，只是不论走在哪一条小径上，都时不时地闪现着生它养它的父亲的样子，不敢忘呀，那些将来要埋进土里的人和事。

八月的山里热闹，山里的人们在忙碌，秋天一到，一切都丰盈起来，这场丰盈，不知道耗尽了多少养蚕人的青春，世间匆匆皆秋色，只有父亲近黄昏。大地之上，人们热爱的事物一次次上演着落幕，许多叶子落了，许多落叶沉了，许多踩着落叶走过的人长眠于此了，不变的是柞蚕越来越饱满的身体，还有柞蚕身后永远沉默的群山。一个多月后，柞蚕接近成熟，个头大，皮厚实，反抗能力强，基本上不怕鸟的攻击了。再吃上十多天，就只等柞蚕了。柞蚕是养蚕的最后环节，四龄过后三到五天，蚕便停止进食，开始吐丝，一点一点地编织着自己的巢穴和旧梦。这时候的蚕场清净起来，没有鸟儿穿梭，也没有父亲的吆喝，柞树上的叶子也被吃得差不多了，视线一下子开阔许多。某个午饭后的瞬间，我透过稀稀疏疏的柞树，看到了父亲的影子，他的影子和那些被吃剩的柞树一样单薄，好像很容易就空了。但是一抬头我又看到了一树的柞蚕，满满的，密实极了。

分不清的回路

广东技术师范学院 / 刘小笨

一、回乡

再一次走在二郎庙村的时候，我第一次惊异地发现这个村子竟然风景如画。用手机随手而拍的村庄，处处都是青翠可人的树木。当然还有一个更重要的原因就是，我不知道自己还要时隔几年才会回来一次，或者，我甚至不确定还会不会再回到这里。

一路往寺姑河边我家的老房子进发。这一面坡地，曾经四处炊烟袅袅，而今却处处人去楼空，沿路的住户要不就是一把铁锁紧紧挂在大门上，要不就是紧紧地关着门，我甚至还特意跑到一户人家的门口去敲门。不知道为什么，我特别渴望可以看到故乡的熟人，哪怕只是打个招呼也好，似乎我千里迢迢坐了二十四个小时的火车，又坐了近两个小时的汽车才回到这里，只是为了跟我熟悉的乡邻打一声招呼，可我在路上居然没有遇到一个乡亲。后来，就在我快放弃的时候，却看到在路边杂草丛生的土地深处，有一个人正挥着镰刀，不知是在割草，还是在干着什么，总之有种突兀的怪异感，那种感觉一涌出脑海，就让我瞬间切断了想要仔细看清楚的想法。

我一路东张西望，不知道自己在寻找什么，总觉得这里多了什么，又少了什么，一时间脑袋蒙蒙的。这路都有些看不清了，我才意识到，这条路几乎形迹难辨，已是无人行走的模样。鲁迅先生曾说，这世上本没有路，走的人多了，也便成了路。而今我却看见这曾行走了十多年的路，这村庄里我曾无比熟悉的路，从我一出生就知道的路，以为此生甚至生生世世它都会自然而然存在的路，才短短几年光景，就因为无人行走而形迹难辨，并正在渐渐消失着。对，我想起来了，这面坡多了许许多多我甚至都叫不出名字的树来，还多了许许多多的荒草。我突然特别庆幸自己在这个季节回来，因为有了这些绿树的掩映，消解了野草的苍凉，捎带着也安抚了我的心绪。对，我还想起来了，这面坡少了曾经绿油油的庄稼，本该在这个季节里风头正劲的玉米、小麦……它还少了一路走一路便可随处遇到的乡邻，少了一路的招呼声，少了一路的乡音。

从我懂事起，我就记得这个村子里的人每年最辛苦的事，莫过于要走很远的路去砍柴，因为我们这里到处都是庄稼地，有大片树林的人家屈指可数。那时有地又有林子的人，不仅可以用自家的木材种植木耳，而且还能解决一年到头的柴火问题，实在让人艳羡。而我的整个少年时期，每每放学回家，主要的任务之一就是跟着同龄人或年长的人跑去很远的地方砍柴。有时实在太累，就偷懒到近一些的林子去，却往往担惊受怕，生怕被主人家发现，因为隔得近，被发现了怕人家找到家长，给家人带来麻烦。有时一听到林子主人发现我们后远远的责骂声一响起，便会即刻拖起柴火就跑，实在跑不动了，也只好无可奈何地扔下已捆好的柴火，慌不择路地只顾着逃跑。那时，父亲长年在外，母亲每天各种活计缠身，而我就成了家里砍柴的主力。有时当我要扔下砍好的柴火，从密密匝匝的树林里磕磕碰碰地逃跑时，一颗少年的心里，便会充斥着难以名状的悲伤。那悲伤，绝不是追问为什么我们要面临这样砍柴的境遇，因为整个村子的人们都是这么过来的；那悲伤，只是因为担心天色将晚，回家该要如何向母亲交代。

当然，通常情况下，我绝对不会空手而归，而是会再找一处地方，以最快的速度再继续砍一捆柴火。一般去到远处砍柴至少会有两人结伴而行，两个十几岁的少女，夜里八九点了，连滚带爬地从早已看不清路的林子里摸出来，从密林深处扛着柴火，走出好几里路才能看到人家。看见明朗月色的那瞬间，心头的紧张与害怕才会消散。月光洒在河边的大石头上，把柴火放在一边，此时才有空伸手擦去满脸的汗水，而衣服早就湿透了。夏天的夜晚，坐在大石头上，河风徐来，通体舒畅，而母亲的声音一定会在我家门前远远地响起，大声地呼唤着我的乳名。我每一次砍柴，都人小心大，总想砍更多一些，有时实在扛不动了，也会咬紧牙撑着一步步拖着走，也许是个性使然，也许是每次砍柴回家，无论远近，只要母亲在夜里唤我，听到我应声了，判断了我的方向后，她都会一路找来接我。每次她来接我，都感觉年少的心里涨满了幸福。

而今就在我曾经生活过的村庄里，四处长满我根本叫不出名字来的树，哪里还要跑老远去砍柴呢？可是再也没有人会像曾经的乡邻们那样关注一棵树，或者说关注着与一棵棵树木紧密相关的村庄里的生活了。我说不清此刻的心情，看着这些青翠欲滴的树木，既满心欢悦，又满怀惆怅。随手拍下的照片，景色美不胜收。我把照片发到家族的微信群里，在各个城市的我的亲人们，他们的心情像是瞬间被我点燃。弟弟一直发语音催我继续拍照，我的手机微信一直被他们轰炸着，后来干脆放下行李，每走一段路，就停下来一阵狂拍。

父亲在微信群里说着要回来建房子的话，我听着，以为他不过是因为我的这些照片勾起了他的思乡情绪。我没有回应他，因为我不敢想象，在我们都远离的情况下，他一个人该要如何面对那些已到处是荒草野树的土地，恐怕要辟出一片菜园子都难了。

我给父亲发了一大堆我们那个城市的照片，市里近几年发展迅速，甚至还有了国家级的高新区，生活设施和公共设施越来越完善，处处让人赏心悦目，我给他做思想动员，“你看这里这么美，房价还不高，你回老家建个房子，倒不如直接在市里买个房子……”我话说了一大通，父亲却再也没有回应半句。

我家老屋有面墙已经坍塌了一个大口子，曾被我勤劳的父亲把房前屋后收拾得干净整洁的小院荒草疯长，荆棘丛生。走近时，有一只鸟突然扑棱棱从屋里出来，惊吓得我一个趔趄差点摔倒在门前的石阶上。头顶上七月的天空分外湛蓝，洁白的云朵悠悠地飘着，而我却在此刻感觉分外悲凉。没有袅袅炊烟，门前那条清澈见底的寺姑河早已看不出河流的踪迹，一切都那么陌生，恍若隔世。回到自己的村庄，站在饱经沧桑的老屋门前，隔着一堵墙，却进不去自家的门。我甚至不敢站到那熟悉的窗外，去透过蛛网交织的窗口，看一眼少年时每天写作业的书桌：我曾多少次趴在书桌上遥想未来图景，告诉自己：“出去吧，去城市。”可如今啊，身在他乡，心却一直挂在半空，没有着落。

不远处的村公路上，有一辆小车绝尘而过，骄傲地碾压着村里万年的泥土，像是在昭示自己对故乡的征服。我们的乡亲们，在时代的狂澜中前行着，无暇抬头看天，只顾低头赶路。此时此刻，站在故乡的土地上，褪去那份纯粹的想念后，最后一份期冀也灰飞烟灭了。我颓丧地坐在这荒草掩映的石阶边，被泥土深处冒起的阵痛淹没、吞噬。

二、兄弟

大约是被我回乡的照片所牵引和刺激，父亲竟在我回乡不久后，从千里之外的城市回到村庄里。我以为他只不过是随便说说而已，却没想到他真的要回村里建房子，还是以这样快的速度回来。尽管我不曾向他描述我其实是带着失魂落魄的情绪离开的，可想必他早已从我的话里听出了些许端倪来。然而，他回来的念头竟如此坚决，他不顾我弟弟——他唯一儿子的竭力反对，从弟弟已在城市里安下的家里，带着决绝的心，独自踏上了返乡的路程。

我带着矛盾的心情听弟弟给我描述他反对的理由，他在那个城市一切都顺风顺水，虽然算不得大富大贵，但凭借弟弟聪颖的头脑，他已在城市里站稳了脚跟。而今他只希望父亲有空带带孙子四处逛逛，乐意了在生意上帮个手，或者像别人的父亲一样，四处活动活动。总之，弟弟就一个意思：时代在变，人的思想也应该跟上时代潮流。他好不容易在城市里有了自己的房子，有了自己的家，用他的话说，心安处即是故乡。我在听了弟弟一番话后，感觉曾经稚气的男孩儿的确已蜕变为思想开阔的男子汉了。但如果此次我不曾回乡，我想我可能会和弟弟一样去极力说服父亲继续留在城市。事实上，在听完弟弟的电话后，我的确是打了长达两个小时的电话，跟父亲谈心。

但说着说着，我就觉得我内心的天平正慢慢向父亲做出归乡的决定一边倾斜。父亲说，他年纪慢慢大了，在城市里有份事做着倒还好，一闲下来，待在楼房里觉得哪里都不对劲，心慌气短。他操劳了大半辈子，没有停歇过，而今我们都长大了，他突然间卸下压在身上多年的重担，一时间觉得分分秒秒都漫长而难熬，他既不愿打麻将、打扑克，也不愿四处走动，大半辈子都习惯了勤勤恳恳地劳动，习惯了为一个目标不停努力打拼，现在他却失去了生活的方向。我和弟弟一样，期待着父亲像别的年岁渐长的家长一样，闲散度日，享受天伦之乐，能够安于那样的时光，我和妹妹不在他身边，作为女孩儿，我们终将嫁人，成为别人家的人。我一直认为只要他和弟弟在一起，至少也算得上是一家人生活在一起吧。

父亲说，他要在老家建一个小院，房前屋后，种种菜，种种花草树木，种一点田地，够自己吃，每天侍弄些花草、庄稼，继续像多年前一样，日出而作，日落而息，每年我们有空了，就回家待一小段时光，不想干活了，就去跟现在已留在村庄里的不多的几个亲戚走动走动……我听着听着，原本是想极力说服他和弟弟一起生活在城市之类的话，一句也说不出来了。

父亲说，再过几年，他就真的老了，也没有这种建房的精力了，到了那时，恐怕他是有心无力了。我突然在想，父亲辛苦了大半辈子了，而今他要用自己的积蓄建房子，作为孩子，即使我感觉到他想法中难免也有些偏执的成分，可哪怕是他再任性，再固执，他听不进任何看来非常具有说服力的种种理由，哪怕对于一个普通的家庭来说，十几万元也是一笔不小的数目，哪怕还有许许多多个理由，是他想要去做的，他觉得这样会让他感到安心的，至少我自己已经说不出任何阻拦的话语了。

我只好再次打电话给弟弟，说明我的想法。弟弟一直在强调，父亲年纪渐渐大了，即使盖好了房子，独自生活在村里，万一有个病痛之类的，我们该如何是好……我一时间沉默了，不知说什么才好，也许我的确想得不够全面，可我的内心一直有个声音在告诉自己，以前，身为孩子，我们一直会强调要父母尊重自己的意愿，而事实上，当我们长大后，便会自以为是，按照自己的想法去支配父母，我觉得此时，在家里所有人都反对父亲的决定时，如果身为老大的我再继续给他泼冷水，不知道他的内心会有多孤单。甚至我在此时多么希望自己早已有大出息，我非常有钱，我可以在过好自己生活的同时，有钱拿给父亲，他愿意在哪里就在哪里，也根本不存在这样的局面。但现实是，我还只是一个穷学生，我们只是普普通通的人，才有了如此多纠纠结结的苦痛。在内心如此百转千回之后，我终于还是在这件事上保持了沉默。

父亲终于还是决定留在村里。我每天继续忙碌地学习，没有再过问这事。大约半个月后的夜晚，父亲突然发了一条微信语音，“人情似纸薄啊”！约略是晚上九点多了，我能听出微信里，那空寂的村庄里的背景，父亲的这一声感叹，无比苍凉，我瞬间心中一紧，赶紧打了电话过去，原来父亲好不容易在经过各种思想争斗后，决定建房时，却发现没有合适的地基。

我们家的老屋离村里的公路有好远一段距离，而且原本的地基也并不是很好，此番父亲经过这么多内心折磨想要建个小院，也是想住得舒服，而今却找不到一块可以建房的地基。我好不纳闷。因为爷爷家的老屋就在村里公路边上，而今爷爷奶奶都随叔叔到了另一个城市定居，那不是个很好的地基吗？我是犯了想当然的错误了。父亲说，爷爷家的地基，都是二叔和三叔的，没有父亲的。我当然不会去问其中的细节，一直以来，我非常排斥这种家长里短的事，但是当父亲把村里人的话转述给我的时候，我突然被一种前所未有的悲愤情绪击中。我不知道父亲是怎么跟奶奶沟通的，也不知道他是怎么跟两个拥有地基权的叔叔沟通的。父亲说，他去找村里别的人买地基，别人只消一句就让他说不出话来，“你们亲兄弟都不愿让地给你，我一个外人又为何要帮忙呢”？

我不知道父亲在听别人说出这句话时是怎么承受的，即便是我，在电话的这头听到的是父亲过滤后的转述，也觉得心中无限悲凉。一个在另一个城市里做公务员的叔叔，一个做生意虽然没有买房，却已在我们村里公路边有一栋楼房的叔叔，却都突然间跟自己要回乡建房，却四处找不到地基的大哥说，他们都要在十年后回老家建房。这个地基他们没办法出让，哪怕是出钱也不行。突然想起冉云飞在《每个人的故乡都在沦陷》中的话：“没有故乡的人是不幸的，有故乡而又不幸遭遇人为的失去，这是一种双重的失去。”我瞬间好心疼，父亲在这种“双重失去”的状态下，还以最克制的语气跟我谈话、商量。

我起初觉得自己是晚辈，地基这件事终究要父亲出面，但我终于没忍住，我拨通了奶奶的电话。原本希望奶奶可以作为长者，说句公道话，哪怕，这个原本属于三个兄弟的地基，却莫名其妙地没有父亲的份，哪怕现在要我们出钱买，然而，我和奶奶说着说着，情绪却不由得激动起来，奶奶一味表示自己年纪大了，根本做不了主，只说两个叔叔一再表示此地基以后要自己回乡建房。我听着听着，一股无名火蹿上心头，奶奶大约听到我声音里含了怒意，便挂了我的电话。

我看到书柜上，前几天奶奶给我快递的核桃，我还没来得及拆封，静下来想了几分钟，又拨过去说了很久这才平复了她的情绪。折腾到十点多，我的心里翻腾不息，根本停不下来。到目前为止，我才知道农村里的土地竟如此值钱了。也有朋友一直在说要把已经迁到城市的户口迁回农村的老家里，以前我总不以为然，此次我才知道，也才明白，从而更深刻地理解了父亲，身为农民的他，此生根本离不开土地，唯有在泥土之上，唯有泥土地才能带给他安心。这和亲情、家庭环境等许许多多的因素都没有关系，这是中国的农民千百年来流淌在血液里，融化在骨子里，与生俱来的，无法逆转的一种天性。即使这几十年来，父亲一直为了生计奔波在城市，即使他已在城市里有了自己的房子，可他从来不曾安心过。

我一个年长的朋友曾和父亲一起吃过饭，后来朋友跟我说，“我感觉你爸一直处于不安心的状态”。这句话深深刺痛了我，我一直自负地认为，现在我们都已长大，不需要父亲操心任何事情，即便我现在仍在读书，但我有信心做到独立地负担自己，而今父亲应该过过舒心的日子了，但我直到这次才发现，父亲那么坚持要回乡盖房，只是为了寻求一份安心啊。可父亲终会发现，这早已不是过去的村庄了。那时，他还会安心吗？

三、买地

面对父亲寻地基无果的情形，弟弟是带着一点小期盼的。弟弟仍然指望着父亲在没有地基的情况下，回到他身边去，我起初本就带着中立的立场，尽管我无比理解父亲，可我同时又希望父亲留在弟弟身边，让我可以少操一份心。说到底，我还是自私的想法。我甚至已经跟妹妹打赌，说父亲找不到地基肯定还是会回到弟弟身边去。妹妹原本就不赞同父亲独自回乡，而今自然也是带着期待的。

然而，我们都没料到，父亲经过整整一个月的时间，最终还是在邻村找到了愿意卖地基的人。在一个平淡无奇的下午，父亲突然发微信给我，说他在邻村找到了较合适的地基，约莫六分地左右，要一万五。我对此没什么概念，但父亲紧接着跟我说了其他一些人因为要在公路边买地基盖房，都要花两万多甚至好几万的事，言下之意就是我们家这个地基已相对很便宜，很划算了。我说这么小的地，那以后没有菜园子怎么办，对于我这明显带有泼冷水意味的话语，父亲还是热情不减，继续絮絮不止地说着将要进行的种种规划。

父亲说，以后我们每个人都有一间卧室，要布置得雅致、温馨，还要富有生活气息，要让我们每一次回家，都能有回到家的感觉。

我久久说不出话来。我想起自己曾在火车上偶遇一位失孤老人，她在大山里生活了几十年，却在儿子遭遇车祸后，不得不离开生活多年的土地，投奔远嫁到佛山的女儿。

当时，在列车上，在哐当哐当的火车前行的声音中蓦然惊醒，歪过头，看到她正坐在窗口，忽然心惊到无以复加，那种蔓延的忧伤像是瞬间可以将人席卷。她坐在那里，一动不动，那股忧伤的气息更加浓郁了，正是下午六点多的光景，车上的人没有道理那么早睡，可是这节奇异的车厢里，此刻竟像是只剩下这个老人一般。我确信，她周身的气息正在浸染着，扩散着，像是一个无声的涡流，划着圈，一波波推开了去。

我恍然觉得自己此刻像是一尾逆流而上的鱼，迎着那奇特的气息，坐到老人对面。她把一直转向窗外的头转了过来，我迎着她的目光，却发现这竟是毫无内容的双眼，只有空洞和麻木。我心里没来由地轻颤了一下，冲着她微笑，看到她满脸皱纹，以及稍稍凌乱的发髻，突然就心疼了起来。我想起前两天我回家的时候，远在另一个城市的奶奶接二连三打了十三个电话，只是为了让我发照片给她看，她也发了自己的照片给我，她不会使用微信，只好用彩信发送，照片上的奶奶满头银丝，分明是一张老人的面容，可我却在那眉眼间看出了小孩子气的神情。此刻，当我坐在这个周身散发着悲伤气息的老人对面时，心正在渐渐紧缩，缩得我微微生疼。我不知怎的，就完全忘掉了前几天内心的愤怒和无奈。我想起她大呼小叫地在电话那头兴奋地说，“我孙女真有出息，都要读研究生了……”尽管我当时没有觉出分外地开心，可她发自内心的高兴现在想来让我不由得歉疚起来。

不知道眼前的老人是否也有如我这样大小的孙女呢？也许是我的笑容和轻柔的声音，让她有了些微放松，这个如雕塑般呆坐在车窗边一整个下午的老人，竟和我一股脑儿地说起话来，所幸的是她的四川话非常容易懂，尽管她一直说方言，可我都能听懂。提及儿子的瞬间，她泪如泉涌，她用粗糙的手背抹泪，我递过纸巾说，“您想哭的话，就哭出来吧，这样还好受些”。她望着我，那种无助的神情，让我想走过去紧紧拥抱她。车厢里仍是静默的，她低低的哽咽声，只有我能听到，但似乎一整个车厢都听得到这刻意压抑着的哭声。

待她哭过一小会儿之后，情绪似乎有了小小的缓解。我跟她聊起广东的天气、饮食以及风土人情。尽管对于广东的了解，我也只是半桶水，可我确信我的关于广东的介绍正在逐渐消除她对于这个即将到达的地方的紧张感。她开始睁大红红的双眼盯着我，不无担心地再次问我广东是不是太热，吃饭是不是没有辣椒……她甚至还担心自己住进女儿家之后，在农村里早已习惯整天敞着大门，以后住在高楼里，会不会忘记关门……我轻轻地笑，“你看你没有去过广东，自然是有许许多多的不同了，可是有的人一辈子也没有出来走走看看，你能出来这多好啊……”我们一直慢慢聊着，她渐渐地平静了下来。

我第一次那样有耐心地轻声讲话，像是安抚一个小孩一般跟一个悲伤中的老人聊天。火车有时进入隧道，窗外便一片漆黑，我们便也跟着沉默下来。我看着她，因为倾诉之后，忧伤的气息在慢慢消散着，在我们沉默的时候，一切也没有那么沉重了。

也许是讲了太多话，她过于紧绷的神经由于这忽然间的松弛，而产生浓浓的倦意。我建议她去卧铺上躺一会儿，她居然就真的像是一个乖乖听话的小孩一般，默默地起身去了。只是她并没有躺下，而是把身子紧紧蜷缩在床头放着的背包上，那样瘦小，那样孤独，令我看一眼就忍不住想落泪。我在想我对一个陌生的老人尚且如此，还能和自己的奶奶之间存在什么隔阂呢？

我走到车厢的连接处，给父亲打电话，我说："无论过去发生了什么，父母终究是父母，我们已经长大，无论发生何事，你还有我们几个孩子……"也许是我一番宽慰的话起了作用，父亲也在电话里长舒了一口气。

火车即将到站的时候，老奶奶往车厢门口走，我还静静地坐在下铺，看着她走了几步，又转过身来，像是想要和我告别，却似乎在周围人都醒了之后，张不开嘴说方言了。她的嘴动了动，我冲她笑，一直看着她走到了车厢的尽头。

人们渐次背起包拥向车门的方向。我也一边走，却还一边张望着寻找她的身影，可是早已消失不见了。

我记得在安慰她的时候，用了这样一句话，"我能懂，人生最痛，莫过于少年丧母，中年丧妻，老年丧子"，我不知道她是否真的可以从我的眼神里读到这份懂得，我只是奇怪于不知何时的改变。她当然不会知道，我这次坐这么久的火车回家，也只是回到自己的村庄里，看一眼那座孤独的坟冢。那个在我少年时就离我而去的至亲。

当我走在人潮涌动的广州车站，分外想念那个被悲伤侵袭的老人，不知道她在佛山会不会一切安好，会不会有人像我一样懂得她的悲伤与孤独。

我在心底暗下决心，无论如何，对于父亲买地基这件事，我都不再说带有个人情绪的话。越来越多的时候，我希望自己说话的节奏能慢下来，更多地倾听父亲的诉说。

农村是中国的土壤，从某种意义上说，正因为这种世代传承的"活着"的信仰，使村庄生生不息的气象尚存。皮之不存，毛将焉附？我们的村庄对于曾生活在这里的每个人而言，并不是点缀的饰物，而是实用的、不可或缺的、使之成为现在一切生活的基础。我突然清晰地意识到，此次父亲回到村庄，是身为一个农民不可逆转的宿命。

终将有一天，即使我们走得再远，都会被一股最初的力量所牵引，走上还乡之路。而那条还乡的路，早已深深地长在我的心底，纵使闭着眼睛，连滚带爬，都能回去。

象牙塔与精神病患者

河南省新乡医学院 / 陶玉帅

你的颈项如象牙塔，

你的眼像希实本·巴特那拉并门旁的水池。

——《旧约雅歌》

（零）

在我稚嫩的青春生涯里，象牙塔以它庞大的身躯压得我不敢大口喘气。十八岁那年我扬起手里的红色录取通知书，端坐在掉漆的火车上一路颠簸到北纬35° 东经113° ，乘务员用没有任何感情的声音吆喝着新乡站到了，到新乡的旅客做好下车准备。此时，我感到自己心中波浪的翻滚，我尽量克制着不让它们从眼睛里钻出来，可当我站到医学院门口的时候还是一样的泪眼婆娑。经历了应试教育十几年的狂轰滥炸之后，我终于活着爬到了象牙塔的阶梯。虽然医学院弥漫着福尔马林呛人的气味，我还是选择站在了最高的综合楼的楼顶之上，往下看，我看到了那么多细小的人类，脆弱得好像经不起一阵风的摧残。我想，我要在这可见度有限的校园里，去寻找那些坚硬的背景。去寻找那些能扛起关于象牙塔美好幻想的缥缈影子。

（壹）学霸病

小A是我的室友，我第一次见到他就是在我们3040寝室，那时候他顶着平头，一身穿戴看起来挺干净，手里捧着霍金的《果壳中的宇宙》，看见我，也只是点了头意思一下，然后就把目光收回到了书中。当时我就估摸着寝室里住进了一个学霸，可我还是没有想到这个学霸那么特立独行，让我在回想起大学生活的时候第一个想起的就是他。

关于他的事迹真的是太多了，好多都成了故事在校园贴吧里传播，成了别人茶余饭后的笑料。比如说他一个月不去洗澡，半个月不换衣服，从他身边经过都要捏着鼻子跑过；比如说他神神经经的，走在路上都不停地用五音不全的嗓门引吭高歌；比如学院就他一个不去参加社会实践，并和院长论证社会实践的无意义以及对于大学生的毒害作用，把院长气得一度想把他开除。

作为他的室友和老乡，我可以很负责地说上面的事都是真的，而且这还只是他所有做过的事中的冰山一角。当然，他每天晚上一点才睡，早上六点起来，把教科书翻得破破烂烂也是真的。

我记得他一件最清的事，这事给了刚上大学的我极大的震撼。那是一个周四的晚上，学校请了一个头衔很长很长的著名教授来给我们新生做讲座，教授浑浑噩噩的嗓音催眠了大部分的同学，我在下面也是左右摇晃着打着瞌睡，不知什么时候教授突然提到了“理想”这个词，于是就让新生主动站起来谈谈各自的理想。小 A 是第一个站起来的，他站起来之后转了转身子把教室里的同学都看了一遍，大声地说道，“总有一天，我要拿到诺贝尔医学奖”，教授可能觉得一个三本学校的学生不太可能实现这个伟大的愿望，就笑了笑让他坐下，然后满教室的笑声都挤在一起，这或大或小的声音又都像石块一样砸在小 A 瘦弱的身上。这么浓厚的笑声让我不禁想到鲁迅先生的一句话——“我向来是不惮以最坏的恶意来揣测中国人的”，先生当然早已不在，而先生口诛笔伐的那些国人身上的劣根性却继续在这些年轻的生命上攻城略地，大有一发不可收拾之势。

我不禁心疼起小 A，在这个充满浮躁、喧嚣、懦弱的校园里，每一个学霸都是小心翼翼地经营着自己孤独的生活，恨不得把自己的名字淡出花名册，生怕撞到了什么差错误了自己美丽的前程。而小 A 非要摆出一副固执、坚硬、大胆的模样，猛烈地把自己的刀和盾对准这个学校的腐朽和落后，即使自己在这个过程当中受尽了委屈和刁难也无怨无悔。

小 A 当然是孤独的，孤独到请别人喝酒都没有人愿意去的地步，还好我是他认识的唯一一个讲淮河流域方言的老乡，所以大多数时候都是他喝酒，我不停地吃肉。他有时候也会在吃饭时突然问我：“你知道左锁骨上窝淋巴结肿大是什么病变吗？”我一般不回答他，因为我一接话他就能把整个课本给你串讲一遍，所以我只能随便打个岔敷衍过去。

我说：“今天创业基础课学生会点名了，你不在，估计辅导员又要单独找你开会了。”

我知道他从不在乎这些他认为的小事，往往这个时候他会抿一口啤酒，接一句“学生会那群傻 × 们，你能指望他们以后治病救人吗”，我懂他的意思，学医的和别的专业不一样，来不得一点分心和造假，他痛恨那些在医学院不务正业的人，那些人在他嘴里都统统换成了“那群傻 × 们”。但是假如那些打游戏的，谈恋爱的，热爱网购的同学突然悬崖勒马，向他虚心请教问题，他也会笑呵呵地把自己全部的学习经验和学习资料分享给对方。

后来他和我讲他最钦佩的人就是鲁迅先生，我“哦”了一声，原来如此。以后在小A的面前，我再也不说自己是读过鲁迅全集的人，我怕我挖不开地缝来藏起自己的脸红。

（贰）痴情病

我猜长天的名字大概来源于“秋水共长天一色”，但是这个叫长天的男孩却和诗情画意毫无关系。在班级里他只是一个不起眼的存在，无论是QQ班级群还是微信班级群，他从来都是默默潜水不说话的那个，即使群里有红包，他也好像没看见一样不去争抢。他太普通了，普通的东西都容易被人遗忘，同班一年我们班的有些女生见面了还叫不上他的名字。由于一个班级的缘故，我和他或多或少有些接触。在我印象里他也是一个很不错的男生，沉默老实，不吸烟喝酒，不吐脏话，没有那种大学生身上很常见的浮夸和傲慢。我以为大学五年他会很平凡地度过，却没有想到有一天他的名字会突然在学校的各个角落炸裂，像炮火一样带着呛人的硝烟。

当我偶然听到有人说他在寝室用刀片划破了手上的血管的时候，我真的不愿意相信这是真的。就他？这怎么可能？但越来越多的人证实后我也就逐渐相信了。据说还是他室友回寝室看到桌子上大片的血迹后慌忙联系了辅导员和医务室，所幸的是他只是划破了静脉，并没有生命危险。

但是学校却不这样理解，他们认定了这是一个危险分子，随时都有可能在学校的任何地方爆炸，所以学校叫来了长天的父母，让父母把他领回去在家疗养一个月，另外半年内还不允许他住在寝室，让他在外边自己租房子居住。学校给出的解释是这样做是为了保护那些无辜的人，在我看来不过是往外推卸责任罢了，这在新闻上是大学惯用的伎俩。

后来每个人把自己知道的零零碎碎拼凑在一块，也就还原了故事的大概。这是一个书中常见的庸俗故事，所有矛头都指向那高高在上的“爱情”二字。

长天有一个高中就开始谈的女朋友，长天管她叫媛媛，填报志愿的时候阴差阳错媛媛去了平顶山，长天来到了新乡。虽然每个月长天都要坐火车带着礼物去看她一次，但就像所有的异地恋那样，争吵，冷战，分歧，开始在他们的生活中出现，并且愈演愈烈乃至发展到就要失控的地步。长天以为是自己离她太远，不能在她最需要的时候陪着她才会造成现在这个局面，于是有一段时候他就疯狂地做着兼职，在餐厅卖过饭，往两个公寓送过水，在学校外边发过传单，在马路上举过广告牌，就是为了在女孩过生日的时候送她一个最想要的苹果6s来哄她开心，弥补自己不能天天陪在她身边的过错。

故事如果是这样发展下去长天也不会做后来的傻事，事与愿违，在长天把手机送过去的两个月之后媛媛就提出分手，态度坚决得容不下一点商量，并且马上就屏蔽了与长天的所有联系渠道，长天只有连夜坐火车去平顶山找她，长天的室友说那天他是哭着跑出去的，但是女孩还是不愿意见他，好像她突然在世界上消失了一样，长天发疯似的在她校园找可还是找不到。长天回来后整个人都变憔悴了，好像刚做完一场手术醒过来的病人一样。

如果故事在此结束也未尝不是一件好事，但是长天的一个高中同学，也就是媛媛的闺密，偷偷告诉了长天一件事情。她说，媛媛三个月之前就在学校找了新的男朋友，长天不信，她就发了一张照片，照片里媛媛幸福地抱着那个男生的胳膊，表情像个刚结婚黏人的小妻子一样，可是男生不是长天，那个男生比长天要高大帅气很多，笑起来有阳光那么迷人。

长天疯了，有什么东西在他身体里开裂，那么平静，没有一丁点的声响，却把他炸得体无完肤，炸成了一个我不认识的陌生模样。

我想起另一个室友，人也是长得高大帅气，他说他最多的时候同时在学校里谈了三个女朋友，这三个女朋友还都不知道另外两个人的存在，他说的时候满是自豪得意的语气。我那会脑海里好像浮现出了长天，又好像没有浮现出来，我忘了，我只记得心里有些难受，像块大石头压着一样难受。我转身，看见雪白的墙壁，真想吐口唾液，借用鲁智深的表情大骂一句，去他妈的愿得一心人，去他妈的白首不相离。

（叁）文学病

王诗人是我加入文学社的时候认识的，那时候他是格物文学社的社长。在餐厅门口搭了个脏兮兮的帐篷招新人，我捏着鼻子走近的时候才发现原来摆在帐篷里的桌子也残缺不全，少了一角，这摊位让我觉得挺符合文学的穷酸之气。他看起来眉清目秀，倒不像那种疯疯癫癫搞文学的人，他不好意思地讪笑着和我解释着，他说，文学在大学里没落了，搞不来那么多花样来招新人。我看他挺不容易，就在报名表上填写了自己的名字。

后来我才知道自己是第一个加入文学社的学生，以前学校里有很多千奇百怪的社团，但就是没有文学社，王诗人跑社联跑团委办公室，跑了十来趟才让领导在成立文学社的申请书上签字盖章。他拉着腔调给我学着那个女领导说话，他说，学医的，搞什么文学，搞文学会饿死人的。他学得挺像的，我笑得嘴里的饭都要喷到从我旁边经过的同学的身上。

这样说来，我也算是文学社的元老级人物，莫名其妙地混到了副社长的职位，到了管理层王诗人才向我摊牌，他神神秘秘地跟我说文学社真是穷，社联不疼团委不爱的，真像是后妈生的一样，招新人的时候那顶脏兮兮的帐篷是问校门口卖烧烤的大妈借的，那个烂桌子是他在垃圾堆里翻出来的。我听后就一肚子火往上喷，顿时感觉被他坑了，果然姜还是学长辣。我当时就觉得自己像极了丐帮里的那些穿得破破烂烂的布袋长老，当我反应过来要追着王诗人骂的时候，他已经机灵地跑远了。

我去过王诗人的寝室，他的桌子上和衣柜里都摆满了书，这是我第一次在不是图书馆的地方见到这么多的书，真的是吓我一跳。他说读书已经成了他生活中的一部分，和吃饭睡觉一样正常。这真是高人的境界，当他问我读过什么书的时候，我想起我书架上只有一本普鲁斯特的《追忆似水年华》，而且在作者无限悠长的意识流的轰炸下，这本书读了二十多页就被我列入了封印的黑名单。我实在惭愧于在他面前卖弄不多的阅读经验，只能向他坦白令人不愉快的事实，我说，我不那么热爱文学，只是有点浅尝辄止的喜欢。他虽说着挺好挺好，但我可以看出他对我的热情冷下来了不少。

后来在一个晚自习后，他主动找我道歉，说那天不应该那样不礼貌地对我，他说在大学里想找一个热爱文学的人真的是太难了，他说他寝室六个人，四个天天打游戏，另一个不仅打游戏还追韩剧。他说整个学校也大概是这种情况，为数不多的读书的也是读那种无用的网络小说。他说着我又想起了自己天天追着猫腻的网文《择天记》，又惭愧了起来。他说一个星期的招新，在五千人的校园里只有十六个同学来报名。他最后一再重复的是文学没落了，诗歌没落了。我在他旁边没有搭腔，作为一个资深的大学生我知道他只是在说出某种令人战栗的事实，我只是在心里暗下决心，这个文学社我一定要帮着他办下去，虽然有那么多的艰难险阻正磨刀霍霍地守在我们前进的道路上。

我读过王诗人的诗，确实写得才华横溢，好像他也得过不少荣誉证书，也曾经上过校园的风云人物榜，但是这些他从来不在外边炫耀。其实，他的字也写得潇洒漂亮，着实让字写得难堪的我羡慕不已。我问过王诗人，热爱文学你一个人默默热爱就好了，干吗费那么多精力成立文学社。他说《圣经》上写的是，上帝说，要有光，于是就有了光。

我懂得他没说出来的意思，一个大学要有文学社啊，要有一个破破烂烂的庙宇来为文学脆弱的火苗遮风挡雨。

（零）

象牙塔外边的人对象牙塔充满了敬仰，以为它美好神圣，代表着知识、信仰和未来。但在这个娱乐至死的时代，太多腐败气息穿过层层屏障渗透到了校园之中，我经常看到这样的同学：懒惰，无力，眼神空洞。从他们身上看不到任何青春激昂的气息，相反走近他们你甚至可以闻到衰老的气味，他们对于世界早就没有了好奇和反抗，有的只是对生活放弃灵魂般的举手妥协。他们熬夜，打游戏，吸烟，喝酒，来透支自己的健康。他们骂娘，打架，逃课，泡妞，来荒废自己黄金般的生命。这些人充塞在校园里，你在校园里随处望一眼得到的都会是失望。所幸，在我不太圆满的大学生涯里，我还遇见了几位真正的"年轻人"，虽然我的大多数同胞同学都对他们投以鄙夷，甚至在背后骂他们是"精神病院逃出来的病人"，但是正是在他们身上我才看到了原来大学里还是有这么多饱满鲜活的灵魂隐藏着，想到这里我的绝望好像缓解了点，好像看到未来的天空多了几粒阳光晃动。

爷爷，爷爷
——三代人，一封信

安徽省池州学院/马晨薇

爷爷，猛然想和你说，好多人都没见过真正的山。

我跟好多人费劲地解释过，试图告诉他们，有些山不是景点不用门票，但自由出入却需要比门票更昂贵的通行证。太多人轻蔑地笑笑，表示他们踏过的土地早已万水千山，而我们的故事微小如草芥。

爷爷，爸爸和我提起他童年的次数实在太少了。无数次的相对无言，偶有几次突然兴起才说。我倾听、记忆，像是徒手去接一盆急速倾倒的水，可最后残留在我手心的只有些许湿润。我就这样，想努力拼凑出爸爸破碎颠簸的童年。可伴随着打火机清脆的声响和盘旋的烟圈，一切又停顿在爸爸冗长的沉默里。如同青黑的山蛰伏于浓重的雾气，他用一言不发抵抗着换了千百遍的人世间。

爷爷，你知道吗？我拉着时间的绳索，打捞到爸爸切肤的孤独。

在他不间断但也不连贯的言语中，我察觉到了一场持续的奔跑。

我看到了发怒的老师和一撕两半的作业本，一指粗的泛着青色的竹枝总是悬在爸爸头顶，为了免受皮肉之苦，他必须要逃开。他的衣服实在太短了，勉勉强强地挂在迅速拔高的身体上，活像个吊死鬼。他必须躲开衣服的束缚跑过田埂，跑过布满尖利石块的山路，把割破脚趾的疼痛抛在身后，抛在速度带来的麻木中。他前一天晚上去打猪草第二天早起去放牛，没有留写作业的空闲，他不喜欢念书，他和你不一样，爷爷，他甚至早就没了读书的兴趣。

你酗酒到不知白昼的时间里，爸爸替你做完了所有事情。他要修补你砸坏的门窗，负责叫人把你从醉倒的泥淖里抬出来，还需要在冬天冰冷坚硬的土地里脱掉鞋袜，感知荸荠的凸起，挖回家带给弟弟妹妹，作为你没有给他们糖果的补救。他离同伴远远的，因为只有他要走着自己的路，做没人同他一起完成的事情。

在这座看不到未来的大山里，生活的沉重压在一个孩子稚嫩的身体上，而不是一个父亲宽阔的肩膀。

你的童年，比爸爸过得好。你的父亲带着万贯家财，逃掉战乱躲到这里。虽然你有个骄横的弟弟，但不影响你读完小学的课程，在当地的供销社谋一份看管仓库的职务。也不影响你在山里用竹竿打下新鲜的栗子、李子、樱桃，脱下外衣装回家里。你有一个洗手做羹汤的母亲，还有能干的父亲，这里之于你们一家就是世外桃源。你悠然自得。

可你没想到，骄横的弟弟会在你父亲死后变得诡计多端暴戾难驯。在那个十六七岁少年当道的世界，你完完全全输给了他。他夺走父亲在世时就分配均匀的家财，砍倒了你们童年时玩笑嬉戏的果树，你精心侍候的山茶被他连根拔起。他冲到你家里要你好看，不顾你的妻儿，仍要把你家中的物事砸到稀烂。这些场景，你比我更清楚。

可你始终顾及手足情，退而防御。

爷爷，彼时年少的父亲，在这样的灾难里惶惶不可终日。没有可以遮风挡雨的大树，身后是孱弱的母亲和年纪尚在总角的弟弟妹妹，他只能做出自己的判断。

在又一次混乱的争执中，他站在门前的阶梯上踮起脚，拼尽全身力气把木质的小板凳狠狠砸在自己叔叔头上。

一瞬间的安静，伴随着喷涌出的鲜血和脑海中漫长的空白。

你弟弟没死，但故意伤人的罪名是逃不掉了。监护人得负责，奶奶被带走坐牢。

那天晚上，你喝了很多酒，躺在凉床上，目之所及全是颤动的星光。山间的风吹动竹林发出窸窣的声响，更远处野兽哀恸地哭嚎。在房里照顾弟弟妹妹睡觉的爸爸，蜷缩在床上，因为恐惧彻夜难眠，却怎么也等不到宽慰的话语和怀抱。

爷爷，在你被繁星触动到心底的悲凉时，是不是忘记了爸爸也不过是个十来岁的孩子，忘记了他也被卷进了无助的暗流里。

人生，到底是为了什么，才有这样凄凉的夜。

父亲口中欲言又止的岁月，其实是饱含苦难和艰辛的日子。

爷爷，这看不到外界的群山，你的世外桃源不能保护爸爸。

他从山里逃出，于是我出生在离这座山两三个小时路程的县城。我睁开眼看到的世界在下一场南方少见的大雪，正因为这罕见的寒冷，爸爸买了电火盆，用来烘干我的尿布和衣服，这个奢侈品占据了我家很大一部分空间。

那是间窄窄小小的店面，吃住都在那儿，卷闸门拉开就能看到熙熙攘攘的人群和每天早上定时苏醒的街道。我刚来世界的那个冬天，是这爿店面里最温暖的冬天。从前使用的炭火盆，被爸爸收了起来，尽管过了很多年也舍不得扔掉，盆里再也不用装木炭，也再没有因为木炭受潮而升起烟雾。

从这只能源不同的火盆开始，我开始了和你和爸爸都截然不同的人生。

爷爷，在你不曾和我相处的日子里，我不知道你双耳的听力几乎被酒精摧毁；你也不知道，我穿行在声色犬马鱼龙混杂的大街小巷，跌跌撞撞地成长。

我喜欢吃糖炒栗子，不同于你和爸爸爬上树摇到地面的、像小刺猬一样的果实，我吃的板栗只有一层薄脆的壳，壳上蘸着融化了的黏糊糊的砂糖，还有一缕黑色的锅底灰，不过这不影响什么，街边几乎所有的食物都被泥土、尾气还有路人说话时飞溅的唾沫喷了个遍。街边的青皮的甘蔗，一排排整齐地列在板车里，有清淡的甜味和丰富的汁水，整个货箱的橘子倒在防水帆布上，酸涩的气味飘浮在空气中。

这些，也是我爸爸喜欢的。他会帮我啃掉一节甘蔗连接处最坚硬的部分，再递给我。他把我架在肩膀上，让我伸手去够樟树上苦涩的小果子，他带我去套圈，买十个竹篾围成的圆圈，小心翼翼地套在我手上，可惜没有哪一次套中了我喜欢的陶瓷娃娃。

每天晚上六点，洒水车放着轻快的音乐从店门口路过，爸爸总是慌慌张张跑来把我拉到一边，躲过四溅的水花。像从没淋过雨的人一样，我幻想接触到洒水车留下的水滴，伴随着音乐，我觉得它们并不混浊反而晶莹洁净。但爸爸每次都摧毁了我的渴望，直到我听到洒水车美妙的音乐会自觉避开。很多年后在音乐播放器上听到，我才知道洒水车播放的音乐叫《兰花草》，是胡适写的词，有一句是“朝朝频顾惜，夜夜不能忘”，说的就是关切与期待。

爷爷，你的世外桃源里是否有兰花？你是否去寻找过这被功利的人世间称赞的花草？

你没能给爸爸的陪伴，他都想还给我，但他和妈妈生意越来越忙。在他们越来越忙的时间里，我在日渐宽阔的马路上乱窜，吞下了太多汽车尾气。我看过很多人的小腿看过很多人的鞋，有艳俗的红色高跟鞋，顺着它往上必定能看到一个女人尖刻的脸；如果换成破破烂烂的皮鞋，后跟裹了厚厚的泥巴，它的主人肯定会满脸局促地询问爸爸某个东西的价格，一只手插在口袋里，默数着自己再清楚不过的纸币数量；还有趁乱要钱的乞丐，年老的应该给钱，缺胳膊少腿的可以多给一点，但是四肢健全的年轻乞丐和脏兮兮的小乞丐都不许给。

这是爸爸说的，摸爬滚打这么多年，他看过形形色色的人，他也要带我看形形色色的人。我手里难得吃一次的巧克力有几次差点递给了和我差不多高的小乞丐，都被爸爸呵斥“回来”。

爷爷，爸爸不希望我的善良被人利用。可在我看来，善良只是属于我的善良，和其他人没有关系。

等到我上小学，家也搬到了小区，还添了一辆银灰色的面包车。终于，爸爸有了休憩之所、贴身之物。他的逃亡好像到此结束了。

奇怪的是，爸爸开始三番五次地开车带我“回山里去”。爷爷，我关于你的为数不多的记忆，就是从这个时间开始的。

公路修到山脚下，爸爸只好把车停在那儿，领着我“爬山”。

他牵着我的手，一路碰到熟人，问起“怎么这时候回来了？”，他就回答“刚买了车，回来玩玩”。在别人艳羡的目光和恭维的言语里，爸爸更紧地攥住我的手，我能真切地感受到他的局促与忐忑。

但这恐怕不是“近乡情更怯”。

这些前来寒暄的人，或许有人曾经因为爸爸放的牛吃了他们家菜苗而大声咒骂，或许在上学时偷藏过爸爸的作业本，并在老师责罚时压低声音偷笑。又或许，他们什么都没做，但有搬弄是非和传递最新消息的嘴巴。

爷爷，在我叛逆的青春期，我深深地厌恶这种接近虚伪炫耀的行为。逐渐长大后我才明白，这其实是爸爸与他们和解的方式。

我念着“白云生处有人家”，向着真正的白云生处前进。

雨后湿润的空气，混杂着炊烟和花草的清香，走好长一段路才能看到一户人家，镶嵌在跌宕的地势中，躲过我们笔直的视线。我在爸爸“低头看着点路”的嘱咐声里深一脚浅一脚地往前走，我低着头不敢放松，生怕踩不稳湿滑的土地摔下山去。

等我好不容易松口气，抬头就看见你站在我们即将到达的上坡处对我笑。你双手背在身后，穿蓝色布料的列宁装，蹬了高筒的胶鞋来应对南方山区密集的雨水。

爸爸说：“叫爷爷。”

我说：“爷爷我来你家玩了。”

你没听清，我又对着你喊了一遍。你点点头，伸出手去接爸爸手里的大包小包，爸爸皱了皱眉说“我拿”，你拗不过他，就过来牵我的手。

爷爷，这是我第一次来“你家”，但不是第一次见到你。

出生时你带来用旧衣服做好的尿布，满月时你送我一对细银手镯，周岁宴那天你郑重其事地看我抓周，我选择了一杆钢笔，你就高兴地喝醉了。这三次充满仪式的相见，唯有我印象全无。

单单这回，你牵起我的手，领我去你家。

你和爸爸说“让她在这里住几天吧”，爸爸卸下大包小包，点点头，其实他早就让妈妈给我准备了换洗的衣服。他告诉我想回家了就可以回去，而我哪里顾得上什么回家，我被山里的一切吸引了。

你退休很多年了，在家里继续着你少年时快乐的生活。你在家门口的池塘里埋了水管，用我至今都不知道的物理学知识做成了喷泉的效果。你把控制“喷泉”的红色开关藏在池塘边的茶树下，用砖块挡住，好像在标记一处将会留存千年的宝藏。

你让我扳动那个开关，过了几秒，池塘中央涌出了水花，间或有水珠落在茶树上。后来我见过更大的喷泉，水花在彩灯的变换下，流光溢彩，晃得人头疼，却再没有见过这么简陋又这么美丽的喷泉，浅浅的池水开出一朵透明晶亮的花朵，映着四周树木、湛蓝的天空和飘忽的云。我手心抓了把满是溺爱的牛轧糖，恨不能到池塘里去打个滚。

“在爷爷家多住几天好吗？”

你从口袋里掏出炒得喷香的南瓜子，放到我口袋里，我迫不及待地塞进嘴里，来不及回答。

爸爸曾经仓皇逃窜的田埂上，如今生长了明黄色的小花，我扯了一把，让你用细绳绑好说要带回家送给妈妈，可它们却接二连三地枯萎。你带我去砍竹子，给我做了水枪和存钱罐，这些我不曾领会过的新奇，是我留下的理由。爷爷，那时候我太小了，我还不懂感情，不理解羁绊。

大概在第三天吧，我忽然发起高烧，我梦到山向我倒过来，黑压压的一片让我睁不开眼睛，有一种被困在废墟下的绝望。

爷爷，我当时是不是表现得奄奄一息？我恍惚记得自己被塞进温暖的怀抱，我闻到黄酒、烟草和炒过的茶叶气息，热烘烘地扑进我的鼻腔。我在这样的怀抱里颠簸了好久，我紧闭着眼还能感受到明亮的光线在眼皮上跳跃。

走出山里到国道上拦车，是唯一去往县里的方式，你不知在国道上来来回回走了多少趟，才拦到车把我送去医院。

爸爸发了很大的火，我不省人事的样子吓哭了妈妈。他慌了手脚，就将错归咎于你。爷爷，他一定在想，为什么要把我送到山里，为什么要把我交给曾经连自己都照顾不好的父亲。可是，爷爷你知道吗，所有对亲人的坏脾气，都是因为在乎。我不敢想象你尴尬落魄转身离开的背影，你肯定穿着你满是泥浆的胶鞋，坐上了回山里的班车，再步行好久，爬坡下岭，路过有“喷泉”的池塘，坐在家门口的矮板凳上发呆。吃晚饭时，你是不是又多喝了一碗黄酒？

那场病，我挂了一个多星期的吊瓶都不见好，高烧退了低烧还在持续，也没有食欲。直到住在我家楼下的老太太说“怕是受了什么惊吓”。妈妈找来一个算是神婆的人，我迷迷糊糊地看见她拿了瓷碗装满米，用毛巾包裹着，拿到我面前晃了一晃，再取下毛巾扒拉开米看了几眼，就说我是得罪了山里的神明，初来乍到，没顾得上烧香。

妈妈立刻跑去买了两沓草纸，对着山的方向烧掉，恭恭敬敬地赔了礼道了歉。奇迹般地，我到晚上就退了烧，喝了两大碗拌了白糖的甜丝丝的红豆稀饭。

爷爷，这些你都不知道吧，如果知道，你会更难受吧？你那么喜欢的家，养育你的土地，你想让我多驻足几日的地方，竟然这么不欢迎我。

从那以后，我就更少去“你家”了。妈妈到庙里给我求了一串佛珠，每日让我套在手腕上。妈妈说“我算是信邪了”。

山里的神明是“邪”吗？邪祟会用毓秀的山水填满每个靠近它的人的视野吗？会允许那么多人在它的地盘上繁衍生息吗？爷爷，我不相信，到底有什么邪祟，能让那一方小小的池塘，在我的记忆中美得不可方物。

只恨现实铁证如山，无情关押了我看到的所有浪漫。

自那以后的好长时间，我就只看过那座山冬天的样子。每年除夕，爸爸才会带我回去一趟，和着各种各样的礼物一起。就算是面包车换成轿车，崭新的鞋子还是免不了要踩在满是红色炮衣的泥水中。

爷爷，你还是在那个上坡等着我们，还是不长记性地试图去接爸爸手中的东西，又每次都被拒绝。你也丝毫不介意，因为你还可以牵我的手。

你养了条狗，它不认识我，冲我乱吼，你很生气地骂它，你说“对家里人叫什么叫”。它蔫了，尾巴耷拉着，趴在用旧衣服搭的窝里闷不作声，估计在反省自己的记忆是不是出了差错。

爷爷，在我看不见山的日子里，我也日益喜欢着那个群山之外的县城。

我渐渐明白，其实我和爸爸都有两个家，一个家回不去，一个家离不开。

那个名字叫“山”的家，就是我们回不去的地方。

所有的魂牵梦绕，都是情不知所起，而所有的情不知所起，都将不了了之。

爷爷，你知道我在县城里的生活吗？小店边上有家小保险公司，看门的老人家很喜欢我，他养了两只画眉鸟，傍晚会提溜着鸟笼遛弯，喜欢叫我“小丫头”；隔壁杂货店的老板总是在我买东西的时候多给我一根棒棒糖；水果店的老板每次看到我就像失忆了一样，说“我第一次见你的时候你还在你妈妈怀里”，然后回过头对剥柚子皮的老板娘感叹“我们都老了啊”。我看到的形形色色的人，他们有的路过我，有的挽留我。

爷爷，我也很喜欢这里。

县里有文庙，文庙里也有生长了百年的古树，我和朋友去那玩，有时聊着天就突然安静下来。抬头看那些高大的树，就像看到了青黑色的群山，它们仿佛都有着极其远大的志向，一点点却又从不停歇地往天空延伸。我每每仰望，都会对照自身的卑微自惭形秽。那种感觉就像是，我无法接近所有美好的东西，只能远观。

我长大了，爷爷。在我懂得深爱、思念和无可奈何的时候。

我度过了焦灼迷茫的青春期，在准备高考的路上跑了很长一截路。在我等到那个充满大喜大悲的暑假之前，你离开了。

我终于又一次回到山里，而不是在团聚的除夕夜。你躺在床上，你说不出来我的名字，仅能急促地呼吸。家里向准备高考的我隐瞒了你的病情，我一直以为你是为了赶鸭子摔伤了腰，末了还不忘提一句，你腌的咸鸭蛋很好吃。我在无边的习题里忽略了爸爸身上更浓重的烟味，也忽略了爸爸因为熬夜照顾你而疲惫的神态。所有人，都隐忍沉默地为我让路。

你走的那天下了好大的雪，和我出生时一样。山里的路修好了，就算是下了雪也不会再泥泞。大雪覆盖了整座山，那青黑色的庞然大物，有了白色的点缀反而显得生动起来。我裹着厚厚的被子听到雪从松树上簌簌掉落，池塘在枯水期干涸了，我避开前来吊唁的人和爸爸憔悴悲伤的脸，去看我们的喷泉开关。我埋头在一排茶树下寻找，却再没有看到你用来标记的砖块，我探出手去摸索，也没能在杂草中摸到金属的开关。

爷爷，过去太久，我记不得了。

雪在肩头落了薄薄的一层，我蓦地想起你那句"在爷爷家多待几天好吗"。

"好呀，爷爷。"

你听不到了。

你在你提前选好的墓地边，种了一株山茶，刚刚长到我小腿的高度，它会在春天一望无际的翠绿中开出娇艳的花。

它是你留下的眷恋。

在宾客散尽之时，爸爸凝望着这山，很久很久。

可惜这凝视，已成告别。

爷爷，你家的木板门合上了，一把铜黄色的大锁，锁住了所有过去。曾经伤害这个家庭的，你的弟弟没有来看你最后一眼，爸爸的眼泪和气愤同时滚落。

爷爷，我知道的，你顾及的亲情也只属于你，就和我曾经被阻止的善良一样。

房子空了，藏在深山中的住民，少了一户，永远不再回来。

曾经对我狂吠的狗在葬礼进行的几天认识我了，你大概和它提起过我吧，你不怎么来家的小孙女。它在下雪天生下一窝小狗，蜷在窝里瑟瑟发抖。我舀了一碗饭用鸡汤泡过之后放在它面前，它望着我，勉强吃了几口，喉咙里发出低声的呜咽。我抚摩它，它用身体护着刚刚出生的孩子。

爷爷，它们今后只能在这山中流浪。它们的家还在那儿，就是再也没有人等它们回去。

看门的老人家有天晚上忽然中风，被子女接回家调养，卖水果的老板也跟着有出息的儿子去了上海，偶尔回来会抱怨那里的夏天太热，上海的儿媳妇太讲究。

爷爷你看，不只是你我经历了这世事无常。

文庙成了景点，游客都只会走马观花，我也不再停留在古树下，花上一整个下午杞人忧天。

爸爸现在更愿意多喝茶代替抽烟，我们在饭后散步，他还是不太喜欢说话。我只好不停地和他说起我的大学，他觉得新奇。终于有一天，他说，我们回去看看爷爷，他也没念过大学，你和他也说说。

这是他在我懂事之后第一次主动牵起我的手，我们路过银行门口的大石狮子。这么多年了，它们还在这里。家里的相册里有张照片，三四岁的我骑在石狮子上咧嘴大笑，站在我身旁的爸爸面容年轻。

人生的宁静，总在迟到的释然之后吗?

爷爷，夜晚的风好温柔，吹皱了万家灯火。

虞山尚湖祭

温州大学/曹瑞冬

一

“上有天堂，下有苏杭”的谚语流传了八百年，但随着云南、九寨沟等新旅游景点的开发与传播，苏杭人间仙境的地位出现了些许动摇，比如苏杭不常落雪，比如苏杭的雾霾。从这些方面来看，所谓的天堂也不是十全十美的，仍有许多事情是苏杭人民也无法掌控的。但苏杭自有其成熟魅力，拥有被大自然包围的自由和被人群包围的繁华。此两种魅力的兼得在全国都是少有的。我是抱着寻找诱惑的心来到苏州的，觉得被诱惑的心很美，便情不自禁地渴望占有。

苏州的每一处我都有印象，古城门藤葛垂垂，虎丘塔隐入夜空，古迹园林甲天下，小桥流水潺潺声。水是苏州的生命，湖是苏州的眼睛，古迹是苏州的皮肤，画舫是苏州的气质，女人是苏州的灵魂，它温柔的情怀让我如坐春风，让我宁静酣睡。待我梦醒的时候，睁一睁蒙眬的眼睛，很快又睡死过去。苏州的确是让人休憩一辈子的温柔乡，忽然发现，许多名人都是奔着它的休憩去的，与其活在清醒的现实中，不如活在麻痹的睡梦里。

人们从来都是奔着江南往苏州去的，却不是直接往苏州去的。过了苏通大桥，我就知道已经到了苏州的门户城市——常熟，但同伴笑话道：“这不是苏州。”汽车继续向南行驶。所以，我好像错过了常熟许多次。后来，我仔细翻查地图，发现苏州紧挨着显眼的太湖，而常熟紧挨的阳澄湖却很难找到。尽管它们属于同一个水乡，但杰出的早就比优秀的留下更深刻的印象，就好像四大美女、四大名著，任凭后世会有更杰出的美女与巨著，也很难跳脱前人制定的规则了。祖先本是该用来敬仰与瞻仰的，这一切可以在有形或无形的祭奠中进行，但大部分时候，祖先是用来继承与模仿的。

苏州可比常熟老多了，太湖可比尚湖著名多了。这让我想起无锡开发的三国城，当有些事物对我们比较重要的时候，我们自然也就奔向它们去凑热闹了。这本就稀松平常，凡人的心最多只能装下一个家庭，伟人的心最多只能装下一点历史和社会。

二

我不知道要修炼多少年，心胸才能变得宽广起来，才装得下苏州额外的苏州。

不知道路过了常熟多少次，我才忍不住好奇要去转转。常熟是个好地方，但人们奔到这里是去凑苏州的热闹的。

常熟有沙家浜、虞山、尚湖等风景区，同样在江南水乡、园林古迹、寺庙宗教、评弹艺术上下足了功夫。所以，我并没有抱太大的期待，但总归还是不同的。尚湖与虞山相映相连，登虞山便可观尚湖，游尚湖便可赏虞山。虞山倒不是太出奇，反正常熟人抱着这座山过了万万年，并由此形成了虞山诗派、虞山琴派，还诞生了许许多多的英雄名士与风流人物。

无论生前顶着多大的荣耀与辉煌，到头来还不是永眠黄土。追随永恒的中国人大抵分成两派，一派把生死纳入名利的范畴，追求长生不老；另一派把名利纳入生死的范畴，追求精神长存。秦始皇就算不求仙问道，他一统天下，建立君主霸权的丰功伟绩和雄才伟略也足以让历史与后人永远铭记。我突然觉得“存天理，灭人欲”的程朱理学在中国文化史上是有理由存在的：有的人占有许多后便想占有一切，欲望由此泛滥；有的人占有许多后便会获得满足，从此享有宁静。程朱理学至少提前教会了中国人看透生死，既然生命留不住，就留下一座坟墓和一些人文精神让后人祭拜。

虞山和尚湖大致采取第二种追随永恒的方式。虞山是商周之际江南先祖虞仲的身后所在，尚湖得名于姜太公垂钓处。商周与我有上千年的距离，可这一刻我感觉好近。这些伟大的祖先们或留下足迹，或留下身躯，供我们膜拜与瞻仰，许许多多陌生却又熟悉的故事正走进我的生命。可我现在有点纳闷，这辈子我已经遇见和将会遇见的秀丽山河有许多，它们同样和中华一起成长，一起经历五千年的盛衰荣辱，可是我记得它们的样子，却记不住它们的名字。

我凝望着眼前垂钓着的姜尚雕像，心中却是无比茫然。中国人心目中的神是伟人，当面对神的时候，凡人既感恩钦佩，又暴露出深深的软弱无力。从“姜太公钓鱼，愿者上钩”开始，我们就习惯把姜尚当作《封神演义》中的巨神形象，看到他以此为契机的人生如何封王拜相，匡正天下。人们总相信并羡慕成功者登上领奖台的瞬间，却看不到他们不仅仅为名利而活，还有为人生而战。

尚湖的确漂亮。同里周庄在人山人海之后早就褪去了光环，但尚湖水在明媚阳光的照射下还能鲜艳灿烂，保持与天空一般的湛蓝干净。姜尚在如此仙境中垂钓七十载，倒也不算委屈。我可能找到姜子牙不断出名的缘由了，他短暂的一生统共做到了两件事：一件是淡泊名利，一件是建功立业。我遇到许多人在占有名利后继续沉迷，些许人在这之后放弃追逐，但像姜子牙一般先淡泊后追逐的人着实少有。这并非突然不习惯寂寞，而是姜子牙过去为盛世太平安贫乐道，后来为乱世太平毅然出山，他从来没有变过，是真正意义上的改变中国的伟人。而我见过的人有的自觉改变，有的被迫改变，弱小这件事会光顾所有人，不限伟大与平凡。

人死如灯灭，尚湖也根本不是姜子牙此生的终点。一个死人对活着的人来说无关紧要，而我们崇拜死去的姜子牙几千年，究竟是因为他可够封神的功绩，还是因为他守着本不出名的湖度过大半辈子？让我们此生崇拜的理由太多，也许只有当伟人的人生投射到我们身上时，我们才能找到答案。但彼此的一生处在变化的旋涡中，今天的崇拜也有可能会演变成明日的鄙夷，我们很难正好踩在伟人的影子上。所幸的是，前人们已经把大多数人心中的姜子牙塑造定型，我们只要跟着崇拜就可以了。可是这样看到的永远是一个高高在上的神，而非一个从平凡走向伟大的人。

三

在阳光灿烂的日子里，姜尚的雕像熠熠生辉。

人是崇拜光明的。游客们争先恐后地与姜太公雕像合影就是最好的例证。相反地，虞山东麓有一大群先人的坟墓，隐藏在幽深的森林里，常年照射不到阳光，依傍着山水历经几百年几千年的风雨，人们自然不会来到这里凑热闹。也许只有在祭奠的时候我们才能察觉到它们的存在，但是现代人忙碌得连祭奠都必须省略。

虞山脚下的坟墓一座接着一座，遍布在我去尚湖的路上。这里有仲雍墓、言子墓、黄公望墓、钱谦益墓、柳如是墓、翁同龢墓，这些人曾活跃在中华大地上，也干过一些轰轰烈烈的事，最后魂归故里，长伴虞山尚湖。我是该好好地祭拜他们，不为别的，就只为人生结局的幸运，如果有一天我也能够长眠于这清静又纯净的山水风光中，我会很幸福，但又不知道这辈子要付出多大的努力。

这些墓葬都很奇怪，望得见虞山，却看不见尚湖，紧紧地簇拥在一起。钱谦益、柳如是、瞿式耜这三人生前是夫妻、师徒、挚友和同道中人，死后相伴为邻。人虽然起点不同，但钱和柳、瞿追求的不是同一个天地同一个未来，最终抵达同一个结局，而是能让生命厚重起来的唯有人生。

柳如是墓址位于常熟虞山锦峰拂水岩下花园浜，钱谦益牧斋墓西边，墓碑刻有“河东君之墓”五字。钱谦益和陈夫人合葬，最终还是“生不同时，死不同穴”，但总归让柳如是的名讳独立起来，没有跟在丈夫的后面。

柳如是死后大约占据二三十平方米，一座矮矮的坟墓、一座瘦瘦的亭子和一块由江苏省文物保护单位立下的墓碑。这里相当幽静，参天大树几乎掩盖住一切，唯独她的墓碑总能接受阳光的照射，非常反光。这块墓地还算不错，至少在这一大片男人的墓群中，它算得上少有的突出了。

任何历史都带有深深的遗憾，我们这些后人也为着前人的悲剧而痛心疾首。从进入父权、夫权社会开始，“贞操这东西早晚都要给男人，所有女人都是一样的”，似乎这就是女性的宿命，女性获得了爱与被爱的价值，却失去了被尊重的需要以及独立自由的人生，真是悲哀！漫长的中华历史从来不属于女人，男人是高贵的树木，女人反而要像杂花一样被拔掉，要像草地一样被践踏。梦想或许偶然地眷顾个别女性，但中华无数的妇女要么成为男权的帮凶，要么成为男权的奴隶，敢于反抗的女人是激烈的悲剧，像林黛玉那样，不敢反抗的女人是朦胧的悲剧，像薛宝钗一般。

唯历史与女性不可辜负！我敬佩武则天。不为别的，就为她甘冒天下之大不韪，在梦想指引下开天辟地，创造了一个短暂却又辉煌的女人时代。而她的成功也为后世女子们高举光明的灯盏。正如《红楼梦》描写一大群奇女子与众不同的生活状态，人们起初会觉得很新鲜，但细细品味便会感受到一股充满梦想与信仰的力量在将生命转化成人生。对妇女而言，中华只有一个武则天是远远不够的。从武则天开始的唐宋元明清，女人在战场上彻底失了利，等进入柳如是的时代，贫穷、低贱、孤独，还有深深隐藏却又极易暴露的无能为力。所以说柳如是生错了时代，明清正是封建社会的落日，落日的余晖根本无法提供足够热量让所有人都活着，也不能照亮所有人的心。

所以，柳如是就用她的人格充当光明的灯盏，照亮旧时代人民前行的路。归家院、周府、青楼、松江、常熟、南京、浙东与福建，徐佛、周道登、宋征舆、李待我、陈子龙、汪然明、钱谦益、阮大铖、郑成功，柳如是一生走过了那么多地方，遇到了那么多人，有的是朋友，有的是情侣，有的是同伴，有的是仇人。她的故事被国学大师陈寅恪研究考证，显然出身改变了她的一生，她没有像寻常女子一样困在闺阁中，困在厨房里，困在不见天日的黑暗中，但就用她被人随便踩、随便骂的人生教会了后人“我见青山多妩媚，料青山见我应如是”的精神。

如果“横眉冷对千夫指”走向极致，那么“俯首甘为孺子牛”必将走向巅峰。柳如是传奇般的人生从她改名换姓开始，此后凭借卓越的才学与坚定的意志重拾女性地位。斗奸邪，报国恩，在民族是非面前彰显高度的气节，始终怀着拳拳爱国之心资助反清义士。尽管她永远背负着青楼名妓的身份，但正因如此，她深深地感受到如此彻骨的戕害与如此有必要的反抗，索性就用绝对意志来把自己包装成顽强的战士，抗争一切不公平的丑陋。最终她达成了愿望，实现了与男子平等的诉求，并在人格气节方面处处完胜男子，而她的努力也为自己挣得了一个虞山脚下可供独立祭拜的墓地。

虞山矗立在常熟大地上万万年，见证了从仲雍到此刻生活在这片大地上所有人的一生。它是这片土地上唯一有资格作为永恒的生命，任凭朝代几经更迭，生死几度轮回，风雨几多沧桑，虞山自岿然不动。我相信，柳如是也曾不止一次地怀疑过自己是否拥有不动如山的坚强，毕竟人生可以与山石相似，却无法与山石相比。其实柳如是可以选择相对委婉的一生，比如，同样悲苦，却又懂得逆来顺受的董小宛、陈圆圆等人，这样至少不会让一生皆苦，但此举无异于抽走柳如是作为中国人的脊梁。

中国人若有脊梁，大概就能在历史的平地上矗立高山了。每当人们仰望高山的时候，首先会被山的傲骨折服。陈寅恪就是被柳如是人格的傲骨深深吸引而陷入一生的崇拜与反思中，晚年的他把情感与思索凝练成一部《柳如是别传》。《柳如是别传》"意在揭示古代社会制度和纲常名教对个人的压迫，以彰显我民族个人独立之精神，自由之思想"。这还不是人们一般理解的爱国精神，而是陈寅恪心目中体现的中国文化特质、中国文化核心思想和根本精神。独立精神和自由思想，不是人云亦云的爱国热情，而是关怀意义上的人格主题，这以人生作为落脚点，反映了生而为人应具有的探索与创造价值，从黑暗中一路走来去追随永恒。

我只觉得岁月无情，中国人在晚明时期昙花一现的脊梁们再一次被埋葬在黄土之下。一百多年后，《红楼梦》开启了挖掘脊梁的作业，两百多年后，中国人拥有脊梁并站起来了，三百多年后，脊梁再一次被尘封。当我准备离开的时候，我意外地看到柳如是的坟墓前有人烧过纸，还有星星点点的火苗，我相信，中国人还是有希望的。

四

土葬、火葬、水葬、花葬，中国式葬礼和中国式祭奠都趋于简单。这让我想起朝鲜名妓黄真伊，先不管这位美人是如何死的，但她的遗言很有趣："我死之后，把我葬在行人多的路边，让人们随便踩。"她似乎就是用这种方法让我们永远记住，因为我们会用一生的足迹来祭奠。事实就是如此，某些人的祭奠根本没有意义，可我们还是在无意中这样做了。

人倘若不想寻求改变，生生世世也不过是被命运左右的棋。虞山和尚湖虽然不是一朝一夕就能毁灭的，但也不是一朝一夕就能建成的。它们承载了常熟人民悲欢离合的记忆，就算再出众，也终究还是山河，终究抵不过岁月的侵蚀。

钱谦益墓和柳如是墓毗邻。我清楚钱谦益无论在操守还是在气节方面都不如柳如是，所以我不想去吊唁。但当我深入到尚湖中心，那个名叫拂水山庄的地方，钱谦益、柳如是还有南明的当初都在进入我的世界。当我深入了解当年发生的事后，我深深地叹了一口气：历史就是在人们的无可奈何中前进的。

我们这些后人究竟该如何看待前人的对与错，善与恶，得与失和成与败？也许只有当自己亲身经历过他们的时代与人生，才会做出最客观的评价。伟人的一生是容不得任何差错的，钱谦益一句“水太冷，不能下”足足让后世诟病了三百多年，而他“两姓事君王”则被断定为无耻。而妻子柳如是的忠义形象一瞬间将他的无耻背叛暴露在阳光下，一生反反复复没有立场，没有民族气节，除了想做官，从没有想到别的。

钱谦益是明末清初 17 世纪前半叶中国文学或文明史的巨人，他不仅是文学家、批评家、理论家，也是政坛巨子。可一旦人品出现了纰漏，我们就会紧紧攥住这一把柄，让他生生世世抬不起头来。人品没有光文章哪有光，文章没有光人生哪有光，悲剧就这样发生了，钱谦益的一切都被一竿子打死，他的身后名声经历文字狱和“文革”两场毁灭性的打击。也只有吉川幸次郎先生站在旁观者的角度和陈寅恪先生站在客观史实的角度上愿意还原真相。

拂水山庄旧址早已荡然无存，原来的早已在人们对钱谦益丑陋的无限放大中消失了。而新建的山庄更符合游客心理，山庄内四水环抱，曲廊回绕，亭台楼阁，错落别致，古朴素雅的古建筑群落，浮于烟水之中。山庄中钱谦益和柳如是文化纪念馆吸引着游客来看美女，看钱柳之间相隔三十六年的鹤发红颜恋。比起陈列着的经史子集和二人的人格气节，爱情和美女才是让人钦羡不已的风景。拂水山庄开阔明丽，从这里能够欣赏到尚湖最妩媚的风景，可我觉得它比不上原汁原味的苏州园林，它刻意地向我们突出没有一丝杂质的美好。

如果钱谦益和柳如是生活的拂水山庄真如我看到的那样美好，那为什么还要离开尚湖，离开常熟，去南京，去福建，去完成着一件明知会失败的事。一个人的生命之所以重要，是看如何反映了他的一生，不只是他自己活过的日子，还有更深层的意义，我觉得其中最有深意的，就是觉得自己就在那里，追逐而去，追逐着某种遥远的目标。柳如是奔着独立人格与自由人性去寻找新天地。钱谦益自诩风流，却在官场上几经沉浮，他不过是想趁着最后的生命再一次博取人生的机会，只不过他的做法给刚刚平息战火的江南又加了一把火，我们当真觉得他是被名利的欲望逼迫成疯子了。

我觉得有必要再回到柳如是墓的旁边，好好吊唁一下钱谦益，不为别的，就只为我和他相似的人生：无奈着却又不甘心无奈，背叛了却又不想背叛。

五

人活着就是痛苦并快乐着。

历史有许多是痛苦的，所以我们就把某段历史割裂下来，然后缝补进快乐的想象。姜子牙在后人的崇拜中坐化成神，钱谦益在后人的期待中变成叛徒，他们都活在我们的心里。

毕竟墓地是阴气最重的地方，它只会让我们看到沧桑的历史和面对沧桑的无可奈何。默哀进行了多长时间，我不知。一阵风来，似从空中压到脚底，墓园内所有植物的叶子飒然作声，仿佛三百年前的凄风苦雨骤然而至。我忽然悲从中来，禁不住张开喉咙，放声大哭，热泪长流。

我顿觉虞山尚湖空落落的，祭拜不知何时开始变得麻木，开始变得可有可无，早知道坟墓里面和坟墓外面是同样的光景，倒不如自我了断来得干净利落。只不过，这样死去我很不甘心，我倒还想通过自己的努力为自己挣得依山傍水的好墓地，真到那时，我管有没有人来祭拜我。

被遗弃的邮筒

广东省外语艺术职业学院 / 朱盛榕

雨夹着雪，下得很大。灰色的砖瓦被雨水打湿，起初是一点点，后来慢慢被覆盖，一面面白色的墙，像是重新抹上了灰色的油漆，显得那么深沉。雨水偷偷流进了地上无底的裂痕里，没有声音，永远也不怕会溢出来。飘落在地上的雪没有立即融化，而是和着雨水，沉默着混进了泥土里。午时，灰蒙蒙的天空，黑压压地低垂着，让人看着顿生寒意。

一位穿着红裙子的姑娘从远处走来，她身上裹着厚大的羽绒服，一手撑着浅绿色的天堂伞，一手藏在衣兜里。她尽量让自己走在右边人家的房檐下，时不时跑跳着躲过几处洼地，尽管这样，她白色的帆布鞋早已沾满了黄泥土。

我正在一家书店里避雨，脚上的雪地靴已经湿透，雨水渗进鞋子，冰凉的双脚让我心生厌烦。点了一杯热咖啡，在窗边的木椅上刚要坐下，就看到了这位远远走来的姑娘。

大红色的裙子，在这雨雪交加的天气和灰瓦白墙中如此显眼，让人忍不住多看一眼。

就在不远处，一家卖桂花糕的铺子旁边，有个陈旧的大邮筒。这是一个很久都不被人注意的邮筒，长期的日晒雨淋，绿色的油漆已经慢慢脱落，四个黄色的字"中国邮政"也看不大清楚了。她向邮筒那边走去，偶尔一两个眼神瞅向隔壁的桂花糕铺子。

我猜她是要寄信。

她直直地站在邮筒前，拉开身上那件羽绒服的拉链，从里头拿出一封信来。信在怀里待久了，好像还显得热乎。她歪着脖子，耸着右肩，将伞夹在之间。再次确认信封上的收信人和地址无误后，她双手将其投了进去。仿佛听到了信件碰撞邮筒的声音，她皱紧了眉头，片刻后又恢复平静，跟隔壁家买了两个桂花糕后，回头看了一眼那个大邮筒，又撑着伞离开了。

雨还是没有停下，但雪却渐渐看不着了。那位红裙子姑娘也就出现了几分钟，就随着飘落的雪在远处消失。

南京的冬天总是让人感到抑郁，今年更加如此。我刚从广州回到南京，为的是陪年迈又孤身一人的奶奶过春节。当然还有我的发小呆萌胖，也可以说是穿同一条裤子长大的玩伴。我喜欢南京，不仅仅因为它是我拔不掉的乡根，更多的是它不像其他一些地方那样，会随着时间和科技的进步而变了模样。而往往人也是这样。呆萌胖也很赞成我的看法，但令人失望的是，今年的寒假他没有回来。

他母亲跟我说，他要忙寒假社会实践的事情，加上哈尔滨太远，今年就不打算回了。说完，她热情地招呼我进去坐，给我端上一碗热腾腾的鸭血粉丝汤，让我趁热吃了。我没有拒绝，难过之余，也要礼貌地收下她的好意再走才行。她搓着冻红的双手，一边问我在南方的情况，一边唠叨呆萌胖在哈尔滨的生活，一到冬天，最担心的还是怕他适应不了那边严寒的气候。我大口大口地吃着鸭血粉丝汤，她给我多加了鸭血和鸭杂，还不忘往我碗里倒醋。

我不怀好意地想，就呆萌胖身上那些脂肪，也够他在哈尔滨消耗好几年了吧。

吃完，我又去了书店。这家不打烊书店从我上高中开始就有了，中途倒闭过几次，辗转了好几处才来到这个地方，店名叫作“天堂”。在广州时，我也逛过一家相似的不打烊书店，在里面看到过一本书，叫作“愿天堂，就是书店的模样”，我想，写这本书的人，肯定对书店怀有一种别样的情怀。我不是个很爱看书的人，但我喜欢这样的地方，有人，有书，即有故事。

还是同样一个星期四，阴冷的天，没有雨雪，一大早，我在书店的窗外看到了她，那条红裙子，那件厚大的羽绒服。看着她再一次将信投进了邮筒，我开始浮想联翩，收到她信件的会是怎样一个人，是她的挚友，还是好久不见的亲人？是她念念不忘的对象，还是远在天边的陌生人？当然，我不好突兀地跑过去问她，我只是喜欢这样执着的姑娘，有这样让人暖心的举动。我总是觉得，寄信的人，往往是饱含故事的人。

完毕，她走到隔壁的铺子，像上次那样，买了两个桂花糕后离开了我的视线。

我突然也想吃桂花糕，索性跑了出去。五块钱两个桂花糕，可以买到两种口味。付了钱，我便尝了起来。这样的桂花糕在江浙一带随处可见，没有什么特别的，但今天却好像吃出了别样的味道。影响味蕾的，总与当时的心境和天气相关。

那个邮筒还是静静地待在那里，不被发现地，与其他路人一样，我从来没有去注意过它。嘴里巴咂巴咂地咬着桂花糕走过去，看到上面的字体都已模糊，开箱时间和邮编也看不清了。我边吃边想，好奇一天当中会有多少人往这个邮筒里寄信，邮递员每天会从里面取出多少信件来。

春节后两天，在一场大雪之后，我在书店里偶遇了她，她是来还书的，借了七堇年的《被窝是青春的坟墓》和《尘曲》，都是那样伤感的文章。我挑好书，到柜台时终于与她拉近了距离，我像一个偷窥狂一样，偷偷打量着她。她的脸很苍白，鼻子没暖过来，通红通红的，有着灰棕色的一字眉，还有刻意加重颜色的双唇，我的直觉告诉我，她很有可能是来自南方的姑娘。

我故作咳嗽声，接着与她搭讪："七堇年的书，有时候会让人抑郁。"

"可我喜欢里面那个抑郁的孩子。"她微笑着说，很有礼貌，"只是还没来得及看完，一个月借期就到啦！"她把借记卡收回，放到兜里，冲我微微一笑，转身便离开了。

不容我再回她一句，她便推门而去了，留下来回晃动的玻璃门。我叹了一口气，看着她离开，深深觉得我们的缘分不仅仅是一句话那么简单。

呆萌胖说，在南京，邮筒就像可回收垃圾箱一样，遍地都是。

我说，你要是能瘦成邮筒那样，我嫁给你。

他卡着一副近视眼镜，手里拿着"泰芒了"的巨无霸冰激凌，瞅了我一眼，也没想反驳。去年高考后，他义无反顾地去了北方，我也义无反顾地去了南方，而我们的家乡，南京，则成了一年只回一两次的远方。我们没有怎么联系，也没有一起去火车站搭车，因为我们都觉得，既然是相反的方向，何必去顾及他人的远方。而这样义无反顾出来的结果，却仅仅是因为高考填志愿后的争吵。我们的意气用事，让我们天各一方。我想，呆萌胖寒假不回家，定是不想面对我。

最后一次看到红裙子姑娘，依旧是星期四。我无处可去，本该后悔寒假回南京，一想到家中的奶奶，便谈不上什么后悔了。这一次我是在路上撞见她的，她耷拉着头发，嘴唇干裂，不再裹着厚重的羽绒服了，白布鞋也洗得发白，比上次看起来更加憔悴。我看到她右手拿着一封信，便知道了她的来意。她对我点了点头，表示同意我与她并行。走过书店，一直到对面的桂花糕小铺，我们才开口说话。

"我要把这封信寄出去，这是最后一封信了。"她面无表情地说。初春的温度还是酷冷，从她的声音里我感受到她瑟瑟发抖的嘴唇。

"寄往哪里？"我问。

"嗯，北方，一个比南方冷很多很多的北方。"她双手持着信封，看着上面的信息发呆。信封上端端正正地贴着 80 分邮票，票上是一朵盛开的红牡丹。

"她（他）能收到吗？"我又问。

"会收到的，虽然我一直都没有收到过他的回信，但我相信他看到信后一定会来找我的。我在附近的一家青旅做了将近两个月的义工，但现在我必须结束掉这样的生活，回到海南去。"

他？我心里一咯噔，不敢问他们之间发生了怎样的故事。

"都是要当母亲的人了，我不敢在外面漂流太久。"她解释道，手下意识地摸着肚子，虽然还看不来。

我不禁“啊”地惊叹了一声，两只眼睛睁得大大地看着她。

“这也是我从来没有预料到的事情，谁都没想到，几个月后我就是孩子的母亲了，真让人猝不及防。人生中的重大的事情，很多时候都是不经意间发生的，控制不了。你要做的就是，不去控制。”

这样一位看似柔弱的南方姑娘，却道出了一番坚强，只身一人，在南京这边，让不知情的人以为只是贪玩跑出来的孩子。只是没想到，我多次在书店的窗前看到的红裙子姑娘，在这个邮筒前要寄出的信里竟是这样一件不尽如人意的事情。

她双手把信送进邮筒里，在南京寄出的最后一封信。我心想，那么久了他还没有回她，定是逃跑了，这样的事情时有发生，男人总是会不负责任地说一些看似负责任的话，我很想这样劝她，让她别犯傻，却不知道为什么说不出口。

照旧，她到隔壁买了两个桂花糕，递给我一个，自己手里留着一个。我愣着接过，脑子里却还想着如何劝她或者是帮她讨回公道的事情。

“我走了，有缘再见。”她说。

我也不知道自己遇到什么事情了，脑子里乱七八糟地转起来，又像灌了铅一样，头昏脑涨。看着她走掉，我没有勇气也没有合适的身份去叫住她。我回到了书店，看着对面那个丑陋的邮筒，突然想到了呆萌胖。他说过，在南京，邮筒就像垃圾箱一样多。

我怀疑自己管得太多，确实也是闲来没事做，才会这样去观察别人，渴望了解别人的生活。在柜台点了杯奶茶，搭着桂花糕胡乱地往嘴里塞。然而就在这天，我惊讶地发现，那个桂花糕小铺旁边的邮筒一直没有人来过。就是说，一整天里，我没有看到邮局的人来取件。一个糟糕的想法在我脑海里浮现，这个邮筒说不定不再有邮递员来开箱了，它很有可能已被遗弃，因为年份太久被冷落在这个街角。

怕是自己错过了邮递员，隔天早上我又来到书店，坐在靠窗的地方，盯着那个陈旧褪色的邮筒，一刻也不敢懈怠，直到最后一刻，我没有发现任何邮递员的踪迹。我终于敢肯定，这是个被遗弃的邮筒。

傍晚六点钟，邮局早已下班，无奈联系不上人，只好等明天再来一趟。或许他们隔几天再来收箱也不一定，不知道红裙子姑娘离开了没，为了不撞个乌龙，我决定明天向邮局探清楚情况再做打算。

不出我所料，他们放任那个邮筒在那已经两三年了，其间说是有去开过箱，但是里头什么都没有，位置太偏僻，一直想着让人来撤走它，但总是拖着这件事情。我着急地说，这些天总是看到有人去寄信，不能让那些信荒在那里，寄不出去啊。

“会找个时间派人去看的。”邮局的人淡定地说。

“现在不行吗？你们这样的服务态度会耽误多少人的信件？”

僵持了许久，他终于肯与我过去了。

邮筒被打开了，邮局的人从里头拿出了大大小小一百来封信件，年份久的已经发黄，邮票也不见了踪影。

我胡乱地找着红裙子姑娘要寄的信，可我根本不知道她叫什么，具体要寄往哪里。我想到了附近那家青旅的地址，把所有寄信地址是这家青旅的信都找了出来，终于找到了十来封。

邮局的人要把所有的信件都带走，我问他要带到哪儿去。

“有些时间太久了，现在再寄也没用，只能丢了——我看看，就把今年的寄出去吧。”

“等等，帮我把这些改成挂号信。”我把那十来封信交给他，我不知道那些信是不是都是红裙子姑娘的，所以我只能全都办成挂号信，只要信全都到了，她的信也就到了。

“那跟我到邮局去吧。”他说。

跟工作人员办完手续，我刚想从邮局出来，看到他在整理那堆信件。

“麻烦你帮我把这些丢到外面的垃圾桶去。”他指着一小堆信件，对我说。

我纳闷着捧起那些信件，这些都是前两年别人亲手投到邮筒里的信，现在它们还没被寄出去，就要被我统统丢到垃圾桶去了。我有点不舍，但我想寄信的人应该也不希望这些信会在一两年后再寄出去，有些话等到一两年后说来得及吗？有些事情一两年后再知道还来得及吗？

兴许来不及了。

我看着手里这堆信，它们本该被寄往全国各个地方，被收件人收到，可能是喜讯，可能是慰问，可能是祝贺，也可能像红裙子姑娘那样，是个不知该让人激动还是难过的消息。

我一封一封地将信放入垃圾桶，像是投入邮筒那样，小心翼翼。

然而就在这时，我在一封信上看到了让我不知所措的名字。

而那个地址就寄往我所在的南方的学校。

我的脑袋轰隆隆地响了起来，心跳停止了瞬间后又无限加速起来。这封呆萌胖去年寄的信，这封我早该在南方收到的信，现在阴差阳错地到了我手里。

我鼓起勇气打开了它，看完了呆萌胖写的一字一句。

我也忘记我看到了什么，只知道自己眼泪扑簌扑簌地往下落。模糊着双眼，我将丢到垃圾桶的信全都捡了回来。我错了，其实它们跟呆萌胖寄的这封信一样，从来就不曾来不及过。

我把这些信重新贴上了邮票，投到了邮局门口的邮筒里。而呆萌胖的那封信被我留了下来。

是啊，它们凭什么要因为“过期”而被丢弃呢？不管过了多久，这些信都有被寄出去的权利，如果它们现在还躺在那个被遗弃的邮筒里，什么时候会有人去发现它们？会有谁去发现它们？

巧的是，我竟然因为帮红裙子姑娘寄信而发现了我的信。

而因为我，这些该在过去就收到这些信的人将在未来的几天收到这些过去的信。

离开邮局，我感觉自己做了一件意义非凡的事情。

而过几天，就有人会收到红裙子姑娘所有的信，这个南方姑娘很快就会到达她留恋的那个北方。

想到这里，我感觉心中开出了一朵花。

我赶紧买了去哈尔滨的机票，明天出发去呆萌胖的学校。

我要带着他的那封信，去看他到底有没有瘦成邮筒那样。

走前我又去了一趟书店，在原来那个位置喝掉了一杯咖啡。我只是想透过窗，看着对面那个邮筒，还有旁边卖桂花糕的小铺。我仿佛看到了漫天飞舞的白雪，浸染着灰色的砖瓦，迎面走来了那个撑着浅绿色天堂伞，穿着红裙子的南方姑娘。

写这篇文章，只是为了谢谢你，红裙子姑娘。

于无声处听惊雷
——纪念杨绛

长安大学 / 沈子渝

五月二十五日那天，气温一下降得极低，竟有种春寒料峭之感。湿气和灰气笼住学校那几栋楼房，天空泛出阴滋滋的黄色，仿佛大雨甚或大雪将至未至。

清洗柳树后留下的农药水味刺激着诸生的口鼻与肠胃，引起阵阵不适。我躲进宿舍，直接便拉上了床帘。照理讲，周遭暗沉沉一片，温度又低，当我盖上暖热的被子，最是能安睡的。只是，右手食指和中指指腹的伤口莫名疼痛起来——那是前一日洗浴，我试图扳动放置衣物的橱窗玻璃，却被粗糙的毛边深深嵌入手指时造出来的。我正把手指凑近查看，却瞥见丁君发来的消息，只有两个字与一个惊叹号。

“杨绛！”

心里一沉，我立刻便明白了。

手指还在疼痛，我却看不清伤口了。一滴眼泪打落在我铺展得过早的竹席上，一圆深色。这时候，我口里心里反复念叨的只一句话：

“我觉得我的心上给捅了一下，绽出一个血泡，像一只饱含着热泪的眼睛。”

绛姐儿走了。

杨绛先生对我的意义到底是不同的。我与先生同是江苏无锡人，地缘上便十分亲近。我初中时候在东林中学念书，每天早晨赶坐63路公交车，一听广播里报站“学前街－钱锺书故居”，我便从昏昏然中惊醒，急急跳下公交车，穿进细窄的北禅寺巷，晃晃悠悠地走去学校。后来我考入辅仁高中，而钱钟书先生就是从这一所学校毕业的。我记得清清楚楚，第一回报到时，我便见到一尊很大的锺书先生的铜制半身像，矗在将军桥畔。铜像的底座十分厚，用各式立方体拼成，凡凸出的面上都刻了字。最显眼的是烫了金的“杨绛”二字，隶书写作，一笔一画皆是毕恭毕敬。倘若从朱雀门（即南门，在听了庞先生关于方位的讲解后，我便往往用朱雀门、白虎门称呼学校的南门与北门）入校，那么直走或左转都能走进教学楼。我三年来坚持走左转的一条路。虽然这比直走多绕了一些，不过这样可以经过一条宽廊道，廊道两边竖置了石墙展板，起头儿右手边第一幅便是锺书先生的照片。附在一旁的介绍文字我已看得熟了，张口能背诵；但更主要的仍是照片，每一天早上和晚上我都会非常虔诚地在照片前停留一两分钟，念念有词道：

“锺书先生以及杨绛先生切切保佑我语文一科取得诸生中最高的成绩，阅读、写作两块更要震慑他们。保佑保佑！”

现在看，这誓愿不免幼稚，而且太过唯心，但毕竟是诚心诚意发出的。若问起它最终是否实现，我只得说，前期确是实现得很好，唯最终一考纰漏多多，不知所答。反倒是原先同锺书先生一样极不擅长的数学一科（考前未尝及格过的）意外得了高分，也很有些神异。不过一定要指明的是，同为辅仁毕业的音乐教育家杨荫浏先生（他的照片亦设于廊道展板上），与杨绛先生的父亲杨荫杭老先生终是没有多大关系的。我曾在他们的故居里查看过杨氏族谱，这一点可以确证。有人见他们二位老先生名字中都有“荫”字，只当是兄弟，便把杨荫浏称为杨绛叔父，更离谱者竟说是姑姑，便特此说明一下（以前我也有过此种猜疑，之后查弄清楚了）。

那时想得简单，以为锺书先生是我的校友，那么他的夫人也是“我们的人”便十分顺理成章，何况这二人感情之好令多少人歆羡。这样几层原因覆上来，杨绛先生在我心中便成了一个很亲密的形象。如今她的离世使我除了难过和惋惜，还有几缕与他人不同的情感。只是这太难描述罢了。

高二一整年，顾先生分批发下厚厚几沓作文素材，要我们逐一写眉批和总评，工程量实则颇不小。当时已分文理，文科班倒是数学作业最多，题目也难，遇到一题不会，挣扎一两小时仍不肯放弃是常有的事。这样一来，大家多不肯好好写语文作业，敷衍一二笔了事。我虽未有如此严重之不认真，但也不愿写满顾先生规定的字量。后来是怕冲撞了主管语文一科的神灵（那日日的祈祷岂不是白费苦心了？），自己又爱读书写作，决定用心对待，稍稍牺牲一点儿睡眠。只一回，数学题册里一页出现三个大的解析几何题，我无论如何不能做完，再一看时间已到睡点。那次的素材评论作业正是要写杨绛先生，我自信她是十分明理的，综之当时的特殊情况及地缘等原因，先生定然不会怪罪我，便莫名生出勇气，第二天举着空白的作业交了上去。好在顾先生向来爱我，自然不会如何为难，只让我得空了，直接在素材中圈划并弥补一二笔便好。其实，后来也有过赶不及写点评的时候，只因我与那些素材中的人不很相熟，不愿冒险不做作业，终于还是硬着头皮当晚写完。

我并非自夸，教过我的先生们确实大都爱我。这一点同杨绛先生的嬷嬷们（当时先生在启明女塾念书，那些女孩子们称其洋老师为嬷嬷）爱她是一致的。高三带我语文课的是庞先生，她与顾先生也很要好。有一节讲作文的大课，庞先生教我们怎样把肚皮里积累的素材用得漂亮，她正好拿出某生写杨绛先生的例子，大致是说先生在“运动”时期的生活并不好，但她在精神世界中一直称心如意（我实在记不大清原话了）。我马上领悟了庞先生的意思，她是想说这位同学把杨先生的话剧作品《称心如意》巧妙地融合进来，并且一点都不生硬。我坐在位置上，用力点头，庞先生见我热情回应，很快乐地同我相视一笑。

我第一次接触杨绛先生的作品也属偶然。那次正是期末考试，最后剩下English一科，大家心里都很懈怠了，用过晚饭便相约去学校里开设的新华书店玩耍。那里的新书不是很多，我爱看的更少。在诸多十六大开本的书里，我发现了杨绛先生的三十二小开本《杂忆与杂写》一书，三联出版。这本书的书封设计和用纸都合我的意，在大书中又很显可怜，我便买下。那一晚我再没翻看过英语复习资料，整个晚自习把这本书看了大半。待考过试，急忙地又取出继续看完了。在大学里，我认识了吴君。他虽学习工科专业，却爱读书，我把这本《杂忆与杂写》用绿底粉花的书纸包好送他（毕竟翻得有些显旧），深信他会喜欢。未出一月，我在苏州诚品书店玩时又在诸多大书中见到这本书，便一点不犹豫地买下。这一回距离那次巧合购买，已有四年时间，小开本的《杂忆与杂写》等书不再印发，网上流通的多是影印版，新的精装杨绛集也有了几个版本，但我以为整体感觉不如老版，所以我总是想着，自己与这本书确有关缘。

先生的书我看得不算太少，散文里读《杂忆与杂写》《将饮茶》《干校六记》《我们仨》四本；小说读《洗澡》一本；回忆录读《走到人生边上》一本；译作读《堂吉诃德》一本；若是剧本，说来也惭愧，仅读《称心如意》半本，后来因一些琐事终于没有读完。我最爱的还是先生的散文。平日里，我自己写得最多的也是散文，而且初期写作总以模仿为主，仿的便是杨绛先生的文风。虽然道是“一千个读者眼里有一千个哈姆雷特”，但我可以很自信地说，先生的散文水平很高，她的文字只用读一读，便能知道什么是“好”散文。先生的女儿钱瑗（阿圆）的评价很是精当：

“妈妈的散文像清茶，一道道加水，还是芳香沁人。爸爸的散文像咖啡加洋酒，浓烈、刺激，喝完就完了。”

对于一部分读者所说的“杨绛的文章就是记一些流水账，有什么好处”的论断，我是颇不以为然的。最浅显的道理就是，为何这么多记流水账的人，却少有能同杨绛先生一样记出名声呢？何况先生所写并非一笔“流水账”。我们不妨从vocabulary、grammar到内容、情感及思想细细分析。我每一方面各举例证明之。

首先是vocabulary。先生的诸多动词用得很巧，如把银圆藏在贴身口袋弄得又亮又热称为“捂”，吃白薯时热气熏得鼻涕流出来又拼命吸回去则为“缩”，把肚子中的白字拿出来同锺书一起比较取乐又叫作“抖搂”，等等。我觉得十分有趣又亲切的是，先生还喜欢把无锡方言填进去，如“步步太阳”（负暄之意，指安稳坐着晒太阳)，“着得里一记”(啪地打一下)，又或是“吃冷饭”(未到饭点，吃些热饭冷菜充充饥，作“吃用点心”之意解)，这都教人发笑。(补一处，罗家伦赠锺书先生的书法记为“大大的胖字”，笑。)

谈到grammar吗，以我的低劣水平则必定说不好，但为求完整，也稍聊一二。先生的散文民国味道较重，是清新朴实的一类。有的散文家的语法以节奏见长，他们考虑语音因素，如韵脚、重音等，这样的散文诵读起来十分美；而杨先生长于记事绘人描物，她的语法不重节奏，但通常会调换不同词性词语的顺序，如惯于把“很”“定”等副词放在动词后，状语则放在句末，如此显出不同之处来。究竟她的grammar是怎样一回事，我陈述不清，待认真习完几本汉语书，再作研究罢。

至于内容，则是合了鼎钧公的看法：

“散文兼容并包，排他性不强……这样的材料小说家不要，散文家要……男女同学挤在面店里吃午饭，又香又脆的烧饼噼啪响，芝麻从男生嘴边飞入女生的面碗里，在戏里演出来谁看得见？戏剧编导不要，散文家要。”

杨绛先生写细节很生动到位，既然方才鼎钧公提及烧饼，那么我亦以含有烧饼的细节为例：

“我记得胡适一手拿着帽子，走近门口又折回来，走到摆着几盘点心的桌子旁边，带几分顽皮，用手指把一盘芝麻烧饼戳了一下，用地道的上海话说：‘“蟹壳黄”也拿出来了。’说完，笑嘻嘻地一溜烟跑往门口，由任先生和锺书送出门。陈先生有点儿不高兴，对我说：‘适之spoilt(宠坏)了，“蟹壳黄”也勿能吃了。’”

《杂忆与杂写》一书内容正如书名，十分驳杂，既有幼时的读书经历，又有对家中请的保姆之类的记述，还有各类序文后记等，对饲养的小动物也不吝笔墨。《干校六记》是取的《浮生六记》之名，记录了“十年动乱”期间她与锺书被下放至干校的经历。胡乔木评价道：“怨而不怒，哀而不伤。缠绵悱恻，句句真话。”这评价也是“句句真话”吧！不知为何，这本书没有跟我搬入新家，被留在了奶奶家。我周六下了学去奶奶家用午饭，然后奶奶安排我小睡一觉(高三时候一睡便是五个小时，“小”字可笑)，每一回睡前我都把这本书翻过一遍(非常薄)才肯安心睡觉。于是总是出现这样的场面：房门本来是关上的，我一页一页翻书，忽然便被开门的声音吓一大跳，仿佛做坏事被人当场拿住。奶奶探进一个头，扶着门的手上滴滴答答还有未擦干的洗菜水，汹汹道：

“快点困！”(快睡之意，如《阿Q正传》里，阿Q扬言和吴妈困觉是同一道理。)

我一连“哦”了好几声，假意猛地翻身盖上被子。一听见关门声，又爬起来接着看完方罢。

董桥接受采访时说过，杨绛先生的散文只是“宛然无痕”，倘若细细察看，是可见“笔斧过处”的。这说明先生自然不是单纯写“流水账”，不但不是，还非常讲求布局谋篇，只是掩饰巧妙，让我们看不出来罢了。从此处便能过渡至情感一块。我以为记录流水账的目的大概只是记录流水账而已，再多的话，兴许也是为着日后有个留证。而杨绛先生的散文中处处是“我”的印记，她直接表现了自己。在这些事中，先生不可能捏造一个人物出来代替她，于是一切或好或坏的后果她都承担了。先生的散文和她的人，最大的好在于“真率”，这可以是情感与心性，更可以是品格。对人对事的用心用意，使得这些文章非常诚恳。我当然不否认杨绛先生自身也是有缺点的，这世上哪来的完人呢！一些同先生交往过的人提出了批评，我隐隐也从她自己的散文中瞧见了这些，但这并不能盖住她的好呀。我模仿先生的文笔，但是那种非经历曲折而不可得的回环的包容与真诚，是万万仿不来的。

最末的思想，我便以中学课本中选取的《老王》一文为例。此文的结尾非常有力度，一下子把占据在人心中那种说不出的感受表达得十分淋漓：

“几年过去了，我渐渐明白：那是一个幸运的人对不幸者的愧怍。”

总是应当这样说吧，若无大平等与大关怀的思想积淀，我决不认为这句话能被轻易写出。后来听见一个话语犀利的作家谈及杨绛，他直言非常喜爱先生的散文，因为“杨先生的文字有胆，所以一读杨先生，你就会肃然起敬”。这是相当高的评价了。我私以为，“有胆”亦是有思想的体现，富于智慧的勇气不正是思想的结晶吗！

我爱《堂吉诃德》，一如我爱着《红楼梦》（了解我的友人都明白我对《红楼梦》的疯魔）。我们感谢杨绛先生带来极高质量的译著，却也惊异于她擅写不同文体却还精通多种外语并掌握翻译技术的能力。仔细想想，似乎那时候的先生们都身兼多技，语言和翻译倒甚至成了基础的技能。如冯友兰在《哲学人生》中这样说道：

“记得物理学家王竹溪曾来我家问一个字，原来他在编一本字典；化学家黄字卿写旧体诗，有唐人韵味；还有晚一辈的数学家，姓王，写了《红楼梦》续编。这些先生们都有多方面的才能，所以毫无匠气，而在自己的专业方面俱臻化境。”

此段话中，数理化三科的大家身上皆蕴含深刻的人文情怀。朱光潜亦有过对“专才”与“通才”的议论，最终的结论是还当作“通才”之人，而且是不得不“通才”。也许在历史上的某几个阶段，这些知识分子的精神相当自由，他们博学而心忧天下，各自有一番作为。但是，我们还需得认清陈寅恪先生的一句诗：

“自由共道文人笔，最是文人不自由。”

我相信陈寅恪先生的思想是真正自由的，只是在家国动荡的年代里，不免有着囿于一方书斋的局促感，所以才会有葛兆光概括的那种“对学术论著自珍自爱，却也对学术生涯自讽自嘲”的情况存在。纵使他们都能把世事看得清清楚楚、透透彻彻，不过与杨绛先生相比，他可能更像一位旧式文人，过于迂曲幽远，终致和声寥寥，“一管书生无用笔，旧曾投去又收回”。杨绛先生素是刚柔并济的秉性，在被捉去挨斗时，她跺着脚，激动地据理力争，“就是不符合事实”；只是在写锺书先生的发愿“从今后，咱们只有死别，再无生离”时，其内心又是何等柔软脆弱。凡此种种决定他们的学术自由大抵相似，然而精神自由终归不是同一种自由。正如现在依然有资中筠、陈丹青等老派知识分子开出济世药方，而先生选择坐在书斋里，整理他们三人一生的作品。她大概相信，一切能向好的一面发展吧，有些东西，放在心底，偶尔在下笔时露出一两痕，就够了，再说的话到底不合适。

我想起某一回查阅话剧《称心如意》时，偶然发现了“称心如意”这个词语出自宋代朱敦儒的一首小词，其中几句竟说的甚像杨绛先生：

“一个小园儿，两三亩地，花竹随宜旋装缀。……称心如意，剩活人间几岁。洞天谁道、尘寰外。”

杨绛先生去世的那天晚上，大约是担心我难过，吴君安慰了我几句。我想着，先生一百零五岁高龄了，已是十分长寿，正是“称心如意，剩活人间几岁”。感伤之余，又想起木心先生的话，“从明亮处想，死，是不再疲劳的意思。”于是也自我勉励起来。我同吴君说，杨绛先生的伟大之处在于她竟能脱离锺书先生的“阴影”，而十分自信地以杨绛之名为世人缅怀和纪念。在现实中，我们固然要指出男性社会的不公，却同样也得点明女性自甘懒惰、依附的死穴。杨绛先生之为优秀女性知识分子代表，是她的独立人格深深展现在了行为举止和文艺作品之中。一种真正意义上的独立，是多么难能可贵啊！

20世纪的先生们，走一位便少一位了。他们去世后的一段时间内，社会上往往掀起所谓“重读大师经典”的热潮，这很使我反感，但有人肯趁着潮流读读好书了，或许终究不是坏事。萨特、卡夫卡等特立独行的文学家，生前便不愿有人去看他们的作品，自有睥睨。我猜想莫不是因为作品一经阅读，它的可能性便被缩小了吧？不过，当一个天才被几百年后的另一个天才发现了，说不定还能创出更大的奇迹来呢。

五六月份的长安，天气十分怪，时热时冷，令人捉摸不透。我从教学楼下了自习，正往宿舍走着，一阵风吹得我凉意遍生。正当我加紧脚步穿过小树林时，忽而清清楚楚听到对过一片竹林里传出“布谷”“布谷”的鸣声。按理说，我走的方向正与那竹林相反，当是走得越快离得越远，鸣声也是渐渐轻小下去的，却不知为何，这一声声“布谷”始终绕在耳边。这是不是意味着，先生是离我们远去了，但她的风骨与品格仍润泽着我们呢！这约莫亦是一个契机吧。此时的我，口里心里不断念起的全然是这句话了：

“心事浩茫连广宇，于无声处听惊雷。”

卖煎饼果子的少年

黑龙江大学/伊　诺

上大学的第一年暑假回家，有一天和妈妈逛商店，隔着商店的马路边停着一辆小推车，上面贴着：煎饼果子。不知怎么，我鼻子忽然酸起来……

我说："妈，我想吃煎饼果子，原来咱家楼下那家。"

在我十八岁以前，为了上学方便，我们一家一直都挤在原来市中心的学区房，我在那里上过了幼儿园，小学，初中和高中。那个学区房仅有80多平方米，它隔壁的小区就是破烂的工人居住区，工人居住区是我上学的必经之路，里面散发的各种恶臭也常常污染到我们小区，野孩子们的尖叫嬉闹声和野狗的吠声偶尔也会传来我们这边。

家里的厕所总是充满了下水道味，蚂蚁一窝一窝地出现在我的书桌上，夏天纵使开了窗户也闷热不已……这一切的一切都叫我无法忍受，因此我常常闹着搬家，但是立刻都被"上学方便，为你好"一句话生生憋回去了。

直到高考结束，我们家才又搬回南大桥这边，一座坐落于优美宁静小区的复式楼房，这才是我真正的家。暑假时，我常常被噩梦惊醒，我梦见自己重又回到了那座破烂的学区房里挥汗如雨地背题。后来和妈妈讲到我的梦时，妈妈却说，和很多孩子相比，这座学区房的条件已算是很好的了。你要是生在一个卖煎饼果子的家庭里你恐怕得睡老鼠洞里，你还记不记得原来你一直有一个朋友，他家就是卖煎饼果子的。你忘了？

此刻我想吃的正是他家的煎饼果子。

妈妈听了我的话，却说："早黄了。"

我不敢相信，忙问："怎么回事？一个摆了十多年的摊子怎么说黄就黄了？"

"卖煎饼果子的人死了呗。"妈妈淡描轻写道。

"好端端的，怎么死了呢？"我这时才想起来晓安已经有一年多没和我联系了。

"肺癌吧……听说检查出来的时候已经晚期了，没挺多长时间就死了。"

我沉默了，我没有再问下去，我害怕听见关于晓安的更多……

我五岁那年学前班，开学第一天我早早就来到教室，推门而进的时候，一架纸飞机“嗖”的一声从我头顶飞过，一个男生笑嘻嘻地站在我面前，他又瘦又黑，像一条风干牛肉，而且绝对是没人吃的那条。后来老师安排我们坐一起，于是梁晓安正式成为了我的同桌。

课间的时候我偷偷问他：“那架飞机是你折的吗？”

他点了点头，有点惶恐，说：“你别告诉老师。”

学前班是不允许孩子们做各种小动作的，包括折飞机。

我说：“能教我怎么叠吗？”

他一愣，然后笑了，说：“好啊。”

他就像一位小老师一样一丝不苟地教我折飞机，纠正我的手法，并告诉我怎么样才能折叠得让飞机能飞得更远——很快晚上放学的时候我已经和他做得一样出色了，飞机嗖嗖地飞过我们的头顶，以十分优雅的姿势飞出窗外，那正是我的手艺。

那一周我们乐此不疲地折飞机，课上折，课下折，睡午觉的时候也偷偷折，互相比谁折的飞机飞得更远更高。

很快，老师就发现了我们的违纪行径。她是一位干瘦的，上了年纪的老太太，戴着度数很高的老花镜。对我们这些孩子她十分严厉，动不动就罚我们抄写，一写就是几十遍，没写完的要留堂。我曾经因为没带作业而被老师以为是偷懒没写作业，于是那天我被罚抄到右手抖得十分厉害，连筷子也握不住了。

她强行从我们桌阁里搜出大大小小不下数十架的纸飞机，当众把这些飞机全部撕毁扔进垃圾箱。她发怒的样子可怕极了，就像末日来临一般。

“你们俩，站到前面去！”她命令道，我们被罚站了一下午，当众罚站是多么令人感到羞辱的事情，我忍受不了同学们嘲笑的目光，最后我哭了，我一边抹着眼泪一边抽抽搭搭地哭着——同学们惊奇地望着我俩，有的哧哧地笑着。

“你别哭，别哭呀。”晓安手忙脚乱的，他有点不知道该怎么办，可是我哭得更厉害了，他看着我，十分焦急，忽然他说：“你别哭，回头我让我爷爷给你做煎饼果子吃。可好吃了！”

这是我第一次听说“煎饼果子”。

后来我终于也没有吃成，因为当我把晓安邀请我吃煎饼果子的事情告诉爸妈的时候，他们都笑了，随后十分严肃地告诉我：“那是街上的小摊贩卖的东西，不干净。不许吃。”不仅是煎饼果子，还有很多很多小食品，什么烤羊肉串啊，绕糖稀啊，小浣熊干脆面啊，辣条啊，这些我同龄的孩子们的美食一律和我无缘。爸妈是坚决不允许我吃这些的。

我们家楼下有一个长年摆设的煎饼果子摊，摊主是一位老头儿，看起来有七十岁的样子，他是梁晓安的爷爷，实际也就刚满了六十岁，但是长年的劳作使他看起来十分苍老和疲惫。晓安和爷爷一起住在我家隔壁的工人居住区。每天清晨，梁爷爷总会淹没在一股浓浓的炊烟中，味道呛人极了，经过的路人无不掩鼻快走。有一次我对梁爷爷说："梁爷爷，我妈妈说炊烟对身体不好，您以后还是不要弄了。"

老人苍老地笑笑："孩子，谢谢你。可是不生火炉子就热不起来呀，我就没法做煎饼果子了。"

我歪头谢谢，说："那您可以不用非得做呀。"

老头咳了两声，用沙哑的声音说："孩子，我得生活呀。你看，晓安是我孙子，我得养活他，给他交学费呀。"

时间过得很快，一转眼我们就上了小学，巧合的是，我和晓安在同一个班。我们常常一起玩耍，一起拔树干，丢口袋，雨后一起光着脚丫子去踩水坑，真是快乐极了。

一次课上，老师问起来同学们的梦想是什么。大家都踊跃回答，不是科学家就是老师，不是宇航员就是解放军，总之理由都是为国争光，为国家奉献。老师听了同学们的理由直夸孩子们上进懂事。

我说我想做一个作家，写出和他们一样了不起的小说。

晓安则说："我想做一个大老板。"

全班忽然都安静下来，老师脸色有点难看，问晓安："为什么想做老板？"

晓安有点困惑，但还是勇敢地继续说下去："因为老板可以有很多钱，有了钱我们就可以生活得更好了。"

全班哗然，老师更是勃然大怒："你这孩子思想有问题，我上课都怎么教你的？小小年纪就如此现实，将来怎么了得！明天把你家长叫来！"

放了学之后，我和晓安并行，他的脸色铁青，十分难看，我们一直走，走到我家门口我得和他告别的时候，他忽然抬起头，问我："我说错了吗？"

其实我完全理解晓安今天课上的那番话，晓安有时候会帮爷爷一起卖煎饼果子，那天我正好看见有一辆丰田车停到摊前，里面的人摇下车窗，戴着墨镜，手向晓安一挥，"小孩，过来，我买个煎饼果子。要加两个鸡蛋，放一根香肠，不要加油饼"。

晓安愣住了，其实你了解他多了就会知道他是一个极有自尊的男孩子，我从来没有见过他哭过，他对这个世界有着自己坚定的看法。当爷爷把烙好的饼子给他的时候，晓安忽然倔起来，怎么也不肯去。无奈之下，老人走到车门前亲自将煎饼果子送过去，那个男人嘎嘎地笑着，他似乎感觉到晓安的反抗了，他隔着老人对晓安大声说着："钱虽然不是万能的，但是没有钱是万万不能的。孩子，你好好学着吧。"

我知道，梁晓安家里比任何一个班上的孩子都需要钱。

“我想赚钱给我妹妹买一对好的助听器。”隔着售卖西门子助听器的橱柜，晓安盯着那些展示的助听器，叹了一口气说道：“可惜，爷爷没有那么多钱，我要是那个开丰田的男的就好了。现在晓静戴的助听器还是好几年前爷爷花了几千块给她买的呢。”

晓安妹妹的出生是一个意外，因为超生他们家当年还被罚了一大笔钱。晓静出生几个月的时候发了高烧，医生给注射过量的大庆霉素，烧退了，耳朵却再也听不见了，去找那个医生，医生害怕，跑了路子。去聋儿康复中心查，双耳损失达100分贝，学说话最好是配人工耳蜗，可那个一个就要二十万元，他们家自然是付不起的。

“聋子！聋子！”这是晓安所住的那一片的野孩子们对晓静的称呼，每每听见这句话，晓安就像疯了一样向那些男孩子们冲过去和他们拼命，每次晓安都是寡不敌众，被打得鼻青脸肿，但是晓安如果再听见有谁这样叫他妹妹，照旧和他拼命。我戏称晓安是拼命三郎。

晓静早已过了上学的年龄，但是没有任何一家小学肯收留她，尽管爷爷带着晓静几乎求遍了市里的所有的小学，但是人家一看是一个不会说话的聋孩都立刻拒之门外了，只有一次，保二小学的校长看着安静漂亮的晓静，摇摇头说道：“不是我们不愿意，可是她，你也知道，大爷，要不您给她送到特殊学校吧。”

全市只有两家特殊学校，学费爷爷是付不起的，就这样，晓静没能上学。但是她学会了识字。每天晓安放学，都会跑回家匆忙地扒拉几口晚饭，便赶忙拿出课本教妹妹识字。

晓安几乎没有什么朋友，贫穷和困难几乎隔绝了他与我们这些孩子的沟通。也许，我是他童年时代唯一的朋友，因此我有幸听到更多关于他的故事。

在经历了丰田男的事件后，晓安下决心要成为一个大老板，挣好多钱的大老板。“总有一天，我将凭借着自己的努力让爷爷和妹妹过上幸福的日子。”少年晓安捏紧拳头，坚定地看着我，那时一缕余晖将晓安瘦弱的身影投射在地上，于是我成了他的梦想的见证者。

上了初中，我们不在一个班，但是巧合的是，我的班就在他的隔壁。他所在的那个班的班主任是全校出了名的对学生十分严厉的老师，我见过她，是一个中年妇女，瘦得干巴巴的，经常穿十五厘米的恨天高，走在过道里发出刺耳的咔咔声。我很讨厌晓安的班主任，因为我们班就在晓安班级的隔壁，我经常能听见隔壁那个女人对他们班同学的咆哮声，也会听见啪啪的耳光声，当众打犯错学生耳光以造成对学生们的震慑是她惯常使用的。她还给班里制定了极其严厉的班规，在班里任何时候都不许擅自说话，除了发言。在班里她安插了几个同学做自己的亲信，监督同学们的言行，在我看来，所谓亲信无非就是密探而已。然后每周一的大会上，她都会让值周班长宣读上一周的纪律记录，被点了名的同学们要主动站出来接受自己相应的惩罚，有时候是被罚几个耳光，有时候是被罚坐到最后一排一周，有时候是被罚擦地半个月……她甚至鼓励同学们互相监督，告发有奖，她特别明显地对几个孩子偏爱，这些孩子中学习好的居多，也有的是家里有背景。谁不想得到老师的特别宠爱呢？受此刺激，晓安开始努力学习，他给自己上了紧紧的发条。他时常拿着一本书，嘴里默默有词，对他来说，没有玩耍的资本，没有放松的时间，当我们课间在操场上快乐地追逐时，他总是一个人坐在那里背书。他要靠读书改变命运！有一次，因为很久没有和晓安一起玩，我便去找他，却冷不防地看见他对着教室走廊的墙壁低头看书。

我走过去，踮起脚拍了他肩膀一下，虽然营养不良，但是晓安还是长成了高个子的少年。

他受了惊吓，像是从梦里惊醒一般，看到是我，松了一口气，却也有些恼怒：“干吗？”

“找你玩啊，咱俩都很久没在一起了。我都想你了。”我笑嘻嘻地说道。

“没看见我学习哪？马上要期中考试了，还不赶紧好好复习？”他蹙紧眉头，脸上尽是焦虑。

“天，一个期中考试，你至于嘛你。”

“你知道我们老师对考试十分看重，每次考试必排榜。她给我们每个人都指定了对手和目标，我上次是班级第十五名，这次我的对手是第十四名那个同学，我要超越他。还有别的事吗？没事我回教室了，学习。”

晓安头也不抬地跨进了教室。我看见晓安长长的背影，忽然觉得无比失落，这还是那个当年教我折飞机的晓安吗？生活把他压成了什么样子！追逐梦想本应该是快乐的，可是我看见的却是，晓安的梦想几乎要把他压得透不过气来。

但是只要努力就会实现自己的梦想某种程度上其实是一种心灵鸡汤。这个世界本来就是不公平的，这甚至在你出生的时候就已经有所体现了。有的人生来残疾，就像晓静，因为没有正常的听力而永远失去了奋斗的可能。

晓安期中考试的成绩很一般，拿着成绩单回家的时候，他重重地叹了一口气，就像心里压着一块巨沉的大石头一样，他说他没脸回家，他对不起辛苦养育他的爷爷，对不起以他为骄傲的妹妹。

我揶揄他：“你才多大点，想那么多干吗？青春不挥霍都对不起自己！”

他沉默着，很久才和我说：“你和我说实话，你们是不是都上补习班？”

上补习班是全体初中学生们心照不宣的秘密，谁都知道，仅仅靠班上老师讲课是根本不可能取得好成绩的，为了挣更多钱，老师们和一些机构合作，课外办起了补习班，把重要的知识点都放在课外讲，而课内则是草草了事。有时候同学们的成绩好坏往往取决于你上的那个补习班好不好，有很多孩子上课不听讲但是照样能取得优异的成绩，这都拜补习班老师所赐。所以补习班竟也成了他们的高分秘籍和法宝。晓安的班主任是小有名气的英语老师，很多孩子课外都去上她的补习班。

“我们老师上课讲得特别快，我都要跟不上了。”晓安蹙紧眉头说道，“今天上课的时候，她讲时态，只问了一句，这些你们都会了吧？没什么问题我就不讲了，大家自习。”

“大家都异口同声地说会了，竟然没有一个人表示异议！”晓安愤愤道，“自习的时候，她和我们闲聊，说她做学校老师一节课才值7分钱，在课外补班一节课就几千元。”

“不是吧，你们老师胆儿也太大了，这也太嚣张了！”

“今天我们老师单独找我了，她说觉得我是一个努力上进的好孩子，叫我去上她的补习班，还把机构地址和电话给了我。”晓安递给我一张纸条。

我看了一下纸条，还给他，说道：“嗯，以你的努力，上补习班成绩应该可以大进。”

“上补习班多少钱啊？”晓安似乎是不经意地问道，他的眼睛看着远处，但我能听出来他语气的紧张。

“嗯，一个月两千多元吧。”我小心地说道。

晓安咬住了牙，缓缓地点点头，轻轻地说道：“她挣钱太容易了，我爷爷一个月挣的也没有两千多元。”

我没说什么，默默地拍拍晓安的肩膀。

晓安终于没有去上补习班，当老师问起原因时，晓安掩饰了没钱的真相，只说：“我自己学也可以的。”

据说那老师当时就冷笑一声：“要是自学就可以的话，那还要我们老师干什么！好了，你走吧。”

晓安张张嘴还想说什么，那老师却已经低头批卷，不再看晓安了。

从此以后，晓安在班里日子越来越不好过，他经常被点名批评，有好几次值周我甚至看见他满脸通红地站在门外罚站，我知道他是被扇了耳光的，我刚想去安慰他几句，但一看到晓安倔强的神情，我便走开了。

中考那几天，我没有看见晓安。

中考发榜之后，我如愿被市重点高中录取，那也正是晓安梦寐以求的学校，可是我没有在录取榜上看见晓安的名字，其余的几所高中的录取榜上也没有晓安的名字。

我跑回家，心里很是害怕，我担心晓安出了什么事。

家门口的煎饼摊也莫名地消失了，我站在那里，有些不知所措，只有几块破塑料布簌簌地抖着。后来总算是联系上了晓安，在电话里我追问晓安："这几天你去哪里了？发榜了你知道吗？"

那边先是沉默了一下，"我知道，我没戏了，我压根儿都没去参加考试。"

我气得简直要跳起来了，对着话筒喊道："这么重要的考试你怎么都可以不去？你不是说过读书改变命运吗？你不念高中，将来怎么考大学？"

晓安的语气格外平静，说："我爷爷过世了……"

在中考前两天晚上，晓安爷爷忽然身体不适，直叫头疼，晓安急忙叫了救护车将爷爷送到医院，初步诊断是脑出血，需要做手术，晓安哀求医生说可不可以先救救爷爷，钱再凑。

医生坚决摇头说不行孩子，我们医院有规定的，先交钱，再手术。

晓安几乎是哭着恳求医生说我们不会赖钱的，医生叔叔我求求您——

医生叹了口气，没有钱就回家养着吧。我们也需要工资，我们也要生活呀。

晓安最后几乎是跪在地上乞求医生，最后还是被拒绝了。

于是晓安只好带着爷爷回了家，他日夜守护着爷爷，在中考的第一天早晨，晓安因为太疲劳而睡在了爷爷的床脚下，等他醒来时，已经是中午了。语文考试早已经结束。

当他惯常为爷爷端来米粥时，爷爷却已经浑身冰凉……

晓安平静地讲述了这一切。

"也许这就是命，不认都不行。"

我沉默了，说："那你以后……有什么打算？复读吗？"

晓安苦笑了一下："那些书我都卖了。爷爷去了，可是我还得养活妹妹和我自己。"

"那你打算？"

"不上学了，卖煎饼果子。爷爷在的时候，教过我烙饼的手艺。"

我很是惋惜："你不是说过读书改变命运吗？你不读书……"

"没关系啊，卖煎饼果子一样可以挣大钱呀！你看那些大老板哪一个是大学生？不都是白手起家吗？相反的是，那些苦读十年的大学生们最后还不都是给他们打工吗？我想，老天不让我参加高考，一定是把这个做大老板的机会让给我！我要好好研习烙饼的技术，将来打遍全国，走出国门！让老外也尝尝我梁家煎饼。哈哈哈。"

我“扑哧”一声被逗笑了，说：“好啊，那你一定要请我吃哦，将来发了财可不能忘记老朋友！”

晓安郑重地说道：“一言为定！”

九月份我上高中的第一天，晓安也正式开始了他的“卖煎饼果子”的生涯。和他爷爷一样，每天早上晓安都很早起来生炉子，然后被浓浓的炊烟包围。

晓安扎起洁白的围裙，那曾经是属于他爷爷的，经过漂洗，穿在晓安的身上竟也有些神气。周围的邻居都知道晓安死了爷爷，学也上不成了，很是怜惜他，总会买他做的煎饼果子。晓安毕竟年轻，煎饼果子做得分量大价格又便宜，人们都喜欢吃他家的煎饼果子，包括我，有时候来不及吃早饭便会买他的煎饼，但是晓安总是坚决不收我钱。

晓安每天都笑盈盈的，他说：“生活已经很苦了，如果自己不能调整好心态，还叫人怎么活。”但是，我知道，这个笑容的背后隐藏了多少辛酸。

有一次，一个妈妈带着孩子路过晓安的煎饼摊，孩子指着煎饼摊说：“妈妈妈妈，我要吃煎饼果子！”

那个妈妈便要了一份煎饼，在等待的时候，孩子妈妈弯腰低声对孩子说道：“看见了吗？你不好好学习，就得和那个哥哥一样在大街上卖煎饼果子，你愿意那样吗？”

孩子大声说道：“不愿意！”声音又清又脆，字字扎人心窝。我当时就在这孩子的后面，我担心地看着晓安，他若无其事地继续烙着煎饼，肩膀却猛地颤抖了一下。

他们走了以后，我走上前，晓安看着我双眼湿润的样子，害怕我难过，忙安慰我说：“没事，这点小事算啥？习惯了。成大事者，必先苦其筋骨……”

“是劳其筋骨啦！”我嘲笑道，这段孟子的“生于忧患而死于安乐”是晓安最喜欢挂在嘴边以此来激励自己的名言。

看见我开心了，晓安也松了一口气。但这却让我更加难受了。

一晃三年过去了，我即将参加高考，和同学们合完影，收拾好自己的书本和练习册，望着夕阳下的校园，我曾在这里度过了青春的三年，我在心里暗暗说道：“再也不见，高考加油！”

在校园门口，我却看见了一个瘦高的黑黑的少年。

“晓安？”我惊喜道，“你怎么来了？”

晓安今天没有穿白围裙，而是穿了一件白衬衫，搭配上牛仔裤，高高瘦瘦的他已然出落成一个英俊的帅小伙，只是他的背微驼，看起来有些疲劳的样子。

他笑盈盈地走过来，接过我沉重的书包，递给我一袋热乎乎的煎饼果子：“快吃吧，热着呢。”

“你前几天不是和我说，你今天就要离校了嘛，我寻思着，那么多东西你肯定拿不动，就来做你的搬运工……”晓安笑着看我啃着煎饼果子，“好吃吧？”

“那是，梁大师做的，能不好吃嘛！”

我们就这样开开心心地走了一路，直到我们家楼下，他把书包递给我，看我背上，在我转身上楼的一刹那，晓安轻轻地说：“高考加油！”接着他剧烈地咳了几声，那段时间他身体已经开始不好了。有时候甚至会咳出血，可是我们谁都没有当回事。

我回过头，高高地举起拳头，笑道：“加油！”

我没有想到，这是我们之间的最后一次见面。

高考结束后，爸妈开车直接将我拉到了南大桥的家，我再也没有回到那个我住了十八年的学区房。

由于那个时候我没有手机，我和晓安之间的联系全是依靠学区房的座机，因而我没有再联系到晓安。发榜之后，我开始和爸妈到各地旅游直到九月开学。再后来，寒假回家我也没有回到那个学区房，丰富多彩的大学生活几乎把记忆中的老朋友撵到一边去了。

再后来……晓安死了，带着他那未竟的梦想。听说他妹妹最后被送到收容所了，收容所什么样我也不清楚，只是听妈妈讲，那里很不好。

我想，晓安在天国里会做什么呢？大概是折飞机吧，毕竟他最喜欢的就是折飞机，我想他这次可以无拘无束地，快乐地折飞机了，一如我们初见的时候。

隐痛的肉身

山东师范大学/徐　晓

她瘦小的身体蜷缩在床角，像一个发育不良的孩子。她瘦得只剩下一身干巴巴的骨头，仿佛只要一碰就会松散开来一样。她紧闭着双眼，脸上的皱纹聚集成一朵干枯的野菊花，嘴巴夸张地咧着，疼痛的呻吟声穿过她的肺腑、神经、咽喉、舌头和仅有的几颗牙齿抵达这个冰冷的世界，传到我们的耳朵里。她每天说得最多的就是："哎哟，疼哟……"那些疼痛没有固定的停靠地点，有时是手，有时是背，有时是肚子，有时是腿，有时是每一丝皮肉和骨骼……奶奶真的老了。人老了各种疾病各种疼痛就像消失多年的债主自己找上门来。我们眼睁睁地看着一把把的药片钻进奶奶的身体去进行其应有的化学反应结果却毫无效用。

一个人从出生到死亡，需要经历多少大风大浪的淘洗？需要多少次独自突围生命中那些不期而遇的困境？而对于一个已走到人生冬季的老人来说，她头顶上的风雪与尘沙早已被岁月侵蚀，镌刻在她的每一缕呼吸每一滴血液里。当我凝望着那日日夜夜与疼痛做斗争的奶奶的身体时，巨大的困惑和震撼向我涌来——生而为人，生而为女人，在她生命的尽头，在她的末日时分，她能给这个世界留下什么？她又能给自己挽留住什么呢？而疼痛对于一个女人漫长的一生又到底意味着什么？仅仅是构成作为女人那华丽饱满而又忧伤绝望的生命中的一部分吗？

而实际上，女人的一生，要承受太多的伤痛，与生俱来的，以及后天的。她们要忍受例假、分娩的疼痛与煎熬，要面对来自家庭与社会的压力，她们得到的永远比自身所需要的多得多，爱、疼痛和黑暗。

在我的左腿上藏着一道十几年的伤痕，它就像是长在我身体里的一个记号，每当看到它，我就会陷入对曾经一段模糊往事的追忆里。

年幼时某个夏日的午后，世界安静得只剩下聒噪的蝉鸣，为了打发无聊的炎热时光，我与邻居家的小朋友在家门口玩捉迷藏游戏，成排的大树和草垛是我们天然的屏障。

就在我用红领巾蒙上双眼并边数数边转圈的时候，我的世界仿佛在那一刻发生了异样。我头顶上鲜红的天空在我右脚凌空的瞬间，变为灰色，紧接着又变为黑色，无底的黑暗。我的身体坠入黑洞，坠入深渊，坠入一个未知的逼仄的狭小空间——终于，门前那个我曾多次靠近却不敢近前的土沟，把我结结实实地吞没。跟随我落地的，除了我幼小的身体，还有被我身体重力带下来的尘土、碎石，以及一些不知名的花花草草。面对冰凉阴暗的土沟，潮湿而陌生的气息，我来不及多想，来不及环顾一下周围，甚至来不及哭泣，我就朝着狭长的通道一溜烟跑了出来，跑到土沟上面，跑回家。带着一种说不出的恐惧与莫名的委屈，那个下午，我沉沉地睡去。

当我醒来，丝丝缕缕的疼痛袭来，我轻微地转动着身体，确认自己是在家中。天已经黑透了，我的身边静静地躺着一小堆野酸枣，那是父亲去山上劳作顺便采摘的。野酸枣的存在丝毫没有减弱我身上的疼痛感，我的胳膊、手、背、腿都不同程度地划伤了，那些伤痕一道道地，微微灼烧着我的神经，让我清醒地意识到，自己在痛着，活着。真真正正地活着。

对疼痛的感知让我有生以来第一次明确地确认了自己在世间的存在。那次跌落留给我的还有一道残存永生的伤疤。它在一年年地变淡，甚至不注意根本发现不了它的存在，但是，肉身受到的伤害，就像是小刀划在树上，即使旧的伤痕愈合了，但是，那抹浅浅的痕迹会永远地镌刻在树身。树犹如此，人何以堪？多年之后，我发现不仅仅是肉身，划在心上的伤痕，即使随着时间流逝最后愈合了，它再也不复原样了。

冥冥之中，我预感我的一生都将被突袭的疼痛光顾，这种生命的暗示在那段无知无畏的少年时光中成为一个隐喻，它时常令我在享受快乐时突然紧张起来，提醒我接下来该警惕一点，因为一切不可预知的突发性事件都有可能随时降临，如同，灵感于一个写作者。

青春期是伴随着潮湿的雨季到来的，对性的迷惑是所有少男少女都面临的问题。身体的变化不受个人思想意志的控制，每个人的内心都在蠢蠢欲动，不知道该要做什么，但是内心无端涌动的冲动常常令人陷入无边的苦恼。

在我还是一个懵懵懂懂的小女孩的时候，我的女友早已在爱河里翻滚得热火朝天。女友长得美，学习又好，特别招老师和男生的喜欢。当她有一天郑重其事地对我说“我谈恋爱了”的时候，我并没有感到特别的惊讶，对方是我们班的班长，阳光帅气，高大挺拔。在私底下，知情的人都说他们俩郎才女貌，在那个充满禁忌的年代，“早恋”这个词一般人轻易不敢去碰触，因此他们俩的大胆相爱在相当程度上给我们做了表率。直到有一天，这事被老班知道了——在我们的初中时代，都会有那么一个严厉、刻板的女班主任吧。事情的起因是他俩在校园的某个隐蔽的小花园里亲吻，不巧被我们的一个任课老师看到了，任课老师便向她告了密——那也是个告密盛行的年代，不仅在学生与学生、学生与老师之间盛行，任何规则同样适应于成人之间。

老班用整整一节班会的时间点名道姓地冷嘲热讽了一顿，言辞之犀利，语气之狠毒，令班上所有的同学都抬不起头，人人都感到难堪和困惑——爱情，不是青春中最亮丽的一抹色彩吗？怎么在老班的嘴里就那么龌龊、肮脏了呢？我们心生惶惑，唯恐触碰了禁忌——爱情是毒瘤，早恋是罪恶的，趁早把暗恋的种子扼杀在萌芽之中，好好学习，天天向上。我们像背书一样将老师的教诲牢记于心，为了所谓的前途，我们活成了一群傀儡。

我的女友和她的男朋友并没有在老班的威逼下投降，反而来势越来越凶猛，有点跟老班作对的意思，男方最后被撤掉了班长的职务，他自嘲那是他为爱情付出的惨重代价。老班也丝毫不退让，三天两头请家长，一周几次在班里开批斗会。那段日子，是我们班同学最亢奋的一段时光，终于可以不用上老班的课了，虽然她的批斗会同样让我们饱受折磨，但是她骂归骂，骂的毕竟不是我们自己，看热闹并没有罪——看客心理的劣根性总是能占上风。我不知道女友和她的男朋友当时的心理状态是怎样的，反正我如坐针毡，心如刀绞，我感觉老班嘴里吐出的利刃都射向了我心里。她每说一句话，我对成人世界的向往就减少一分；她每说一个词，我对爱情的渴望就减退一分；她每说一个字，我对自我身体的恐惧就增加一分。

在小小校园里红极一时的热恋情侣最终还是被迫分了手。分手的原因是我女友怀孕了。她被她父母领回了家，打胎，休养，后来搬家，转学，再后来初中没念完就退了学，去外面的大城市里打工。从此，关于她的消息，再无其他。

女友走后，老班似乎变得更加嚣张起来，她起初主要是将矛头指向女生，现在她将道德的利剑又指向男生，最后也把那个男生逼得转了学。

这段风波之后，一些陌生的字眼涌上了我的大脑。诸如，怀孕、堕胎这些在日常生活中很少出现的词。同时我又想到了每个人的来路——人人都无法摆脱作为人的社会属性。我们不提及，并不代表事实不存在。而在那个年纪里，我对爱情的理解仅限于牵手拥抱，顶多像电影镜头里的情人在街头抱着热吻。我相信绝大多数青春期的孩子像我一样，心目中的爱情是个名词，而不是动词。而我的女友在她的爱情中到底经历了什么呢？我闭着眼睛，试探性地用手抚摩小腹，再向下，那个神秘的地方似乎产生了片刻的痉挛。因着这种奇妙的感觉，我为肉身的深不可测感到惊叹和羞耻。

自少年时期开始，在感情中女性似乎一直处于弱势的地位，男人掌控着一切，他们享受外界赐予他们的荣耀、权力、光明与仰望，而女人得到的多是恐惧、疼痛与伤害。这不公平的关系，注定让绝大多数女人成为爱情的牺牲品。

女性的成长，必然要伴随着险境，总会面临有意或无意的侵犯，总会遇到意想不到的麻烦。她们对世界的了解始于他人，然后才是自身，而对自身的了解，通常是来自对生殖秘密的了解。初潮，往往是女孩揭开身体秘密的开端，而在那之前，我曾对自己正在成长发育的女性身体感到厌恶——瘦小的身躯，苍白的脸色，弱不禁风的背影。后来我才知道困扰我的并非是自我形象，而是我作为一个异乡人对异地的不适应。

那年我转学到一所新的学校读三年级，学期将尽的时候，因为转学手续办得不全，而上级又要来学校检查，我作为非正式注册的学生被迫被班主任送回了家。我身体僵直地坐在班主任的自行车后座上，一路上享受着来自同班同学们艳羡的目光，他们困惑我何以能够得到如此待遇，只有我心如明镜，虽然被遣送回家的滋味在年幼的心中没有什么概念，但我的内心一定是感受到了一种侮辱性的尴尬。到了家门口，我在高大的自行车上不知道该怎样下来，犹豫之间，班主任的双手便伸了过来，他潦草地把我抱了下来。

来自金属的坚硬与我身体的柔软就是在那时发生了巧妙的对接与碰撞——尖锐的疼，锥心的疼，来自身体最柔软之处的疼。我几乎窒息，但是自小我便有着顽固的隐忍，从不肯在外人面前示弱，于是我忍着剧痛把班主任领到屋里，然后就去床上静静躺着，感受那从隐秘之处传来的隐痛。我的脑海里蹦出了“撕裂”这个词，我想那个地方一定像丝绸一样柔软，像鸡蛋一样脆弱，如今它该是怎样一副惨烈的图景，我不敢想象，更不敢看，我只有昏睡过去，让睡眠来掩盖疼痛的蔓延。

我不记得最后我是怎样恢复了的，也许根本就没有伤到要害，但只要一想到那种隐痛，我的后背便会沁出一层凉汗。那种痛不同于身体的任何部位遭受的创伤，生殖器官因其隐秘性更增加了个人感官的主观性，它让我在某个瞬间感到了一种不洁感，一种说不出口的困扰。同时令我确认了它是一个危险的存在——我在童年就已接受世界与我达成的协议，接受提前到来的疼痛，以及疼痛所带来的早熟。这个秘密无异乎潜伏于身体深处的一颗定时爆炸，让我在漫长的童年及少年时期仿佛行走在一个未知的谜中，我对它一知半解，却找不到解答它的出口。它让本就天性孤僻的我变得更加沉默。

十几岁的时候，我曾去医院陪护过我的表姐。她因割腕自杀而住进医院，当我看见她的时候，她的左手腕被纱布厚厚地包裹着，左手肿胀得像个馒头，她的脸色枯黄，头发凌乱，身体因为消瘦和失血过多而看起来更加虚弱。我坐在床边给她剥香蕉、削苹果，表姐木然地吃着，仿佛吃东西的那个人并不是她自己。

其间从大人们断断续续的谈论中，我得知了表姐割腕的原因。再俗套不过的情节了——为了一个男人，已婚男人。表姐大学毕业后回到家乡的一所小学教书已快一年，这段时间家里人和同事都争先恐后地给她介绍对象，唯恐她嫁不出去，而表姐一个也没看上。谁也没想到姿色平平的表姐竟然和她学校的校长搅和在了一起。任性的表姐想要一纸婚姻，然而身居高位的校长怎么可能轻易离婚呢？那个男人来看过她一趟，当然名义上他是代表学校来慰问表姐的。他身材高大，有着中年男人微微发福的肚子，而那张脸也实在是太普通不过了——这样一个放在人堆里就认不出来的男人怎么会吸引了表姐呢？表姐完全不顾忌我们还在边上，就噘起了嘴巴，娇嗔地招呼校长，示意他过去亲她，那一刻我突然觉得外表普通的表姐心中其实有着别人不懂的小浪漫，或许每个女孩心中都有一个童话的梦吧。但是校长只是淡淡地说了几句客套话就走了。有那一瞬间我为表姐感到不值。

有时候表姐会忽然喊疼，她的伤口其实已经没有什么大碍，她只不过是以此来引起我们的注意。有时候她也会突然变得脾气很坏，把被子掀翻，把桌子上的水果推到地上，大声地嚷叫。这些，我们都默默容忍了。我们可能无法理解一个病人心中的狂躁到底是怎么样的，但是我们愿意原谅她，包容她，因为她是我们的亲人。

表姐喜欢趁病房里人少的时候给校长打电话，那个时候的表姐跟摔东西的表姐判若两人，她温柔、娴静、娇弱，声音比溪水还清澈，比月光还柔软，她总是喜欢问他："你爱我吗？你会娶我吗？我等你。"然后她会对着电话哧哧地笑，俨然一个热恋中的女子。我就有些不懂了，既然他们那么相爱，为何表姐要以死相逼？有一次只有我在边上陪护，表姐给校长打电话："我来例假了，你帮我买一包卫生巾送来吧……就是我之前一直用的牌子……哎呀，我妹妹小，不懂……快点来。"她当着我的面跟一个男人说关于女人的如此私密的事情，使我感到一阵难堪，当时我的脸一定红了。女孩长大后都会像表姐一样如此大方地对世界敞开吗？

我不知道表姐的幸福是不是她自己臆想出来的假象，她让我觉得爱情太过于遥远而不切实际。我开始思考表姐的身体，她那么年轻、青春，她正处在一个女人最好的年纪里，可是她的身体却遭受着一场看不见的战争。她手腕上流着血，将来还会落下疤，她的下体流着血，也许心里的某个地方也在流血。而那个男人，毫无疑问就是折磨表姐的罪魁祸首。他痛吗？我不知道，但我的心却在隐隐地痛着。我不敢想象假如我的未来也是这么混乱的话，我会不会淡定自若如表姐。

女人，太过柔弱的物种，当我们委屈，愤怒，失望，我们想要摧毁什么东西的时候，却发现我们除了自己的身体，一无所有。或许，每个人内心深处都潜藏着施加于自身的暴力倾向，我们唯有释放，才能平息下来。

多年之后，当我不再囿于少女单薄狭小的世界里顾影自怜，我所看见的一切生活图景都显得开阔起来。女性的成长仿若一棵历尽艰辛的树，她沐浴阳光雨露，也遭受风吹雨打，她会开花，会结出果实，也会苍老和走向衰亡。这是必然会降临的过程，我们无法抗拒命运的安排。

有一天我也有了我爱的人，他紧紧地拥我入怀，宽大的手掌轻轻摩挲着我的背，我感受到了来自身体内部从未有过的绽放。像一整个春天的繁花霎时绽放。那种美妙的感觉夹杂着丝丝缕缕的隐痛，我知道，童年时期覆盖在我身上的阴影注定伴随我终生。夜色微醺，而我行走在云端，人间再与我无关。那时我终于理解了我年少时期的女友和我那当年正值青春花季的表姐。

爱，是会让人陷入疯狂而不自知的。

我也知道，我还无法用我短暂的二十几年的时光去理解我那八十多岁的奶奶的一生，而我迟早会沿着她走过的路去追寻那片照耀我余生的光芒，然后踏入我自己的命途。我将像世间的任何一个女子一样，以这柔软而美丽的肉身顽强地对抗时间和尘俗的侵蚀，并在不断走向衰老的过程中，用爱、温暖和鲜血浇灌出只属于我自己的璀璨的花朵。

残缺的彼岸

湖南第一师范学院 / 朱 弦

一

生活是由无数碎片拼贴而成的此岸与彼岸，我们的脚下满是碎片的针尖与锋芒，扎人，隐约可触摸到伴着疼痛感的呼吸，从此岸跨越到彼岸，皓首穷经，却是永恒的海市蜃楼般幻化的距离。彼岸永远存在，却永远不可到达。造物主设下咒语般的界限，通往彼岸的路上仍然浩浩汤汤，远方的奔赴成了赋予意义的使命，不计路途，不问艰险。

二

我无法设想思想上的残疾。曾经我试图弄清人与动物的区别，一个写科幻小说的朋友告诉我："人和动物的区别在于，人无时无刻不在破坏环境，而动物在保护环境。"我并不反对他的观点，但这并不是最为满意的答案。接着在一本书上，我无意中看到：人和动物的区别在于人能运用理智，即人的理性。我联想到由于理性，人因此获得独立、自由以及尊严。人若失去了它们，是否还能完好地在世上存活？也许是我轻看了人的意志力，或是对于残疾本身的恐惧。这源于人天生对异己的行为表现出一种排斥的心理。也许，人的伟大正在于当生存成为一种奢侈，生命便降低了其他需求，活下去才拥有尊严。

记忆卷轴中的某个下午，夕阳半悬，群山巍峨，放学后走在回家的路上，我常看见一个男生坐在他家门前的板凳上，歪着脑袋，龇牙咧嘴地独自笑着，他只能歪着脖子，并保持这样的姿势，岁岁年年。撞见他似乎"不怀好意"地朝我笑，我往往会夹紧书包快速走过。偶尔，会看到他妈妈耐心地帮他洗头发，喂他吃饭，他就这样坐着长大了。他走起路来身体极不协调，脑袋倒在一侧。我常认为他的每一种姿势都很丑，以至过目不忘，在多年后的今天还能忆起当时的情景。

朋友告诉我，他一出生就是一个弱智的孩子，没上过学。后来我看见他，总忍不住在他身上停留几眼，他的眼神里几乎一片空白，在他的个人世界里，存在而又消逝的时间是无意义的，他有的只是一把小凳子，没有玩伴，因他的注视青山也变得老而沉默。他的命运就像一张透明的纸，纯白得可照见观者的影子。不懂得讥讽与鄙视的含义，却因此能够避免自卑与敏感带来的心理伤害。世界之外的残酷与争夺不属于他，他用“狞笑”来回避所有以异样目光看待他的人，脸上挣扎的皱纹浮起条条苦难遗留的痕迹，在重复的每一天里重复着一个表情，别人不懂他，他也不懂自己，弱智与无知压折了生活的白纸，苦难的重量沉重如铅，一轻一重，时光就这么无情地老去。

他坐在夕阳残留的余晖里，径自笑着生命的炎凉。

今年暑假，我作为一名志愿者参加了家乡的第三届船山文化夏令营。天气炎热的上午，我和其他志愿者在一间空教室里整理汉服、书包，还有为这次活动编写的书籍。一个小女孩趴在教室的窗户上偷看我们，皮肤晒得黝黑，衣服看起来陈旧而略显脏乱，她不像是城里的孩子，相反，她举手投足间流露出乡村孩子特有的野性和质朴。此刻临近正午，外面太阳投下的光线像是燃烧的火光，炽烈而毒辣。她突然在窗口大笑起来，我回过头来看她，她孩子气露齿地笑，不掺杂任何异质，纯粹得像是初春的田野。

伍芳姐是志愿者中的带队老师，她招呼那个小女孩过来，递给她一本夏令营的书，并说道：“回家去，小孩子别在这儿玩了。”我猜想她是看不懂的，里面有《黄帝内经》《论语》《道德经》等书的节选，没有注释。她拿了书，在这大太阳底下心满意足地回家了。

休息时，我决定去学校的操场溜达一圈，没想到又见到了她，她和一些孩子好奇地打量着我，仿佛我从另一个星球骤然降临。我也不记得是怎样和她们打成一片的，她们一群孩子抢到了我的工作牌后直嚷嚷我的名字，也许是一种关系上的不对等，她们倾注的感情与好奇心远比我要多，而我以成人的角度来看，已经提前预知一场短暂的了解注定是一次无言的离别。

我站在大门前看她们玩乐时，旁边一个五六十岁的老人佝偻着背，后来我才知道他是这所小学的老校长，他望着那个小女孩的背影，叹息地说道：“她是个低能儿，读完了小学六年级，十以内的加法还不会。”我的心琴弦似的猛然被这句话的反作用力震动了一下，震音不绝。脑海中清晰地浮现那个坐在家门前弱智男孩的身影，我蓦地担心眼前的小女孩落入同样命运的圈套，她不过 12 岁，看起来和正常的孩子一样，而她的命运远比我所设想的更加复杂、不幸。

再次见到她时，她的头发上沾了许多饭渣，白黄色的一团在阳光下闪耀着，晶莹发亮。她的衣服看起来更加脏乱。我找来一些纸巾，让她站好，仔细地擦她残留在头发上的饭粒。这些不小心遗留在身体上的东西可以擦去，可聚集在她身上的凉薄与讽刺，却无法擦去。这是否可以理解为上帝造人也有失手之时，还是上帝洞悉一切，却刻意为之、苦心经营的安排?

夏令营的第一天晚上上课时，她蹲坐在教室门口，伸往教室的摄像机没有一台聚焦在她身上，走上讲台做自我介绍的都是城市的孩子，而她只是伸长脖子张望里面发生的一切，她也许什么都不懂，只保留着这一个姿势。之后的几天，我总能望见她一成不变的姿势和身影，那双眼睛一直默默地在注视她的同龄人。房主告诉我，村里第一届夏令营后再特地跑到小学观看活动的人寥寥无几。而她必定是这三次夏令营活动的眺望者，每次都酝酿着内心的期待，即使很少人能够注视到她弱小的身影。或许正因为她的不懂，每届的夏令营才会对她产生巨大的吸引力。

最后一次见她是在村委会的会议室。一个来自北京的老师在讲解《上古天真论》，它节选自《黄帝内经》。她必然也是听不懂的，就像捧回的那本书她亦看不懂一样。她端坐在那里，双手搭在腿上，规规矩矩，聚精会神，似乎又回到了她的小学课堂。她两眼盯着投影仪，极有可能的是，这已经是她第三次听这门课。她的眼里流露出纯粹与天真，这份智力的残缺成为她负重的寄托与穷途的信仰。

三

出于对文字的爱好，我偶然认识了那位曾经写科幻小说的朋友。那时他为寻找灵感，常一个人随身携带电脑早出晚归。他写的一部科幻小说在网上连载三天后，反响热烈，浏览量增到了五十万，编剧主动找他商量拍成电影事宜，却被他拒绝了。他说有预感后面会越写越差。果其如此，这部没有写完的小说底稿丢失后，他从此不再写小说。他妹妹曾告诉我，他从来爱写小说，脑袋里装的全是科幻、神奇传说。他妹妹甚至怀疑，这与他后来的抑郁有着某种紧密的联系，由于他孤僻的爱好，没有人能窥见他内心潜藏的隐秘部分。

直到今年五月，我才知道他得了一种重病，频繁、止不住地咳嗽，时不时流鼻血，殷红的鲜血浸染着白色的纸巾，半年前他就开始掉头发了，大把的头发一抓就往下掉，为此他没有再去理发店，蓄起的头发遮住了前额。在高昂的治疗费用前，他选择了却步，用医生开的几盒西药勉强支撑着工作和生活。这一年，他28岁。

我常设想，我们身边存在着诸多不平等现象，如金钱、权力、地位的不平等，唯在重病与死亡面前，我们都是一样的无助、恐慌、不知所措。随着医疗的发展，我们可以借助药物和设备维持喘息的生命，这又体现为资源的不平等，拥有特殊资源的人便可在生死簿上画去他的名字，标注延期，甚至无限延期。但并不是所有人都享有同等的待遇，朋友只能在生与死的边缘挣扎着惶惶度日，健康的缺失让人徒增恐惧，紧随而来的惊悸一天天攫取他的意志，听着死亡的脚步声临近，冷不防惧怕某一天携带特殊使命的风掠走鼻尖的呼吸。

生活的另一面孔有时如此严峻、残酷，犹如时光剥离世事的残骸。对于残缺，《圣经》中有语："凡有的，还要加给他，叫他有余。凡没有的，连他所有的，也要夺去。"看似荒谬，却又被奉为真理。也许，荒谬与真理，幸运与不幸，都是我们主观意识的产物，它们之间仅仅存在一线之差，而正是这一线之差，我们的命运才如此不同，如同每个人手上的指纹，它成为辨认人与人之间的密码，生活有时会出差错，而密码不会出差错。命运的庄严在于，无论何时何地，它都永远正确。所以，大多数人无法不屈服于命运的安排，朋友不过是不幸的千千万万人中的一个？他的刻意隐瞒使我置于一个巨大谜团的底端，那些惶惑接踵而至，我的猜测只能止于猜测，只有在实证中等待事件的发展和演变，等待谜底的逐步揭开。

在网上查询他的症状后，我怀疑他患的是白血病。我由此联想到继父的父亲。四五年前，爷爷辗转了几个医院，来到我读书的省会城市，检查后确诊为白血病。我已经有几年没见他，对于他的那些记忆停留在过去，阳光下灰尘的遮蔽使得他整个人的形象模糊起来。那次去医院看望爷爷，是我最后一次见他。生与死是一枚硬币的正反两面，他很快就会被带到另外一面的世界了。我站在他床边，他的话语意味深长，眼神和面部表情转为柔和，一改平日里的死板与严肃，像一潭平静、深不见底的湖水表面。

在我即将离开时，他的两行清泪倏地流出眼角，流过周围黄铜色的皮肤，流到我看不见的地方。我第一次看见他流泪，猝不及防，那泪水，是对死亡无言的恐惧，对人世仓皇的喟叹，还有一切来不及的无能为力。爷爷放弃治疗后回到家里，不久便去世了。遗憾的是我没能见他最后一面。

与爷爷一样，朋友选择放弃治疗。我担心他也将悄无声息地消失在这个世界上，不过幸而，他还没病得那么严重。在患病半年多的时间里，他甚至对家人隐瞒病情，一个人独自承受着恐惧、悲伤以及日渐加重的心理痛苦与身体不适。当一个人的思想长时间处于消极状态时，看不到一点希望的光芒，他的世界里只有无尽的走不出的黑暗，这迷途越走越窄，只剩下一条路，也是人类的一种最残忍的行为——自我戕害。

但一个人赴死是需要莫大的决心和勇气的，问及他不得不如此做的原因，他坦然答道，他与一个不堪遭受多年家暴的中年女子约好共同赴死，那个女子已经先他而去，他自然也得在约定的时间做成这件事。这种极端的想法在他心里酝酿、发酵，最后酿出的毒酒为他自己而预备。这无法解释的一切在外人看来是多么荒诞，这些戏剧性的情节甚至让我怀疑生活的真实。

他的种种反常行为使我更加怀念以前的他，我想起，曾经和他走在外面的马路上，他谈及一些写作的心得，“任何细小、平常的东西都是有生命的”。他用手指着长在马路边的小草说，“比如这株小草”。那时候我并不知道这是泛灵论，但由此可见他内心深处至真的一部分，以至对待有生命的物体他都小心翼翼。记忆中那个手执风筝，逆风奔跑的他欢呼着，风筝在不远处的空地上腾空而起，在他的手中变换着飞翔的姿势。他自信地牵引着手中的线，若命运也能像风筝的线，反过来为他所操纵，运用自如……然而生活从不缺这样的幻想，留给人的总是泡沫般转瞬即逝的幻灭感。

但对于类似的重病，他和我爷爷的转变是相反的，我曾猜想其中存在很多不可知的因素，但单凭我一个人的力量无法改变。我联系到他的家人，他母亲和妹妹向我坦言，自从他生意失败后，家里欠了一大笔钱，若真如我所说他得了这个病，他家里真是临到穷途末路的边缘了。这时我才知道，他表面看似无情，把痛苦全揽到自己的身上，目的只是不为拖累他的家人，甚至筹划一个人默默地死去。我感到这是生活尚余的温情，也是预谋的悲剧。生与死，刹那之间，便在记忆中凝固为永恒;此岸与彼岸的距离何其遥远，冥冥中设下的咒语施展它的魔力，我们无从反抗。

他回家治疗后，确诊为黏膜性造血细胞坏死，这是一种罕见的病，治疗案例不多，症状类似于白血病。我松了一口气，同时又为他感到零星、渺茫的希望显得如此遥不可及。那只风筝至今还躺在某个角落里，它没再起飞过，也许记忆就像那只风筝一样，很容易被遗忘，但那些疼痛始终留在记忆甬道的深处，一经忆起，完好如一只风筝，同时扎人，让我重温疼痛的可触摸的感觉。

四

今年暑假里的一天下午，我陪奶奶到街上的信用社存私房钱。这条五六里的蜿蜒的小路，奶奶大半辈子走了无数次，她出远门的次数屈指可数，家里的牲畜和其他大小事务离不开她，于是这条赶集的路见证了她被苦难浸泡的一生，坎坷，曲折，那些苦痛隐于心里，无法规避，无从逃脱。后来我和妹妹发现了爷爷的一个秘密，他几乎从不走路去街上，他往往刻意等在马路边，搭上顺路的摩托车，一溜烟不见人影。在没有我和妹妹陪同的日子里，奶奶一个人孤独地在这条路上来回地走，岁月涂染了她霜白的两鬓，生活的重担压弯了她的脊背。

她从口袋里掏出三张整存整取的存单，其中有一张存期长达五年，存单的表面有些泛黄，露出许多皱褶。很难想象，五年前她躲过爷爷的眼睛，径自跑到同样的地方存她人生中属于自己的第一笔积蓄，内心掠过惶恐与不安。这三张存单前段时间已经到期，妹妹昨天告诉她，把钱汇合到一起，利息会多些。蒙在鼓里的我默算了她的积蓄，即便加在一起并不算多，但这些年来家中经济窘迫，这笔钱必定是她克勤克俭，日积月累才得以攒下来的。

出纳员递给她六张单子，让她签名。她求助似的望向那位出纳员，询问是否可以让孙女代签，她还说她已经不太会写字了。出纳员带着不容置疑的语气生硬地说道，都是要本人签字的。她战战兢兢地拿起笔来，右手不停地颤抖，以至于握不住笔，十六个字，她一笔一画地写，此刻她仿佛成了一个不会写字的孩子，在众人的注视下边写边解释。她的手一直在打战，她不好意思地笑着，缓解尴尬。而我站在她的身旁，什么也不能做，这种无能为力的相似性让我想起了十三年前的一个下午。

她撩起衣服，露出手臂和腿，一道道瘀青和紫红映在她的身体上，像一朵朵夕阳下的残花，凋零，残缺，触目惊心。她的脸出奇平静，苍白如风尘中一张飘零的纸。我不能猜测她的心情，命运过度的玩笑拉开了剧幕，我由于年少时的无知获得暂时的避免，而于她而言，有些苦难才刚刚开始，穷极一生，却无法摆脱厄运的纠缠。

她是被我父亲打的。父亲在医院救治，成为植物人，苏醒后回到了家里。但这时的父亲已经精神失常，他拥有一副大人的身体，心理和情感却反复无常，比不上一个六七岁的小孩儿。他常捡了许多小石头堆放在家中各个不起眼的角落，奶奶把它们扔出去，第二天又会出现一堆新的石头。可石头终究不是那堆石头了，如同父亲三十岁前的形象留存在我爷爷奶奶的记忆中，而此时的父亲像个混世魔王，与从前的他判若两人。

医生给了她几颗黑色的药丸，那种颜色像极了我们当时的生活和心情，对未来的恐惧包围着我们，黑暗铺天盖地般翻涌过来，她经受着命运的戏弄与嘲讽，被亲生儿子打得浑身青肿，体无完肤，她不知道命运的下一步棋是什么，而她已无遮挡风暴的棋子。

自那一年后，她唯一的儿子去世，白发人送走黑发人。办完丧事后，她已流干了眼泪，喉咙哽咽着，说不出话来。一个人的死亡，带给其他人的却是永久的痛苦。他在她的记忆中仅仅停留了 30 年，他把她的爱带走了，连同她的期盼与依靠。而她只能用回忆来填补空虚，面对他死亡后的一切。

这份亲情的缺失是我和妹妹不能懂的，也是无法替代的。也许，以后我们会懂，但懂了之后又怎样呢？既定的事实不容许窜改。死亡是我们本身的局限，而我们不过是沧海中的一粟，对死亡的无能为力揭示着某种约定俗成的自然规律——我们和自然界中的其他生物一样逃脱不了最终的宿命。

在我拥有记忆之初，金钱，在我家里一直是一个带有敏感属性的词语。当初为了筹集父亲的治疗费用，四处向亲戚借钱，她谈及此事时，生活的辛酸与人情的炎凉使得她对别人始终怀有戒备之心，她告诉我存私房钱是为了应急之用，而避免让爷爷知道也是不得已而为之。爷爷好打牌，却常输，她的一生中没少为这事和爷爷吵架，后来往往是她一个人掉眼泪。

她大半辈子都在和钱打交道，可从不舍得为自己花钱。在生活最为艰难的那段日子里，她一面抱怨在街上剪头发贵，却又从街上给我和妹妹每个人带回一根糖葫芦。即使在日后，她对自己的吝啬也不曾改变，以致达到了一种苛刻的地步。这在于她对生活本身缺乏安全感，多年来已成习惯。可她对我和妹妹又极为“慷慨”，多年后我才想到在她心里有两种不同的金钱衡量标准，这两种标准偶尔碰撞、交会，相比之下，她对我与妹妹的这份不常言说的爱的分量之重，甚至超过她自己。

出了信用社，我和她走在回家的路上，两人默默无语。我记起一个叔叔曾对我和妹妹说，你爷爷和奶奶就指望你俩长大后有出息哩。我回想这十多年，他们都老了。奶奶走到街上，有时会被顿时而来的眩晕感所淹没，分不清方向，甚至在这条熟悉的街道上迷了路，等到反应过来时再往回走。她逐渐记不清买过的东西的价格，数不清钱，突然对她曾经最为介怀的数字没有了确切的感知。记忆的混乱竟让她无所适从，衰老是一件可怕的事情。如今她已将近古稀之年，身体大不如从前，苦难仍然伴随着她，那些埋藏在内心深处的苦痛记忆如影随形，生活在她身上烙下的印记，如影随形。

离家时，像曾经无数次眺望她的身影一样，我望向窗外，寻找她的影子，灰布衣，银白发，苍老的容颜映在我的眼里，直至那个身影越来越小，小成一个黑点。离家在外的日子，电话里她的声音总在我动荡的岁月里唤醒我心底最为真实、最为深刻的记忆，一想起她，我总忍不住泪如雨下。命运的交叉与连接让我得以在她的荫蔽下走过许多年，与日渐深的，是对她的衰老莫名的恐惧与哀伤，而我一如以往，只能拥挤在时间的窄缝里默默无言地守望……

五

人生残缺的智力、健康、亲情，消融着异质的美的成分。有些美适于欣赏，令人心旷神怡。偶尔流连于眼间的一瞥，是一种疲惫时的消遣。而异质的美是携带着疼痛的，惊心动魄。时间的转身带不走它遗留的痕迹，夜间的梦里它在潜意识中隐隐显现，梦醒后让我产生一种错觉，这究竟是一次记忆的重现，还是事件的另一次重演？那些噩梦般的咒语，那些铺设好陷阱的棋局，那些破碎又重组的画面，生活在一次次动荡间摇摆不定，痛苦与磨难消磨着精神与躯体，生与死的拷问一遍遍在耳边响起。那些风浪后的平静，凋零前的完整才显得极其不易，也是我们处于困境中所能眺望的渴求与企盼。

我们之间彼此隔离，源于此岸与彼岸中间隔着迥异的思想和罪恶的深渊；我们始终无法真正了解另一个人，因此我们始终奔赴在此岸去往彼岸的路途上。此岸的完整，注定到达不了彼岸的残缺。

闻烟识故人

北京师范大学/高宇飞

当然，我已经不抽烟很多年了。

我第一次抽烟，要比大多数初中时候的“烟民”同学早得多。那是个可以烤熟地瓜的夏天的午后，我最好也是最损的童年伙伴英杰顶着一头“毛刺”推开了我家的大门。那时候他刚上初中，我应该是小学毕业。他彼时皮肤黝黑，酷爱把自己的毛刺头特别是刘海儿部分拉得直直的，好让他远远看上去就像顶着一只黑刺猬在走。所以当他顶着他的“黑刺猬”来到我家的时候，我很让他满意地脱口而出一个赞许的脏字。

我和他的感情是打游戏机打出来的。我们从穿开裆裤尿尿的年纪打到会拉开裆尿尿的年纪。我们因此有什么事互相信任有什么游戏互相分享。那天他来的时候，没有带他烧坏了二十多次电视的“小霸王游戏机”来，于是我知道了他有了新的游戏。他在我爸妈的卧室里找了好久，只找到了老爸卷旱烟的烟纸，失望的他最后对我说：“飞，你家没有烟？”

我其实并没有完全听明白他想要的东西。他似乎也一眼看透了我毫没掺假的呆滞和傻气。于是几分钟后他就找到我家的大门前了。我清清楚楚地记得，那天午后的太阳像个烤熟的地瓜一样悬在英杰燥热青春的天空，地瓜的下面，有些饥渴难耐的英杰终于如获至宝似的蹲了下去。我凑过去一瞧，他正喜形于色地捧起一把被晒得一碰就碎的花生叶子，那是前一天奶奶烧火时引火剩下的。接着，他跑进屋子，把这些宝贝叶子放在纸上，兴冲冲地压得细碎，压成丝，压成叶沫子，然后神秘而庄重地对我宣告：“飞，烟就是由这些东西做出来的！”

我知道他又发现了世间的另一个伟大的秘密，就像他之前发现“魂斗罗”可以调出无数条命来一样。我立即被他分享的喜悦所感染，内心激动非常，堪比那次得知“魂斗罗”不会再在第二关就死掉一样。我们两个欢呼雀跃，过了好一会儿才想起正事。于是他拿来老爸的卷烟纸，将亮晶晶的花生叶沫子放了进去。五分钟后，我和英杰蹲在我家院子里，一人手里夹着一根烟，“刺啦”一下划着了火柴。我学着他深情款款地将卷好的“花生牌”香烟递入嘴中，怀着第一次吃金锣王香肠的虔诚之心，点燃了烟头，而后，闭上眼睛深深地吸了一口。

我已经忘记当时我嗓子疼了有多少天，唯一记得清楚的是，英杰在那个烤熟的地瓜下面看着我的脸颊咳成了猴腚时我制止了三次他都没有停下的笑声。

而那也是我最后一次抽烟。

从那以后到现在，我已经戒烟很多年了。从那一天，我就把英杰“最好的”伙伴前面加了“最损的”三个字。

所以因为自己的经历，到我的初中时代，学校里的“烟民”学生从来就没有被我准确地划入“黑五类”当中。实际上我还和其中的几个同学有很好的革命交情。我们的深厚的革命交情主要是在厕所里建立起来的。

事情的开始发生在我戒烟一年多的时候，我初三，搬到了新教学楼的教室。厕所也随之更换，出了教学楼门就是男厕。说厕所的故事是不太好的，尤其是在这样一个每个人都更喜欢食物还在盘子里的时代。所以我只说里面的人。我第一次上厕所，就认识了以后和我很好的几个“烟民”同学。

情景是这样的。那是个潮湿的夏日雨后，空气清新，很适合上厕所。于是我进了只有石墙遮挡的露天男厕。打扫干净的地上，正赫然蹲着五六个和英杰一样顶着“刺猬”的同学。其中有一个格外胖，一个格外瘦。我把其中胖的叫作老王，瘦的唤作老李。他们像在朝天祭拜一样，围成圈，集体向湿润迷人的灰色天空上吐烟圈。其中老李吐得格外漂亮，就像在向天空发送天使的光环；而老王吐得像是一个破烟囱在冒烟。我虽然也是一个抽过烟的“过来人”，可是因为经验欠缺，还是被这种充满神圣味道的仪式所深深感染。那时由于是好学生一手遮天的时代，老李他们这些“烟民”会害怕被好学生看到告发给老师，断送自己的“烟程”，于是当我第一次看到的时候，早就认识我的他们赶忙把烟扔掉，笑眯眯地过来说：“我们以后不抽了。”我刚刚被他们极具仪式感的吐圈圈活动打动，况且我深知烟不是坏学生的象征，于是我说：“没事。”与两人的不解之缘由此结下。

高中面临人生第一次所谓的“分流”，我想当然地进入了所谓的“奥赛班”，老王、老李之类的想当然地勉强地进入了高中。

夏日的迷人夜晚，当女生们都穿上了新鲜的白裙子时，男生们总是会穿着凉爽的背心想入非非的。比如曾经睡在我对铺的另一个班的一个兄弟，他总会在那样的夜晚人声鼎沸的洗漱时刻，赤着膀子在宿舍里高声喊出他心爱的那个女老师的名字，然后唱起一首只有他解释你才知道“原来是这首！”的流行歌。唱到动情处我们总会被他感染，于是有一天我们宿舍里就集体响起了属于男生夏夜的骚动：全世界都要你来爱我，难道你就不会心动……而此时老李和老王是不会想入这样毫无刺激性的“非非”的。他们计划的是夜晚怎样在厕所里“讨一口”的大事。

这件事的刺激性是这样产生的。为了所有同学的仲夏夜之梦能做得香，学校安排每天晚上有一位男老师在宿舍楼之间的大甬道上放一把椅子值班。那条甬道是宿舍通向户外厕所的唯一路线，要去上厕所必须要在这位老师的小本本上写下自己的名字。有危险性的是，有时候老李等众人从厕所“讨一口”回来的路上，我们的女级部主任会突然从大甬道的冬青中杀将出来，她一头短发，眼神犀利，朝他们的衣服扑上去就是一阵乱闻。但凡抽上一口的都难逃其鼻。于是第二天他们就或者被揪去教导处或者被叫家长了。

这种突如其来的“闻烟识人”，曾经让老李他们提心吊胆。终于魔高一丈，他们想出了一个应对的高招。在有女级部主任消息的晚上，他们让不抽烟的同学和他们一起去上厕所，回来的路上换了衣服穿，反正女级部主任只挑他们几个有记录在案的学生，于是即使在被一阵乱闻之后，他们也可以大摇大摆若无其事地逃之夭夭啦。

终于有一天，正值我浪荡在深夜的厕所，老李和老王他们突然进来开始举行吐圈圈仪式了。他们把好不容易弄到的一根好烟轮换着抽，让我想起了我和英杰互相信任互相分享的友谊。于是那夜，我又很感动地欣赏完了老李的光环和老王的烟囱。要走的时候，突然进来一个学习也不错的舍友告诉他们：“女级部主任刚才经过大甬道了。”

三缺一，拉上我，才能躲过去。于是我收起未尽兴的诗意和尿意，和老李换了衣服，装作从容不迫地踱回去。从甬路到宿舍灯火通明，一片坦途。于是我们像老鼠过街一样全力向前冲刺而去。

女级部主任呵住我们的时候，老王因为身材太胖惯性难消，差点一头栽进土里。于是我们站成一排，于是女级部主任就朝老李和老王扑了上来。那一刻我突然感受到了李逵之母临终时需要承受的心理压力。但毕竟高招已使，大家也都安之若素。我的衣服还是前一天刚洗好的立白洗衣粉味道呢。

可是闻完了老李和老王，像被洗衣粉洗了脑子一般的女级部主任，接着朝我和我的舍友身上扑上来了。

“你们的衣服？”

“嗯。”

“嗯？”

“嗯。”

第二天，老李和老王被冠上“问题学生”的名号，正式划归老师名单里的“黑五类”，被揪到教导处了。

不知怎的，我总是对这件分得“青红皂白”的惩罚耿耿于怀。为什么第二天被揪去的不能是得过优秀奖状的我和别人？为什么老李和老王就一定是需要挨教导处主任板子的“问题学生”？“闻烟识人”，识出来的为什么总是他们？

抽烟的事儿在老师的眼里，就像他们身上的烟味一样，换什么衣服做什么努力也遮不住，绕不过去。终于在接下来的年级会上，我身手敏捷的女级部主任在众多老师和所有学生的面前，扑上了台，又旧事重提了。她公然宣布道：“据我了解，咱级部男生都不怎么老实啊。”

听了这话我心里不知有多么舒坦开心。那一刻我突然觉得，英杰在那个闷骚的夏日午后的一声长笑，其实是在为我脱离伪善的“光明”而发自心底的高兴。那个时刻我终于可以站在被拉黑被指责被妖魔化的所谓“堕落”的一方，彻底地与虚伪的正义势不两立了。

我不知道老李和老王他们在接下来的日子里有没有被我的老师们奇迹般地公平对待和关注过。我也无法说清他们的未来或奋发或堕落到底与那时候的“问题学生”的划归有没有关联。我甚至开始怀疑，那些夜晚中扑面而来的“闻烟识人”，到底是闻出了两种不同的人生，还是分开了本来同样的人生。

几年后大学的暑假，在小城里坐车，偶然碰上了老李和老王的一个朋友，也都是初中时的“问题学生”之一，曾为“讨一口”快活，更衣夜奔，撞上过“闻烟识人”把戏的老同学。我们谈往事谈旧人，谈姑娘谈天气，最后谈到了露天男厕和女级部主任。我那时想，接下来我该谈点他的现在未来吗？谈点他的人生理想吗？可是我却仿佛被我的女级部主任附身，你知道的——羞得无话可说。

可终于我明白了我到底想干什么：我想的是朝着他扑上去，就像一头曾失去同伴的豺狼虎豹扑向另一头阔别重逢的虎豹豺狼一样。如果我能在他更新过无数次的衣服上闻到了当年我们极力想掩盖的烟味，我便识他为我的故人。

我的曾有过革命交情的阔别已久的故人。

大雪也无法抹去的青春

湖南涉外经济学院/刘　鑫

那年盛夏，花和草还是如初的娇艳，在清晨会沾满甘露，在黄昏时会盛满阳光，一个人在那种记忆中，不会突兀地感慨岁月，但始终掩饰不了它带给我们的苍老，以及一段还未开始，还未面对温暖阳光的爱情，即将凋谢结束，在一段未完成的梦想里，它的种子才刚刚萌芽，然后却经受不了现实的风吹雨打。于是它满怀悲伤与惆怅，重新去寻找一段属于它的阳光。

那年盛夏，高中时代的激流还未过场，只剩一段迷茫无知的念想。我疯狂地爱上了一个女生，不是因为外表，而是因为她的才华，那种比外表更能持久的气质，甚至能够在岁月的浮尘里经久不衰，然后愈演愈烈地成为经典。

她的名字叫叶蕾，一个写起诗词和李清照般哀婉的女诗人，她也写散文，带有散文诗的味道。在那种不曾撕裂的温暖里，岁月年华的存在是如此美好，它会充斥每一段念想，浮着浮着便沉淀了下来。她是学校里充满名气的才女，在各种刊物上发表了作品，还加入了省作协，一时光环无限，而她依旧沉迷于诗词。她的外表并不是很出色，普通甚至平凡。在外貌协会盛行的时代下，才华显得卑微起来，但是有一种痴迷就那样存在着，不知名地默默喜欢。

那个夏天的牵牛花开放了，层层叠叠地在学校的围墙角落里，色彩各异的“喇叭”掩映在花丛中，陪伴着蝴蝶还有蜜蜂，以及一股来自风中的香味。

学校不允许早恋，但我还是向叶蕾表白了。之后的结果很特别，我们成了好朋友。在她的影响下，我开始走进文学，写作，发表作品，然后获得各种荣誉，这一切看起来充满了惊喜，很奇怪。叶蕾说：“如果你能够拿到今年的新概念作文大赛一等奖，我就和你在一起。”她这个标准很高，我很难达到，但是后来发生的一些事情，让我们的关系越来越好，成了情侣，看起来普通而顺其自然，没有一丝牵强，虽然我那次没有拿到新概念一等奖，甚至连入围都没有。情侣间总会有一些事情发生，在月光下拥抱，趁着月色，吻得像贪吃的孩子，亲昵的称呼。那一年她十七岁，一簇簇年华的灰烬对于她来说，很遥远，还不会飘散，不会像灵魂一样，在人死后飘向天空，然后覆盖整个大地，笼罩着，飘浮着。

我们一起经历过高三，幸运地考上了同一所大学。上天对一对鸳鸯眷顾了，也对我们祝福了。那个时候，我们在一起已经一年多了，热恋期已经过了许久，当初一发不可收的热烈已经趋于平淡，甚至时常发生小吵小闹。我们都没有入围新概念，似乎已经遗忘了那个诺言，新概念对现在的我们来说，已经不是很重要，曾经那个通过新概念获得自主招生的机会也不存在了。

即使叶蕾通过自己的文学特长，参加了自主招生，并且过了，获得最优惠的政策，只要高考过了一本线就能够上省内最好的大学，但是，她花了太多的时间在文学上，根本不可能上一本线。她自己也清楚，关于自主招生，那是一段美好的记忆，对录取的大学来说，则是一段美丽破败的记忆，成功与失败在她的世界里并不能完美地融合。

到了大学后，和各种的紧张感比起来，我们简直闲得发慌，很多人不知道干什么，不干什么，学什么，不学什么。脱离了校服的束缚，各种流行的衣色开始在大学校园里流行起来。

看着手表，已经下午三点了，我想编辑应该上班了，我拿出手机，输入号码打过去："你好，是某某杂志的编辑吗？那个稿费我什么时候能够收到？"对面的语气很冷硬，样刊收到了吗？我说收到了，然后关于稿费的事情，我说我的作品已经在你们杂志发表几个月了，然而现在还没收到，那上万字的小说是我赶了几个通宵才赶出来的，就几百块钱稿费而已，但是真的几个月了，我还没有收到。

我开始抱怨现在的杂志社效率太低了，审稿要很久，发表还要等时间，等稿费又要一段时间，这样一弄，大半年就过去了。编辑不耐烦地说："会有的，你再等等吧。我们有稿费给你就不错了，你看现在好多的杂志，发表作品还要收取你的版面费。"是的，作品的发表已经到了一个艰难的时代，甚至发表作品还要自己出钱，这种出钱又出力的事情依然有很多人去做。

叶蕾上个月看中了一套衣服，我帮她买了下来，每个月三分之一的生活费就没有了，在这种闲得发慌的时间里，需要钱去打发，叶蕾开始抱怨起来，说你怎么这么穷，你看别人的男朋友，每个月给自己的女朋友买多少多少东西。听到这里，我便默不作声，似乎做了错事一样。

除了读书写作，我开始不断地找兼职。一般都是找发广告单的兼职，这样的兼职不会和上课时间发生冲突，并且当天就可以得到钱。正好班上有个同学在做兼职，找到了一份发广告单的兼职，五十元一天，邀请我去做，当天晚上和我说的，我正好感冒，咳嗽头晕，但还是答应了。

第二天早上 7 点左右的样子，我就起来了，和那个同学坐了一个小时的公交车，赶到集合的地点，然后找到相关负责人签到接受任务，做兼职的学生很多，但是大部分都是女学生，男生很少，从远处看过去几乎清一色的女生。负责人要我们给房地产公司发广告单，沿着马路，从早上九点到下午五点，中午可以休息两个小时，然后五点后去领钱，一切看起来很简单的样子。

我和同学领了一大堆广告单，装进袋子，然后沿着马路发放，走一天的路也不是那么容易的事情。我一直感慨赚钱的艰辛，到自己体验时更觉深刻。五十元能够干什么，吃一餐饭就要十块钱，而且一天的生活不可能只吃饭，总还要干些其他的事情，生病，约会请客吃饭，外出游玩，一条赚钱收入的渠道却有千万条不可预知的渠道等着消费，一切看起来很可怕。路过一家肯德基的时候，那是一家很高档的肯德基，店面很大，旁边停满了车，不乏各种名牌跑车，我看见了一个熟悉的身影在里面坐着，我好奇地走进，其实心中也许有了些答案，旁边坐了一个男人，显然不是她的父亲。那是叶蕾，我昨天是有叫她出来一起做兼职，然而她说自己才不会做这种工作，有失自己的面子，你以为谁都和你一样每天没事做啊，然后气冲冲地挂了电话。

男人对她做着亲昵的动作，她画着精致的妆，在那里面带微笑地玩着手机，然后就是一阵深吻。从视觉上看，那个男人比她至少大了十岁，我虽然看着，还是不相信那个女生是她，我一直在心中默想她不是叶蕾。于是我拨了叶蕾的手机号码，很快就通了，叶蕾听到了电话铃声，拿起来一看就挂了，然后继续和男人聊天，我没有看清楚她挂电话时的表情，但我知道肯定是不乐意的。

我没有走进去揭穿，那样并没有什么意思。如果我冲进去，也许男人以后就会远离她，这对她来说也许是一种伤害，我是爱她的，不愿意她受到伤害，即使她背叛了我，我依然希望她能够幸福。

晚上的时候，我把叶蕾约了出来，她身上多了一股香水味，她曾经和我说过的，只是那时很贵，她买不起，但是现在用上了。我看她的眼神很特别，她不知道我目睹了她白天所做的事情。我直接问："白天的那个男人是谁？"她惊恐了起来，我发现了她的秘密，但过了一会儿，她沉静了下来，说："要不然我们分了吧，也许我们不是一个世界的。"

叶蕾上个月说要做个头发，我陪她去了一家路边的美发厅，她说档次太低了，接着我陪她去了一家档次高一些的，然后她拿起价单表选了一个499元的套餐，那近500元的价格是我半个月的生活费，我就说了她几句，她就吵了起来，说我养不起她就不要和她在一起。我的心瞬间冷了下来，短暂的几年时间，她已经变得完全不同了，至少不是我高中的时候认识的她了。那时她的承诺单纯而又美好，说我拿到新概念一等奖就好，我知道她是找个标准让我能够努力一些，但现在，已经上升到物质的层面了，曾经的那种单纯美好早就一扫而空，渐行渐远了，我好怀念，一段过往的云烟和忧伤。

我抱着叶蕾说："你高中的时候不是这样的。"我开始满怀感触地说，开始回忆起我们那时的点点滴滴，"那时的我们一起在刊物上发表作品，一起拿着稿费去酒店吃顿好的，一起去参加某个大型比赛的颁奖典礼。那时的你单纯，美好，根本不是现在这样的，我们还都是学生，还拿着父母的钱在学习，没必要去过度地追求物质上的东西。"我看着头顶上的月光，已经被乌云掩盖了，还剩下淡淡的光辉，曾经很多时候，我们在月光下吻得可爱欢欣，但是那种时光早已不复还。

叶蕾推开了我，反问道："虽然说女生比同龄的男生要成熟一些，但是你已经二十了，你想过没有，你有梦想吗？"她说到梦想，我说当然有，我的梦想是成为大作家，还有曾经承诺过你的，要拿到新概念作文大赛一等奖，我很幼稚天真地说，关于梦想，我一直认为它就是这样的，但我从来没有想过，什么是梦想，它的本质是什么，我不知道，也不去想。她听完后冷笑了几声："哼，梦想，梦想在成为现实之前就是一堆幻想。我虽然喜欢你的才华和对我的付出，但是你的才华又能够得到什么呢？你虽然现在已经加入了作协，已经成了作家，但是现在你连自己也养活不了，只能趁着每天的空闲时间去做兼职。你根本没有资格谈梦想，你见过一个饿得半死不活的人，还在兼职却谈梦想吗？你也知道，你的稿费会被拖欠几个月，你不明白现实，现在写的人比看的人还多，还多，你知道吗？在供大于求的时代下，别人不收取你的版面费就不错了，还奢求什么稿费。你连养我的能力都没有，还说什么爱？就像你连养活自己的能力都没有，你还说什么梦想？就说今天上午的那个男人，他能够养我，能够花钱帮我出书，能够让我得到想要的东西，这才是梦想和爱。"

她的声音虽然好听，但是当她说出这些的时候，真的像一把刀，将周围的人杀得片甲不留，但是她说得没错。于是我也没有反驳，平静地接受了她的分手。

那时我已经大二了，叶蕾是我的初恋，那个我曾经口口声声叫着蕾蕾的女孩。那一年的秋风带来了开学季，秋风将树叶撕碎一地，枯黄得不成样子。我开始对爱情死心，不再想念爱情，开始将失意后的情感注入诗歌中，结果是诗歌写得越来越好，得了几个重量级的奖项，在诗坛有了一席之地。

几个月后，我听说叶蕾出书了，还在学校的大礼堂里搞签售会，是那个男人帮她出的，所有的资金，以及一些微妙的关系，叶蕾送了一本给我，还签了名，好好看的字，封面上配有她的写真和插图，她的精致妆容掩盖了文学性。

那一年寒冬格外冷，雪下了足足几尺厚，我收到了新概念作文大赛的入围通知书，白色的信封，挂号信，寄到了学校的收发室，我拿到信封的时候手在颤抖，不是因为冷，而是因为激动，但是心中已经没有了喜悦感。我离自己的承诺更近了一步，很近很近了，但是她已远去，带着我还未完成的承诺。我看着遍地的白雪，疯狂地笑了起来，路人投来了诧异的目光，以为这是个疯子，在白雪皑皑的草地上疯得无可救药。

半个月后，我带齐了东西赴上海参加新概念的复赛，上海距离我所在的城市太遥远，我应该坐飞机的，可是没有钱，我选择了火车，买了我所认为的奢侈的硬卧票，在大雪也无法抹去的痕迹里睡了一整天，直到到达终点站上海。看到了那个美丽的城市，繁华得不可思议，我以为那种美到极致的繁华就是人间天堂，但是我已无心留念，在异乡的思念里，我无从思念，心中的人已空。也许那时我的心境和郭敬明初次赴上海参加新概念复赛一样，复杂得不成样子，不过他坐的是飞机，而我只能在火车里蜷缩着度过一天一夜的旅程，漫长而寂寥。

新概念的复赛充满了紧张感，因为C组只有6个一等奖名额，我当然想要。我会很傻地想到，当我拿到新概念一等奖后傻傻地冲到叶蕾面前说："我拿到新概念一等奖了，我们在一起吧。"这终究是个幻想，结果出来后，我是新概念C组的二等奖，离一等奖只有一步，但却是无法超越的一步。但是二等奖这个荣誉也是很不错的。

回到学校后，各种新闻媒体的采访接踵而至，毕竟这所建校几十年的二流大学终于出了一个新概念获奖者了，这个历史性的突破当然值得留念，叶蕾当然也知道了，发来短信说恭喜你啊，完成了一个属于新概念的梦想。然后我们很奇妙地在校门口相遇，此刻我们已经分手半年。这半年里，我没有再关注她的任何信息，她说她关注着我的一切。

她说她和那个男人分了，那个男人让她怀孕了，然后给了几万元分手费，让她自己去解决。她没有强烈地挽留，拿着钱安静地走开。从一开始她就知道，他们各取所需，只是没想到这一切也会这么快，说完她笑着，看着还未融化的雪，以及即将变暖的天气。

承诺是天定的，我一直以为，我们没有在一起的原因是我没有拿到新概念一等奖，所以这一切都是命中注定的。但关于爱，关于和她是否温存的记忆，我不愿去猜测，以为一切即将流走，在梦与醒的边缘。

那年盛夏，我开始了一个梦，是你给的，然后也是你让它在现实中破碎。关于爱情，那些美好的记忆，那些生死可依的誓言，和牵牛花一样，已经在学校的墙角边蔓延，然后枯萎，凋谢，那些短暂的美好瞬间，没有人刻意用相机去保留。

有关和你的所有记忆，我用一本新概念作文大赛二等奖的证书存留着，把它永远地放在了我的心中。那一年，那一个承诺和梦想，以及那一段爱情，成了获奖证书纸张里的无数个细胞灵魂，飘浮在空中，覆盖整个大地。

南风里

北京师范大学/慕　秋

一

过了立春，湿润的水汽悄然嵌入生活的缝隙。瓦缸和石砖上日日渗出细密的水珠，如同羸弱者背上止不住的虚汗。青苔不动声色地攀上石壁，一针一线地交织成美人碧绿的裙摆。惊蛰的雷声一动，连绵的春雨便纷至沓来。

走上铺了瓷砖的走廊时，母亲小心翼翼地放慢脚步，生怕在潮湿的地面上打滑。经过儿子的房间时她推门想要叫醒他，却听到少年特有的骨骼拔节生长的声音随着均匀的呼吸声若有若无地响起，她犹豫了一下，掩上房门："多睡会儿，多睡能长高。"

少年陈生的梦境简单明了。在这个清晨的梦里，他独自奔跑在一片雪地上，一个劲地打滚、叫喊。雪花簌簌地落在身上融化成小水珠，他身着单衣却也不觉得冷。这是陈生第一次看见雪，经验告诉他家乡不会下雪，可这清凉的触感却如此真切。

未关合的窗户漏进稀疏的雨丝，着陆在陈生温热的脖子上，陈生一个激灵睁开了眼睛，一摸脖子，湿润感在手心蔓延开来。他嗅了嗅，依稀闻到了杧果花和青草的气味。

又一个春天裹挟着潮湿的气息扑鼻而来。陈生喜欢在上学时迎着东南风，把自行车蹬得飞快，丝毫不去注意那又短了几厘米的校服裤。新鲜空气大口大口涌入，他觉得自己像是要飞起来。

陈旧的屋顶年久失修，断断续续漏下水来。母亲常在灶前喊道："生儿，生儿，漏雨了，快拿个盆接水。"水滴稀稀拉拉地串联成线，在地上汇成一摊水渍，陈生用手里的洗脚盆覆盖了水渍，便清晰地听到水滴坠落的声音。

答。答。答。

细碎的节奏似锤子轻微叩击着陈生的骨头，关节处细微的痛感蔓延至肌肉，随着水滴声被有序地放大。

疼。疼。疼。

每年开春的水汽让陈生打小便患上风湿，雨季一来，疼痛便绵绵密密地钻出骨头，由隐约至明晰。每逢这时，母亲便端来烧好的洗脚水，加几片姜，陈生将脚丫迅速伸进盆里，袅袅热气瞬间将温暖传递至疼痛的深处。

陈生始终相信，水汽是春天的魂，悄无声息却又实实在在地存在着：水汽爬进衣裳的纤维，点点霉斑便是它的指纹；若是钻进木门门缝，那一小簇突兀地生长着的蘑菇便是它的脚印。而渗进皮肤的水汽，则让每个毛孔有了呼吸的动力。陈生想起母亲总喜欢在米饭蒸熟时掀开锅盖的瞬间凑过去，想在忙碌的空隙借机蒸一蒸脸。

一阵春雨后迎来了首个晌晴天。母亲抓紧时间把散发着淡淡霉味的衣裳和棉被晾到门外，嘴里念叨着："老下雨，衣服总也晒不干。"阳光下泥土的气味和洗衣粉的香味随着南风传得很远，陈生深吸一口，春天的气息倏地在鼻腔里开了花。

梯田的茶发了春梢，忙碌的时节便开始了。趁着天晴，陈生跟着母亲到茶田里采春茶，每人手挽一个竹篮，娴熟地捻断细枝。清新的绿意在母亲眼中流淌，她絮絮叨叨地指导儿子采茶："挑新鲜的……这片太老，不行，你看那样的才能做成好茶。"灌溉后的叶片散发着温润清香，萦绕在指尖久久不散，有时陈生会不自觉学采茶的姑娘插一枝芽叶到发间，一想到自己是男孩儿，又不得不马上摘下。

五月底，台风入了境。陈旧的排水系统在一场暴雨后彻底崩溃，低洼丘陵地带水位急剧上升，大水迅速漫进陈生家的院子。大大小小的盆和桶漂浮起来，陈生和母亲忙着打捞盆桶，顺道将米缸扛到台阶上。母亲用手背轻擦一把汗："春天一过，你爸就该回来了吧。"

春末的午后，气温上来了。午睡时陈生感到身下有热气升腾，背后有黏潮的汗渍，于是挪挪身在席上找凉快处。眼皮沉重坠下的瞬间，陈生看见父亲站在床边摸着他的头，温热的手心冒着汗，仿佛刚从春日的雾气中沐浴而出。父亲笑着，脸上的皱纹像扇子一般打开："生儿，好久不见，你又长高了。"睁开眼，却又空无一人。有窸窣的蝉鸣流进陈生的耳朵，蒸腾出初夏特有的湿热香气。

绵长而潮湿的春季终于过去了。而春的魂，却始终未散去。

二

傍晚时分，乌云在天边张扬地铺陈开来，大风歇斯底里地撕扯着树木，一声惊雷毫无征兆地从天空落下。母亲唤着陈生一同收衣服，刚要关上门，便见到父亲提着行李袋朝家门一路小跑过来。

父亲脱了沾满泥的鞋，进屋关了窗户，拔下电器插头："房子老，没安避雷针，打雷怕把电器烧着了。"母亲拿出包在保温袋里的饭菜，招呼父亲过来吃："饭还温着，我煎了你爱吃的海蛎煎。”雨声覆盖了父亲大口吞咽的声音，正吃着，他突然放下碗筷掏出一个白色纸袋：“生儿，我带了你爱吃的绿豆饼。车上挤，饼有点碎，但很新鲜。”陈生接过来，依稀闻到饼上散发出淡淡的海腥味。

常年的水产工作令海腥味渗入父亲的肌理，每每靠近，陈生便能嗅到。陈生喜欢这种气味，那是海浪翻腾的气息和鱼虾鲜活的生命力。在许多梦里，他变成了一条鱼，在海中游弋，灵活地躲避着渔网。

儿时的傍晚在陈生记忆里洋溢着落日余晖的绚烂色彩。那时父亲在县里的小学当门卫，陈生总坐在家门口，眼巴巴地望着巷子尽头等他回来。陈生能在嘈杂里清晰地分辨出父亲骑车的节奏，旧式轮胎咿呀作响，承载着父亲随着年岁增加而日益增长的体重。陈生远远地奔向父亲，跳上自行车后座，一边啃着父亲从学校的小卖部买来的零食，一边任由父亲载着他绕着家附近骑上几圈。偶尔手里的食物随着颠簸掉落在地上，巷子里的流浪狗便摇着尾巴凑上来。

后来，小学倒闭了，失业的父亲开始和朋友一同去外地做水产生意。一想到父亲，新鲜的海水味和鱼腥味便漫进陈生的思绪。他曾跟随父亲颠簸数个小时，乘车到父亲工作的水产公司。凌晨，陈生执意跟着父亲上了装卸渔获物的卡车来到渔港。他远远看见父亲换上防水服和雨鞋，在渔港岸边和同事一起熟练地分拣、装卸海产，父亲矫健地扛起一筐筐新鲜的海产，来来回回，不知疲倦。陈生凑近看着刚捕捞的海鲜，鱿鱼的触角不停地舞动，未被捆绑的螃蟹在网兜里张牙舞爪地攀爬。一条矫健的鲤鱼一甩尾巴，咸涩的海水便溅上陈生的脸。父亲喊着：“生儿，别凑那么近，会染上海腥味的。”

换季之时，父亲会归家一周。每次回家前，父亲都会理个头发，认认真真洗个澡，换上那套藏在柜子里的旧西装，精神、整洁地见妻儿。母亲则会提前买好父亲爱吃的菜，做好饭等着父亲回来。父亲吃着母亲做的饭，常常笑得像个孩子。

父亲回来后，买菜的任务便落到他身上。清晨，父亲约陈生出门一同去菜市场。路过院子时陈生牵了上学时骑的自行车：“爸，我载你吧。”

十四岁的陈生载着四十岁的父亲，穿过两排茂密的栏果树，费力地朝巷口驶去。父亲坐在后车座上，手紧紧地钳住陈生的腰，惴惴不安地问：“我是不是太沉了？”陈生笑笑：“不会，看我骑得多轻松。”轮胎在青石板路上浅浅地颠簸着，父亲和陈生断断续续地说着话，末了，他说道：“生儿，好好读书，以后找个好工作，别像爸一样一身海腥味。”陈生说：“爸，海腥味挺好闻的，真的。”

路过豆浆店时，父亲要了两袋浓豆浆和一袋淡豆浆。陈生知道父亲总是不舍得给自己买浓的，便偷偷多塞给店主一个硬币，载着父亲和三袋浓豆浆继续前进。裹着泥土清香的南风里，陈生把自行车蹬得咿呀作响，父亲笑着叫道：“慢点儿，慢点儿。”

午睡时，变成鱼的陈生在梦里游弋，一张渔网猛地向他扑来，他来不及挣扎，和鱼群一起被捞上岸。陈生抬头看见父亲咬牙搬起沉重的鱼筐，汗珠滴入筐内溅起细小的水花。一个趔趄，父亲手里的筐掉到地上，鱼洒了一地。陈生瞪大眼睛，用力挪着身子，使劲一甩尾巴，跳进了筐里。

父亲在客厅里佝偻着背看电视。睡醒的陈生溜进父亲的房间，偷偷穿上那套散发着淡淡鱼腥味的旧西装。宽大的衣服在陈生身上略显滑稽，光洁的脸上却溢出藏不住的喜悦。他站在镜子前捋了捋衣服上的折痕，觉得自己像个大人。

三

南方的夏天有着挥之不去的湿热和黏腻。午后时常有对流雨，陈生下午上学时由于路滑而无法骑车，只好提前出门步行去学校。雨滴在地面汇成清澈的水流，急促地滑过陈生的脚面，陈生的布鞋和裤管便迅速湿了。

后来，无法忍受下午总是穿着湿鞋听课的陈生，终于和同学一样，在雨天将裤管卷至膝盖并穿着拖鞋出门，到学校厕所把脚擦干，换上干燥的鞋。踩着拖鞋的陈生终于能在雨里大步流星地前行，偶尔调皮地踏进一个水洼，水珠便雀跃着扑向他的脚踝和小腿。

七月中旬，雨渐渐少了，气温一天天攀升。尽管教室的风扇卖力工作，少年们却还是湿透了背。陈生扯了扯校服上衣透透气，低头看了看分布着零星霉点的校服，把目光重新聚焦在讲台上。

老师的言语消融在窗外涌入的热浪里，躁动不安的气息随着秒针的转动逐渐膨胀。老师最后几句讲了什么，陈生没有听清，他只记得倒数了十几秒后，标志着假期到来的铃声如约而至。

这是个少雨而炎热的暑假。近午时太阳张扬地散发着热量，直到傍晚仍没有退却的意思。邻居家素来好动的黄狗总是一动不动地趴在门口吐着舌头，连聚在杧果树下下棋的人也少了。母亲不希望儿子常在外暴晒，因此大多数午后陈生如鲇鱼般平躺在床上，头顶的吊扇以催眠的姿势呼啦呼啦地转着圈。

隔壁的黄狗吠起来的时候，陈生正打算午睡。他探出脑袋，见一个拖着行李箱、穿绿裙子的长发女孩正靠着墙和黄狗对峙着，长而黑的马尾如一笔墨渗进红砖墙。接着隔壁的奶奶出门喝住狗，笑呵呵地把女孩搂在怀里接进家门："这是我孙女，第一次来县城过暑假，狗不认得。"陈生对陌生人并无太大兴趣，回房间四仰八叉地倒在床上。沉沉夏梦里，他恍惚看见一抹墨黑的头发在眼前晃动，伸出手却又捉不住。

过了几日，陈生见母亲一大早起来和面、拌馅，包了一大盆春卷送到隔壁。母亲说："你小黎姐今年刚考上省里重点高中，趁她暑假来县城，我请她给你补补数学。小黎成绩好，也不收补课费，这么好的机会你要好好把握，争取明年也考个好高中。"

成绩平平的陈生虽不情愿将假期变成另一个学期，但无法辜负母亲的一片苦心。从那天起，小黎每周有四个下午来家里给陈生补课。比陈生年长一岁的小黎言语不多，除了讲解鲜有其他话题。陈生便也不敢随意发言，只在她勾选习题的间隙偷偷看几眼这个身体清瘦、马尾及背的小姐姐。

沉闷的补习氛围持续了一个礼拜，直到小黎无意间看到陈生抽屉里的玻璃瓶——那是一个闲置的糖罐，其中装着各式精巧的折纸，星星、花朵、蝴蝶、兔子……她的眼里闪过一丝惊喜，讶异地问道："陈生，这是你折的？"

陈生一脸窘迫。他顿了顿，小心翼翼地问："喜欢折纸，是不是不像男孩子？"

小黎出其不意地爽朗一笑："不不，我觉得这个爱好特别棒！我想学折纸，你能教我吗？"

这是个特别的暑假。许多个月白风清的夏夜，陈生骑车到几条街外的文具店挑选厚薄不一的彩纸，心里隐隐期待着补习之日的到来。当陈生认真做完了压轴题，学生陈生和老师小黎便交换了身份。陈生手把手教小黎折叠各种形象，从最简单的纸盒子，到复杂的天鹅、玉兰，薄薄的彩纸逐渐在小黎指端变换出美丽的形状。小黎柔顺的马尾不时触碰到桌子，她轻晃脑袋，马尾便贴在后背了。陈生常有摸一摸那马尾的冲动，但看到小黎专注的模样，便始终没敢伸出手。

没有台风的八月风平浪静。在这个假期，较少外出的陈生的肤色养白了几分，不擅长数学的他终于能熟练地解答函数题。一场久违的对流雨后，炎热的气温降了些许，假期也走向尾声。补习的最后一天，小黎说起剪发的打算："高中还是短发比较方便。"陈生心里咯噔一下，想说什么却没说出口。直到小黎要走出房门时，陈生终于小声问道："小黎姐，能……留一撮头发给我吗？"

熟透的杧果落了一地的夏末，剪了利落短发的小黎穿着绿裙子向陈生告别："以后做题一定要记得检查。明年，你也要努力考上重点高中啊。"陈生左手紧攥着一撮用细绳扎着的黑发，右手递上一朵精致的红色纸玫瑰："小黎姐，这是我还来不及教你折的，送给你。"小黎笑着接过："是什么花呀？"陈生犹豫了一下，回答道："是蔷薇。"

温热的阳光里，陈生骑着单车绕着家附近一圈圈逛着，邻居家的黄狗沿着巷子缓缓走着。季节褪去炎热，年少的心事随着树上最后一颗杧果一同坠落。陈生捡起杧果，突然意识到夏天结束了。但那有什么关系呢？等到明年南风吹起的时候，新的故事便会在枝头生长，和丰沛的雨水一起降落，雀跃着扑向陈生的脚踝和小腿。

孤独的理科诗人

中国海洋大学/毕 雪

那一天是晴天还是阴天，下雨还是下雪，我都记不得了。他们说，与众不同的日子要有惊天动地的开场，就像爱得死去活来的情侣分手时一般会天降瓢泼大雨那样。事实证明此言非虚，然而当时我却太粗心。以致后来，在无数次回想起这一段过往之际，我常常会感到后悔，后悔曾助长群体的冷漠去伤害一腔热忱的你。

那是我们的高三时代。在听过了太多关于“千军万马过独木桥”“天道酬勤”“苦尽甘来”一类的人生箴言之后，高考像是悬在头顶闪着寒光的刀刃，让所有高三生都充满了不言而喻的焦灼感。我们这群理科生终日埋头在层层叠叠的试卷和练习册中，试图用题海战术在那场决定人生的考试中换取一点儿和未来谈判的筹码。文理分班后的第一天，我们年轻的班主任带着一行十人走进了教室，而完全投入在数学小考中的我们甚至没能察觉他们的到来。班主任满意地环顾四周，笑着清了清嗓子，他说：“大家暂停一下，我们班要迎来十名相当优秀的新同学了！让我们欢迎二十班的前十名加入我们的大家庭！”

前十名？！很多人像我一样猛然抬起了头。

一排人正抱着书包略显局促地站在讲台上，接受我们热烈的掌声。同桌的笔还抓在手里，一拍手笔直接飞出去。他俯下身子伸长手臂去摸索，脸都趴在桌子上了，眼睛还不肯离开讲台上的这十名佼佼者，好像可以根据面相判断出下一次月考中哪一个会给他的名次带来新的威胁。我听了几个中规中矩千篇一律的自我介绍，耐心终于耗尽，开始琢磨刚才做了一半的数学题。忽然，班里爆发出一阵哄笑声，这使我再次抬起头来。第十名的男生正站在讲台中间，脸上露出很窘迫的神情。

他做了什么会有这样一石激起千层浪的效果？我自然不想错过这个热闹，扯着同桌问怎么回事。同桌说：“嘿，这人可真逗，人家都是自我介绍，他怎么还念上诗了！”问他是什么诗，他说：“我哪知道？什么情人、烈士，还有什么一生的黑夜，这么琼瑶不去读文可惜了！”

一个在自我介绍时念诗的理科男，我对他产生了好奇。

然而在短暂的走神之后，我还是再次低下头去，继续算我的数学题了。

高三的时间是插了翅膀飞着走的，我还没来得及找到一个不太生硬的方式问这位新同学究竟念了什么诗，月考就轰轰烈烈地来了，像一场硝烟弥漫的战争。在准备月考的时间里，班里所有学生的眼眶都像画了烟熏妆一样带着睡眠不足的阴影，袋泡咖啡和茶的香气整日在教室里弥漫。课间十分钟就足以让我们陷入深度睡眠，放眼望去一倒一大片，如同整个班级被炮弹轰炸过，场景颇为壮观。月考结束后，我的作文竟然被当成范文印在卷子上发给了全年级的同学，这真是完全出乎我的预料。我那篇传说中的范文，经过了应试教育的加工，套路和大家的作文是大同小异的。老师选中它，倒不是说我的文笔有多么惊才绝艳，而是因为我用了一个冷门的例子——索尔仁尼琴。这是一位命运坎坷的俄罗斯作家，虽然我从未读过他的著作，却并不妨碍我背下他的生平和那句经典名言："我绝不相信这个时代没有放之四海而皆准的正义和良善的价值观，它们不仅有，而且不是朝令夕改、流动无常的，它们是稳定而永恒的"，也不妨碍我将这个拗口的句子用在作文中抒发满满的正能量。用阅卷老师的话来说，这个高大上的例子让他们"在一片屈原、孙膑和史铁生中感受到了一阵清新之风"。但这件事让我一点儿也高兴不起来，我只感到难以言说的烦躁。我心里完全瞧不上自己写的那篇东西，如今这样广而告之无异于丢人现眼，可是我又无法将这种感受告诉旁人。得了便宜还卖乖最显矫情，必将受到劳苦大众的谴责，就像学霸考试得了九十九分却向刚及格的人抱怨没考好一样可恶。于是我就在这样的风头无限里为着不可为外人道的心事苦恼着。

接下来的发展很神奇，因为第十名同学主动找上了我。是的，自那之后我在心里给他起了外号，就用他曾经的名次，可惜这次月考他却与第十名擦肩而过了，据说就败在作文上。你会不会以为一个喜欢诗歌的男生必定文采斐然，想必作文也不会差？那你真是太天真。正当我以为他和其他同学一样也是来找我询问作文窍门，心里盘算着该怎么打发他时，他开口就是一句："你以前是不是在周记上写过剧本？"

那一瞬间我状若痴呆地张大了嘴巴，惊讶到无以复加："啊……"

"我们以前的语文老师给我们说过你的，说你很有创意。"他补充道。

"啊……"

他看我这个样子，倒是笑了一下，感叹似的说："你怎么会想到在周记上写剧本呢？"

我终于回魂，说："因为每天的生活都是流水账，也没什么可写的啊。"

第十名同学看了我一眼，那眼神让人难以形容，像是有所顾忌又准备放手一搏的人，目光里有一种置之死地而后生的挣扎。我正在疑惑，他却从身后把一个厚厚的本子拿出来递给我，快速地说："你想不想看看我写的诗？你自己看，别给别人。"

我说，好啊。

这句出于礼貌的回答成了我们“孽缘”的开始。

时隔多年之后，我发现自己仍然找不到一个合适的词语来妥帖地形容出那是一本怎样的诗集。我记得那本子，是很普通的软面抄，纸张经过频繁翻看，已经不复最初的挺括，被磨损得绽出了细小的毛边。蓝黑色的钢笔字迹经过了漫长的时间，终于褪去轻浮，显现出珍藏多年的旧书独有的岁月质感。打开第一页，中间工工整整地写着诗集的名字：缄默的火焰。再下面是他的名字。

那一刻我好像明白了他的眼神。因为我意识到自己正在走入一个隐秘的世界，这个世界的主人无比珍视它，并一直沉默地用心建造着它，哪怕它从未为人所知，如同缄默的火焰在无尽的黑夜中燃烧。是什么让他鼓起勇气将这个世界真相大白于旁人眼前？我不得而知。然而诗的内容让我敬畏而激动。我知道这一次，自己发现了不得了的东西。

他是真的热爱诗。我也认为，他写的真的是诗。如何衡量诗，我完全是外行，然而在这件事情上我却无比坚定。也许是他优美的措辞、深刻的典故、丰富的意象和情感，也许是他执着而认真的态度，或者显而易见的赤诚的情怀。总之有一种邪门的东西震慑了我，感染了我。我甚至还有点儿莫名其妙的难过。唉，他写得这么好啊，这么多啊。究竟还有没有其他人知道呢？知道这些诗句，或者知道他心底的另一个世界呢？

我又想起他自我介绍的那天台下的哄笑声，想起我们低着头做题的样子，不知在他眼中又是怎样的光景。我忽然觉得内心酸楚不可抑制，倒好像是要掉眼泪一样。

看完这本诗集后，我立刻去找了第十名同学。

他一看到我，露出一种羞怯而紧张的表情，讷讷地说：“你看完了？”

“看完了。”我回答，“我真的觉得你写得挺好的。真的。我现在语言匮乏，难以形容，但是我真的觉得挺好的……也很佩服你。”我语无伦次地说。

他微微笑了，那一瞬间我觉得如释重负。

我又问：“你怎么会想到给我看的？其实我不太懂诗。”

“因为你在周记上写剧本啊。”

“啊……”

“其实我写了很长时间了。我也曾给别人看过，但结果都不怎么样。要么说看不懂，要么压根不看。后来我就心灰意懒了。虽然说写诗是自己的事，但没人看还是怪让人难受的，没人看懂就更不必说了。”他叹一口气，“不过我觉得你应该也是喜欢读书写字的人，不是还知道索尔仁尼琴嘛。”

我一听那个名字就很头大，连忙转移话题，“呃……其实你的诗有一些我也看不懂的。”

“至少你认真看了。”

“啊……”

“我自己也想不到写诗这件事会这么艰难。它让我快乐，也让我痛苦。文理分科的时候，我爸妈坚持让我去读理科，我就知道自己估计是没戏了。文科生里出个诗人还让人惊奇呢，理科生里出个诗人简直就是疯子。”他又自暴自弃地补充一句，“诗人都是疯子。”

“啊……也不能这么说，我就觉得诗很动人，诗人也很浪漫。”我干巴巴地安慰他。

“我只当自己是在苦难中寻求安慰。”他抬起头看着我，“你的索尔仁尼琴说了，‘苦难有多深，人类的荣耀就有多高远。’”

“呃……总之能做自己喜欢的事，这样挺好的。”

“你将来想做什么？编剧？你为什么也读了理科？”

“理科将来好找工作啊！我们班五十多个人才有十个选文科，还都是最后几名。”我不假思索地脱口而出。

他听了，没再说话，良久苦笑了一声，“我这么纠结是不是挺没劲的？我算不算一个不知好歹的人？”

我使劲儿摇摇头。

他又笑了，“我有时候有点儿恶作剧的意思，想在语文卷子上写诗，反正作文题目要求总是说可以写诗的。那我就写一次，看看他们究竟怎么评分。”

“我只希望你不要冲动。冲动是魔鬼。”

他又无可奈何地叹一口气。唉，他真像一个老成而抑郁的诗人。

接下来，就几篇我拼尽全力也没能看懂的诗，我们双方进行了第一次友好的洽谈。他无比耐心地给我讲述了诗句背后的故事，我才知道，原来清词丽句之后隐藏着很多更加令人回味悠长的东西。总之，这场交谈为我们深厚的革命友谊奠定了坚实的基础。我们开始常常凑在一起自习或聊天，偶尔他会把新写的诗拿给我看，和我商量投稿的事情。我成了他唯一的读者和听众，也是唯一整天称呼他为“第十名”的人，虽然他的名次上下起伏再也没有和“十”挂上钩。他在写诗这件事上倒真是无比诚恳万分执着，即使在复习最紧张的期中考阶段，也没有停下那支笔。不得不说，在一群终日研究物理化学，会为了解出一个附加题、背过一串方程式而感到心满意足的理科生中，他是不合群的。他桌角的诗集已经被每天走来走去的班主任注意了无数回，只恨不得有朝一日给他没收。然而他却由着自己的心，只装作看不见的样子，很有一点儿无所畏惧的气魄。我想也许他是在跟自己较劲吧。

我终于有点儿理解他平日的沉默寡言了。我的同桌说，像他这样不食人间烟火的现代诗人是不屑与我们这些凡夫俗子为伍的，我们对于分数的追求是病态而可耻的，而我们却心甘情愿地在无耻中升华。至于第十名这样谪仙般的说话文绉绉的人物，既然如此有格调，就应该尽早放弃那些无用的挣扎，沉迷诗海弃理从文，把他的名次退位让贤。我听了这话，只能无力地送他一记白眼。自以为是的论断果真是害人不浅，一句“不食人间烟火”就轻而易举地划清界限，把第十名同学钉在了被孤立的耻辱柱上。

后来第十名同学投的所有诗稿都石沉大海，他传纸条问我：“是不是我的诗真的那么难懂？”

我想了想，回给他：“有一个台湾女作家叫简媜，写得精雕细琢，虽然我时常读不懂她想说什么，却也觉得很美。你听没听说过‘深情即是一桩悲剧，必得以死来句读’？或者‘当我无法安慰你，或你不再关怀我，请千万记住，在我们菲薄的流年，曾有十二只白鹭鸶飞过秋天的湖泊’？这些都是她的作品。所以说，难懂也许并不意味着不好，只是有时候缺少一个懂你的人罢了。”

他看过后把纸条夹进了那本诗集里，然后转过头来。那时是自习课，整个教室安静无声，他张了张嘴，我看出那口型，他在说“谢谢”。

在诗歌这个领域，也许他真的走错了路。如果他遇见的不是我们这么一批冷静谨慎酷似谢尔顿的理科生，而是一批能和他看雪看月亮从诗词歌赋谈到人生哲学的文科生，他可能会好过一点儿。不一个世界，不一个梦想。我真怕我们的冷漠耗尽他的热情。众人皆醉而我独醒，其实是一件完全没有优越感和自豪感的事情，满满的都是孤独和焦心。

毕业之前的散伙饭上，我才终于想起来，我们之间还有一个未解之谜悬而未决。我还是不知道第十名同学自我介绍的时候究竟念了什么诗。

他告诉我，那天他念了海子《以梦为马》的前两节。他说：“我念那首诗真的不是想卖弄或作秀，就是想鼓励大家高考加油来着。可是有的人在笑，有的人在说话，有的人低着头。”他往事不堪回首一般将杯中的残酒一饮而尽，问，“你是哪一种？”

“低着头的。”

“那还好一点儿。”

“……对不起。”

“没关系。”

再后来他成功地醉倒在一片戴着眼镜的理科男之中，脸颊酡红，面露傻笑。他终于不再是“众人皆醉而我独醒”了，那一刻他的表情无比幸福又无比悲怆。

后来，在大学的文学鉴赏课上，我读到了海子的《以梦为马》。

“我要做远方的忠诚的儿子
和物质的短暂情人
和所有以梦为马的诗人一样
我不得不和烈士和小丑走在同一道路上

万人都要将火熄灭
我一人独将此火高高举起
此火为大　开花落英于神圣的祖国
和所有以梦为马的诗人一样
我借此火得度一生的茫茫黑夜
……”

有一天，窗外下着雪。天气格外冷，屋里格外热，窗户上的水汽凝结，慢慢汇成一条水流，如同一个人在落泪。教授站在讲台上神采飞扬地讲着当时很流行的“乌青体”，他夸张地念着：“天上的白云真白啊 / 真的，很白很白 / 非常白 / 非常非常十分白 / 特别白特白 / 极其白 / 贼白 / 简直白死了 / 啊！”

在一片哄笑声里，我又想起了曾经的第十名同学。第十名同学在散伙饭醉酒之后节操尽失，形象全无，抓着我的胳膊告诉了我一个惊天动地的秘密，彻底惊掉了我的下巴。那个秘密就是，他以一种飞蛾扑火的姿态实现了他开玩笑时说过的“夙愿”，高考的时候，他真的在作文试卷上洋洋洒洒地写了一首诗！

他的语文分数遭遇了壮烈牺牲，他整个人却如同凤凰涅槃浴火重生。他后来对我说，这其实不是计划内的事情，他也没有一丁点儿挑战权威的意思。只是做试卷前半部分的时候耗时过多，作文时间不够，索性放手一搏。也许在这个世界过去无数次对他报以冷眼的时候，一向优柔寡言的他，心中也萌生过渴望，他想要纵情恣肆一回，不枉费他曾真心歌颂过的闪闪发光的青春又或是梦想。他至今仍是它们虔诚的信徒，即使有那么多人认为他天真幼稚，注定认输。他才不会认输，也许将来有一天他会被打败，但败也败得羽扇纶巾，败得有尊严，也有底气。

第十名同学高考失利后，前往遥远的美国读书去了。对于写诗的人来说，去一个语言不通却自由开放的国度，不知道是他的幸还是不幸。他拍摄大海的照片寄给我，背面写一行字：“逃！只有逃！我懂得海鸟的陶醉。”

我与第十名同学相遇在兵荒马乱的高三，在这之前，他用一枚诗心雕琢了十八载春秋，如同一个格格不入的传奇。在他之后，我再也没有遇见这样的人。他的热爱和执着，也许在许多人眼中是不值一提的。他们不会理解他搔首至发落，方有一句得的痛苦，也不会理解他写了那么多诗却鲜有观众的孤独。是的，这就是孤独，它比寂寞更有杀伤力，即使站在人海中，他也只是一个人。

可是我总觉得，一个像他这样的人，是值得被尊重，被了解的。我希望在他一个人日复一日的欢欣和苦痛中，能得到一点儿微薄的安慰。我希望他像书里写的那样“永远年轻，永远热泪盈眶”，永远相信那些曾在我们年少轻狂时深深蛊惑过我们，后来却让我们失望透顶的箴言。我还希望上天真的善待那些天真的、勇敢的、多情的人，让他们在孤独的旅行中不要心伤并有所得。

唉，第十名同学，祝你好运。感谢你在我的生命中风过留痕。从今以后，只愿你笔耕不辍，文运昌隆。

来，吃饺子了

北京大学 / 王云超

来，吃饺子了。

这句话不知道听了多少遍。在一年中的最后一天，家人特别在意的除夕之夜，照例是要吃饺子的。

天色擦黑，地上也亮起了“星星”——那是人家房屋里点燃的灯火，错落起伏。这时候有的人家会挂上一对灯笼，灯笼是鲜红的，剔透的，在寒风中兀自发出一圈橘色的光晕。

这红灯笼在寒夜中照着冷森森的大门，有点儿孤单地照着，仿佛世间一切的好东西，美丽，虚幻，不真实，却又实实在在存在眼前。

灯笼下面，是那红艳艳的烫金对联和横批，刚认识字的小孩子最喜欢读简单的横批，有时候是“万象更新”，有时候是“春回大地”，有时候是“辞旧迎新”。

门上的福字是倒着的，寓意着“福”到了。可是，不识字的爷爷还是把“福”贴得端端正正，像是需要特别谨慎，才能够得到这个字代表的福气。新年是穿新衣服，是数压岁钱，是吃饺子。

透过玻璃，能看到有人在灶间忙碌。人们在做什么好吃的东西呢？大概是饺子吧。大人们洗净双手，找到干净的大号面盆，撒上面，打一枚鸡蛋，加上水，用干净的手和好面，再把面扣在盆下面，让面慢慢膨胀。

闭上眼睛，也似乎听得到厨房的剁馅儿声音，把那新鲜的蔬菜洗干净，和着细碎的肉馅，放上油盐、酱油、葱、胡椒粉等作料；这时候拿出来那一个面团，用擀面杖来回推会擀出一摞齐齐整整的饺子皮，谁的手巧拿起饺子皮来包饺子。当包饺子的大人想增添情趣的时候，就会把洗干净的硬币放进饺子里面，谁吃了，就会在新年里走好运。

竹排一样的厨具上摆着小小的饺子，包馅部分是鼓鼓囊囊的大肚子，捏合的面皮宛如小女孩的裙边，像是洁白的小贝壳，又像是莹白的小耳朵，雪白，安安静静地立着。

家里负责煮饺子的是妈妈，总是让我们先吃。“哎呀，你和丫头先吃，我还不饿呢。”妈妈站在我们看不到的位置，等着水开，等着把饺子放进去。

灶上的水开了，咕嘟咕嘟冒着热气，顶着锅盖子。这时候就该下饺子了。饺子入水，有一种跳水的惊艳，那圆鼓鼓的饺子飞起来了，惊心动魄地一跃而下，水面立即显出细碎的一圈圈纹路。

饺子在锅里面，像鱼儿一样游来游去，渴望找到什么东西似的，散发出一些温馨熟悉的气息，令人心旌摇荡。等到过了三次水，用筷子轻轻触碰饺子“肚子”，再把筷子移开，“肚子”能自动弹回恢复形状的时候，就可以吃饺子了。

来，吃饺子了。

饺子是放不久的娇嫩食物，因为前期准备工作又非常繁复，所以一般人家很少做，我家却常常做。因为爸爸喜欢吃饺子，记忆中妈妈总是为他包饺子。

韭菜馅的饺子是翡翠色的，茴香馅儿的饺子是透着淡绿色的，隐约有些嫩黄色——那是炒熟的鸡蛋，顶香的是牛肉馅儿的饺子，一口咬下去，要流很多汁水的。

小孩子等不及，闻到那厨房飘来的渐渐浓郁的气息，忍不住用小筷子敲着小搪瓷碗，小搪瓷碗叮当作声。

因为从小娇惯，我很挑食，不吃白菜馅儿的饺子。若是吃的是白菜馅儿的饺子，就嘟着嘴巴，生气地把筷子和碗摔下去，幸好碗是搪瓷的，就在地上溜溜地转着。

后来，我家再也没有做过白菜馅儿的饺子。

吃饺子的时候，大人的碗碟里有深色的陈醋，酸而醇厚。旁边还少不了几瓣白蒜，散发出独特的蒜香味。饺子滑溜溜的，要聚精会神地挑选好一个，不要让它从筷子中间溜走。吃下去的时候，那一团热气就像一只小兔子，噗嘟噗嘟地往下溜。那饺子真软，真好吃，总是吃了一个，嘴里还在嚼着，手又去夹另一个。

那些饺子太多太多了，吃不了的饺子，如果没有下水煮过，就冷冻在冰箱里面，渐渐硬得像是小石头。

来，吃饺子了。

这一次吃饺子的记忆没有那么温暖，那是在我刚上幼儿园的时候，爸爸妈妈要离婚了。父亲和母亲无语地相对，屋子很暗，有一种可怕的静谧。

那年除夕下雪了，我伸手去接那落下的雪，雪花在接触的瞬间融化，无言地融化了，手上的雪水带着的沁凉却永远留在我的心中。

那是爸爸妈妈在一起度过的最后一个除夕，妈妈最后一次给爸爸包饺子。那饺子的棱角很硬，有的地方开了缝。等到煮熟了，没人理会它们，它们就自己慢慢凉下去。

老师和同学们都知道我的爸爸妈妈离婚了，我没有说过，大家是怎么知道的呢？大家都让着我，虽然我的成绩还是很糟糕，可是，李老师不再对我大呼小叫了，还要同学们不可以惹我哭。那些躲躲闪闪的眼神，那些指指点点的动作，让我觉得我做错了什么事情一样。

来，吃饺子了。

说话的是年轻的继母，她端着一盘饺子。我有点儿害怕，无端地恐惧。那饺子的味道，和搅拌饺子馅儿的人大有干系。

继母的打扮很漂亮，笑容也很得体，可是那饺子的味道和妈妈的味道不同，是陌生的，是可怕的，是惴惴不安的，让我想要拒绝。

想要吐出来的一刹那，迎上来的是父亲定定的眼神。

来，吃饺子了。

我不记得自己是怎么样被安排到爷爷奶奶那里生活的，只记得有很长一段时间，我和爷爷奶奶一起住。

我把整个饺子塞到嘴巴里，被饺子流出的汁水烫得大哭，爷爷奶奶就用筷子帮我把饺子夹成两半，左右摇着脑袋，撮起嘴唇仔细地轻轻吹啊，吹啊，吹啊。让小时候的我还以为自己是小公主。

来，吃饺子了。

这一年一年，我希望我们贴在门上的春联横批可以变成“永远在一起”之类的话，因为，那个时候为我遮风挡雨的奶奶去世了。

这一年，是爷爷为我包饺子。我笨拙地擀饺子皮，大的大，小的小，中间还漏出一个洞洞，爷爷费力地包饺子，歪歪扭扭，像是一排杂牌军。

最后，我和爷爷总算大功告成了，吃着漏了馅儿的饺子，过了新年。

来，吃饺子了。

又一年的春节，继母回老家了。是我和父亲两个人一起度过的。因为没有人包饺子，爸爸便买来了很多小袋子的速冻饺子，什么味道都有。

饺子熟了，不知道为什么，觉得饺子太多了，怎么吃都吃不完。我拿起来一个黄澄澄凉丝丝的小甜橘，怔怔看着外面流光溢彩的烟花。

外面的烟花，一闪，绚丽的一刹那令天地无光，然后却归于永久的沉寂。

爸爸在身后说：“看烟花呢？先吃饺子吧。饺子都凉了，我去热热。”

我说：“已经饱了，还是喝汤吧。”

饺子汤很烫，是爸爸热过的，和饺子的温暖是不一样的。饺子的温度，和煮饺子的人有关系吗？是不是那温度，也沾染上了煮饺子的人的温度？

来，吃饺子了。

和同龄人一起吃饺子的时候，心情是怎样的呢？依稀记得高三时，平素不说话的同学们挽起袖子，一起包饺子、煮饺子。当时穿着蓝白相间校服的学生把一楼食堂都占据了。到处都是面，都是盛放饺子馅儿的盆。煮出来的饺子也是仓皇的，水泡着，像是没有款式的衣服。

吞了几口，不知是哪个环节出现了问题，只咬了一口的水，和着英语单词、语文典故、数学公式和历史故事吃的饺子，总有种不安稳的感觉。饺子皮已经有点儿烂了，打蔫了，没精打采的，是熬夜人的眼睛。

来，吃饺子了。

这一次，是自己对自己说的。我独自在北京度过除夕，天黑得很早。煮着从稻香村买来的速冻饺子，那些久冻的食材，焕发出新的味道。

我一边被烫得发疼，一边大口大口吃着。吃一口，突然也想要蘸上醋，这是我平时没有的习惯呢。或者，我是在不知不觉中想念喜欢吃醋的家人们？或者是通过这种方式来怀念？

两手捂着头，鼻孔中是醋的酸味，那味道长久地弥漫在屋子里面，不肯离开。玻璃窗外是无尽的黑暗，那一层薄薄的雾气笼罩在小小的屋子。

不是除夕的时候，看到街边的饺子店，忍不住走进去。我每次都要背对着玻璃窗，因为不可以看到自己在玻璃上孤独的身影。总是忌惮着旁边坐的等待位置的人，急匆匆地吃完就要走，饺子也索然无味。

来，吃饺子了。

平生第一次包饺子，是偷偷在宿舍里面包饺子，放上十三香，那是我第一次自己包饺子，居然有奶奶做的饺子的味道。可能味蕾记得那儿时的味道，于是，自己也鬼使神差地做出了那样的味道，可也就那么一次，好像是上帝让我重温一遍有奶奶在的日子。

来，吃饺子了。

这一次是在梦寐以求的大学食堂里面，那些热水里泡着的饺子，趴在金属餐盒里面。

夹起来的饺子还是水淋淋的，但并不全是水。最先滴下的是一滴油，圆的，四周有棱角，像是孩子画的小太阳。

爷爷，奶奶，我终于来了。是啊，那时候答应老人家要考来这里的。在千军万马过独木桥的残酷考验后，我终于坐在这里了。

回忆中的世界，是一个镜子里的世界，热乎乎的饺子和冷冰冰的镜子，在尘埃中旋转。

捂着耳朵听炮仗的声音，桌子上有花生瓜子，厨房里是成堆的好吃的鸡鸭鱼肉。

妈妈很喜欢吃白菜馅儿的饺子的这个事实，是我无意中从表舅嘴里听到的。那些无声无息的呵护，那些接近纵容的接纳，是长大后回首方能体会的。

也许世间最美的味道，不是食物，而是和自己分享食物的那些人。如果孑然一身，虽山珍海味却味同嚼蜡；如果亲友在旁，是粗茶淡饭亦甘之如饴。

家，该有一盘热腾腾的饺子才是。该有一盘盛得下那么多的委屈，放得下那么多快乐的饺子。

来，吃饺子了。

守其雌

湖南大学/高　璨

一

时光并非一视同仁，他对所有事物并非只是啃食作用，对其中的一些，他像细心的匠人，细细打磨，抛光磨亮——就有了历久弥新这个词。

他是如何选择，对待面前的众物，是用无坚不摧的牙齿，去咬；是用攻无不克的铁蹄，去踏；是用战无不胜的劲风烈火，去燎原；还是用温柔的双眼，亘古的双手，去烘托、去抚慰？

好的书籍需要时日去体现，好的书籍与它的大多数精神都不应离其作者太近，人们总是爱将作者的境遇与他的作品相连接，然后得出千篇一律的结论，完全不能领悟文字背后真正的价值与内涵，因为真正的价值应该如同警句般是不具有时代限制的，是超越了作者对眼前生活着迷的阐述的。尼采甚至说不应该把作者的名字写在书上，不让读者从作者的角度曲解文章。

可惜时光历久弥新的功能总像是在人遁世后才开始发生，至少也距离此人创作此物的年纪相距甚远，时光像是在一个人的房间中收拾整理他的遗物时，开始公布所有价值的真相。然后人群开始长吁短叹，认为社会又产生了一位已经过世的伟人——而他还在身边的时候怎么就没有发现呢。

书本一经产生就应是自由的个体，所有关于作者的记号都不该遗传给书籍。

二

当我们去尝试读懂一首诗，我们就误解了一首诗；当我们尝试从诗中读懂诗人，我们就误解了一个诗人——若我们热爱读诗，不如说：去诗中了解你自己吧！

诗人住在句子里，你永远不会了解他为了钟爱的句子会绕多少弯子，会乱入多少穷乡僻壤。

很多的好诗，都是诗人误入桃花源的结果，但是读诗的人往往不能进入同一片林子，诗人自己也不行。

诗人有时也认为一些话不够出彩甚至有多余的嫌疑，但大多数诗人不舍得删掉大多数的句子，那些索性被留下的句子后来会被不同的读者爱上。

“诗人的思想一般没有那么多别人认为它有的价值，其实人们也一并为那层面纱和自己的好奇心掏了钱。”

但诗人本身并不会为读者加深其意义而懊恼，这笔精神上多余的收入往往会增加他的成就感。

三

何谓力量意识？就是通过一切的交往与交流活动我们的目的只有一个，就是在别人身上施加我们的力量。行善或是作恶，都让人惦记，都是力量加重的表现。

何谓爱情？就是力量意识夸张爆发的时刻。爱情只是贪婪的昵称罢了。在得到之前，极度渴望在此人身上施加自己的影响，是爱这个人呢，还是爱这个人身上的自己的力量呢？被占有物总比欲占有物显得少了许多，当你意识到自己在此人身上的力量与影响不会再有所增加时，就开始变得成就感贫乏，想象中的新家总比此时躺着的地方诱人。

爱情就像是火山爆发，正如火山不可持久爆发，爱情也不会持久，风口浪尖的激情怎会有维持的资本，而短暂的事物本就拥有令人神往的魅力。爱情的延续是什么？是友情吗？是亲情吗？不知所措的力量意识只有在重新聚焦在一项十分具有吸引力的目标与活动而不会与之前的这个人有冲突的对象上时，才能使爱情得以延续——比如，二者有了共同的理想目标，或者有了孩子，孩子就是力量意识的最好转移吧。

何谓爱情？除了贪婪，还有自私，它令占有欲强的人感觉棘手。

太人性的爱情，若是不愿流泪，就也笑不出声吧。毕竟丘比特手上拿的，是箭，是武器的一种。

四

我从不认为语言为我所有。

他们更像森林中的动物，隐匿或彰显在森林中的各个角落，以各种目光和姿态审度这一切。有时我在森林中，他们就也审度我，把我当作一件透明的衣服，在我的身体中穿梭。于是我有幸得到极致自由的文字，类似于白兔的羽毛或是乌鸦的高筒靴，也能够时常掠过我透明的视网膜。我抬起手来，胳膊中盘踞着蛇，它吐着芯子却不伤我。总想这世间，最有毒的东西，只会施加于被强求之时，而我在这里是透明的，我的指尖甚至不能够承受一只蝴蝶轻轻的重量。大概在这里，是无我的。所以最糟的事情从来不是在森林中遇见可怕的事情，而是有时我找不到这片森林了。我的眼前都是纷杂的声音、形状和色彩，混杂的思想使身体变得异常污浊而沉重。就像这森林中住的全是可爱的苔藓地衣或是裸子植物，它们拒绝污水、废气，以及思想负担。这就是最可怕的事，我绕着森林应该矗立之处环顾左右，然而连一只狐狸尾巴都看不到。此时我并非失去语言，而是失去海洋只留下冰箱里冷冻的鱼干（写应试作文于我而言像极了缝合一群泡在福尔马林中的肉块）。

所以虽然对“字如其人”没有把握，却往往可以确定“文如其人”。

再说这片森林，我从不认为它为我所有，但是它是这样的辽阔，以至于我从没有在森林中遇见过别的人。

也许尼采正是想与他人来共享这片森林，所以查拉图斯特拉就来了。

五

“你是个可以摆脱一切枷锁的人吗？有一些人，当他们扔掉他们被奴役者身份的时候，也扔掉了他们最终的价值。”

这被奴役之人我看到三种。

第一种是善作众人之人，守着变幻的社会风尚道德倾向。他们最初是既有灵魂又有道德的，可随着道德如风的飘摇，他们的灵魂也变得稀薄，因为灵魂认为寻找自己的任务大势已去，已然成为水底淤泥上柔软的水藻。因为这类人灵魂稀薄，就缺乏自己充分的思考，以致陷入更加人云亦云的恶性循环，容易被操控，做出自己想不到的坏事，或是蠢事，而他们舍不得丢掉枷锁，这些施加在他们身上的社会风向，是他们自认为唯一值钱的东西。

第二种是囚于权钱之人，他们是如此爱钱以至抬头看着太阳，都觉得它像只巨大的金元宝。只顾抬头对于金钱及权力垂涎，全然不顾手下的动作与脚下的步伐，他们在人际关系中游刃有余，恰说明这类人极缺乏道德，或是已经把它们藏在深深的山洞里了。因道德本是坚硬而尖锐的事物，它们也许可以使我们在缓慢的平和的日子中显得高贵，但并不会使急功近利的用意更加轻松。这类人把灵魂拴在了钱上，若是夺走这桎梏，整个人就犹如空洞——和埋藏道德的并不是同一个。

第三种是最荒凉，也是最富有的，囚于书本之人。他们阅读了许多书籍，浏览了许多经典，他们以书中的字句为圣言，一字不敢添加，一字不敢削减。他们记忆并相信着书中的一切，却拿不出自己的种子——上千年的知识与记忆是不会自己开出花来的，它们都需经过现代人的咀嚼消化，融进带有生命力的血液，重新绽放。一个只读书却没有创造，没有自己思想的人就像一个储存书的仓库，而这些书其实储存在哪里都差不多，在他的大脑里也是这么整齐地摆放，每一本之间都毫无瓜葛。他不愿冲破任何一本书籍，在他看来这就像一种背叛，他定认为被知识所奴役是件高尚的事，但是他忘了自己，他的灵魂大概干瘪成瘦削的书签，清晰记忆书的页码却从来不和左邻右舍寒暄。

六

“在他们那里，一切都在说话，一切都被说烂，一切都被出卖，不再有事物有所成就，有所完成。”

为了能使言语更自由地流通，他们甚至敲掉了牙齿，让那终有一日会被时光带走的，早日被时光带走吧，言语才是永恒的！他们如是说。

我曾经坐在很多地方的观众席，环顾四周，这观众席上坐的演员竟比观众还多！台上的演员强颜欢笑，他们却在下面笑得真切开怀。应该教育小孩子不要写下“我将来要成为演员”的理想，因为终有一日他们会的。然后我见过的那些剧场，灯光照射在哪里，哪里就是舞台，甚至没有光的地方也有人陶醉于表演，在那里真实或是虚无都像粉尘一样，不足挂念。

我曾经与一些人第一次见面，就仿佛已经听过他们的许多场演说，他们仿佛天生就长了一张演说家的嘴。你瞧他们从荷花花苞说到荷花盛开，说到荷花凋败，再挖出莲藕，等到莲藕也说完，竟挖出水底的淤泥。而他们的话题，始终都没有逾越一枝荷花从头到脚的身高。

一半大脑负责说话，现在他教唆着另一半负责思考的大脑，也开始着手考虑说话的事了。

七

顺其自然、无为，这样的词语被肤浅者剥削得薄如蝉翼。

我再没有见过比这更积极，更具有喷薄的力量的词语了。

在此之前我和老子和《道德经》之间存在一种透明却深厚的隔阂，字面的解释，我现在和我初二时的理解无差，这层隔阂变得更加深厚了，在我读到一本“强解”《道德经》之后，如果说《道德经》中确有从政的智慧，那也是在众多的智慧中不可避免的涵盖的一种。把每一个词都和政治、治国扯上联系，和将《诗经》中的每一首都增添讽谏的意味一样令我深恶痛绝。

文字不是好好的吗，诗歌不是好好的吗，句子不是好好的吗，连抑扬顿挫不都是好好的吗，为何他们就一定要为牵强生硬的人类创造物而生活呢？

《道德经》不是一种知识，它不是一种旧的像灰尘一样的过去，它也不是现在，因为没有现在，它是未来，它和所有的真理一样都只属于未来。

我不应该去寻找，因为我所能达到的高度永远不会高于我自己。

可是，不知是出于什么原因，我认为经历二十年的成长，我的预设和我之间差距悬殊，是人为造成这距离，我必将再人为将其拆除。

无为，因为若是寻找，就一定会错过。

我终于明白，为什么我呼唤别人，看月亮！他们脸上的表情，却让我感觉，他们看到的月亮，不及我看到的月亮，一半的美丽。

月亮的美，是我注入的啊，这月亮中有我自己啊。

八

“有价钱的一切都鲜有价值。”

价值在当今社会的定义是，人类用于衡量达成精神共识所耗费的物质资源的尺度标准，是一个比值。事情的真相怎么会如此轻易就被定义呢。

也许你可以说，同一个事物对于不同的人价值是不同的，因为他们的精神共识高下不一，而物质资源的消耗对于贫富不同的人都会有明显的差异。但其实价值是会说谎的，他有很多可供选择的面具，就像包下了一座面具生产厂那样。

你们有谁计算过人言的价值吗？伟人都不算什么，当红者才占地为王，是王自然有追随者，这追随的众人的话，价值也陡增，就仿佛一句话的价值与它被复述的次数有一种复杂的关系，价值观在此时再一次产生分歧，有些人认为越沸沸扬扬的话语越具有当时的价值，不论长远。另一些人对此嗤之以鼻，说烂的话就像用旧了一样，典当都当不了几个钱。

我以为相对而言，言语本身一个人待着的时候，更容易走得意味深远；太多人围着，就容易浮在表面，虽然不乏有经验者可以从海面看出海中酝酿的风暴。

广告就是一种利用言语直接带动经济增长的方式。它往往会站在那个会惹人厌烦的边界上频频试探。

其实这世上大多数人说的大多数话，都不知为何而说，也不知说了什么。

九

“知其雄，守其雌。”

“复归于婴儿……复归于无极……复归于朴。”

“小孩子”是一个中性词，一个没有褒贬的名词，和“桌子”“门”一样，但是“像小孩子”是一个赞美。耶稣基督也曾说过“你们若不回转，变成小孩子的样子，断不得进天国”。

小孩子不是天真的，只是无知的。他们敞开着门，随时都有夺门而出的力量。而“像小孩子”的人，门也是敞开着，但他们是回家的。他们的眼睛犹如孩童般闪烁，但这闪烁的星星不叫“好奇”，而叫“自知”。他们有一日突然发现自己是美的，随着继续的深究，突然发现自己不见了，而周围的一切都是极美的。

最初我只想遇见一朵花儿的美，但是后来却发现这花儿脚下的土地，滋养它的河流，照耀她的天空，都是更美的。

我骑上马，这马蹄印在软泥上的印记，或是走过石板路的滴答，像一幅画一样，并且这画中，我并不在马背上。

出生时我们与自己比邻而居，但不幸的是我们不能如转世活佛那般兼具佛法与修为，他出生不久就可以扭过头来，认出身边真正的自己，并且合二为一，想起前世、再前世的记忆来。可是我们不能，我们只能直行，顺着目光的方向，似乎所有的经历和阅读，都是在创造一个回头的可能性，我们终究是要回家的，回到自己身边。

前几日下雨，我们热爱雨的丁零；前几日花开，我们赞美花瓣的动人；前几日晴天，在阳光下我们微眯着眼，光如同温暖的绒毛——前几日我们吃了一些水果，也许是桃，也许是梨，总之这些美化的事物如今都成了我们身体中流淌的一部分，并且我们的这些美好或许在几日之后会复归于自然的美好。我们多么像十字路口，供万物因缘巧合地聚集，再一一离散。十字路口总是存在的，我们则像更为短暂的，千百层时光平面中的，一次又一次不断地闪光的会面。“唰——”的一下，我们知道的，和我们所不知道的，就一起擦亮一瞬夜空。

十

语言是众人的一次商议，是全部人群的共同秘密。拿汉语举例，它就是中华民族的一个秘密，一个源自历史并且慢慢发展的决定。将各国语言汇总就呈现出人类秘密商议的蓝图。通过语言我们得以交流，交流这些我们之间的事，尤其是当事情与双方都有关时，语言显得格外实用。

然而既然语言是众人的密谋，那么当有什么事情发生，并且不属于众人，语言就显得脆弱。大心境界无法用语言描述是一个例子，因为此境界只与发现者有关，和外面的人无关。举个更简单的例子，我们常常会说，一样东西太美了，或者太可怕了，简直不能用语言形容。即说明这件太美的，或太可怕的事情只对陈述者发生，和别人没有关联。

当我们相爱，当爱意属于我们，那么所有的甜言蜜语都锦上添花，然而承诺是没有意义的，因为发生在一个人内部的变化，从动因到经过都与另一个人无关了。承诺无异于拿一人的起心动念牵强给另一人，人们的承诺总是超出了他们可以承诺的范畴。

但是人们喜欢听承诺，即使它如此无用，就像你认为你们的契合度很高，所有连接都严丝合缝。事实却并不是如此，你们的秘密，大概只有相爱这一件事。

我所看到的苍老和死亡

中国科学技术大学 / 年问问

年轻是什么，离别又是什么。苍老是什么，死亡又是什么。人生来自由，却常常在枷锁之中不可自拔。苍老和死亡不过就是在破旧的记忆之中回溯，在阴郁的空气里怀念，在无垠的岁月里决绝，在孤独的年轮里升华。回溯人生，怀念青春，决绝以前，升华灵魂。

一

阳光蔓延，掌心的皱纹一点一点地延伸开去，慢慢地爬上脸颊，岁月也慢慢地填充整个心灵。没有人能逃脱掉命运，也没有人可以摆脱掉苍老，人生苦短，我曾有一段时间极度地厌弃这种人生规律，因为这种规律总是在提醒年华逝去，行将就木，但我不是害怕死亡，只是对生活充满了恐惧。

干枯的皮肤，苍白的头发，一切都在宣告着人生的不可逆性，我曾经想过我就活到 30 岁吧，一切都是刚刚好的年龄，既不委屈自己也不委屈别人，这是生命最绚烂的时候，在这样的季节里戛然地终结，还增添一种悲剧的意味。然而，那又怎么样呢？故作镇定的自我终结预示的不过是胆小鬼一样的心情，连活着都惧怕，那还能如何勇敢呢？勇敢的人生不仅是不惧怕死亡，更是不惧怕活着。如此地矛盾，但我讨厌孤独地活着，那种凉意会渗透皮肤直达内心，打击思想，使得人心灵饱受摧残。可是我看到的苍老和死亡都是那样，活着的时候孤独忧郁，死时活人皆大欢喜。

苍老是一种哲学，死亡也是一种哲学，这是哲学对哲学的碰撞，也是哲学对哲学的思考和延续，苍老的是外在形式，是面容，死亡是内在，是心境。苍老了容颜，死亡了躯体，所有的一切尘归尘，土归土，又何须彷徨。但这只是说辞罢了，人总是会用语言安慰自己和说服自己，然而心灵的感受却又是另外一回事。人就是个矛盾的动物，所以整个一生的发展也是充满着矛盾的。当我们青春年少、精力充沛的时候却只能被定在一系列的规则制度里，丧失自由；当我们时间充足，无人约束的时候，我们身体不便，难以疯狂，这是躯体对我们自由的禁锢。自由到底是什么？苍老带不来自由，死亡才能。只要活着，我们总是被监视和被束缚，难以逃脱。

我总觉得饱经沧桑的脸颊下藏着的总是一颗睿智的灵魂，可是那些灵魂孤独无可依。孤独是人生常有的境界，也是所有的人必须经过的境界。跟岁月中其他阶段的孤独不一样，老年总是让人心生戚戚之感，因为可言说者无一二，岁月教会他们宽容，宽容就意味着一定程度的退让和妥协，所以便是无人可知其忧，无人能解其困，无人懂其思想，无人可伴左右。总是觉得时光在催促着人们往前走，没有一丝的同情和挽留，催着我们马不停蹄地朝着前方走去，催着我们的躯体不断成熟直至在大火之中燃烧，岁月之树就只剩下光秃秃的树干。

二

在农村地区，老年人的生活尤其显得孤独和寂寞，没有人可以陪伴在左右，有的只是每天晒晒阳光，那些阳光洒在他们的身上，好像一天的寒冷就会被驱散出去。他们往往闭着眼睛坐在家门口晒着太阳，不用去关心任何事情，也不被允许去关心任何事情，就那么安静地待着。生活富足，儿女孝顺者，每天衣食无忧；生活清贫，儿女远离者，还必须佝偻着身体在微风之中做一份农活混口饭吃。似乎一辈子也就在这样的状态下结束了，无论是安逸的老年生活，还是艰辛的老年生活，好像结局都一样，都是通往死亡的必经之路。

我有一段时间特别害怕听到“死亡”这个词，因为我不愿意长辈永远地离开我去往另外的世界，仿佛一提到这个词就会立马打开一个潘多拉的盒子，一发不可收拾。我讨厌听到一切象征衰老和死亡的词汇，我也讨厌看到任何有关的场景。我不能理解的是为什么父母能够这么轻而易举地在爷爷奶奶的面前谈论死亡的事情以及关于一切后事的料理，我也实在不能明白为什么谈论到这种事情的时候每个人脸上没有任何的忧伤，反而是带着如释重负的笑容。不仅我不能理解，我弟弟也不能理解，每当听到大人们谈论这个话题的时候，他总是生气地吼着，责令任何人不能再说这样的话题，他觉得这是对爷爷奶奶的不尊重。一切都很奇怪，没有人去关心爷爷奶奶到底是不是真的对谈论这种话题无所谓，也没有人去问问爷爷奶奶是否害怕。

农村老人死后，会办宴宴请亲戚朋友，我随父母去过，农村的红白宴，都是在家门前堆几口大土锅自己做菜。狭小的房间内拥挤地摆着数张大桌子，十几个人挤在一张桌子上，盯着摆上来的菜。耳边充斥的是对菜肴的评价以及家长里短。我局促地坐在那里，抬头看着正对着门的搭建的灵棚，老人的照片挂在那里，那里如此寂静，屋里如此喧嚣。许多人聚集在一起热热闹闹地宣告着另外一个人在世界上的存在的结束。

国人做事情都是怎么热闹怎么办，可是那些掩盖在热闹下面的冷清谁又能看得见呢？我看过许多老人的生活方式，有的依旧充满朝气，奋发向上，但也仅仅是单枪匹马地努力向青春岁月致敬；有的安安静静，顺应每天的生活，这只是生活富足者罢了；有的依旧维持着壮年的生活，拼命挣钱养活自己，哪怕身体虚弱，也要糊口谋生；有的跪倒在大街小巷，举着破旧的碗，在城市之中乞讨；等等，老年人的生活千姿百态，各有各的活法。

四

我去过很多地方，也见过很多地方的老人。城市之中的老人，往往清闲自在，生命之中所有的任务都已经完成了，留下来的时光只是去负责享受生活，可是大半人生都在机械性地工作，如今身体不便，只能局限在小区附近独自溜达，看着城市的繁华，偶尔好友聚在一起，大着嗓门谈论着大政方针，仿佛这样依旧能够看到热血激昂的青春岁月，但是随着时间的变迁，能聚的好友也在慢慢减少，也许这个世界上知道自己一切衰事糗事的再无一人，偶尔回想，还能想到在那个星辰满天的夜晚，那帮损友在自己心爱的姑娘的面前爆料自己不为人知的糗事时的手足无措和损友们的大笑声，可惜此时星辰如旧，好友难见。老人摇着头，踱着步走回充满冷意的家里，也许偶尔在那个房间里还能接待着许久未能见到的儿孙。知足常乐，生命走到这里了，又何须再强求什么。

那些生活在贫穷地区的老人，灵魂是孤独的，物质是匮乏的。我暑期实践活动做精准扶贫调研的时候去过贫穷的地区，也近距离地接触过那些老人。我环顾着他们居住的地方，破旧的房间里，空无一物。他们每一个人的脸黑漆漆的，都是在风雨之中割出来的口子，他们微笑着，眼神里透露着迷茫。我的心是痛苦的，他们以为我可以给他们带来很多，但我又能给他们带来什么呢？我强撑着跟他们聊天，仿佛和他们聊天就能够减轻我心里的负担，我听着他们的人生经历，我看着他们每个人的表情，看着家里空无一物，以及看他们有什么和没有什么。

每次调研完毕，夜晚我总是躲在被窝里哭，我是贫穷农村家庭出来的孩子，我知道也许他们把我当作了改善他们生活的救命稻草，可是我自己知道我并没有那么大的作用，贫穷的人都一样，我们都希望来个超级勇士救赎我们改变我们的生活，深埋在大山里的，不仅仅是贫穷，还有不知所措。

在那层层叠叠的大山里很多人并不能理解什么是精准扶贫，也不知道怎么来脱贫致富，因为我访问的很多都是独居在家的老人，孩子们外出打工，也许年轻人还有盼头，可是那些被我访问的老人都已经是垂垂老矣，在他们的世界里，贫穷也许跟随了他们一辈子，或者对于他们来说，我们的访问显得那么多余。

多愁只自知。

而我是很难过的，我难过的并不是贫穷，也不是茫然无知，我难过的是那种昭华逝去，壮心难有的无奈。每个人都会有这种无奈，当我们有一天老去，当我们无法改变我们的命运，当我们难以掩饰自己的窘迫和凄凉，这种无奈便深入骨髓，从我们的身边一点一点地散发开去。我访问的所有老人家，我问他们觉得自己还能不能脱贫了，他们总是慈祥地笑着摆着手，我问他们如果现在还是壮年，他们能不能脱去贫困的帽子，他们的眼神是发着光的，似乎看到了那远去的岁月以及那远去的激情。贫困并不可怕，可怕的是不知所措。

五

老人是未来的我们，我们是老人的过去。我不知道那些老人看到我们的时候，在他们的脑海里是否闪现着青春年少的画卷。人生就是一个不断否定的过程，现在的我们否定过去的我们，未来的我们又在否定现在的我们。老人们坐在安静的房间里看着城市外面的变化，每一天都是一种新的变化，一座高楼被拆掉了，另一座高楼起来了，一个工厂被关闭了，另外一个工厂起来了。循环往复，最后变成他们已经看不懂这个世界了，而这个世界仿佛也把他们这群人遗忘了，也不屑于他们能否看懂，世界认为它本来就属于青年人，老年人只要老有所依就可以了。儿孙们每天都被固定在工作岗位之上，资本化的市场背景下，为了获得生存，只能不停歇地待在工作岗位之上，于是老人只能独自一个人守着空房子，看着远处的云和远处的太阳。

也就这样了吧。

老人们都是睿智的，然而却是孤独的。

我路过山，我路过水，路过房屋，房屋里都是独居的老年人。

老年人伴着那青山绿水，鸟语花香，怀念的是青葱岁月，激情无限，悼念的也是豪放壮志，澎湃激情。

青春虽不在，也要优雅地老去。

也就这样了吧。

我和我的村庄

西安建筑科技大学 / 未　名

离开村庄已过十个年头了。说是离开，其实并没有走太远，不过是由村子到县城，再经县城往省城罢了，而村庄也仍像一根绳子时刻系着我的神经，似乎总怕我走丢似的。如此，脑海中那根记忆神经的弦绷得越紧，我就越是想要立即斩断它。一晃好几年就过去了，我手中的刀早已不知去了哪里。而那根弦却似乎绷得更紧。可当我再次回到村庄，准备认认真真重新审视一番我的故乡时，却发现弦的那头只有一块儿孤零零的石头立在悬崖边上。我心里猛然一惊，这才知晓，故乡真的不在了。它不是被我斩断的，它是悄没声儿地消失的。

故乡开始在我的回忆中慢慢缩小，小到一座村庄、一孔窑洞、一捧尘土。站在村口，看着眼前一处处被荒草淹没的院落的时候，我想我该写一点儿什么，关于故土，关于过往，关于一个遥远的梦。不论它们怎样陈旧，怎样破落，也总归是我命里已有的，我都需要在文字里寻出一点童年的踪迹来。

童年 · 小学 · 家难

我的童年是在孤独与忧郁中度过的。那时父母虽然年轻，却被土地牢牢地拴在那些沟梁峁川之中，不得移动半步。他们长年努力地挥洒着自己的汗水，却少有回馈，而我周围的乡亲们也大约做着同样的事。

地处黄土高原的白于山区，是出了名的穷乡僻壤之地。而我的村庄属于穷乡僻壤里面的穷乡僻壤。我们的村名叫三胜坡，因当年“红白拉锯”时期，红军在此地连打三次胜仗而得名。在那个讲究阶级划分的年代里，这里成为远近驰名的“贫下中农”教育基地，那时村民们也就个个斗志昂扬，精神饱满。在饿着肚皮的日子里过着十分幸福的生活。然而“文革”结束以后，村里的政治优势立即成为经济包袱。村子多为山地，坡陡土浅，不长庄稼。因此我们的村名三胜坡就被戏称为“没（读末）皮洼”，意思很明显了，这个地方连草也不多长，大地的表皮常年裸露在外。据说在“三年困难”时期，人们连树皮都没得吃。包产到户以后，村里人的干劲儿虽然十分充足，然而面貌的改变却异常缓慢，在我七八岁的时候，仍然见到一些常年家里揭不开锅的村民。

我的父亲因为有一份职业（村里的民办教师），日子过得稍微将就一些，在村里也算是有一点儿钱的人家。父亲曾回忆，他第一年从村委会领回的工资是280元人民币，当时他紧紧捏着一沓从未见过如此多的钱回到家里，竟激动得彻夜未眠，对着我的母亲说："今年可以过一个肥年。"

由于父亲是老师的缘故，我能够比别的小孩子早读两年书，而且可以不用交学杂费。要知道那个时候很多家庭连一个孩子五块钱的文具都买不起，更不用说四五十块钱的学杂费了。也因此有很多与我同龄的孩子早早就辍学回家了，现在想起来很为他们感到惋惜，然而那有什么办法呢？那时我父亲也觉得因为学费问题让孩子失学怪难受的，便给好几个孩子免除了学杂费，让他们只出一点儿课本费，带着自己家的凳子来听课就好了，这一项"惠民政策"让不少孩子又多读了几年的书。有的人家没有凳子，便和关系好的同学挤一个板凳。学校唯一的黑板也是父亲亲手做的（父亲在年轻时学过木匠），他锯了一棵大杨树，用锯子慢慢改好，最后组装成一块长两米、宽一米五的木板，然后刷一点儿墨汁上去，斜立在教室墙边的土墩上，就成了讲课时的黑板了。父亲曾向村委会多次请求，买一点儿桌子椅子，可村委会也是穷得叮当响，借村民的窑洞作为教室，也需要出一点儿租金，他们已然承受不起了，为此常常换来换去。后来父亲把家里的三间新房腾了出来，作为村子的教室，才不至于让我们做学生的经常"搬家"。

我们学生里也有一些有点"经济实力"的，这从他们拿的干粮就可以看得出来。学校设在我们小村，其他的村子的孩子就得跑远路，有的距离一二十里，早上七点出发，赶到学校的时候已过十点了，因此中午是一定回不去的，也就必须早晨走的时候拿一点中午的干粮填肚子，才能撑到下午放学。在中午吃干粮的时候，大家就知道谁家光景好，谁家光景差。有的同学天天吃炉馍（当地的一种小吃，一般人家只在过年的时候才做），这就明显让其他同学嫉妒了，而后渐渐地远离他、孤立他。若是这小孩子懂得一点儿"时势"，就会把自己的干粮与大家一起分享，否则这个小孩子的日子可是很难过的。至于喝水，我们似乎从来记不得喝开水，从院子的水窖（陕北地区专门用来收集雨水的地方）里钓上来一桶，舀一马勺咕噜、咕噜地大口喝下去，好像也没有哪一个小孩子因此而生病。但这却为将来的健康埋下了极大的隐患。可这并不是我们小孩子可以想到的，也不是由我们自己决定的。只说一句：不干不净，吃了没病。

后来，忽地有一天，我们被通知要接受乡政府一位领导的检查，我们孩子倒也并没有什么兴趣，只是我们必须早一点儿到学校，否则像平日里有人十点多才到校那还得了？那时我已经上了四年级，再有一年我就要离开这里，到乡政府的小学去了。我们的学校也刚刚搬到村委会的驻地，那是七间土坯房，个个开一个“天窗”，幸亏我们一到下雨的时候就不用去上学了，否则去了也是到处躲雨。门窗虽然全换成了铁的，但没有一扇窗户是有完整玻璃的。白于山区靠近毛乌素沙漠，一到春秋季节，风沙就连天地刮。碰上这样的天气，只能算我们倒霉，学还得上，课桌、书本上永远有拍不完的沙子。

那天倒是特别不巧，似乎老天爷要和村委会的人过不去，那位乡政府的领导坐着小轿车一路颠簸而来，竟遇见了十分罕见的沙尘暴，到学校门口（学校并没有大门）时，车子的挡风玻璃已完全被沙子掩埋，一下车就被村委领导引进了老师办公室。这个办公室里，连我父亲一共有三个老师，他们早已等不及了，握着领导的手久久不愿松开。这也不难理解，这么多年，这个地方并没有什么领导会来，来了也不会看一看人民教师。何况这一次据说是领导提出专门视察三胜坡的学校，要关心人民教师，关心山区儿童的教育问题。我们被安排在教室里大声朗读课文，村委会领导说越大声越好，要营造出有琅琅读书声的校园氛围。因此在领导车子刚进校园的时候，我们刻意加大了分贝，有的同学甚至出现了沙哑，几天里一直拖着一副沙嗓子。

据我父亲说，这次视察工作，领导发了很大脾气。老师的办公室里没有一滴可饮用的水，学生的教室里风雨交加，桌子居然还是土台和木板搭建而成。领导见到两个生得有些相似的孩子问：“你们为什么坐一个凳子？”那孩子说家里只有一个凳子。领导当即用手抚摩了一把小孩子的头，表情十分凝重地走出了沙尘弥漫的教室。后来他在村委会里狠狠地拍了桌子。没过多久，校园里就开来了好几辆车，车厢里拉着崭新的桌椅板凳，以及粉笔、板擦之类的办公用品。这一天成为我们小孩子极为兴奋的日子，至今也没有忘记。

我们四个年级的学生全部挤在一起读书，老师上一个年级课的时候，其他年级的学生可以听，也可以不听。上语文课的时候你也可以做数学题。似乎一切都很自由，我们也早已习惯了。然而这样一种习惯在我刚进入乡政府的小学后竟成了一种毛病，甚至成为不尊重老师的表现。现在记忆犹新的一件事儿，就是我刚入学的第一天，当我全神贯注地听完数学课后，还没有到打铃的时候，老师就让我们自己温习。我趁着这个空当，也觉得自己数学已经听得很懂了，似乎不需要进一步复习，所以就打开语文课本兴高采烈地写起了语文作业。然而不巧的是，数学老师一眼就发现了我的“异常”。当即揪起我的耳朵，不由分说地左右开弓，狠狠地扇了我两个耳光。我被这两个耳光打得晕头转向，更不知是何缘由。心中一阵困惑和委屈，但终是没有说出口。从此以后，我大约有“怀恨之心”，只要上数学课我就开始消极怠工，时间一长，我原本很不错的数学成绩竟一落千丈。到了六年级的时候，第一次期末考试我竟得了 31 分。回家的时候，我坐在一辆破旧的、弥漫着一股浓烈柴油味儿的班车上，眼睛死死地盯着手里的成绩单，心里忐忑不安。我知道父亲一定会教训我的，母亲也会因此而伤心。

第二年春天即将开学的一日，父亲对我说:“你回到家里来，可以照顾你母亲。”我虽然忧心母亲的身体，却也未曾想到要辍学来照顾母亲，那时我母亲的病已经很重了。长久以来，母亲的饮食起居都是外婆一手操办的。为此，外婆长期住在我们家里，很长时间都不能回一趟自己的家。父亲似乎也觉得这不是长久之计，对外婆一家也是极不公平的。我们三个小孩子总归是长大了，母亲得病十年，外婆就照顾了十年，现在我们终于长到了可以照顾母亲的年龄，自然我也没有什么激烈的反抗。况且那时候我心里正厌烦着上学，不愿意再见那位可恨的老师一面。如此，我便第一次与上学分道扬镳了。

说是照顾母亲，其实更多的还是外婆操心，我一个十岁的孩子能帮上什么忙呢？母亲被病痛一日日折磨着，我虽然心急如焚，十分想替母亲解除痛苦，可我没有妙手回春的本领，只能焦急地立在地上看着外婆伺候母亲，我只起到递个水杯、接个碗这样的小作用。平日里我就和父亲一起出山，犁地、点籽、施肥……家里的猪、鸡、狗、羊虽说没有几只，但也仍要人来操心。得一点儿空闲又要去山里拔草、放牲口。真正全身心投入庄稼人的生活，才知道真是没有一点儿空闲的时间，如父亲说的：做农民就得二十四条肋骨全动起来，一刻都闲不得。果然是这样，日出而作，日落而息，每一天似乎都有干不完的活儿。每日早晨六点钟就到了田间地头，父亲赶着两条牲口在前面犁地，我一个人背着盛满籽种的兜子跟在后面，一颗一颗地把它们点进翻开的土壤里。似乎是个子太矮的缘故，走路总迈不开脚，永远跟不上父亲的步伐，而且摇摇晃晃，很有跌倒的危险。那时我心里想，要是自己能跌倒然后摔成重伤，就可以不用干活了，可转而一想，自己跌倒了，这庄稼谁来种呢？父亲一个人总是难以完成的。况且母亲生着病，仍需要看病的钱，作为一个农民，不种地哪里来的钱呢？这样的思想天天在我脑子里打转，弄得我日日魂不附体，萎靡不振。父亲只好在地头那边等着，我摇摇晃晃终于赶上了，父亲再赶着牲口向相反的方向走去，我便继续跟着点籽。赶到中午十二点的时候，一天的地终于种完了。父亲喝一口凉水便赶去学校里给孩子们上课去，而我再赶着牲口去磨地（为了压碎土块儿，磨平地皮，以起到保墒的作用。这磨是用柳条制作的木筏，横放着，用绳子和套在牲口身上的抛竿连接，然后人站在上面，牲口拉着走即可）。

父亲这样的时间安排被很多人议论，有人就举报到村委会去了。那时学校里的三个老师，似乎都处在风口浪尖上，其中一位姓王的老师虽说已经转正，成为公办老师，但仍然来迟走慢，原因是他家距离学校大约有二十多里的路程，一位五十多岁的人很不容易走来，赶到学校的时候大约就是中午十二点。另外一位老师很年轻，但并不带主课，平时只教我们音乐或是体育，再加上他也是民办教师，因此来学校的积极性也并不高。他整天背着土枪在山里打野味，等到学校的时候，肩上扛的土枪后面总会挂着三五只野兔。如此一来，倒真是苦了孩子们，可当时我们觉得没有老师管更加自由。早上刚到学校的时候，由班长负责带大家一起晨读，读个把小时之后便开始了长达两三个小时的玩耍。我们那时虽然没有操场，也没有像样的运动器材，甚至没见过篮球、足球这些家伙，但我们仍然能玩出许多花样来。直到中午老师到了以后，才开始集中上课。这样时间一长，就有村民向村委会反映老师们来迟走慢，村委会为此专门召开了一次会议，但似乎谁也无法解开这个困局，大家也都不欢而散。

日子似乎要一天天过去，我常常站在山峁上向远处眺望，心想我这辈子似乎就要这样过下去了。过了几个月，同样在地里干活的时候，我那些上学时的伙伴们突然出现在我的面前，我真不敢相信自己的眼睛，我与他们也才一年多的同学，他们居然还没有忘记我，我为此感到深深的温暖。当即眼眶里的泪水不由自主地打起架来。他们十几个人坐着那趟唯一的破班车来到三十里外的山村，只为了让班里不能少一个人。我的父亲似乎深受影响，在秋季快要开学的时候，又重新把我送进了校园，我也意识到这是一次难得的机会，再次回到学校的时候真有一种重生的感觉。我原本并不是聪明之人，只有下苦功夫，用笨办法。反正心里就一条：这次得念出个人样儿来。

在我铆足劲儿认真学习的时候，母亲病危的消息突然传了回来，我便急忙跑去向班主任请了假，搭乘村里的三轮车赶了回去。我并不愿意相信母亲有什么不测，因此我明明看到了村里的三轮车上拉着花圈，心里却并不把它们与母亲联系起来，我甚至努力想象村里有谁年龄比较大了。然而等我赶到家里的时候，很多亲戚都围在我们家的院子里，进进出出，忙里忙外。我顿觉天塌地陷，两眼发昏，双腿不由自主地软了下来。母亲离开家已经四个多月了，其间我曾去过县城，看过一次母亲，那时母亲的脸色似乎比原来好了很多，我与母亲一起住的时候也觉得母亲的病估计是向好的方向发展，离开县城的时候我心里还默默为母亲祈祷，母亲在车站送我的时候虽然坐着车子，但也能下地走动，说话也非常清楚，临别时不忘记嘱咐我认真学习，将来好有出息。我几乎是含着泪登上回家的车子的，但我在车里还想着母亲一定会好的。没想到两个月没到，母亲竟真的离我而去，我甚至没有见到母亲最后一面。想起来，那次车站分别竟成了我们母子的永诀。在这个世界上，我已然成为一个失去母亲的可怜人。

母亲结婚后一连生了我们三个男孩子，在生下弟弟的第二年，母亲就患了病，从此以后便再也没有一天的健康，我们从小目睹母亲受的苦、遭的罪，心里无时无刻不怜惜母亲。她太苦了，人世间所谓的清福，她从来没有享过，吃穿住行玩乐与她没有一样沾边，她也不晓得这个世界上还有那么多美好的事物，她的三个孩子艰难地成长并各自走出了自己的路，这些她都没有看到。母亲来到这个世界上，似乎就是为了让我们三个活在人间。母亲本性善良温和，但对于我们三个仍然要求十分严格，时刻督促我们要有进取心。为此她多次用病弱的双手拿起鸡毛掸子鞭打我们，但她从来都是举起鸡毛掸子极用力，落在我们身上又是那样轻。我们几个也便明白母亲的用心，自然十分听母亲的话。可没想到，母亲在与病魔抗争了十多年后猛然撒手人寰了。我至今都不愿相信！

从这以后，我便不再对村子有半点儿念想，一路念书直到今天，我仍然在求学的道路上，孜孜不倦地追求着自己的梦想，也是完成母亲的念想。我曾经在一首诗里写道："我要走遍所有的地方，看遍所有的风景，然后拍照留念，带到母亲坟头点燃，告诉母亲，她的生命在儿子的身上生生不息。"

村庄·乡亲·离散

白于山区的村庄相对稀少，有时三五里一个村子，有时二三十里一个村子。它们全部像是捉迷藏似的躲在山区里，很难寻觅，像是有什么见不得人的地方。那时没有电话、手机，要想联系一个人就得步行。我仍然记得小时候跟着大人们步行去行礼、找人、串亲戚。在这个无比寂寞的山区里，似乎只有遇上婚丧嫁娶的日子，才能见到人声鼎沸的场景。我们小孩子平时实在无聊得很，田间地头、沟梁峁川几乎用双脚全走了一遍。除了逮几只鸟，捕几只野兔，捅一回马蜂窝，似乎也并没有其他什么乐趣。只有等到亲戚家过事的时候才能寻到新的快乐，我们对于新娘新郎是谁并不那么关心，我们在乎的是鼓乐手们的表演才能。陕北这地方出民歌，却并不怎么出乐器，唢呐大概算是陕北最地道的乐器了吧。曾经很有一段时间，唢呐这门手艺在陕北很是吃香，谁家要是觉得自己家穷，娶不起媳妇儿，那最好早早让儿子们去学习吹唢呐，将来必定能娶到漂亮的女子。在我们村子，据说就曾有人学习过吹唢呐，但不知道为什么后来终于没有学成，而他们虽然最后也娶了媳妇儿，可光景过得实在很平常。

唢呐一吹，千沟万壑的黄土高原似乎都被这声音填平了。吹到激烈处，若万马奔腾，气势十分磅礴。有吹的，自然也有打的，更有敲的。所谓敲锣打鼓，降龙伏虎。吹手用的鼓并不大，脸盆口大小的鼓面，两边环子上绑着红绳子，挂在打鼓人的脖子上，两只手拿着两根比筷子长一倍的木棒，站在吹鼓手面前，显得十分神气。一场大型婚事活动，必须动鼓乐，方才显得隆重也郑重。鼓乐自然是鼓先行了。我们小时候十分羡慕那些会敲鼓的人，很简单的道具，竟然可以敲出无数花样，每每音乐到了高潮时，那手与鼓棒之间早已没了界限，鼓点也就进入了让人眼花缭乱的境界。

白于山区天生是寂静的，但生活在这里的人们硬是让它热闹了起来。每逢婚丧嫁娶时，都得弄出个动静来。而且动静越大，人便越是夸赞、羡慕。如此一来，人们都互相攀比起来。娶亲总要过个三天的事，出丧更要停过七天的灵。最后总要让周边方圆数十里的人都知晓才算罢了。中国人讲人死盖棺定论，在农村，乡里乡亲的评价就是一个人最后的价值，也是一生的荣耀。

乡村的生活实在过于单调，除了人烟稀少，主要是可做的事儿太少。在我的印象里，村子里的人几乎每天都在做着同样的事，家家户户也都大同小异。我的村子里全是一个姓，第一位来到这里安家的老祖先据说是从陕北东部逃荒避难的打工汉、要饭人。后来在这个地方给一位颇有些钱财的地主打工挣了一点钱，便自己花钱买了地。也许卖主是个吸大烟的败家子，我们这位祖先一次性买下的地竟然多达几座山，直到现在也仍然有从未开垦过的荒山。这些广袤的土地曾经救活了一个家族，也让我们村子在很长一段时间比周围的村子富有一些，因此在娶媳妇儿的时候总比别的村子更容易些，一些滩道人家也愿意将女儿嫁到我们村里来，而别的村子就只能娶南山的女子（我们村子往北走更靠近县城，地平人富;往南则是山大沟深，更加贫穷）。然而这种“富有”仍然十分可怜，在我七八岁的时候村子还没有通上电，每当太阳落下西山的时候，家家户户就开始点起了煤油灯，有些人家是连煤油都买不起的，因此一到晚上的时候，只有两种选择，一是到别人家串门，二是倒头睡觉。在农活特别忙的时候，倒也无所谓，太阳落山的时候人也就累了，正是睡觉的大好时机。然而到了冬天这样的闲月，就很难打发那些多余的时间，如此，就养成了大家都爱串门儿的习惯。

村里第一台电视机是我当村主任的五爷买的，那时村主任可是极威风的，村里的大小事务，无一不要村主任解决。第一台黑白电视机出现在他家自然也就不足为奇，那时仍然没有电，电视播放是通过风力发电带动的，信号十分差，时断时续，电视机画面的雪花吱吱作响。但我五爷家的窑洞仍然挤满了人，很多人看不到画面，就只听声音，这也是我第一次知道这个世界上还有一种叫电视的生物，仅这一点我就需要感谢我的五爷。我的五爷足智多谋，办事沉着冷静，其聪明才智为很多人称道，但其自私自利、狡猾虚伪的本性也同样遭到很多人唾骂。像他这样性格异常矛盾、被人评价两极的人在村子里实在找不出第二个，而这也恰恰说明他的与众不同，如今他早已步入暮年，卸下村主任的“官衔”也有十多年了，但他仍然操心着每一次村里的选举工作，也仍然关心着国家的大小事务。他对政治的先天敏感就是现在的一般公务员都难以比上的。如今他常常坐在村口等待有人前来与他一起讨论当下的国家形势及政治人物的命运沉浮，然而他的身体却越发不好了，两条臃肿的腿拐成一个圆圈，走起路来摇摇晃晃，让人十分揪心。他的精明与能干再也无法像年轻时一样让村民们既敬又畏、既爱又恨，更无法让一个人烟近乎绝迹的村庄掀起狂波巨澜。

世纪之交的时候，我们的村子终于通上了电，家家户户安了灯泡。刚开始的时候，我们小孩子对此很是好奇，总喜欢去拉开关上的绳子，晚上睡觉的时候也都想靠近它，因为可以随时开关。那时大家都怕费电，因此晚上开灯的时间一再推迟，打开之后又赶紧关掉。我们一家人睡在一盘很大的土炕上，到了睡觉的时候，父亲说一声拉灯，我们便抢着把它关掉，但关灯以后又很难睡得着，似乎还在操心着电灯的事儿，有时候为了拉灯，也会撒谎说自己要起夜，如此又多拉了几次。时间一长，小孩子的兴趣就会减弱直至消失。通电的第三年，父亲从城里买回来一台21英寸彩色电视机，这在我们村子里也算是不多见的。后来我与父亲谈起，才知道那时候母亲已经病危，他知道母亲来日不多了，买这台电视就是为了让母亲能够多看一眼这个世界。

村里先后买回来了更多、更大的电视机，一个贫穷落后的山村在21世纪刚开始的时候才发生了新的变化，然而这变化过于猛烈，以至于很多人一时无法适应。曾经保持了百年不变的村庄慢慢开始进入新的历史阶段，而我恰恰是站在新旧交接的当口，我目睹了整个变化的全过程，我知道曾经的故事再也不会复现了，但我要记录下我与我的祖辈们都经历过的那些岁月。

我曾仔细考察村子的历史，在明清之前这里并不是人丁兴旺之地，而是少数民族与汉民族长期对抗的边塞。因此这里虽有中原文化的浸润，却依然有着独特的地域文化因子，而且根深蒂固。只不过这因子里多是一些民间迷信。譬如说跳大神的神官、观生死的阴阳先生这两种职业在陕北有着十分广泛的影响，甚至超过儒家的“仁义礼智信”。在赤脚医生出现之前，这里所有人看病都只是找神官，他们用一些神神鬼鬼的把戏却取得了多少代人的信任，不可不说是个奇迹。至今仍然流传着某某神官看好怎样的疑难杂症的传言。

我的母亲生病的那些年，也没少找这样的神官看过，其中一位竟是我的伯父，他在我父亲那一辈中排行老五，原本是一个正常的、朴实的庄稼人，忽而有一天对人说：“神上了他的身。”听的人只当是胡说，权作一个玩笑听。可没想到他竟然一日日地走向了“神”的那一边，最后做起了神官的生意。也许是碰巧，有几个病人被他看过之后竟完全康复了，如此，他的名声便自然而然地传了开来。我的父亲原本最不信这些神神鬼鬼的东西，但在跑遍大医院都不见效的现实状况下也投奔他的堂弟去了，最后结果自然并没有什么大用。不要说是大病，就是一些头疼感冒的小病，多数人也是要找神官的。每个村子里似乎都有一两个会“送病”（通过一些仪式性的表演，把患者体内的病送走）的人，但凡有人生病又苦于无钱治病的时候，就需要求助他们。

我的爷爷是一位赤脚医生，是村子在新中国成立后的第一位专门进修学习过的现代医生。那个时候几乎没人识字，而爷爷恰好读完了高小（相当于五年级），那已经算是很高的水平了，也算一个知识分子。村里组建医院系统的时候，便推荐他去卫校学习，之后他便成为村子里唯一的一位医生，这一干就是一生。在行医问诊的过程中，爷爷给人们带去的不仅仅是健康，还有医学常识，这个常识让人们慢慢打破了对神官的笃信与崇拜。

赤脚医生最大的特点就是没有代步工具，每次有病人家属前来求医时，爷爷二话不说就撂下地里的农活，背上保健盒，步行前往患者的家。有时要走到很远的地方，因此往返是没有期限的。也有些人家很着急，自己赶着骡子车前来，那样爷爷还能节省一点儿力气。在爷爷从医的四十多年里，从来没有听说有患者抱怨，也从来没有听说爷爷拒绝过谁。在那样一个安静的不能再安静的村子里，人人信任医生。爷爷给碰破头颅的孩子缝过针，为头疼脑热的人们抓过药，为临盆的产妇接过生，更为无数的穷人免除过医药费。然而在他六十六岁的时候，他的生命被癌症截断了去路。在去过一趟上海之后，爷爷绝望地返回了老家，不多日就离开了人世，甚至来不及和这个世界说一声再见。丧礼办得并不十分盛大，但来的客人却站满了整个院子，前来送爷爷最后一程的人多是他曾经看过病的患者，还有那些深受这位“乡村好人”感动的乡里乡亲。

赤脚医生在中国即将成为历史，社会正在发生巨大变化，我的村子因为太偏远，似乎并没有感受到一股前所未有的风暴即将来袭。就在办完爷爷后事不多时间，父亲也从民办教师的岗位上退了下来。准确地说并不是父亲辞职不干了，他曾说哪怕只有一个孩子他也要坚持下去。然而在村里的学校越修越好，设施越来越便利的时候，学校里没了学生。望着空荡荡的教室，教了十八年书的父亲内心五味杂陈，百感交集。是为了孩子们都出去读书而高兴，还是为村子的衰败而哀叹？然而一切都来得异常突然，没有人能躲开，包括父亲。

在整个社会飞速前进的路途中，这个偏僻的山村终于慢悠悠地开始了变化。出门打工成为新的名词，也成为村民新的谋生手段。然而他们不知道沿海地区早在20世纪80年代就出现了农民工。然而三十年前他们才兴高采烈地沉浸在“包产到户”的巨大喜悦之中，家家户户拼了命地在自家的土地里刨挖着，等到他们发现在村子已经待不下去的时候，才猛然发现社会竟然发展到这样的地步！原本很小的县城，两三年之间便旧貌换新颜，一幢接着一幢的高楼拔地而起，那些受益于房地产的城郊农民一夜之间暴发成为巨富，村里人到了城里竟发现手里的钱几乎什么都买不了了，这才开始着急忙慌起来。开始并没有人愿意主动丢下锄耙、卖掉牲口举家进城打工，只有一些原本就很破落的人家，知道自己待在家里也是穷，还不如出门闯一闯，而他们也成为乡亲们出门打工的排头兵，也为后来人出门打工探索了经验。逐渐地越来越多的人加入了出门打工的行列中了。那些稍微殷实的人家还一时不愿抛家舍业地投入到一个完全未知的领域里。然而没几年，不用任何人来说，几乎所有的年轻人一哄而散，全部进入了各自的城市之中，寻找属于自己的那片领地了。

我的父亲在2008年的时候终于下定决心要出门创一番事业，然而中间却断断续续，直到2010年的时候才真正意义上丢下家里的一切，进了城里以打工为生。村里其他人也多是在这个时间点前后进的城，如今过去快五六年了，村里人再也不会坐到一起讨论该不该出去的话题，人人争说一件事儿:挣钱。不论走到天南海北，不挣钱，一切似乎都是徒劳的，虽然过得很辛苦，但他们个个都有要干出一番春秋伟业、挣下千财万贯的决心。然而日子如流水一般过去，人生的困境让他们的梦想越来越屈服于现实，只要能养家糊口已是最好的收获。

我再次返回故乡的时候，见到的已经是“人去楼空”的景象了。村里往昔的热闹景象再也寻不到了。除了一些丧事会在村子里办外，其他所有的大小事都移到了城里，嫁娶这样的喜事自然也搬到了城里。况且也没有哪个姑娘愿意再嫁到农村去。曾经村里日日能够照面的人，现在都各奔东西了，长年都难得见上一面，有些人家老子和儿子也未必在一个城市里打工，团圆的日子只能寄希望于春节。然而这些年人们越来越发现团圆甚至成为一个最奢侈的念想。很多人出门之后就再也没能回来，即便回来也有四肢不全的。我父亲的一位堂弟是一位跑长途的货车司机，2012年的冬天在甘肃因车祸去世；我的一位二伯出门当装卸工的时候右手的三根手指被冰冷的机器硬生生折断……这是一份很长的让人心痛的名单。这些年来那么多乡亲离家出门打工，天知道他们在外面经历了什么，当然也没有谁顾得上去关心别人家的事，家家有本难念的经啊。对于这样一群毫无知识、只有苦力的村民，猛然闯入一个陌生的城市，似乎多少有些残酷，然而这是无法避免的现实。

我站在村口，甚至连狗叫声都听不到，村子寂静得让我汗毛直竖，脊背心一阵发凉，继而感到害怕。我的村庄前后也才不过百年的历史，前九十年都是一个样子，后十年竟迅速换了一副新面孔，而这恰恰让我赶上了。奶奶今年七十有五了，总不愿离开老家，现在仍住在村子里，和她一样的还有两三位老人，儿孙们都远在他乡，除了一台硬邦邦的电视机，就只有一轮月亮能陪她们说话。而那些在外的乡亲——农民工们又不知道此刻在做些什么。也许躺在出租屋里呼呼大睡，也许趁着月光在打扫街道，也许挤在火车站里等候，也许……有太多的也许。也许过得很幸福吧，我只能在心里默默地祝福他们。

妇人之怨之大观

河南大学/聂 朦

唐代有个不大不小的诗人，叫李益。此人颇有些意思，最初想致仕，不得，遂游山玩水，一副闲云野鹤的样子，但后来还是欺骗不过自己，做了官，并卒于任上。其诗颇多怨望之语。这情形颇有些像英国的查尔斯·兰姆——兰姆是终身未娶的，他在《伊利亚随笔》里有一篇专说小孩子并没有什么可爱的，正如地沟里的老鼠，到处都有——可惜，兰姆的脸皮还是要比李益薄不少，他最终也没有孩子。

李益有一首《江南曲》很有名："嫁得瞿塘贾，朝朝误妾期。早知潮有信，嫁与弄潮儿。"我以为，千古粉怨绵愁之音，未有如此调者。无论怎样冒着背负穿凿附会之名的危险，我还是得说，此诗也许开了易卜生《娜拉》之先河——中国文化本位论者或许要据此额手称庆了，因为妇女解放问题最早也是由中国提起来的。

易卜生读过李益这首诗的可能性不大，但《江南曲》确确实实已经隐约朦胧而又畏畏缩缩地在触及一个讳莫如深的话题——妇女要走出去——至少也是"想走出去"。我们今天庸俗阴暗地解构，也许要说，抑或不是想出走，是要出轨呢；不过，风俗伦理上的事，向来是不破不立，有伤风化之事换个环境也许要被说成是开化风气，是值得为之作一部传的——陈寅恪就曾为柳如是作过颇大一部传。

可惜，这首音情甚奇的诗在李益之后的诗人眼里也不过只是"怨怅之极词"，闺怨的另一种唱腔罢了，对这诗里妇人心里那轻细如愁的躁动或是视而不见，或是视若无睹。有个叫贺裳的聪明人认为李益这首诗与张先《一丛花令》中"沉恨细思，不如桃杏，犹解嫁东风"都是"无理而妙"。然而，东风毕竟不能与弄潮儿等同视之，不管我们怎样表达对某物的爱慕，也不会引起情人的醋心，除非他看过并且相信古希腊那个让喜恋至极的雕塑变成真人的故事。倘若这两位妇人向各自的丈夫这般怨望，可以料到其结果当是大相径庭的：听到"嫁东风"的丈夫大概要把这话当作撒娇讨怜，尔后是要耳鬓厮磨一番的；但是听到"嫁与弄潮儿"这话的丈夫也许要暴跳如雷，像扬雄那样骂道"你这贱人！你这淫妇！你这你这大虫口里倒涎"。

尽管《江南曲》里的这位妇人极有可能是站在江边或海边发出这番慨叹的，但它终究还是入了闺怨诗的门类——李太白早说"天地者，万物之逆旅"，以此观之，江边海边也算得是闺中的一部分。这却也反映了一个事实：闺怨诗盛于唐。大概唐朝的女人丰腴白润，走起路来恐怕都得娇喘连连，而且酥胸摇曳，颇为诱人，深为丈夫所虑，所以只能深锁闺阁了。至于唐朝的女人是先在闺阁里久了而丰腴了的还是丰腴了而去闺阁里的，我不得而知。不过，既然是进了闺阁，不沐春风，不闻花香，生活该无趣得像李逵说的要“淡出鸟来”，催生出怨气来也是极为正常的。无论中国古代的妇人如何没有所谓的觉醒意识，眼泪干了，气叹完了，总该接着柴米油盐的生活，所以闺怨总归也是个出口。

比李益早生五十年有个诗人，名气比李益大些，叫王昌龄。王昌龄也有一首闺怨诗，名字就叫“闺怨”：“闺中少妇不知愁，春日凝妆上翠楼。忽见陌头杨柳色，悔教夫婿觅封侯。”这首诗是历来讲闺怨诗绕不开的一首。这首诗确也颇为别致。

假使我们恶毒地想，这位富足的少妇既“不知愁”，并且是“凝妆上翠楼”，按理说何怨之有，那么“悔教夫婿觅封侯”是不是亦只是在心理上应付地履行一下对她丈夫的思念义务？至于说她是看见了陌头的杨柳色才悔而怨的，除非这陌头的杨柳是她与夫婿第一次月下幽会的地方，所以触景生情，睹物思人。不管怎样，这少妇确有些憨厚的可爱。本来，既是“少妇”，却已晓得了要教夫婿觅封侯，想来也是颇有些心机的，不致像《大卫·科波菲尔》里的那个不辨五谷的娃娃妻。可是，忽然见了陌头的杨柳色，却又后悔了，仿佛在人生路上兜了一圈大梦初觉，这才知晓了人生真正的得失主次。不过我想，即便她的夫婿归来，并且不管是高祖还乡式的归来还是失意地归来，大概小聚几日后还是要被她推出来继续觅封侯的，这是中国古代好妇人的标准。

假使我们据此把妇人之怨视作唐代的专利，未免管中窥豹，只见一斑了。在唐以前的妇人，可不尽是天生的乐天派，不懂得哀愁恨怨。妇人锁在闺阁里易怨，可不见得出了闺房就满面春风，笑逐颜开，这正如夜莺不单只在夜里歌唱，在其他时候也叫一样，只是在夜里唱歌惊心动魄，脆弱的耳朵更容易记住罢了。《诗经·褰裳》里早有怨女：“子惠思我，褰裳涉溱。子不我思，岂无他人？”这情形颇像《江南曲》里那“早知潮有信，嫁与弄潮儿”的瞿塘妇。不过，这位郑国的小姑娘显然还是太嫩了点，“子不我思，岂无他人”，毕竟只是笼统地说岂无他人，没有指名道姓，产生不了威慑力，也许对面的情郎听了还要大笑着道一声：“有戏！”这小姑娘显然也没有真动气，这一声诘问也只是红着脸、撇着嘴、蹙着眉的一句娇嗔罢了。

另一首《狡童》怨得更加天真可爱：“彼狡童兮，不与我言兮。维子之故，使我不能餐兮。彼狡童兮，不与我食兮。维子之故，使我不能息兮。”这话里何其率性，何其热切，比之莎士比亚笔下的朱丽叶简直有过之而无不及，所以我极怀疑这吟叹人是否也跟朱丽叶一样只有十二三岁。这两首诗实为中国抒情诗的异类，言极简而意极赅，大概只有妇人之怨如此——妇人羞起来也许要如水仙花不胜凉风的娇羞，可是一旦怨起来却也是异乎寻常、直截了当。

不过，并不是所有的妇人发起怨来都“酒酣胸胆尚开张”，年轻的小姑娘谈起情说起爱来也许要不管不顾，“放浪形骸之外”，年纪稍长一些的已经知道“发乎情，止乎礼”了。所以，有一些怨像是一个人的独白，温婉伤绝，像是一个浅妆甚或不妆的妇人对着窗前的烛影、桌上的孤盏、帐外的月光或者枕上的鸳鸯自言自呓，对着“月落乌啼霜满天，江枫渔火对愁眠”怅望南天，黯然神伤。七步成诗的曹子建即有一首《七哀》。

“明月照高楼，流光正徘徊。
上有愁思妇，悲叹有余哀。
借问叹者谁，言是宕子妻。
君行逾十年，孤妾常独栖。
君若清路尘，妾若浊水泥。
浮沉各异势，会合何时谐?
愿为西南风，长逝入君怀。
君怀良不开，贱妾当何依。”

我们且不管曹子建是否以这诗中的“宕子妻”自喻讽君，这诗里的“贱妾”确是哀之入髓，催人肠断。倘若南天之上的诸神有情有义，听了这番衷肠该要施法显灵，命其夫速速归去吧。

这种以“君”“妾”串联成句的手法从曹子建一直承继到了北宋。有一个叫李之仪的居士有一首很有名的《卜算子》：

“我住长江头，君住长江尾。日日思君不见君，共饮长江水。
此水几时休，此恨何时已。只愿君心似我心，定不负相思意。”

这首词与曹子建的《七哀》比起来，最大的不同是由“妾”变成了“我”。如若这不是文言词汇的发展所致，也不是像唯物史学家所谓的反映了中国古代妇人地位的变化，我权且揣测一下这微妙变化里所隐含的深意：想来这位住在长江头的女子即便不是一个乐天派，也是一个苏东坡那样的豁达之人。她坚信，只要心至诚，情至坚，一切就都不是问题。不过，自产的慰藉总是不甜，自给的希望总是难以自足，无论我们在一番坎坷失意后怎样自我鼓励道“明天一定会好起来的”，我们的心里总是忧虑与难安的。这妇人的这样一番壮语豪言瞒不过刻薄人的眼睛——她心里那股绵长的哀怨确是极其难以掩饰与排遣的。

那么，她何以会这般的哀怨？是一条长江的阻隔吗？那就烦请上古的精卫也把它填了去吧。这里就要涉及另一个问题了——中国古代的妇人为何会有这般多的怨，以至我们今天凭空想象着古代的妇人脑子里总是下意识地浮现出一幅梨花带雨、胭脂泪乱的景象。孔尚任写《桃花扇》，里面的李香君“肌理玉色，丰神俊婉”，还是要被莫名地冠以“伤”的色彩。

这里面，有一部分是孔老夫子的罪过，孔老夫子对男子的要求，修身齐家还不够，还要治国平天下，但是治国平天下岂是在家守着娇妻美妾就可以实现的，功名在外面，所以要出去，这样一来新添了多少独守空闺的“新妇”。有一部分是地大物博所致，地大物博，而又交通不便，经商致仕，莫不耗费时日。《琵琶行》里那妇人的商人丈夫“浮梁买茶去”就买了几十个日夜，当然，我们阴暗地想，也可能是买茶路上干扰他的风景太多了。更重要的是，地大物博，卫戍起来极为不便，而且因为地大物博所以常遭夷狄觊觎，战乱遂频，这样一来就产生了大量的征妇。事实上，征妇之怨在妇人之怨里占有相当大的比重，从古诗十九首到沈佺期的“卢家少妇郁金堂，海燕双栖玳瑁梁。九月寒砧催木叶，十年征戍忆辽阳”，莫不是此类。

幸运的是，宋元以后，这种因别离而生的妇人之怨改观不少。妇人的闺阁里终于能奢侈地有了一个有血有肉的丈夫——也可能不是丈夫，但总之是个有血有肉的男人。可是，不幸的是，离思之怨没了，但闺阁里热闹了，房中术便开始发达了。这样一来，男人更加飘忽诡诈，李笠翁《肉蒲团》里铁玉香何等的貌美绝代，但也免不了未央生出去寻觅新鲜，使之成为弃妇。所以，妇人终究还是免不了要怨的。也许莎士比亚早就一语道破，哈姆雷特那沉甸甸的一句“女人啊，你的名字叫脆弱”，既脆而弱，怨也是水到渠成的。而要想不怨，像《江南曲》里的瞿塘妇那样“早知潮有信，嫁与弄潮儿”是不行的——弄潮儿有弄潮儿“误妾期”的方式，必须得像娜拉那样真正地走出去，虽说也有刻薄人对娜拉泼冷水，但娜拉之后的妇人是大可以自己争得不怨的。

蜂　　蜇

南通大学/柳下舟

有那么一个夜晚，风将院门裹得紧紧的，屋子里光线很暗，我伏在桌案上用笔记录些什么。那些矮矮的院墙，似乎并不能牵绊住风的腿脚，任凭它在村子里跑出跑进。当然，也有些风不熟悉的事物，比如场院平地上多出来的土包，墙角新垒的柴堆和草垛，又比如低洼里蹲着的一棵大槐树，干裂沧桑的躯体只剩下几条能够发芽的枝杈。风往往会在这些不熟悉的事物身上栽跟头，在黑暗中发出几声恐怖的嚎叫后，趔趄地穿过大地。

我放下手中的钢笔，把头伸向窗外，潮冷的湿气一股脑儿涌进屋子，身体禁不住打了个寒战。这估计是整个村庄唯一亮着灯光的房屋吧，风声细细密密地穿透进来，像是要把昏黄的光亮裹挟到无边的黑暗之中。我象征性地咳嗽了一声，制造出生气，想要证明自己并没有老实地进入梦乡。在此之前，我有很多种证明的方法：学狗叫，学猪打鼾，学牛反刍，或学木柈子被扔进火炉时的“毕剥毕剥”声。可惜这些声音没来得及在黑暗中延伸就被早早地驳回，我想等上一阵子，可它们消失了。

稍远处的空气中隐约有两团模糊的影子，像在大口嚼食着食物，发出嚓嚓簌簌的声响。我关上窗户，开始担忧起平日里跟我毫无关系的生命，一条老掉的狗，或者一只正处在发情期的母牛。

我的脑海里始终怀想起这样一个场面：我走在一条无人问津的沙石小路上，天空像一块浅灰色的破布，被人扯烂的地方打上了深褐色的补丁。田野里的绿树全都枯萎了，稀稀拉拉，像老人干瘪的尸身林立在风中。远处影影绰绰的荒草里，无数只马蜂争相起舞着，像在举行盛大的露天祭祀活动，而我成了牛羊的替代物，作为祭品献给祖先和神灵。马蜂们争先恐后地将命运的刺狠狠蜇进我的血肉里，待我忍着疼痛用针一一挑出来时，它早已深深渗入我的梦中了。

我是什么时候离开自己的孩童时代的？我并不是很清楚，但我清楚走出去后就再没有回来过。那些远远近近的吵闹成为记忆的一部分，在某个呼吸停止的夜晚，记忆会凭空消失，连同捉迷藏，也连同那些蜇人的马蜂。

我们在玩捉迷藏，那时的我们都还没有长大。草丛藏不住人，榆树藏不住人，粪堆藏不住人，泥皮脱落的土墙也藏不住人，再加上一些把门狗的叫唤，目标很快就会暴露。玩了好几年，哪些人爱躲哪些地方早已不是什么新鲜事了。我在找人藏人时都有自己的方法和套路，比如，游戏开始时，我就独自溜回家看电视。找的人找到星星出来时也找不着我，藏的人一直藏在那里不敢动，任凭蚊虫叮咬，眼瞅着天快黑了才跑回家。后来被他们发现，就再没有人愿意和我玩游戏了，直到有一天我向他们保证以后再也不要赖皮。

我常在村头的野地溜达，知道碗有盛饭的用处，狗有看门的用处，老牛有耕地的用处，鼻子有呼吸的用处，铁锹有改变地形的用处，学门手艺有吃饭的用处，屋檐有遮风挡雨的用处，白云有装饰天空的用处，生殖器有传宗接代的用处，香烛烧香有供奉的用处，没有哪一条路是一无是处的，我在捉迷藏时就选择了这样一条路。那是条荒废的死路，我从没见过有人在上面走。小路夹在两户人家中间，壁侧是高大的青砖院墙，只有斜歪着身子才能通过，尽头是绿油油的菜田。在他们高喊着“开始，一、二、三、四、五、六、七……”时，我缩了下身子踏进去。道很窄，脚下有些滑，有石头和空啤酒瓶被扔在其间，中途有个障碍物挡住去路。那是把废弃的高粱扫帚和些许木柴，若地方宽敞是能够跃过去的。我只好一步步地从障碍物上走过。马蜂像生日宴会上的礼花腾空炸起，我踩到了它们的老窝，摧毁了它们辛勤搭建的家园，搅乱了它们无人打扰的生活，马蜂像寒风一样向我袭来。

就像今晚呼呼咆哮的寒风一样，村庄成了我的替代品。我已经记不清自己是如何走出死路的，那阵“马风”停后，我倒在了土地上，天空很蓝，飘着几朵云。我像生了场大病，好在自己从死亡的坟堆里侥幸逃脱出来。

人这一辈子能改变很多事物。扛把铁锹在枯井边种棵桑树，等几年就能吃到桑葚，夏天天热时还可以乘凉，哪天你不高兴了，把树砍掉，麻雀便换了棵树叽叽喳喳。你朝一面墙撒尿，或随手抛了块砖头，并不知道自己改变了什么。比如我的姨夫，清明去山上给祖辈烧纸，却不小心把一座山给点着，结果蹲了牢房；比如我的表姐家里起房时，架子上落下的砖块，将一个孩子活活砸死了。时间里的一个部位发生变化，另一个部位也随之改变，没人知道它暗示着的寓意。那次捉迷藏踩到马蜂窝后，听说有只黑狗被蜇死了，菜田的主人被蜇得不敢再去地里拔草，而我，在接下来的岁月里也饱受噩梦侵扰。这些都是我所改变的事物。

大风是要刮一夜了，我不知道自己还能不能睡着，夜已经很深，困意却迟迟没有来临。

也是这样一个夜晚，风刮得很紧，我和爷爷走在回村的路上。雪下得很厚，鞋底磨在雪上发出细细簌簌的声音。我跟在爷爷身后，一前一后走着，彼此并没有说什么话。那打着哆嗦的身体直往下沉，爷爷回头看了看我，停下来等着。雪停了，风没有要停的意思，像要把人刮歪。赶上后，我和爷爷并排走着，他喘得很厉害。若不是脚趾头被冻得硬生生疼，真想让风把我卷走。爷爷气管炎严重，他年轻时喜欢抽烟，老了后抽得更厉害，大家都说他的病是抽出来的。风像把冰刀，在脸上和头发上划来划去。那晚，我不清楚走了多远的路。只知道两茬人，祖辈和孙辈在雪地里走着，夜里的风很大。

如果说马蜂只是将毒刺蜇进我的身体，那时间是将毒刺蜇进一个人的骨头和命。活到一把年纪的人，往后的日子都像在熬，熬到棺材落土的那天才算结束。我不知道这些人是如何在时光里慢慢老去的，他们活出了一些经验或见识，坐在黄昏里回看世事变迁和动荡的岁月。卡在死亡关口的人，要随时准备好承受比多病的肉身还要沉重的精神负荷。此时他们眼中哀怜不舍的，多半也是蒙了灰尘的往事旧物。爷爷常在我剩饭的时候用筷子敲碗，嘴里哼唧着，三年饥荒饿死了多少人（有时也说打仗饿死了多少人），或等你牙齿啃不动再想吃时就后悔了。一个人变老的过程，永远要比长大来得长远，说不上谁牵着谁，但一切都在时光中有了变迁，成为最终的样子。

寒冷的风就像是马蜂成精后变的，舌头里藏了无数根毒刺，爷爷去世前常说风蜇得人骨头疼。我知道，他有风湿病和关节炎。人老后开始喜欢晴天，喜欢坐在门槛上，从太阳身上汲取温暖，抚摩那些有阳光的日子。当生命本身进入一个寒冬时，大地便再也不能回暖，因为寒冷已经侵入骨髓了。多年前的冬夜，爷爷顶着大风在雪地前行时，是不是也有骨头窃窃私语的声音呢？

在那些被马蜂生蜇的梦里，有一个夜晚是属于爷爷的。我坐在灶房里的木墩子上烧火，锅里滚着稀饭。眼瞅着柴火用光了，爷爷还没有抱木柈子回来。我跑去屋后找爷爷，他已经被马蜂蜇死了，尸体就横在草垛旁，垛上插着铁叉。我掉头就跑，边跑边哭，马蜂飞过来把我眼睛蜇瞎。我成了盲人。

屋子里的灯关掉后，我确确实实成了盲人。那些熟悉的事物连轮廓也模糊不清。我摸黑上床，小心翼翼地做着动作。风在外面翻起了跟头，从远处翻到窗口，接着翻远。我闭上眼睛，耳畔枕着风声。在夜里，一棵草一片树叶的命运，又会落到哪块土地上呢？

我睡不着，一骨碌坐了起来。

爷爷去世的那个夜晚，我一直陪在他身边。人在即将死亡的时候好像有预感似的，爷爷说今晚我要走了，让奶奶给他擦洗身子换衣裳。他安静地躺在一块木板上，眼睛闭着。我屏声屏气地守在一侧，等他什么时候死。爷爷脸部发青，瘦得就像干枯的枝杈，疾病将他最后一点气血也带走了。我原以为爷爷会在上个吐血的夜晚撒手离世的，可他还是撑了过来。死亡是件没有定数的事儿。奶奶脱下爷爷的旧衣裳后，从水盆里拿出毛巾给他擦洗身子，在给爷爷擦脸的时候，动作是那么轻缓，像在爱抚新生的婴儿。换好深蓝色的寿衣后，剩下的就只有等待了。爷爷闭着眼睛，喉咙里迸不出一个字眼。在我以为他已经死了的时候，爷爷突然动一动手指，显示着生命最后的迹象。余温没有散去，爷爷费了很大力气睁开眼睛，他看了看我，又将目光转向别处。嘴里叨念了几遍“妈妈”后，爷爷走了，和他先前说的一样，真的今晚走了。奶奶将他睁着的眼睛抹闭后，蹲在门口烧了几道纸。我没有见过爷爷的母亲，但我猜想是曾祖母来领他走的，那最后的几声呼唤，是多么仓促热切！屋子里多了抽噎哭泣的声音，而屋子外面，风声一如往日回荡。

办丧礼的一个下午，我锁上门在屋子里抱头痛哭。手背一遍遍地擦拭夺眶而出的眼泪。爷爷的离去，比上次捉迷藏时的蜂蜇来得还要疼。爷爷不再吆喝我吃饭了，不再刮风的日子嚷着腿疼了，不再和我一起走夜路了，那根穿入他骨头的刺，在生命离开时也不复存在。

每个人或物都会被时间给蜇一下，那种疼痛要比蜂蜇来得沉重，年轻的容颜会衰老，好的事物会变坏。在缓慢的等待中，平滑的岁月生出一道又一道褶皱。

如果说人的衰老可以从年龄、皱纹或白发判断，那么一座村庄的衰老程度是无法轻易辨别的。但每一座村庄都会变老，譬如森林、河流、群山会变老一样，只是时间的跨度有所区别。不管愿不愿意，该发生的一切都会发生，一切按部就班地进行。我不清楚时间是什么时候将刺蜇入村庄的骨头里的，但我清楚连接村庄的根断了。小时候，刮上一阵大风，东家西家的炊烟像团乱麻纠缠在一起，像小孩子拿着白粉笔在天上乱画。那烟囱里冒出的丝丝缕缕的炊烟，是树根，连接着大地与天空。不知道哪一天起，家家户户的树根齐刷刷断了。城市开始跑在村庄的前头，牛不见了，羊不见了，人也少了。这个有风的夜晚，像是村庄在喘息，或许它真的老了，老的牙齿再也啃不动田边肆意疯长的野草……

随着村庄一起经受风霜雨雪的，还有东头的土地老爷庙。我习惯把土地庙称作村庄的眼睛，因为红白喜事都得在它眼皮子底下走上一遭。大冬是扬州人一年中重要的日子，到了这天，家家户户需要上坟祭祖。我喜欢折纸钱，每逢祭祖时，家里买来的金箔银箔纸被我叠成金银元宝装了满满两篮筐，一筐是烧给祖先的，另一筐则是烧给土地公土地婆的。爷爷活着时，由他领着我去土地庙烧香点纸磕头。爷爷烧元宝时有讲究，得用火柴引火，说是打火机点燃的火不干净。他教我撒元宝时要三个两个放，不然会堵缝儿，火钳拨弄时要通风，不可捣坏灰骸，烧纸时要注意背对风向，等等。原来烧个纸也藏有这么多的学问。烧完纸跪在蒲团上磕几个响头，我便手挎空竹篮拉着爷爷回家吃饭了。过大冬的饭菜丰盛，有黄豆煮鱼、百叶卷烧肉、青菜豆腐、枸杞炖鸡汤等。

如果问一个人最先衰老的地方，想必是他的眼睛。人老后，眼睛的神韵便跟着丢失，像蒙了层厚厚的灰雾，干瘪混浊。我常把人的眼睛比作水井，在爷爷生命最后的日子里，属于他的那口井是即将干涸枯萎的。所以后来当村东头的土地老爷庙越来越破败、烧香磕头的人越来越稀少时，我发现自己找到了村庄衰老的痕迹。

有时候，我觉得村庄还是那个村庄，爷爷他还在家中生活着。有时候，当我在路上看到某个极像爷爷的身影时，会情不自禁地跑到前面看下正脸，而后又痴痴地傻笑：不是爷爷，爷爷他去世了……

我想我得看看这隆冬的夜色，看看天上有几颗星星。正好尿意憋得难受，趁着撒尿的机会，我打开房门，来到院子里。风像张毛毯，紧紧裹着黑暗，我不由得缩了缩身子。村庄就像被一块巨大的印花染布给罩着，月亮是布匹上绣得最娇艳的一朵黄花。木头、牲畜、庄稼此刻都在熟睡，我不敢发出很大动静，尽管我很想唱歌。我怕自己的呼吸声稍稍加重后，疲惫不堪的村庄会被吵醒。心里咒骂一句：这该死的风声！转眼又心疼起风来，待到冰雪融化、春回大地之时，不是风缓缓抚平村庄的伤口吗？大地的裂缝，长长的田埂，坍圮的院墙，这些都是村庄被时光蜇后的印证。我朝着那棵比人高两个头的桂树撒了泡尿，连打了两长串哈欠后，返回屋子睡觉。

很久以前，我曾做过一个关于马蜂的噩梦，在众多的睡梦中，它算是最舒适惬意的。梦里，我被马蜂蜇死了，尸体在一条河流上漂荡，没有目的地，没有方向，水流向哪里，我的尸体就流向哪里。梦醒后，我长长地舒了口气：终于不用再被蜇着跑了。

网中人

上海中医药大学 / 陆娇晟

又一次在空旷的影院静静地看完了《白日焰火》，细细算来，这是第三次看了。

电影散场，大批的人互相推搡着走出电影院，外面的天已经黑透，还下起了绵密的雨，我不由自主地撑起了伞。

独自走在街上，霓虹灯闪烁，商场里依然人声鼎沸，店员还在乐此不疲地介绍着自己的货物，小情侣提着大包小包同吃着一碗不大的冰激凌，玻璃大门飞速旋转，黑夜，白天，似乎就这样，融化在了这灯红酒绿中。

走到街口不久，汽车就进站了，我找了一个靠窗的位置，坐下。窗外迷蒙的雨模糊了远处的世界，来时的路也显得悲戚而荒凉。车子缓缓前行，电影里的一幕幕开始在我脑海里慢慢回放。从冰冷的运煤厂发现碎尸，幽暗洗衣店里的真皮外套，到楼道里奇怪的马和野外滑雪场里锋利的冰刀鞋，这一切的一切，都在一丝一缕地，剥离出一个巨大的阴谋。谎言背后，是性爱，是欲望，抑或只是生存，不得而知，也许也没人知道。真正凶手的死亡，女主角入狱，看似完美的结局，却不能让人感受到一丝的快乐，只是一种解脱，一种尘埃落定的轻松。女主角一边住入了真正的牢房，一边却从一个无形的监狱中释放了出来，可能，这已经是这个故事最好的结局。环顾四周，空荡荡的车厢里，每个人都冷漠地低着头，我不禁打了一个寒战。

即使知道，又能和谁说呢，这句剧中的经典台词，让我无限回味。当男女主角坐上深夜的摩天轮，看到了白日焰火夜总会霓虹灯时，一切真相都已明了，所有不堪卷土重来，最后一丝希望瞬间幻灭，只有无尽的黑暗，漠然傲视着苍穹和大地。这本应该是电影最高潮的部分，然而桂纶镁的演绎却是那么平静，她身上散发出的一种冷感和眼里的空洞荒凉，太让人心疼。那种隐忍的心酸苦涩，让人不舍得去触碰那犯罪者心灵深处，伤口最深的地方。

雨越下越大，这深秋的夜里，雨滴重重地拍打在窗户上，似乎就要把这玻璃砸碎。风也越来越猛，越来越疾，一阵烈过一阵，分不清风更大还是雨更大，任由它们，肆意玩弄世界。车厢里依然平静，人烟稀少，昏暗的灯光下，只能隐隐约约地看清对方的轮廓。很少有人在交流，更多的是沉默和擦肩而过。我想可能这才是生活真正的样子，平静的表面下，每个人心里都有一段无法诉说的过往，绚烂，是我们买不起的单。

汽车依然稳稳地前行，我把头趴在了窗沿上发呆。从小到大，我们都被寄予了无限厚望，好像玩赌博，一步走错全盘皆输。我们的生活，都被规划好了，一步一步的路，该怎么走。我们衣食无忧，从来不用操心学习以外的事。所以，追求梦想变成了叛逆，不找个稳定的工作就会被看不起。世俗的眼光，犹如锋利的冰刀，斩断了我们刚刚萌芽的雄心壮志。小小的梦想，终于变成了白日的焰火，一瞬美好，一世缥缈。我们每天都在乖巧地扮演着各种各样的角色，好学生，好孩子，过着两点一线千篇一律的生活。生活规则就像一张无形的网一样禁锢着我们，我们像戴着手链脚链的傀儡，想逃，逃不掉。那毫无起伏的过去和一览无余的将来，没有任何回忆和期待，是一种无奈，也是一种悲哀。在外人看来的安定幸福，只不过是虚掩着黑暗空洞的门。我们的内心世界是那么贫瘠，眼光是那么狭隘。没有看过外面世界的美好，也没体验过人心社会的污浊。

就像剧中女主角吴志贞，在她那个晦暗的世界里，太光亮，太特立独行了，仿佛所有的颜色，都集中在了她身上，让人情不自禁地去靠近，去拥抱。但是对她本人来说，并没有觉得很幸福，可能在她自己眼里，她只是一具拥有着美丽躯壳的行尸走肉，为了生存，可以出卖灵魂。在遇到张自力之前，她一直没有化妆，每天都面如死灰，沉默寡言。直到她和张自力在远离地面的摩天轮里发生关系之后，欲望之火才重新燃起，冰冷的面容上开始露出了喜色，换上了明亮的衣服，抹了口红。然而，这短暂而又缥缈的情愫，终于还是抵不过现实的摧残。在良心和欲望里痛苦挣扎之后，张自力还是选择举报了吴志贞，然后也让自己陷入了彻底的潦倒和崩溃之中，输得一败涂地。

在这座偏远的北国城市，房屋老旧，人烟寂寥，毫无生气。这让我想起了卡勒德·胡赛尼笔下的阿富汗，城市上方是灰蒙蒙的天，河那边，是袅袅青烟。黑白的画面，厚重的空气，浓得化也化不开的悲伤，都在诉说着这个城市的凄惨潦倒。这是一个被彻底抛弃遗忘，发展停滞的边缘地带。在这里，罪恶像毒气一样蔓延，浸透每个人的身体，根植在每个人的心里，想逃，逃不掉。他们其实没有罪，只是在这个凄惨潦倒的城市里，为了生存，为了正义，他们只能选择以有罪的方式，活着。

生活规则这张网太大太深，有时候，甚至会有点怀疑，不管怎么样，我们都改变不了什么。贪念，欲望，把这张网织得越来越厚。为了生存，我们只能戴上面具，磨去棱角，渐渐地，忘记了该怎么欢笑。我们大部分人在这如泥塘死水般的职场里，随波逐流，混了一辈子也不知道自己想要什么，不知道泥塘外的天空湛蓝的样子。算来算去到最后，可能什么都得不到，只剩一颗疲惫的心，伤痕累累的模样。这到底是一种运气，还是一种悲哀？

事实上我们每个人，也都在被正义良知和欲望感情的巨大矛盾所撕扯。我们一边渴望成功，一边被自己的良心鞭挞。冰刀是剧中男女主角滑冰的工具，那是全剧中最浪漫最轻松的一刻，但同时也是凶手的杀人工具，最冰冷而残忍的一刻。繁华背后的落寞寂寥，是最能穿骨入髓的寒冷。人这一辈子很短，短到我们都来不及停下，偶尔回头，却早已没有勇气偏离自己的轨道。最终还是，随着时代的潮流，平平淡淡地走完了一生。

电影以飞舞着的美丽的焰火结尾。那凛冽的寒冬里，孤零零的破楼上升起的白日焰火，是那么暗淡渺小，又是那么锥心刺目。一个故事的结束其实又是另一个故事的开始，即使经历过各种各样的痛苦不堪，人生也还是要继续，时间也不会停下。对于良心和欲望这种存在于现代社会的巨大矛盾，导演并没有给出明确的解决方法，也只能靠我们自己去挖掘，去探索。每个时代，每个社会，每个地方，都有自己的挣扎。前几天一直很火很热门的词“匠心精神”在各大卫视，主流网站，被铺天盖地地炒作宣传。在这个有着各种现代科技代替手工制作的时代，匠心精神，到底还需不需要发扬下去。当然，答案是肯定的，可能，这也是解决这一矛盾的唯一办法。无论是过去，现在，还是将来，这种匠心精神都不会落伍。匠心，是在任何诱惑下，都能永远保持良心，永远保持热爱。只有学会改变自己，去接受不完美，才会让我们心中真正绽放出不会消逝的白日焰火。

不能否认，这是一部好电影，高品质，好制作，才能横扫各大电影节，赢得柏林金银熊两项大奖。但是，这部电影在初上映时并没有带来很好的票房。在国内这种缺乏匠心，粗制滥造，抱着浮躁的心态寻找速成的商业大片泛滥的情况下，这种有深度，有视角，有分量的现实题材的电影并没有耀眼的卖点，放在市场上也是形同鸡肋，这是一种悲哀，也是一种绝望。不过，我们也可以看到，诸如导演习亦男等人已经勇敢地开启了这方面的探索，这不仅为华语电影以后的发展道路指明了方向，也让我们了解到电影最初的本质——真实的重现。可能越是不堪入目的事实，越是难以让人接受，却越是有分量和现实意义。让我们在浮华的社会里，认清事实，看清自己。看电影，不再是娱乐，哈哈笑过一场什么也没有留下。也不再是空洞煽情，哗众取宠，博取可怜的同情。看电影也可以是一种课外学习，去看看我们即将踏上的社会是一个什么模样，去看看我们到底缺少什么，需要什么。这就超越了电影本身的意义，而给我们带来了一种完全不同的人生感悟。

雨渐渐地停了，天空透出了一丝微亮，街上又恢复了热热闹闹熙熙攘攘，好像什么都没发生过。就在白日焰火里我与你相逢，也在白日焰火里永诀，一片白茫茫大地没有留下任何痕迹。晴空下，白雪间的焰火看似短暂而渺小，一闪而过，然而，当她完成了她最终使命燃烧之后，她那缥缈的烟尘，将永远在天空中，印刻着，她曾来过。

唢呐梦

上海外国语大学 / 王明宪

那个时候并不是很久远，但是确切的是什么时间，却也的确记不大清了。只记得那时，我每天都憧憬着有朝一日自己能够加入一个唢呐班，去吹唢呐。因为在那个时候，在我们村子里，只有唢呐班饭桌上的饭菜是最丰盛的，也是剩得最多的。

吹唢呐的梦，每天都萦绕在我的脑海，尤其是村子里有红白喜事的时候，看到唢呐班来，这个梦就更加强烈。而当我看到一个与我同岁的男孩子竟然能够在大人中间游刃有余地吹唢呐的时候，这个梦就变得似乎更加清晰了，我一直认为，那时我也许只要再坚持一点点，我就可以进到梦里去了。

见到那个吹唢呐的男孩的时候，他已经吹完了唢呐，正端坐在桌子旁，抽着主人家供奉的红杉树牌香烟。男孩一会儿又跷起了二郎腿，倚靠在桌子旁边雪白的墙壁上，说是飘飘欲仙的状态，似乎一点也不为过。而那把精致的小唢呐也在小男孩所吐的云雾中越发显得妖娆。桌子上的烧鸡、蹄髈、红烧鱼、红烧肉都纹丝没有动，可怜兮兮地趴在桌子上，战战兢兢，生怕男孩会忽略了它们。男孩真的忽略了它们，男孩不仅连正眼，就是“斜眼”也没有给它们。因为男孩正在看着我，奇怪地打量着我，好像我才是要被他吃掉的一道菜。

我当然不是一道菜，但是我的手里，确切地来说，是两只手，正拎着一包菜，一包被红色塑料袋裹挟着的菜。

后来回到家之后，我曾细细地想，他看我，也许是因为我手里的塑料袋颜色太艳丽了，也许是因为他看我似和他一般大，除了这，我再也想不出别的什么。无论是谁，看到一个十几岁的孩子，看到一个鼓鼓囊囊而又颜色艳丽的塑料袋多少都会有一点好奇心的。十几岁的孩子为什么要拎着一大包东西？为什么盛着东西的塑料袋颜色是那么艳丽？这颜色艳丽的塑料袋里装的又会是什么宝贝呢？

并没有什么珍宝。

鼓鼓囊囊的大红色塑料袋里，也就鼓鼓囊囊地装满了蒜薹肉丝里的蒜薹，辣子鸡里的辣子，牛肉炖豆腐里的豆腐……还有一个被五老妈妈吃了一半的大鱼头，正在塑料袋里咧着那半张鱼嘴“嘿嘿”地笑。当我看男孩的时候，我的目光并没有与男孩的眼神不期而遇，因为他已经不看我，而开始眯着眼看我手上的塑料袋了。我慌了，因为我觉得男孩看我的眼神就像在看一个小偷或者一个乞丐，虽然我并不是小偷，更不是乞丐。但是，我还是慌了。我收起了自己的目光，低着头，紧张地用两只手拽着塑料袋想要跑开，但是，塑料袋里的鱼头好像使了坏，故意把塑料袋扎破了一个小口，虽然不大，却已经足够让各种菜的汤汁逃之夭夭了。它们“一滴”“一滴”“一滴”地顺着塑料袋，越过塑料袋上的“鞋王”两个字，弯弯曲曲地爬到塑料袋的最下面，“吧嗒”一声，滴落在地上，消失不见了。我更加慌了，我怕塑料袋会破，令人讨厌的汤汁会逃走；我更怕塑料袋里的东西也会像汤汁一样落到地上。

那时候，我的眼泪的确是流出来了，而男孩也应当看见了，我想应该是的。不然何以男孩会站起来，并朝我走来，就像变戏法一样，他不知从哪里拿出了两个崭新的、洁白的、紧紧贴在一起的大大的塑料袋，小心翼翼地揭下一个，又往手心里啐了一小口唾沫，把揭下的那一个塑料袋夹在两手中间，使劲搓了搓，对着塑料袋开口的中间又使劲地吹了一口气，白色的塑料袋就这样变成了一个像猪膘一样的白球球。男孩将白色塑料袋撑得大大的，摊在我的面前。我看到了救星，连忙将我手中的红色塑料袋放进白球球的肚子里。我又小心翼翼地，像接过一个婴孩一般，从小男孩的手里接过白色塑料袋。我不再慌了，因为男孩似乎把我当成了朋友，请我坐到吹唢呐的桌子旁，并拿着红杉树的烟盒轻轻一颠，颠出一支白嫩嫩的香烟，示意我拿去抽一口，我摇头拒绝了，我还不会抽烟。当我坐到吹唢呐的桌子旁的刹那，我立马挺直了脊梁，因为在我看来，能坐到唢呐班的桌子上，是一种荣誉，不是谁随随便便都能够坐的，谁也不能，天王老子也不能，只有吹唢呐的师傅才能。

我坐在桌子旁，看着和自己年龄相仿的男孩，觉得离他很近很近，近得我已能完全看破他的样子，却又觉得离他很远很远，缭绕的烟雾似乎把我们分在了两个世界。虽然，一开始看到他抽着烟，跷着二郎腿把他当作了一个小大人，但是当我真正地、仔细地去看他的时候，却发现他，不过是一个和我差不多的孩子。尽管他和我的年纪相仿，但男孩告诉我他很早就拜师学艺了。当然，我很明白他的话的另一种意思，他早就不上学了，或者可以说，他根本就没有上过几天学。没上学能干什么？可以吹唢呐啊！他很早就拜师学艺了啊，现在已经出师了。上了学能干什么？不知道。说不准。

但是学无止境啊！上完小学，上中学，上完中学，上高中，上完高中上大学，读完大学依然可以再向上读。还有活到老，学到老。

那吹唢呐呢？出师就可以跟着年长的师傅接活儿了，男孩已经出师有一段时间了，拿到的越来越多。年长的师傅年纪越来越大，而男孩虽然年纪越来越长，却也越来越有活力。十里八乡以后的红白喜事要仰仗的可就是男孩这样的了，所以，男孩告诉我他的地位越来越高。渐渐地，事上的主人家都会偷偷地塞给男孩两包好烟，希望他能给卖力地吹。

男孩的确卖力地吹了，所以拿的也就越来越多。因为拿的越来越多，男孩吹得也越来越卖力，自然而然，名号也就越来越响了。名号吹得越来越响，知道男孩的人也就越来越多，知道的人越来越多，渐渐地竟也会有人提到男孩的婚事了。

不要惊奇！在农村，如果谁家的儿子有一门好的手艺，媒人就会早早地登门拜访，夸赞哪家的女儿最好，漂亮又能干。如果这个媒人腿脚勤利些，跑不了几次，亲事大抵就一定可以定下来了。这倒不是因为媒人有多勤利的关系，媒人只是媒介，亲事能够说成，就是这个媒介把男孩的手艺是多么好、男孩已经为家里挣了多少钱的信息，完完全全地传递到了女孩父母的心坎里。

所以，虽然男孩离真正成人还有几个年头，但因为他吹唢呐的手艺，家里已经早早地为他预备了一桩好的婚事。虽然年纪还不可以结婚，但是男孩的父母是想早点让男孩结婚给自己生孙子的，只要到了法定结婚的年龄，认缴一些罚款，再把结婚证办下来就是可以的了。农村里大多数都是这样办的，大家都习以为常，见怪不怪了。男孩家这样想，但是女孩家却不同意。说的是女孩太小，还要再等两年。这只是面儿上的漂亮话，真正的原因谁都知道，多等两年，就意味着男孩就要多往女孩家走两年的亲戚，走亲戚就意味着每次要带许多的东西，这许多东西不是东西，是钱。女孩就在我们村里，大家都明白，农村里谁都不是特别好过，女孩还有弟弟要上学，这两年来往所得的东西，总够女孩家很长时间的吃食。男孩明白，但是男孩看上女孩了，所以也就没有介意多等两年。女孩长得很漂亮，也很聪明，很能干，要不是家里不好过，也不会很早就辍学去做工了。毕竟还有一个弟弟要各项花费，学费，以后要盖的房子，以后要娶的媳妇，万一考上大学，也是很大的一笔费用……所以，女孩早早就与男孩定下婚事了。

男孩告诉我这些的时候，我还都不是太懂。但是，男孩把头靠近我的耳边告诉我，他摸过一次女孩的屁股并且感觉很好的时候，我就像被电击了一下。原来，吹唢呐还有这样的好处，可以早早地摸女孩子的屁股，这是我不曾想到的。

我想若是我也能够学习吹唢呐，也就一定能够像男孩一样可以早早地挣钱；我卖力地吹唢呐的话，也一定能够拿的越来越多；拿的越来越多，我也会越来越卖力地吹；越是卖力地吹，知道我的人也一定会越来越多；知道我的人越来越多，也一定会有人为我定下一桩亲事。而如果我能够有一桩亲事的话，我也一定可以摸女孩子的屁股了。那么，是不是也会有很好的感觉？这些都很重要，也都不重要。重要的是，我想如果我可以吹唢呐的话，一定可以坐在唢呐师傅的桌子上，而那桌子上一定有吃不完的鸡鸭鱼肉。

如果我能经常给家里带来吃不完的鸡鸭鱼肉，我想，母亲是可以让我去吹唢呐的吧！

母亲没有允许我去学习吹唢呐，还剥夺了我唯一的特权，转而自己亲自去事上，等在吃宴席的人的身边，眼巴巴地看着吃宴席的人，希望他们不要吃得太多，祈祷他们能留下点什么，把蒜薹肉丝里的蒜薹，牛肉烧豆腐里的豆腐一根根、一块块地挑拣出来，小心翼翼地放到塑料袋里，一直到收拾碗筷的师傅再三催促的时候，才依依不舍地离开，带着总还算不错的收获，去慰藉早已等在路口的弟弟和妹妹。当然，还有我。

男孩给我的烧鸡，我自以为是一个巨大的诱惑，母亲不会不动心。但当我得意扬扬地掏出烧鸡，居高临下地等着母亲答应我去学习吹唢呐的时候。母亲只是用笤帚把我打了半死，边打边骂，骂我是下三烂，骂我没出息，骂我要好好学习。被母亲打了之后，我再也不敢提学习吹唢呐的事情，转而努力学习了。努力学习的结果是我得到了很多的奖品，每当我得到那些奖品的时候，我就发现大家看我的目光和看吹唢呐男孩的目光几乎是一样的，当然还有一点不一样，那就是，大家看我的目光似乎比男孩更柔和一些，我想他们是看到了我的奖品吧！就像我看到了男孩桌子上没有吃完的鸡鸭鱼肉一样。

我站在路口，看着母亲小心翼翼地挑拣宴席上的残羹冷炙的时候，心里突然感到一阵痉挛，转而是一阵恶心。就在那时，我开始疑惑了：母亲是不是应该早一点剥夺我那唯一的特权，也把那权利从自己身上剥夺呢？我一直没有问母亲，因为我看到了身边的弟弟妹妹，而弟弟妹妹已经把答案告诉了我。

母亲把我的唢呐梦给打破了，而且也并没有费什么力气，只不过打断了一根细小的笤帚。但是，母亲却又让我重新为自己编织了一个更美丽的梦。

我开始更加努力地读书，在书中聆听那悦耳的唢呐声。书中自然没有唢呐声，是村里的那个女孩和男孩就要结婚了。几年的时间，在谁看来，都是很长的，最起码也是不短的。但是时间似乎很喜欢和别人开玩笑，一眨眼的工夫就过去了。

男孩在队伍前面走着，逢人便递上一根香烟，我远远地望着那香烟，似乎比红杉树还要高档。当然了，男孩已经组建了自己的唢呐班子，在十里八村已经是一个响当当的人物了，所以，男孩也不应当再抽红杉树了。男孩一路走来，一路恭恭敬敬地递上香烟，谁也没有落下。当我意识到男孩在我面前的时候，男孩已经将香烟递到了我的跟前。我虽然不抽烟，但还是小心翼翼地接下了那根香烟，因为不接别人递来的烟，只有一种情况，是仇人。我和男孩当然不是仇人，我们是朋友。虽然我们的交往并不多，但是我心里一直把男孩当成自己的朋友。我想男孩肯定也是和我一样的。

男孩年纪很轻，但是已很老到。我虽和男孩年龄差不多，但是在男孩面前，我总像是比他小了几岁似的。所以，男孩在我的跟前并没有像以前那样告诉我他摸女孩屁股的事。在他递烟的那一刹那，他只说了一句话，我不知道他是给我说的，还是自言自语。

“女孩肚子大了。”

男孩说这话的时候，似乎不情愿。看到他的不情愿，我开始有点嫉妒。我又开始想起了自己的唢呐梦。

我要是学习了吹唢呐，那么，现在的新郎是不是就是我了？女孩肚子里的孩子是不是也可以就是我的孩子了？是不是……

没有是不是的假设，因为时间过得总是飞快，根本不会给我们假设的机会。

假设我当时实现了自己的唢呐梦的话，也许就不会考上大学了。

当我再回来的时候，已经有了一份体面的工作，收入虽然算不上不菲。但是总让母亲、弟弟妹妹有了好的吃食。虽然我没有成为技艺高超的唢呐师傅，却也在村子里出了名。这是我始料不及的。

而更让我始料不及的是，当我再回去，与母亲、弟弟妹妹路过事上正在摆筵席的时候，我看到男孩的唢呐班已经易主了。男孩吹不动唢呐了，男孩得了哮喘，有人说是遗传，有人说是吹唢呐吹的。我当然也不懂这究竟是为什么。

没有看到男孩，但是我却分明看到了女孩。女孩已经不是女孩，她已经变成了女人，怀里抱着一个不太大的孩子，跟前跟着一个大点的小男孩。我想，这是男孩的孩子啊！看到女孩的时候，她们娘仨正等在吃宴席的人的身边，眼巴巴地看着吃宴席的人，希望他们不要吃得太多，祈祷他们能留下点什么，等结束的时候，把蒜薹肉丝里的蒜薹，牛肉烧豆腐里的豆腐一根根、一块块地挑拣出来，小心翼翼地放到塑料袋里……

女孩带着男孩的孩子收拾好已经装得满满的塑料袋，小心翼翼地往前走着，走到唢呐桌子旁时，男孩趁唢呐师傅不注意，把那根在烟雾缭绕中越发显得妖娆的小唢呐拿了起来，“嘟嘟”地吹了起来，还挺有模有样，就像那个时候的男孩。

我想，若是我当时学习吹唢呐了，现在又会是什么样子呢？

"死"海不亡

中国矿业大学/王磊斌

丧

年初。

从中午到傍晚，奶奶终究还是没有抢救过来，去世了。

奶奶去世了，我就愣愣地站在抢救室门口，木木地看着一家人悲泣哭号，伯伯质问着医生，差点动起手来，父亲与叔叔执迷不悟地唤着奶奶，大姑小姑跪在地上拼了命地磕头祈祷，嘴里念叨着"菩萨啊菩萨……"，婶婶们与妈妈抹着眼泪抽泣了起来。

我依旧不相信，不相信奶奶就这么走了，所以也就流不出半滴眼泪。

丧事在奶奶去世不到一个小时里便开始仓促地操办了起来，奶奶生前的好友们闻讯都赶来帮忙，奶奶的老屋是前所未有的热闹，却也是前所未有的灰暗与沉闷。大家都忙碌着，各司其职，就只有奶奶静静地躺在她内屋的老床上，还有我，如同奶奶床头柜上那炷明明灭灭、灭灭明明的烛火一般，静静地守在一边，我盯着奶奶紧闭的双眼，脑海中闪过无数遍奶奶突然睁开眼睛的一瞬间。

夜大概已深。一大帮人进来将奶奶搬到了大堂的门板床上，收起了奶奶老床上的被铺，伯伯手里持着一炷香，哭唤着奶奶的灵魂，父亲与叔叔抬着奶奶的被褥，姑姑们捧着一碗碗的吃食，一大家子的人跟着伯伯走着，哭喊着。

夜漆黑得可怕，风凛冽地刮着，我失了魂一般地跟着，不知穿过了多少街巷，也不知磕碰到了多少路阻坑洼，而我眼里只有那炷香燃着的时明时灭，不断跃动的光。光停了，突然间又置换成了无数点光，我抬头望去才知晓，一家子人竟哭着走到了村里的前码头，渔火点点，燃起了浪涛的烛芯。冬夜里的海，寂静得让人窒息。

姑姑将吃食一一摆好，伯伯将那炷燃得所剩无几的香插好，又续上了另外的三支，沉默了一会儿，伯伯点燃了一些黄纸，因为海风太大，纸总点了稍许就熄灭了，大家紧紧地围在一起才将纸吃力地燃尽。父亲与叔叔将奶奶的被铺放到香前，浇上煤油，点上了火，奶奶早上还睡过这床被褥，今夜就燃成了灰烬。奶奶的味道，就是这床被褥的味道，也是我童年时大蒲扇的味道，就随着这熊熊的火，化作灰烬飘洒到了海中。

我望向大海，突然间一阵战栗，那海，不就是巨大的一片灰烬，上面点点的渔火、粼粼的波光像极了灰烬上零星燃着的火光，那一瞬间，我害怕极了眼前这片阴森森的大海，它充斥着无比肃穆的死亡气息，我闭上眼睛，静静地听着风掠过耳边的呼啸，夹杂着隐隐的抽泣与叹息的悲伤。

葬

清明刚过。

阿土爷爷得了坏毛病已经很久了，可家里人依旧坚持要给他化疗，开刀，阿土爷爷很是痛苦，为此闹了无数次的脾气，气得吐了好几次血，总算逼得他的孩子们放弃了如鸡肋般的治疗，那就最后过些岁月静好的安稳日子吧，可阿土爷爷就是安分不了，这几日，他又开始较劲起自己执意为之的死法——“海葬”。

其实阿土爷爷自己也不知道“海葬”到底是怎么一回事，只不过用他的话来说，就是死了也要留点骨气在海里，所以他闹脾气，绝食，禁水，大半夜故意不睡净瞎折腾，就是为了能让他的孩子们答应他这个常人难以理解的要求。

后来实在没辙了，阿土爷爷的长子徐伯就来到我家，找我父亲商量，求我父亲去帮忙劝劝，我独自在书房做作业，隔着房门就能听见徐伯一个劲地抱怨与叹气，“石骨铁硬”成了他们这次谈话的高频词。

徐伯会来请父亲也是在情理之中的。父亲年轻时曾跟着阿土爷爷在几条船上干过活。父亲每次夸耀起他辉煌的渔民生涯时，总会提到阿土爷爷，父亲一身的捕鱼本事与打花结的本领都是阿土爷爷教授的，阿土爷爷也曾在一个台风天里救过父亲一次。后来有一次阿土爷爷和老大闹情绪，一赌气跳海自杀，也是父亲第一个纵身跃入大海捞起的他。自然，父亲与阿土爷爷的感情是不一般的。

徐伯离开后的第二天一大早，父亲就去了阿土爷爷的老屋，我也跟了去。还没进屋，便可听到屋内溢出的叹气声，苦闷、无奈、压抑，像老屋沾染厚尘的老梁，腐朽处还有几只白蚁无精打采地啃咬着。父亲与徐伯寒暄几句后，一脸凝重，又是点头又是摇头，他徘徊了好一会儿才走进了阿土爷爷的房间里，而留我独自等在了门外。

父亲出来后，跟阿土爷爷的子女们谈了老爷子稍作让步后的想法：死后的骨灰，一半埋在土里，一半撒在海中。

阿土爷爷的子女们一听依旧不从，人死就是要求个圆满，哪有把身子分开的道理。一屋子的人像是炸开了锅，喋喋不休地论个不停，只有父亲一个人默默地坐在中间的长矮凳上抽着烟。烟沉沉地与弥散在空气里的灰尘相互交织，然后坠落，父亲脚旁的几只白蚁肆无忌惮地搬运着落在地上的烟灰。

"就遂了老爷子的愿吧！"父亲重重地掷下烟头，狠狠地踩在了脚底。

"还记得隔壁的刘阿伯是怎么没的吗！"父亲这一问，老屋瞬间安静了下来。

"也快十五年了吧，老爷子还是忘不了。那夜海上的事，就在刚才，老爷子又跟我念叨了一遍。老爷子跟我说，他怕刘阿伯一个人在海里寂寞。老爷子自打不捕鱼起就想好了死后要去陪着刘阿伯了！"父亲又点起了一根烟，手里的火明显地抖动着。

沉寂许久，阿土爷爷的子女们终于妥协了:一半尽孝埋土中，一半为义沉海底。然而对于这个"义"，我充满了困惑。

从阿土爷爷那回来的途中，我还是不由得向父亲询问刘阿伯的事。父亲告诉我，刘阿伯是阿土爷爷的隔壁邻居，也是阿土爷爷从小玩到大的好兄弟，他一辈子没有娶妻，也无儿无女，就靠平时在船上打打零工养活自己。十五年前，阿土爷爷和刘阿伯在同一条船上，一个台风天的夜里，他俩一起收拾网具，船一个晃荡，阿土爷爷被匆匆滑向海里的网具缠住了脚，人也跟着滑了下去，刘阿伯一把抓住了剩余的网具，他大声叫人，可风雨交加、浪声滔天的夜里，其他船员根本听不到，而这时的船摇摇晃晃，重心十分不稳，这样耗着，两个人可能都会被网具拖入海里。于是刘阿伯慢慢地将网具绕在船栏旁的一个铁墩柱上，将网具绑在自己腰上，自己翻过船栏，沿着船侧一步步往下降。刘阿伯靠着自己近乎两倍于阿土爷爷的体重，一点一点地将阿土爷爷升到了船栏，阿土爷爷一只手抓着船栏，一只手拽着网具，拼命喊着让刘阿伯挺住。刘阿伯看到阿土爷爷得救了，现在自己成了累赘，于是他掏出了藏在雨裤里的小刀割断了腰前的网具，自己便永远葬身在了海里。

父亲说完，又点起了一根烟，这一天，他抽的烟远远超过了平常。父亲叫我先行回家，说自己想去后滩散散步，其实我知道这是说辞，因为父亲很少有散步的情调，我独自先回了家。直到晚饭时，母亲叫我去找父亲，我在后滩的一处礁石上看到父亲呆呆地望着远处浮着各种烂船木、泡沫板的大海，他脚边的礁石上布满了一根根嚼烂的烟头，有的浸在礁石的水滩里，泡得发福，趿拉着烟叶，染着令人作呕的焦黄，父亲的脸分明是已经哭过的样子。

"五一"还差那么几天，阿土爷爷走了。

第二天，我随着父亲来到了阿土爷爷的灵堂，终于看到了阿土爷爷的样子，消瘦，黝黑的肤色，额上布满了似波涛般的皱纹，不住外露的大门牙，嘴角微微上扬，阿土爷爷竟是如此安详。

后来，我随父亲一起去火葬场参加了阿土爷爷尸身的火化仪式，在出殡那天，我也目睹了阿土爷爷的棺材中只铺撒了一半的骨灰，另一半依旧存放在那个深黑色的骨灰盒里。

我等着海葬的到来，也许是好奇心作祟，看着日子一天天过去，也没有半点消息，我向父亲问起，父亲说，民政局那边审批需要点时间，所以一半的阿土爷爷也还在等着。

审批下来的第二天清晨，天色灰蒙。我随着父亲登上了一艘渔船。徐伯在船头捧着那个深黑色的骨灰盒，一旁是徐伯的儿子打着一把黑伞。徐伯打开盒子，撒下了第一把，而后，阿土爷爷的子女们依次撒了一把，又向海里倒了些老黄酒。徐伯将骨灰盒拿到我父亲面前，示意我父亲也撒一把。父亲慢慢地抓起一把，挥手撒向远方，我趴在船栏上，看着阿土爷爷的骨灰飘落到沉浮涌动的海面上，突然，一滴水打到了我的眼眉，我下意识地闭上了眼睛，当我再次睁开双眼时，阿土爷爷的骨灰早已被无情的海浪吞噬得无影无踪了，我转头一看，看到了父亲的眼角边闪着莹莹的泪，微微地笑着……

难

七月初。

电影《太平轮》下部将要在月底上映了，沉船场面也将要面世，所以岛上的人重新拾起了过往的记忆，我也在长辈茶余饭后的闲谈中，加深了对太平轮的兴趣。

太平轮沉没在离我家不远处的海域里，如今依旧沉睡在那片海底，让每一处岩礁，每一袭浪涛，都有了“风萧萧兮易水寒”的悲意。

长辈们说，太平轮是与满载着木材与煤炭的建元轮相撞的，建元轮当即沉没了，船上120余名船员大部分葬身大海，而太平轮还未来得及靠岸，便迅速下沉了，许多尚在睡梦中的旅客，根本来不及反应，就命丧海底。上千个鲜活的生命，幸存下来的不到四十人，永殇。

长辈们又谈到，太平轮沉没的那晚是农历小年夜，本该是一个欢腾吉祥的日子，却成了无数家庭支离破碎、天人永隔的祭日，生命如蚁，在灾难面前，人是那般的无力。

长辈们还说，太平轮出事后没几天，那些失去亲人的家属们有的还发了疯地在海上继续寻找，有的则雇了船，在海面上撒冥纸，招魂，那些个日子里，出事的海域伴着浓烈的柴油味，漂着数不清的冥币，天空乌云密布，时不时传来哭声，有的渔民们看到家属们哭泣，会主动上前劝慰，叫他们节哀，叫他们不要流泪，因为按照我们岛上的规矩，淹死的人本身就喝饱了水，家人再哭，死去人的肚中之水就会胀得更加厉害，可那些家属们还是忍不住坠泪。

后来，我在岛城一家书店的书架上无意间看到了一本叫作《太平轮一九四九》的书，我随意拾起，翻阅到了如此的彻骨记录：

"凄厉黑夜，海面寒风刺骨，夜越来越深，温度越降越低，海上呼救的声音逐渐微弱。据八十岁生还者叶伦明回忆：当时不到几分钟，太平轮立即下沉，四周都是凄惨的哀号，冰冷海水侵蚀身骨，他与一些人趴在木箱上沉浮，熬到天亮，才被一艘军舰救起。……"

"海上求生，是生死存亡的关卡，有温暖的相依相助，也有人性的丑恶。例如生还者葛克，曾经告诉妻子袁家姑说，当时还有人拿着枪支，迫别人让出木板。叶伦明在事隔六十年后，都还记得在深黑的夜里，四周尽是哀号惨叫声，却有人划着救生船，不管身边的哭喊求救声，扬长而去。……"

"船沉以后，船长在浮桶上跳海死了，他说无脸见人！……"

我马上合上了书，跑出书店。

夜晚，我关上房间的窗牖，看到不远处黑漆漆的大海，涛声阵阵，像无数冤魂的哀号，我想起了沉睡海底的太平轮，想起了长辈们的口述与书中记载的人间惨象，不禁毛骨悚然，迅速拉上了窗帘，不管多热，也不敢打开。

七月三十日晚。

我随着岛上几位作协的前辈看完了电影《太平轮》下部。

走出影院，我还深深地沉浸在沉船的震撼场面里，旁边的一位老师突然让我谈谈观影的感受。我却突然反问道，太平轮幸存人员与出事人员的家属如何抹得去这一幕惨痛的记忆。

那位老师沉默了许久，跟我讲道，太平轮沉没六十年后，尚在的幸存人员与遇难者家属们都曾到过我们小岛，租了船，到了沉船海域举行过一次海祭，他们将白菊花一瓣瓣撒向大海，将早已折好的千纸鹤伴着最虔诚的心放入大海，没有沉重的音乐，没有沉重的仪式，只有安静的祈祷，无声的哀悼。

海祭结束后，大家都互相宽慰，互相拥抱，互相祝福，希望活着的人好好活着，不仅为自己活，更要为逝去的人活着。

据说，后来有关人员也询问遇难人员家属是否希望打捞起太平轮，他们都拒绝了。六十年了，这片太平轮沉没的海域早就内化成了他们心中的一份牵挂，这片海似乎经历了六十多年前的那个苦痛的夜，变得恬静，变得平和，变得安详，虽依旧残存淡淡的忧郁，却绽放着无与伦比的美，尤其是在黎明，更或是夕阳的映衬下。所以他们一致同意，要这片海静静地守护着太平轮，也好让沉没的太平轮福佑来往的船只一切太平。

当晚，我重新打开房间那久闭的窗，望着远处的大海，海面上渔火闪耀，摇曳着四五艘渔船，那晚，我伴着如摇篮曲般的涛声做了一个无比美妙的梦，梦里有各异的海，却是那么温暖。

风中的纸屑

南通大学/许应田

和妹妹聊天，谈到了小时候的一些趣事。“记得你当时喜欢一个女孩，连做梦都念叨哩！”妹妹笑得合不拢嘴，“名字好像叫陈微吧，哈哈，到现在我还记得！”我惊讶于妹妹的记忆力，但思绪却再也待不住了，探出尘封已久的脑袋来，记忆一直拉伸到了十多年前，还是上小学五六年级的时候。

女孩的名字叫陈微，这个名字听起来还不错，看起来却总像个男孩名字。我对陈微的第一印象，便是从她的名字开始的。小学五年级时我从大湾村转到了海安集，当时的班主任是沃小华老师，教语文，个头不高，白皙的皮肤，说话时总爱带着笑。我念书的时候有个习惯，就是爱在书本上乱写乱画，比如，在上面随意写着父母、同学或其他因“灵光乍现”而想到的名字；或发现语文书本上哪个好词好句子，便在页面上重新抄写几遍；觉得哪个插图特逗，就会在旁边也临摹起来。那个时候杜甫还不是很“忙”，雍正四爷的“行乐图”也还没开始出现，但我们也有自己特别的乐趣。给书本上的一个人物脸上添几颗痣，又加上几撇胡子，然后在“作品”旁边郑重地写上同桌的名字。一边掩嘴咯咯笑，一边推给同桌看，于是便少不了一番反击和打闹。记得在一次语文课上，又在乱涂乱画了，沃小华老师不知啥时候站到了我旁边，用书本轻轻地敲一下我的头，点我的名，要我回答一个问题。具体问题现在当然是记不得了，我也没回答出来。正恍惚着，沃老师拿起了我的书本，疑惑地扫视着，然后笑着瞟了我一下，又用书本轻轻地敲了一下我的头，便让我坐了下来。我惶恐地打开书本，自己才发现：一页纸上，几乎写满了陈微的名字！当时是尴尬至极，地上再大的缝都不够我钻了，恰巧被伸过头来多舌的同桌看见了。于是很快，整个世界都以为我喜欢陈微了。

那个年龄的喜欢和现在不同，很简单单纯，或许连什么叫喜欢都不知道，只是隐隐觉得，那是一种美妙的感觉。

谣言传来了，而我与陈微同在一个班级，她肯定是有所耳闻的。

有一个成语，叫“迎面而来”，我想，那一天这个成语在我这辈子当中发挥到了极致。课间的时候，书桌两旁的过道只容得下一个人走，就这样，我和陈微先是眼神相遇，接着两个人都退到位置里面让对方先走，然后两个人几乎都同时不好意思地低下了头……而就在她抬头的一瞬间，脸颊上的红晕和嘴角绽开的害羞的，淡淡的，一闪而过的微笑，像一幅美丽的画一样，在我心里彻底扎根了。

世界上最美丽的谣言，便是爱情。

终于，谣言成了事实。但是，这个事实是含有苦涩的。

陈微是班花，当然这是我们男生内部公推的。当时我们班级还有另外一个漂亮的女生，叫邵雅丽，排在第二，论容貌不比陈微差。但陈微的成绩很好，且较于后者，不大和男生说话。而男生天生一个贱坯便是，越是显得冷一点的，越是觉得好，而相对近乎一些的，位置反而低些。

当时班级明面喜欢陈微的至少有两三个了，而不知道的那些蠢蠢欲动的估计也不少。

我照了照镜子，自己都嫌自己丑。叹气中，低头看了看自己的作业本，脑袋一转，写下来我这辈子第一封情书。匿名的。

现在记不清写的是啥了，但是记得是一首藏头诗，把“我爱陈微”这四个字包含了进去，现在想起来都能感觉到当时的那种兴奋、紧张，写了一遍又一遍，总感觉字不好看。可是后来觉得字好看了，一拍大腿，既然是匿名的，肯定不能让她看出这信是谁写的！于是，又重新来过，每一个笔画，都是沿着小尺的轨迹。于是，到了大半夜，一封“横平竖直”的情书终于完成了。

辗转了一夜，第二天，天还没亮就爬了起来，饭也没吃就从二姑家（当时我寄宿在二姑家）奔到了教室。仗着当时自己管着班级钥匙，蹑手蹑脚地走到陈微的桌子旁，然后以最快的速度把信塞了进去。想起来，真的像做贼一样，只是贼是偷主人东西的，而我是给主人送东西的，更进一步讲，主人或许是偷了我的一些东西吧！

自那以后，我语文课学得更认真。不是因为沃小华老师的笑容多么亲切，而是我发现，书本里面的好词好句，那流淌的情绪与感受，借鉴在我的情书上太合适了！

没有人会去在意，一个小学生作文成绩突飞猛进的背后，还藏着什么；也没有人会去猜测，一个骨子里带有自卑感的孩子心里，默默地去做一些事情，对他意味着什么。

“情书”写了不知多少，但整个五年级，我和陈微几乎没说过一句话。见面了，仍是互相略带微笑害羞地转过头。

很快升到了六年级，我和陈微仍是一个班级。换了班主任，叫蒋树金。凭着当时班级第一名的成绩和众望所归的班委头衔，蒋老师待我特别好。凭着“上级”的关系，我壮了壮胆，借机暗示了蒋老师，想和陈微做同桌。理由是，辅导她数学。

我终于如愿以偿了，只是虽然做同桌了，互相仍是不大说话，当时的我，和她说话都带颤音的。

“陈微……”声音轻轻抖着。

“陈微，可以……借你橡皮用一下吗……”把自己的橡皮偷偷藏起来了之后，终于找机会开了口。但是声音抖动得更厉害了。

“陈微……蒋老师让你……去……他的办公室一趟……”我注视她从未超过三秒钟，而心扑通扑通地跳着却远远超过三分钟。

陈微从蒋老师那儿回来之后，不对劲了，坐在位置上愣了几秒，然后便趴在桌子上抽泣了起来。

后来知道是成绩下降了些，陈微被蒋老师说了……但我紧张极了，我内心感到她之所以被蒋老师说，是由于我的原因才造成的，因为是我让她去办公室的。我很焦虑，急躁着，不安着，我在沉沦着。

“陈微……我喜欢你……”这次声音没有在抖了。

因为是在梦里。

我在梦里不断叫唤着陈微的名字。是那样放肆地、歇斯底里地叫着。

睡在隔壁屋的妹妹，有段时间经常被我吵醒，用了不少糖果和冰棍作为交换，她才替我保密不告诉爸妈。

陈微坐着的板凳松了，“咯吱咯吱”的响声，第一遍响起的时候，我便听了出来。

又是一个天还没亮的早晨，我还是蹑手蹑脚地走进了教室，拿起了手中的锤子和洋钉。

那一刻，我觉得自己是世界上最幸福的木匠工人。

期待中，我的心扑通扑通地狂跳着，上课时候，陈微已经坐到了她的凳子上，下意识地摇晃着。

“咦——”

她猛地站立起来，清澈的脸庞掠过一丝惊疑，嗫嚅了一句：“谁换了我的凳子哩！”

哈哈，傻姑娘，你猜不出是谁的。

这个秘密，它的主人一直隐藏得很好，不是吗？

陈微写得一手好字，每次班级的黑板报都是她出。

那一次很急，第二天必须得完成任务，看她忙碌的样子，想帮她做点什么。

“我帮你出。”这次声音没抖，因为我掌握了一个规律，紧张的时候，只要把话说得快一点，就算那些字是抖动的，但是快速地连在一起，就和谐了许多。

答应了我就后悔了，因为我真的没啥绘画啊啥的才艺，字也不是太好看。

当时突然想到了在老家的奶奶，她会剪纸，能够用一张纸，裁剪出各式各样的小人、动物，还有花朵什么的，特别生动形象。

当天傍晚一放学，我便借了二姑家的自行车，奔向了奶奶家。

几十公里的路，却一点都不觉得远。

一到家便吵着让奶奶教我剪纸画，学了会儿，总觉得自己剪的没奶奶的好看。

“田田，突然学这个干吗？”

“奶奶，我们学校才艺比赛呢，我学着去参赛。”我脑袋快速转着，暗暗佩服自个儿的反应能力。

后来急得很，也不学了，直接让奶奶多剪一些，明天一早带回学校去。

“下次到奶奶这儿来，我好好教你裁小人。”第二天早晨，奶奶微笑着，挥手送别。

黑板报受到了老师的夸赞，而最让我心里甜的，是陈微脸上释放出的笑容。

只是那一次，竟成了我和奶奶的永别。

那个星期，奶奶突发疾病去世。对于我来说，这个世界倒塌了。因为和我最亲的人，便是奶奶了。

当然，我永远也学不了奶奶教我剪小人了。

终于，我给陈微写了一封不是匿名的信。

她仅回了一个字：“不。”

不知道？不喜欢？不是现在？

答案到底是什么，我到现在都不知道。但这个字已经永远不会忘记了。

后来便再也没有写过信。

当时已经接近小升初考试，大家都抓紧时间复习着。

我对什么都提不上兴趣，蒋老师找我谈过好几次话，我通常是一句话也不说，或者一直哭。

本来就无根的孩子，更加孤单了。

直到有一天，陈微给了我一张纸，上面是一首歌词，是当年流行的电视剧《神医侠侣》的主题曲《下弦月》。我很喜欢那首歌词。

她不知是如何知道的。

这给了我一些动力，我重新投入了复习当中。

小学毕业考试之后，我到了县城一中上学，而她，我经过打听得知，因为没有考好，选择了留在了镇上的中学。

记不清是初中哪个暑假了，辗转听到陈微的一个好朋友说，陈微一直喜欢我。

那天晚上，我躲在宿舍被子里放肆地哭了一夜。

我很想念她。

在初中的那段时光，我曾无数次提笔，想给她写信，却不知道说些什么。每当回忆起自己以前做的那些事，发半天呆是常有的事。

时间在点滴地流淌，在高中时代的某一天，我抱着书，匆匆走在校园里。突然感觉，有一个人盯着我看了好久。

我回过头，不相信自己的眼睛，还是那样大大的眼睛，清澈的面孔，身高没有太大的变化。但，我的步伐并没有停住。也许是认错人了，也许是长得很像的两个人而已，她怎么会在我的学校……

也许，我只是还没有克服心中的胆怯，不知道说什么而已。

那或许是我见过陈微的最后一面。

高考结束了，我考上了大学。高三的那个暑假，接通了一个陌生的号码。

是陈微打来的。

“恭喜，听说你考上大学了。”那个声音，我现在还记得。

“嗯，谢谢。你现在怎么样？”

“我哇，当了幼儿教师，就整天带带孩子吧！”她在电话那边半自嘲地笑着。

我突然觉得时间又仿佛回到了多年前。

那个时候，我的声音还是颤抖的。

“陈微……”

“陈微，可以……借你橡皮用一下吗……”

“陈微……蒋老师让你……去……他的办公室一趟……”

我的眼角应该泛出了泪，我只记得我拿手机的那只手开始颤抖起来，心里很沉重和悲伤，但嘴巴上却吐着轻松快乐的字眼。

我们都长大了。

又过了些时日，陈微给我发短信，说她要结婚了。

“恭喜。”

回复了之后，我突然觉得很轻松。像是在和什么东西做了一场告别，也像是对什么东西寄予了一次希望。

我希望那些我爱的和爱我的人，能够得到幸福。

我希望那些渴望爱的和渴望被爱的，能够得到幸福。

那一场青涩无比的时光，像是一场悲喜交加的梦，恍然醒来自己还是一个人，做着一个人的事情，好像那个人根本就没有在我的世界里存在过一样。那个人与我的交集，那些时光，像是一场电影，恍惚间，像是在看别人的故事，似那风中的纸屑，飘荡在记忆里，舞动在青春里。

现在想来，就像是浩瀚宁静夜空中一颗低首摇曳的星星，发着光亮，但很遥远，很遥远。

路边的浪子

中国科学技术大学 / 阿　亭

自从爱上那个叫海子的傻子之后，我们一直喜欢在铁路边闲逛，并不是要寻死，也不是要思考有关死亡的问题，对我们而言，生命还没有那么高昂和沉重。海子对我们而言，只是青春的祭坛，就像他的诗曾是我们迷惘的青春里一朵燃烧的花一样。

我们每天在铁路上来回闲逛，或者用脚，或者用心，或者两者并用。看那路边鳞光闪闪的河流，那风里此起彼伏的花草，那在天空变幻莫测的朵朵白云。铁轨耀眼，九月的光芒也耀眼，面对着远方走着，非常舒服，甚至可以亮开嗓子对着不知名的远处呼啸几声，任生命的琴弦在拉伸的极限处震颤。

有时我们还开玩笑似的平躺下来，你在平衡木的一端，我在平衡木的另一端，仰面对着蓝得令人眩晕的天空，感到脊背的凹陷处被铁轨挤压得隐隐发疼，再慢慢地向彼此靠近，手碰着手，然后不自主地勾上，小声地说一句“你感觉到了吗”。

是的，远处通过铁轨传来的隐隐的雷声，不是听到的，而是贴着地面的身躯感觉到的。这么说着，好像就真的有一个大家伙喷着烟雾和火苗靠近，无情地吞噬着铁轨，再从我们的身上轧过去。但是，我们仍没有起来，因为火车并没有来，一切都只是我们的幻觉。

这时，天空中翱翔的一只雄鹰进入视域，我们眯着眼，目光跟随着它，仿佛它是光荣的使者。突然，它对着太阳的方向打了一个滑翔，那样子真是太帅了，我们忍不住欢呼起来，为它喝彩，然后从铁轨上爬起，跟着它飞奔起来。我们不得不为它感动，因为它不会为我们重复刚才的潇洒身姿，那感动的一刻也不会再出现了。

九点一刻，我们跟着雄鹰跑到了山坡上，一点也不觉得累。往坡下去，是一个湖泊，天色和水色浑然一体的蓝。如果我们过去，就可以一整个下午都待在那里，这样我们就可以卷起裤脚，去捉沙地上和石缝里的螃蟹。我们穿着短袖衫，戴着白色的鸭舌帽，既不热，还可以透过鸭舌帽在眼部罩下的阴影看向很远的地方。要知道入夏以来，我们就喜欢上了螃蟹那带着金属味的肥肉，还有那湿润而发酸的贝肉。在湖边，一个下午我们就可以装满两个篮子的螃蟹和贝壳。湖泊很美，沙地很软，我的脚很小，细浪湿津津地舔着人的脚丫，再也不会想到去玩别的游戏了。

可是我们没有过去。我们看到了一个围着篱笆的果园，那里面全是金灿灿的橘子。那种璀璨的金色如同向日葵般流淌得肆无忌惮，深深吸引了我们，我们飞奔过去，义无反顾地靠近那四处伸展的芒刺，攀缘着藤蔓的篱笆裂开了一个小口。

我们进去了，像打开书本一般，面前展开一个缤纷的世界。胆小的人猫着身，蹑手蹑脚地走着。风吹动的时候，头上的树叶沙沙地响，我们吓得匍匐在草丛里。橘子的清香在空气中弥漫开来，一不小心口水就流出了嘴巴。

又一阵风过，一些树叶掉到了身上，伸手拂开叶子，四下一望，并没有什么人看守。踮着脚尖站起来，心中怀着焦虑和紧张，生怕什么时候被发现，再被赶出去。

这里多美啊，一个一个金色的圆球往绿帐上堆着，一群麻雀扑腾下来，天空也拉低了。篱笆边爬着矮牵牛，那牵牛幔帐下是一个小木屋。天，要是里面跑出一个人，或者蹿出一条狗，我们可就惨了。可是他说别怕，然后几个果子就塞到我怀里。于是我也伸出手去，摘了几个金色的圆球。

我们摘够了，也吃够了，就觉得热，想潜伏到小木屋的水龙头边喝水。是的，这里没有狗，也没有人，说不定是个荒废的果园呢。我们悄无声息地靠过去，呀，近了才看见，屋里有个老人哪。她居然笑着坐着，安静地看着我们，眼神中带着期待和默许。我们紧张的心缓和下来了，大胆地打开水龙头，把头伸下去，张开嘴巴，大口大口地喝起来。

然后我们默不作声地走了，像所有被宠坏的孩子一样。乡里的风俗，从来不会拒绝路边摘果吃的行人，可是我们不是行人，我们是贪玩的孩子。我们再次迅捷地穿过篱笆，回到了空旷的路上。

我们紧挨在一起，向前跑着，口中冒着热气。远处树丛后面驶出一列火车，带着沉重的喘息声。我们对着车大喊起来，最后因为声音不够洪亮而用力挥着手臂。我们喊呀挥呀，仿佛风托着我们，让自己的声音和影子都进入旅行者的耳中眼中。

当火车在小站停下来。我们就站直了，大声喊出我们心爱的诗歌。

《五月的麦地》

全世界的兄弟们
要在麦地里拥抱
东方，南方，北方和西方
麦地里的四兄弟，好兄弟
回顾往昔

背诵各自的诗歌
要在麦地里拥抱

有时我孤独一人坐下
在五月的麦地　梦想众兄弟
看到家乡的卵石滚满了河滩
黄昏常存弧形的天空
让大地上布满哀伤的村庄
有时我孤独一人坐在麦地里
为众兄弟背诵中国诗歌
没有了眼睛也没有了嘴唇

那些可爱的亲人，就摇手向我们回应。有些美丽的姑娘，还抛下手绢来，然后被月台的工作人员骂骂咧咧地扫走。火车开走之后，我们对着月台开怀大笑，就像我们一同战胜了万千敌人。

这时一个警察从百米开外向我们扬起了警棍，我们腾跳着窜逃开去，还不忘一边跑一边回过头去做个得意的鬼脸。一道闪光、一声嘎吱响、一种味道、一种生命的律动在前方，我们认出了方向。

太阳仍旧灿烂，尽管强度和热度减弱了一些。天空被阵阵秋雁推动，云朵像羊群一样四处游荡。粒粒汗水珍珠般滚过脸颊，我们继续前行。在田地里围起来的一堵墙上，贴着一个广告，“好消息”，它写着，“凌肯摩托，步步英姿”。我们不用摩托，我们用脚，于是不再看它。在围墙后面，是一圈铁丝做成的围栏，几只花母鸡在树荫下啄着草根。

我们跳起来，想要看清围栏里都有什么。在第四次跳起来的时候，我们看到一个从木屋里走出来的老妇人，举着一张呆滞发黄的脸看着我们的动静。我们说:“老奶奶你好呀！”她嘿嘿地笑了笑，转身走向鸡舍。然后，围栏里秋千架上的女孩加入了我们，我们又像鸟儿一样向田野飞射出去。

像我们这样闲逛的还有衣衫褴褛的乞丐，他们在一堆一堆的垃圾前蹲下又站起，捡拾人们丢弃的食物和可以回收的破烂，卖给那个住在帐篷里的大叔。我们和乞丐互不干扰，各自为乐，但是我们和收破烂的大叔是朋友，所以经常担心乞丐会使诈，捡没用的废物卖给大叔，于是经常躲在远处看他都往袋里塞什么破烂。

我们潜伏在远处，目光聚焦到乞丐身上，此时看见他不是蹲着，而是躺在垃圾堆的一件破棉袄上，懒洋洋地晒着太阳。我们做出呕吐状，拿石子扔他。他睁开眼皮看见我们，愤怒地站起来，用力地挥舞着手臂，甚至也捡起石子向我们丢过来。我们吓得四散而逃，一直跑啊跑啊，到很远的地方才停下来。等我们站定的时候，心里快活极了，因为我们替朋友大叔教训了狡猾的乞丐。

我们继续前进，来到邻近县城的路边，那里全是垃圾，多得像五月长在草原的野草。车辆在不远处的路上行驶，走路的行人非常稀少。我们向着路口举目张望，寻找那摇着拨浪鼓的收破烂的大叔。

每到午后，大叔就会在路口出现，我们交给他一两块铁皮，就能换到许多冰棍儿。城乡之间总会有收破烂的人来往，大叔只是许多收破烂者中的一个，但是他又和很多收破烂的人不同，他对我们太好了，简直当我们是他的孩子。只是让我们觉得奇怪的一点是，他对乞丐也好，还叮嘱我们不要欺负乞丐，惹得我们简直要跟他生气了。

有一天我们问他，乞丐是你兄弟吗？你干吗这样维护他？他听了咧开大嘴巴笑起来，说乞丐也是需要被关爱的人。

今天是一个难得的阳光灿烂的日子，云像羊一样奔跑，绿草像浪一样翻滚，人的身影在大地上像移动的小黑点。不久，响亮而有节奏的拨浪鼓声由远及近了。

我们在路口看见了他，穿一件脏兮兮、油腻腻的中山装，脚上套着廉价的解放鞋，由于走了许多路，进出过许多村子，鞋面上的泥土层层叠叠的，已经看不出解放鞋的颜色。他一手摇着一个磨得发亮的拨浪鼓，一手推着车子，车子后座上架着两个筐，而车把上挂着一个冰冻箱，那里面就有我们梦寐以求的冰棍儿。

他一到路口就注意到了我们，因为无事可干的我们经常这样迎接他，他说我们几乎成了迎接他的家人了。后来他死的时候，我们也才知道，我们还真是他唯一的“家人”。

我们跑到他跟前，抢着帮他推车。他乐呵呵地站在一边，眼睛眯成了一条线，如释重负地站在一边拍打身上的尘土，然后朝自己身上左看右看，抚平褶皱的衣角，才又转头看向在一边笑得前俯后仰的我们，嘴里吐出一句你们这些小鬼，紧接着走过来，接过他的车，并从箱子里掏出冰棍儿，给我们每人分一根。

拨浪鼓转到了我们手中，几个孩子和一个大叔热热闹闹地进村了。村不是我们的村，而是随便哪个路口就拐进去的村。我们作为大叔的保镖，尽心尽职地为他保驾护航。

我也喜欢捡破烂，我曾经写过一篇捡破烂的作文，被语文老师打了个大红叉。我曾经很伤心，但我现在不伤心了，因为那个老师退休了，而我已经初中毕业，我还知道了海子，那个老师不知道。我问大叔，你为什么收破烂啊？大叔反过来问，你为什么到处瞎逛啊？

然后我们不得不承认，他是一个有事可做的幸福者，而我们只是无人在意的孩子。可是在我们孩子心中，大叔真是一个了不起的人。他去过许多地方，见过许多人，知道许许多多的故事。而且，他还是一个真正的活得自由的人，没有牵绊，随风自由来去。他的车就是他的马儿，驮着他和他的财产到处流浪的马儿。他还是我们这儿的名人，家家户户都会需要的名人，因为家家户户都有需要卖的破烂，或者鸭毛啊什么的，连那个肮脏的乞丐都需要大叔。

有时候我在想，大叔其实是个生活艺术家，装扮成收破烂的形象到处周游世界，这样既安全，又能深入所到地方的人的生活中。是的，与众不同的人都需要一个隐藏得很深的身份。

我们继续走着，手中的冰棍儿吃完了，就开始帮大叔收破烂。我们走过各色各样的家门前，吆喝着收破烂的声音，惹得那些人家的孩子伸出一个脑袋来看，那脸上好奇的眼睛，真是好笑死了。

我们终于又碰到了乞丐，他拖着和他一样脏的编织袋过来了。他走到大叔跟前，一股脑儿地倒出里面的破烂，矿泉水瓶顿时滚得满地都是。我们对即将要发生的事情心照不宣，在旁边站着看他看了很久。后来大叔把两张五元的钞票给了他，他得意地看了我们一眼，转身向他的垃圾堆走去。我觉得大叔是同情心泛滥，像那种默默无闻的慈善家。真的，他绝对不是一个纯粹的收破烂者。你见过一个愿意多给乞丐钱的收破烂的人吗？那几个矿泉水瓶最多值两块钱。

我又问大叔，你为什么给他钱啊？他说我的钱够花了。

后来村里丢失了一头牛，人们怀疑是乞丐偷的。但是第二天人们发现乞丐死在垃圾堆里。于是，像无头苍蝇一样断了线索的人们，把怀疑转移到收破烂的大叔身上，因为村里最近没有外人到来，只有大叔是唯一的外村人，而且那段时间，他穿上了崭新的衣服。

是的，人们不会怀疑出了家贼，这会让怀着朴素的荣誉感的村人觉得难堪。南方的小村落，家家户户都存在着千丝万缕的亲戚关系，没有人会胳膊肘往外拐。那天，大叔还没有出现，毫无逻辑的传言已经像蔓草一样长满了每一处角落。

那天我们像往常一样去路口迎接大叔，跟着我们一起去的还有愤怒的村人。他们自己组织起来的村庄保护队，成员都是比我们大几岁的男孩子。他们从学校毕业之后，无所事事，又不像我们这样患了文艺青年的病，所以也不喜欢看闲书，所以就发展了勇武的一面，自发形成了村庄保护队。他们曾经也做过几件像样的事，比如村里的小孩在镇上读书被欺负了，他们就去找那欺负的人讨公道，要求他们道歉；比如村里的大妈要进城，他们自发免费载人进城；比如村里的老大爷被车撞上了，他们第一个把人送到医院去。现在村里出了这样的大事，他们不可能不管，更何况所有的传言都指向穿中山装的人。

那天，我的那些亲戚堵在了路口，不由分说地把大叔绑了回去。我们心惊胆战地跟在后面，不知道将要发生什么。

我感到无可遏制的恐惧，因为不知道犯下了什么错，一路上都有人奇怪地看着我们。

后来大叔被关在一个小木屋里，被人轮流审问，有些脾气暴躁的还动手打他。他在那个屋子里受了两天的皮肉之苦后，被轻描淡写地放了出来。因为人们发现牛回来了，它可能躲在哪座山里，或者困在了哪个阴沟，总之那头牛失踪了三天之后，奇迹般地出现了。没有人向大叔道歉，因为仍有人不相信这事和他没有关系：怎么把他关了两天之后，牛就回来了呢，要是不关的话是不是就再也回不来了。牛是田地里的重要劳力，没有人会不慎重处理。

大叔重新获得自由了，带着满身的伤颤巍巍地走着，没有推着车，因为他的车已经被砸成了破烂。没有人对他的损失负责，因为我的那些亲人中的许多人认为他活该，他和乞丐一样，作为唯一的外人像陌生的瘟疫一样滞留不去，这给闭塞的村庄带来了威胁。

大叔踏上了离开的路，他路过我们时，嘴角还挤出了一丝微笑，然后敞开平时喊收破烂的嗓门，唱出了一支不成调的歌曲：啦啦啦啦，天黑啦，回家啦。后来人们传言说，那是他家乡的歌。再后来，人们说他死在了自己的帐篷里。我们相信这是真的，因为他再也没有出现在我们游荡的路边，从此我们少了许多欢乐。

我们这些孩子，还一如既往地在路边游荡。直到有一天，有些人走了，去了很远的地方，再也不回来了；有些人还留在原地，不知不觉地唱起了那首歌：啦啦啦啦，天黑啦，回家啦……

父亲与野地

广东工业大学 / 郑金波

一

疯长的茅草葛藤扭绞在灌木棵上，风一吹，落地日头一烤，像燃起腾腾的火。张炜这样写道，我心一收紧，野地的形貌蓦地全在我脑海里浮现了出来。

那茅草，那葛藤，那灌木丛，还有那大片的香蕉树，那风吹过的沙沙的声音……

记忆的闸口大开的一瞬，奔涌而来的不仅仅只是自己流年的波涛流水，更是浩浩汤汤的关于父亲的一切……

有这样一种情，穿透岁月流光，幻化成一种性灵，连通感应着彼此的灵魂。父亲和野地之间，就存在这样一种情。

二

野地是一块田地，离家所在的村子很远，它坐落在一片丘峦谷地之中，这片丘峦谷地之中还有其他田地，但野地是最远最深的，远离人间烟火，一片自在安详，充满着野味与不羁。

父亲耕耘着野地，有多少年了，我不知道，他从没跟我说过，我只知道，自我在五六岁有记忆时起，父亲就在和野地打交道了。

父亲在野地搭建有木棚，在童年的我看来，那是个美丽的房子，这个房子全部是用稻草和树枝搭建的，分成三个部分，一个是洗澡用的浴室，一个是吃饭用的厨房，一个是休息用的卧房，不过用这些称谓似乎太前卫了些，毕竟它还是纯草木的陋室，地面是凉凉的黑土地，没铺陈水泥或其他，在那年代，若是铺陈东西那将会是笔巨额的开销，但在我眼里，依然很有情调，父亲居然把它搭建得如此有板有眼，坚固结实。要知道，在村里的家，还只是一间几十平方米的破旧的小瓦房。木棚的厨房，有张木板做的饭桌和由树枝架起来的两个固定板凳，卧房的床也是父亲用木头搭建的。年轻的父亲全凭一己之力，建造了个简朴却温情齐备的第二个家，建材全部来源于自然，坚固牢靠，不仅能防风防雨，夏天还能把墙壁的稻草板顶起来，像顶开窗户一样，四面透风，凉爽异常。这既是父亲的第二个家，也是我的第二个家。至今我还能记得这个家的形貌细节，虽然它久经岁月更迭，风云变幻，早已不复当初，时光侵蚀了它，却无法侵蚀它在我脑海中永久的记忆。

父亲从村里的天后宫那里收集来好些废弃的蜡烛，它们大多只燃烧了一小半，还有一大段可以用。野地里，这些蜡烛就是夜晚的明灯。父亲那时经常在野地里过夜，白天耕作，入夜而息，父亲大半辈子和野地粘连在了一起。那时才六七岁的我也经常跟父亲到野地里去，有时偶尔跟他在木棚里过夜。小时候的我，格外怕黑，但跟父亲一起，却能感受到满满的安全感，黑夜也就和白天一样了，我无所畏惧。

三

华南地区充沛的雨水，温暖的气候，是野地充满野性的根基。在野地，野草疯长，葛藤缠绕，灌木丛生，在这里耕作的农民看来，这不是值得赞颂的生命力，而是恼人的阻碍力。这片丘峦中的路，是这里的农民走出来的，包括父亲，而通往野地里的路，是父亲走出来的，只有父亲。鲁迅先生说，世上本没有路，走的人多了，也便成了路。这句话不完全对，至少放在父亲身上不合适，他一个人走出了一条路，他，选择走了农民这条路，或许当初，他可以选择其他路，但他没有，冥冥中这像是一种宿命。

父亲很少给我们讲关于他的故事，他经常喝酒，每次吃饭前基本都喝一些，他脾气非常暴躁，每次喝完酒后常常发脾气，因看不惯母亲的某些言行而骂她，有时也骂我们兄弟俩懒惰，因我们兄弟俩经常会为了一些家务活和简单农活该谁干而吵闹甚至打架。他说，他像我们八九岁这么大的时候，家里条件极其苦极其差，他每天天没亮就得起床挑两大桶水去浇菜，上山去割草砍柴，还整天吃不饱，一碗粥没几颗米粒，哪像我们现在这么享福。然而，其实我们看来他眼里的享福定义也就是能吃饱饭不用饿肚子，父亲打理的家只是解决了我们的温饱问题而已，仅此而已，那时家里穷的也是叮当响，我小学还因交不起学费辍学半年，我还经常抱怨，为什么家里那么穷。

也就是从平时一些零零碎碎只言片语中我得知了一些关于父亲的生平故事。父亲生在20世纪50年代末，成长于六七十年代，那时还不是雄鸡一唱天下白的时候，他童年时家里特别穷困，兄弟姐妹五六个，常常连饭都吃不饱，好不容易读了小学，遇上了“文革”，还没毕业就辍学了，但他非常好学，他曾经很自豪地跟我们说过，那时虽然辍学，买不起书，但他到处跟人借书来读，村里人有书的基本都被他借来读过，其实那时村里应该也没多少人有书。他青少年时期基本都在家里干农活，当时挑水的桶比他身子还大，我常常在脑海中想象他挑着两个桶在田埂上晃晃悠悠的身影。二十好几的时候，赶上改革开放的浪潮，村里好多年轻人都外出到广州深圳打拼，父亲和他的几个朋友一起，也向珠三角奔去。他们先后在深圳广州工地打工。那时正赶上建设大潮，他们作为没多少文化的年轻人，胳膊肘是最好的赚钱工具，体力是一个鲜明的标记。他曾经说过他在广州白云区打工的经历，新来乍到之时曾骑着一辆老式的自行车迷过路，接连问过好多人才找到回去的路，后来对那区域的路了如指掌，对此他颇为自豪，他还常说那时哪栋楼怎么样怎么样，言语之中流露着当年的豪气。他说路上涌现的大学生多如牛毛，看着他们什么实际的都不会干，他还一度在心里嘲笑过他们。而如今，我也来到了广州，我不是重走他的路，我成了一名大学生，成了他曾经嘲笑的对象，我行走在这个他曾经踏足的城市，这里高楼大厦灯红酒绿，这里翻天覆地日新月异，我已不再能辨识他曾经走过的街道他建筑过的楼，他也永远不会再看到我今日所在的广州，所驻足的大学城。世间风云变幻，岁月令人哀叹。

四

父亲大概三十岁的时候回乡了，或许是由于乡土情结或许是在外经历了冷暖沧桑，具体原因我不得而知，我常常想，如果当时他选择在城里扎根的话，今天我又该是怎样迥然不同的一番命运，这还真是不可预知。就这样，他的身份从农民工变成了农民，我不知道这是进步还是退步。回乡之后不久他承包了野地。

父亲成了地道的农民，他也是出色的农民，或许他是村里最会种地的农民。自我有印象起野地应该被父亲耕耘了好些年，那时的野地被打点得非常好，父亲用勤劳的双手开辟了一番天地，像个优秀的画家绘出了一幅丰收的蓝图，像一首歌唱的一样，那是在希望的田野上，可也许，只在童年的我看来是这样的。

野地被父亲开辟出了十二块田地，从山谷处延伸向半山坡，呈现梯田状，约有三亩，全是他一个人靠一双手用锄头开垦的，多少个日日夜夜，经历多少风风雨雨，他流的汗水，可能比我从小到现在喝的水还多。可以说，野地就是父亲用汗水浇灌出来的。

十二块田被分成两大半，主要种植作物水稻和姜薯（一种类似山药的潮汕特产），水稻主要是自给自足的，姜薯冬季成熟，卖的钱基本就是家里的所有经济来源。父亲将木棚边的那块田地挖空，引入泉水成为池塘，虽然不深但是工程量也是巨大的，他在池塘里养鱼。那时一到夏天，池塘就成了我和哥哥戏水的宝地，不过我到底没能在这浅水里学会游泳，池底太多软泥了，也不够深，一翻腾就黄泥浊浑。有时父亲会带着我们钓鱼，这在童年充满着乐趣，有父亲陪伴的钓鱼的时光，是童年里最温暖的回忆，是难得的休憩时刻。这个池塘给我带来很多的欢乐时光。每到年底，父亲就放干池里的水，抓起鱼来，那时过年的餐桌上，肥美的草鱼永远都是一道主菜。

父亲在这些田地旁种香蕉，向山坡上沿衍生开辟种植，开辟成了连片的香蕉林，香蕉林把整片野地都给包容了，可以说是野地的外围，也是野地不可分割的一部分。高大的香蕉树提供了炎热夏日劳动之余休息的大片阴凉，是野地除了木棚最重要的休憩场所，当时经常有香蕉吃，我也经常吮吸香蕉开花后即将掉落的花瓣里的蜜液。父亲在泉水流经的一个小地块上种植西洋菜，西洋菜生命力很顽强，基本上有水就能生长，而且生生不息，当然要长得好还要有肥料的滋养，在父亲的照料下，它们长势很旺，绿油油的一片。他再把下游处旁边另一块小地修整好，这块地较湿却不涝，种上了苦瓜，依势用小竹枝搭建了个小瓜棚，苦瓜结果实后，他总会留几个不摘，等到它们成熟得发黄后，就摘下把种子再弄在这块地上，让下一代苦瓜苗生长起来，这样就确保了苦瓜苗生生不息，瓜棚四季常青。父亲深谙可持续发展之道。几年后，在木棚前面的香蕉树下，父亲又种植了冬瓜，冬瓜个头极大，多的时候一次可以收割四五个，一个可以吃十几天，吃得我们都腻了。在池塘边，父亲搭了个瓜架，种植南瓜，有的就顺从它们的长势，随它们延伸到草丛里去了，当时我最开心的一件事就是去那些草丛瓜藤中翻找瓜果，每次看到结了的果实，心里都特别惊喜，一到野地就去看它们长大了没有。那时野地总是充满着丰收的喜悦，家里的瓜果蔬菜常常吃不完，然而饭桌上就也总是那几样菜，极少有肉的，肉对家里来说是奢侈品。而那些丰收不是随随便便就有的，它来自父亲精细的管理和熟稔的栽培之道，这也是后来光景变化我才知道的，当时我还并不知道其过程的不易，更关键的是，这些都是父亲自己摸索出来的方法，实实在在体现了一名优秀农民的特质。他常说："种地有种地的方法和艺术，绝不是随随便便种个东西就有收获的，你以为那些不学无术的没有谋生手段的人最终不得不回乡种地就能种得好？笑话！"

父亲绝对是种田的行家，似乎野地里的每一寸土地都融入了他骨子里，他对野地的每一块土地都了如指掌，他知道哪片干燥哪片湿润，哪片贫瘠哪片肥沃，哪片可以种瓜哪片可以种豆，哪片会有好收成哪片收成会不好，判断得一点不差。野地并不荒凉，它跟着父亲的青壮年一起发展到极致，那时的野地，像是一匹奔腾的野马，而父亲手中，握着驾驭的缰绳。

五

野地是粗糙的，这里的一草一木都是粗糙的，人来到这里之后仿佛也变得粗糙了。这里是最原始的自然，没有嘈杂的人声，没有车声，没有机器声，仿佛远离人间世俗，只有大自然的粗野，宁静的粗野。走在野地，到处是青草的气味，蟋蟀的鸣叫声在耳边萦绕，鸟儿在香蕉树上打闹，一阵风吹来，香蕉树叶沙沙地响。天空除了下雨阴天外，每天都是蓝得出奇，澄清透亮。下雨的时候我们就到木棚躲雨，由于没有建筑物的遮挡，常常能看到雨从那座山头向这座山头侵袭而来的奇观，一切灰蒙蒙的，雨点打在香蕉树叶上沙沙地响得格外清脆。父亲在野地里养了一些鸭，没有圈养起来，在野地的野性浸淫之下，鸭子也变得充满野性，觅食有时会跑得很远，母鸭下蛋的地方也会非常隐蔽，而且它们非常聪明，一发现有人动过窝，就不再去那里下蛋。它们的翅膀也变得非常坚实，有一次一只母鸭居然展翅飞到对面的山峦去，引得父亲连连叹息，后来不得不把它们的翅膀羽毛剪短。然而在野地，鸭子的天敌有很多，幼鸭很容易遭受田鼠和老鹰的攻击，野猫野狗野猪都隐藏在山坡上的茂密灌木丛中，潜在的威胁无处不在，后来父亲没再在野地里养鸭了。

野地也是泥泞的，在那里，天天跟土地打交道，人是最质朴的。在野地里，绝不要讲究穿衣打扮，担心把衣服弄脏。田地里干活，穿的都是破旧的衣服，下田的时候，如果你弄得全身都是泥土，反倒能说明你干得很起劲，若是畏首畏尾，则什么都干不了，我曾经因担心弄得全身是泥被父亲呵斥过。父亲的衣服，永远是家里沾最多土最脏的。一个农民，如果说干完活回来全身干干净净，你说他是去干活吗？后来去田里我都是放开干的，虽然累，却觉得酣畅淋漓。要知道，野地里的所有劳务，都是得靠人力完成的，没有机车没有牛。

然而种田绝不是件诗意的事情，其辛苦程度很少人能体会。如今在我看来，没有经历，妄言懂得。书本上说到的农民的生活，很多是被美化了的，很多东西在文人诗人笔下，变得十分美好，很有情调，很有悠然自得的诗意，但文人诗人是不适合种田的，他们只适合向往和想象。所谓美好，在农民看来就是瞎扯淡，因为他们深知这个过程的艰难，他们看到的是现实而不是旁人眼中的新奇与美丽。我印象最深刻的是收割时节，收割时节常常反倒是让长辈们讨厌的，因为最忙最累，夏天顶着烈日，几天内要收割完水稻，太阳特别毒，泥泞的水田脚踩上去是烫的，不断弯腰起身，跑来跑去，秸秆又弄得皮肤痒痒的，特别不舒服，收割完后还要晒谷子，在路边的公路上晒，还要除去细杂的稻穗秆片，这一切全靠人工完成，很多活要忙。小时候不太懂，没干多少活儿，更多是以一种玩的心态在田里，反倒收获很多趣味，逐渐长大便越能体会其中的艰辛。

六

成长是一个悲伤的过程，长大的过程中我们不断在遗失童年的美好，不断在遗失小时候的童真，不断在遗失小时候无忧无虑的快乐。小时候渴望的长大，在长大后看来全然没了意义，白云苍狗，岁月能摧残一切东西，物换星移。

渐渐地，我上学读到了初中，考上了高中。不知不觉中我在长大，回到家看到好多东西都变了，包括野地，时光给它们蒙上了一层阴灰，家还是那个破瓦房，旁边的大树还在，树下不一样了，以前玩耍的笑声没了，冷清了。去到野地，发现从前的木棚已被岁月侵蚀得残破不堪，父亲的精力不复当初了，我开始发现父亲老了，他不再像以前那样精细地管理野地了，野地有些曾经种植的地块长野草了，荒了。他有时去做山工，没有时间，也没有年轻时的旺盛精力来管理野地了，种植的面积缩减了，西洋菜，苦瓜，冬瓜不再种了，剩下香蕉林还在风中沙沙地响。野地这匹野马像是脱缰了，父亲的手握不紧缰绳了。

父亲不再在野地过夜了，他把木棚重新搭建了一下，变小了，剩下休息的一间而已。他不再像以前那样全身心投入野地中去了。我很久回一次家，去野地的频率也少了，每次去都有些感慨，我看到野地正在复归野性，周边的野草葛藤在曾经开垦过的地块肆无忌惮地疯长，池塘的水也浅了，父亲只经营着主要的两个地块的作物种植而已了，周边曾开垦过的田种上了香蕉树，不再种作物，我看到香蕉树下的野草也长得特别茂密。

父亲的白头发多了几许，不知不觉中，跟以前相比我发现他有点疲态。冬季收获的时候，我看到熬夜的他眼睛充满血丝。父亲依旧守着野地，虽然野地多半已经不再种植作物，野草长得挺高，但他经营的那两块地收成依然很好。父亲五十多岁了，他体质很健康，还是很强健的，极少生病，他依然是整个家的顶梁柱。

虽说一切在变化，我在长大，但我还没怎么意识到父亲正在老去，野地渐渐也在变化，但也不会有太大的变化了吧。渐渐地，渐渐地，一直都是渐渐地，当我以为是这样的时候，突然，来了突变，不再是渐渐了，父亲是，野地也是。

高考那年年初，一切便都戛然而止，在我还没意识到的时候。提前到来了的事，使得一切变得不一样。是的，我从来没想过的，无常，一下子来得这么快。而这之后，我才知道，岁月不是最残酷的，很多时候，意外才是。

这年年初，父亲倒下了，在接近六十的关卡，倒下了，在通往野地的路上，不是因为岁月，而是因为意外，交通意外。六十岁，对多数人来说，还远不是个该结束的点，尤其是对父亲而言，他还是那么健康，那么强健，他还在手握一把锄头为家里经济披荆斩棘，怎么可能就走了呢？然而现实就是这样，在没有任何征兆的情况下，前一秒我还看着他，后一秒他便已远离我，隔了一个轮回。

母亲体弱，经营不了野地，父亲走后，野地开始了没人驾驭的奔腾的生活了。

父亲近一辈子奔波在野地和家之间，最后倒在通往野地的路上，最后的最后，他的墓地也设在野地，冥冥之中，就像是一种宿命。父亲和野地，最终还是在一起，只是是父亲守着野地还是野地守着父亲，已经分不清了。

七

我对野地，依然充满情愫，那些逝去的美丽的时光，那些时候摘的瓜果，那些时候钓的鱼，那些时候父亲种的香蕉，那些小路上父亲留下的千千万万个脚印，时常在我脑海中浮现，父亲的身影幻化在野地的上空，像涟漪一般扩散开，散开。

只是现在，我怀念的不只一块地，还多了一个人。

春江花月夜

中国药科大学/王瑞源

前几天你给我打电话，说，离我回来的时间越近，你反而觉得越想我了，就像谈恋爱的人一样，无所是处心里空落落的。

听了你这不贴切的比喻，电话那头的我笑笑，看来，你是真的变了啊。

你变了，我该高兴才对。可是我总觉得有那么一丝伤感，轻轻浅浅不痛不痒的，柳絮一般飘落在我的心尖儿上。

春江花月夜，是我小学就倒背如流的一首长诗，托你的福，我现在都没忘，偶尔闲聊的时候念叨两句，朋友还会觉得我有那么一点点才华，可是，你应该不知道吧，应该不知道，我曾经那么讨厌这首诗。

那是我盼望了一年的灯会，如同鲁迅先生描写的社戏对小孩子的吸引力那般，深深勾着我幼时的好奇心的灯会。我与发小约好一起去看灯，红的绿的，大的小的，明明晃晃的，带着年味儿的灯。

在我兴冲冲穿好鞋子准备夺门而出时，你叫住了我，极其严肃地问，诗背了没。

我慌慌张张地回一句背了，然后鼓起勇气以乞求的目光小心翼翼地望向你。

你没有看我，背对着我擀着饺子皮，桌子腿吱呀吱呀地响，你只说了一个字，背。

我不知道为什么你每次都能看破我，即使你没有看着我的眼睛，就知道我说了谎。

对于那次灯会的印象，是我噙着眼眶里的眼泪，站在阳台一个人背这首长诗的第一部分，空里流霜不觉飞，汀上白沙看不见，我不懂得诗句的意思，只记得元宵节的烟花在空中绽放，孩子们的笑声传进我的耳朵，你一定不知道，我曾经用一个小孩子的恶意深深地恨过你。

我记不清你撕毁了我多少次写好的作文，只记得每周不管我有多少作业，雷打不动地，你会给我额外布置一篇文章。我记不清我度过了多少个那样的周末，只记得每个星期天，要看完桌上十几本书里各自相应的内容，有一次我气不过，推倒了所有的书，你人未到声先到，蹿进屋里劈头盖脸地骂了我一顿，我们之间的冰层，就这样越结越厚。

在我的心里，你从来是不懂我的。

有一次我放学贪玩七点钟才回家，你给我同桌的家长打了电话，得知四点钟就已经下课。我一进门，就迎上了你两下火辣辣的巴掌。我们就那样对视着，两个人的眼睛都红得吓人，我已经不是那个看不到灯会还会乖乖听你话的小孩子了，这点我们两个都知道。

那天吃饭时，你伸过手来要摸我的脸，我扭过头，不作声响地继续扒着饭，你的手悬在那里，一会儿变成巴掌，一会儿又松下来，最后叹了一口气，缓缓地放下了。

你不知道吧，你肯定不知道，那个时候我觉得自己赢了，可是我也不知道为什么，我觉得没有想象中那般开心。

你常说，我是个没良心的人，还给我举农夫与蛇的例子。

那时候你病了，曾经追着我整条胡同打的你一下子病倒了，大多数时间我一个人在家，夏天的夜晚没有风，有的时候惊雷滚滚，我就睁着眼睛看天花板上窗户映进来的光。

我不敢一个人睡，你该知道的，可你还是在我第一次自己睡不着，半夜抱着枕头站在你门口时狠狠地关上了门。那以后，我没有第二次求助过你。

自己过的时间，我享受了绝对的自由，我去医院看过你两次，第一次去，我简单地问了两句你的情况，第二次去，我坐在一楼写《英语周报》，你在手术室做心脏手术。后来你回家了，就算你病了，胸口上爬了一条大蜈蚣，你还是会在我桌子上扔书，还是会撕我的作文，还是会一次又一次，说我是个不优秀的人。那个时候我已经不跟你吵了，沉默是我的大多数选择。

虽然你很好强，可是你终究是个女人啊，所有人都说我像极了你，可只有我知道，我的韧性远不及你的十分之一。

有一段时间爸爸的腰出了些问题，牵扯着腿疼得不能走路，我正好在一个很远的地方上课，本来该是爸爸去接我，大老远地，我却看到了你的身影。

我一声不响地坐在车后座上，听着车轴吱吱呀呀地闷哼，伴随着你的声声叹息，你自顾自地说起话来，好像不是说给我听的，又好像是只对我说的。

你提及你羡慕很多同事悠然自在的生活，我能感觉到身前的你在哭，可我没有伸出手去搂住你的腰，你一直那么好强，咬着牙吞下了生活给你的一切莫名惩罚，不管是自己病倒，还是丈夫离职，你都没有跟我抱怨过一句，你依旧强势地把书扔给我，逼我做许多事，骂我没良心，嫌我不努力，可是，你没有跟我说过你过得怎么样，心里痛不痛累不累。

后来，我到了很远的地方读大学，也算是有了明确的未来方向。

你不再逼着我每周写一篇文章，可我却是停不了笔了，跟你聊新看的好书，给你看我新写的文章，你说你现在看看小说心里就会很快乐，已经不追求什么名著了，然后也不会撕掉我的东西，逼着我重写了，反而，你鼓励我，跟我说你觉得写得还不错。

暑假回家时，我一时兴起要练字，提起笔，落下便是一句春江花月夜。

你问我，还会背吗？然后戴起眼镜，去书柜找书，坐到我身边也背起来。

我小时候问过你，何处相思明月楼，是不是一个人很想另一个人？你说，是一个人，在原地等另一个人回来。

有的时候，我躺在宿舍的床上，也会想起你。

春江花月夜，五种事物，唯有月是永恒，春去秋来，江涛滚滚，花开花谢，昼夜更替。唯有那句“可怜楼上月徘徊，应照离人妆镜台”，道出了你的心酸。

不问盈亏，只顾清辉，其实，我记得灯会那天你给我包了我最爱的茴香馅素饺子，我吃东西很挑，吃粽子不要枣，吃鸡蛋不吃黄，你都知道。我还记得，你打我那天，晚上我躺在床上，你以为我睡着了，偷偷探头进门，说了一句，我再也不打你了。还有，我的手写本，第一页上，你娟秀的寄语，你写道，上善若水，利万物而不争。其实手写本你也有一个，有一次我偷偷翻到了，你写的是我用你给的三个词编了一个小故事，你觉得我很有天赋，你很骄傲。对了，其实我并不冷血的，我去医院看你的时候，不敢多说话，因为我的喉咙一直在哽咽，酸酸的很难受，你总是跟我说哭没有用，所以我几乎不在你面前哭，第二次去医院，你的手术加时，七八个小时的时间，我一直盯着一道英语选择题，却写不出答案。我知道你自己吞了生活的苦水，然后过滤掉该忧虑的，只让我自己好好充实自己，所以，我才会是今天这个样子，不骄不躁，面对生活给予我的不如意可以不声不响，埋头继续。我也觉得我越来越像你了，原谅我曾经那么不理解你。

前几天你给我打电话，说，离我回来的时间越近，你反而觉得越想我了，就像谈恋爱的人一样，无所是处心里空落落的。

听了你这不贴切的比喻，电话那头的我笑笑，看来，你是真的变了啊。

其实，我知道我们都变了，你不再拼尽全力把我困在翅膀下，使我免受风雨侵蚀，你把我雕琢成可以走进风雨的样子，便退到了一边，我呢，小时候我觉得你的刻刀太过锋利，我恨过你，怨过你，直到我走出了你的翅膀，我才发现，最悲哀最无私的，只有那轮清冷的月亮。

不管我走多远，现在都提醒自己，不问圆缺，只顾清辉。

不知趁月几人归，你是一个好妈妈，我知道得算不算太晚。

蝌 蚪

北京师范大学 / 刘秀林

四岁时跌入排水沟的那一瞬间，我以为水会夺去我的整个世界。

我家所在的那片居民区是依山傍海的，但山却是小山，海也是渔海，全没有所谓的“远山、阳光、大海、沙滩”的美感。却因为这特殊地形，夏天时总会大雨倾盆，倾注得河啊，溪啊，小池塘什么的，就像青春期小姑娘的泪腺——总是泛滥成灾。当然其中，也包括路边的排水沟。

在我四岁时那个朦胧的阴天，一阵调皮的海洋风就携带着充足的水汽雀跃而至，来拜访他的陆地老朋友。空气中弥漫着湿答答的味道，撩拨着我躁动不安的心。每到夏天，最头疼的事情就是睡午觉——我的精力实在旺盛得很，而妈妈却坚持“午睡有利于智力发展”。于是，吃过午饭的我还打着饱嗝，就从家里溜了出来。偷摸着出门前，还看了一眼在厨房中忙着跟锅碗瓢盆战斗而无暇看住我的妈妈，露出了胜利的微笑。

阴沉的天气完全没有妨碍我“逃睡”后的欢欣，但出门后看到满天的乌云我还是吓了一跳。如果当时的我是十四岁或者二十四岁，一定背得出“黑云压城城欲摧”或者“山雨欲来风满楼”这种诗句，但四岁的我抬头看了看低得伸手就能够到的天空，有了一个极大的担忧：天该不会要塌下来吧？我感到一种难以言说的恐惧，但又觉得回家这种落荒而逃有失尊严，于是决定改变路线，去找自己一直崇拜的婷婷姐——我认为她是完全可以保护我的。

十几分钟后，五岁的婷婷姐和我走在紧靠居民楼的一条马路上。这时，先前那阵顽皮的海洋风在被山峰挡住去路许久后，一气之下把暖温带海洋的水汽摔了个满天。我们两个同撑一把伞，沿着半米宽的排水沟走着，在风雨中飘摇，好不自在。姐姐忽然从排水沟的这边，一脚跨到了那边，又从那边一脚跨了回来。这对于一个五岁的孩子来说，仿佛没有什么难度。但在四岁的我看来，却是如此危险而潇洒。于是我提议她在排水沟的另一边不要过来，我跨过去跟她一起走。

“你？”姐姐瞪大眼睛看着我，“肯定跨不过来的！”

我感受到莫大的侮辱，以及对自己的弱小的愤怒。眼前一米深的排水沟波涛汹涌着，滚动着湍急的雨水。然而士可杀不可辱，我像一个慷慨赴死的骑士，一咬牙一闭眼，一脚跨进了排水沟中。我已经忘了水是怎样的凉，耳边回荡的尖叫声究竟是她的还是我的，只记得水一下把我淹没了。那一刻，我担心自己以跟地面平行的视角看到的画面竟成了最后的诀别，死亡的恐惧从那时开始紧紧抓住了我的心。不过，还没来得及多品尝几秒死亡的滋味，我就很快被一双有力的大手拉出了排水沟——一位路过的叔叔救起了我。很多年后，妈妈还会絮絮叨叨说起那天多么幸运，而我是多么顽劣。

在我跌落排水沟的马路上，有一个岔路口，连接着一段下坡路。这个坡并不陡，但却十分漫长，一直延伸到远处，直达我就读的小学。这段下坡的一侧有一个大池塘，另一侧还有一片不算很茂密的小树林，加起来简直就是孩子们的天堂。小树林里可以玩的东西极多，先不说爬树和挖蚯蚓，单是夏天知了爬树的时候，晚上去拿手电筒照“知了鬼”——也就是知了还未长翅膀的幼虫，就再好玩不过了。捉得多了，撒上点盐，回家叫妈妈用油一炸，就是一盘极其美味的小菜。后来读到法布尔的“四年黑暗中的苦工，一个月阳光下的享乐”，才发觉自己竟剥夺了“知了鬼”们一生唯一的欢乐，实在是残忍得很。

不过，冬天的小树林只剩下光秃秃的树枝，也没什么生物，实在乏味得很。倒是小池塘，一年四季都有得玩。冬天最好的当然还是结了冰，那时也没有滑冰鞋，只是几个小伙伴一起去冰上走走，为的就是一步一滑地出洋相，供对方取笑。当然这种活动是被大人严令禁止的，在他们眼里从来没有冻结实过的冰，于是还是要期盼着夏天的到来。蛙声四起的时节，小池塘边上总生着茂密的芦苇，蚊子多得像一股嗜血的黑旋风，稍一靠近就会起一腿的包。但我们总也不惜冒着喂蚊子的风险，在小池塘附近“寻宝”。无论是一只长相奇特的虫，或者一株线条完美的植物，都会成为向其他小伙伴炫耀的资本。

这段趣味盎然的下坡路成了我上学和放学路上最大的期盼，但也成了最艰难的一段——每一次匆匆离去都是忍痛割爱。有一位阿姨时常向我妈打小报告，说我上学时不仅出发最晚，还时常在小池塘边逗留许久才离去。我对于这位阿姨的情报来源百思不得其解，贪玩的时候总觉得自己被跟踪了，如芒在背，实在扫兴。后来跟妈妈去她家做客时，站在她家阳台上才发现，她家前方就是马路上的岔路口，正对着那条大下坡，一切尽收眼底。

即便妈妈再三警告“掉到池塘里一下就会淹死”，但我还是无法做到“离那个池塘远远的”。一则是因为玩心很重，更重要的是，我急切地想找到那最稀奇的玩物，从而得到小伙伴们的一片赞叹和羡慕，其中包括我们班上学习最好的男生陈浩。在我还分不清 45 和 54 之间究竟应该填大于号还是小于号的时候，他就已经会背九九乘法表了。我时常在上课时侧过身去，看着他坐得板板正正地听讲，像一把摆得很正的小板凳上面架着一个大大的脑袋。这画面是一道百看不厌的风景，我也因此“吃”了老师不少的粉笔头。我无法理解一个活生生的人是忍受了多少痛苦才能一节课都坐着一动不动，于是更加佩服他。他把铅笔盒摆在桌子左上角，我也摆在左上角，他有时把脚伸到前面同学的凳子下面，我也把脚伸出去搁在前面同学的凳子下，有时看到他挠一挠头，我也要挠一挠……仿佛通过这种方式，我就跟他建立了某种神秘的联系。可他除了收作业的时候，从来不跟我说话，甚至看都不看我一眼。只有一次，我在教室后面的泥地上发现了一只触角很长的蜗牛。那两条像小天线一样晃动的柔软触角，用手一碰就会缩回去，过一会自己又长出来。大家纷纷跑到我的座位上来观赏这只神奇的蜗牛，拨弄它的触角，而在包围中得意忘形的我看到那颗熟悉的大脑袋也凑了过来，脸立刻涨得通红。

从那以后，“寻宝”对我来说不仅仅是好玩的游戏，更变成了“为荣誉而战”的竞赛。我在小池塘、小树林逗留的时间越来越长，阿姨打的小报告反而少了——大概是因为她根本想不到我那个时间竟然还专心致志地寻宝，而不是坐在教室上课。

终于有一个阳光灿烂的中午，那还是在春天的尾巴上，我穿着小棉袄懒洋洋地顺着大下坡往学校走。走到小池塘边上，惊喜地发现那里面竟然密密麻麻地游动着黑色的小蝌蚪。我发誓自己以后再也没见过那样美丽的黑色，像绸缎般光滑的黑色。随后我意识到自己可能是班里第一个发现小蝌蚪的人，要是能抓一些带到学校去，那该是一件多么光荣的事！我仿佛看见了自己包裹在大家的赞叹声中，陈浩的大脑袋也朝我微微点着以示赞许。我当即倒光了矿泉水瓶中的水，蹲在池塘边一心一意地抓起蝌蚪来。一开始是想要直接往水瓶里灌水，这样水里的蝌蚪就能一起进到瓶子里，无奈矿泉水瓶的瓶口太小，每次只进得去几只。我便胡乱挽了挽袖子，用手捉了起来。小蝌蚪真狡猾啊！明明看见它在那里没有动，但你一捧水舀出来，居然就不见了。我气急败坏地试了又试，矿泉水瓶里的蝌蚪却总也不见多。

不知过了多久，终于感觉水瓶里也有一团涌动着的黑色了，这才想起来还没有去上学。看看天色，已经有一抹晚霞挂在了西边。我感到很高兴——下午在教室无聊的时光，竟然这样快就打发过去了。我把水瓶藏在书包里，装作放学一样回了家。妈妈倒没察觉什么别的，只是问我怎么把衣袖弄得这样湿。我随便找了个借口搪塞过去，悄悄把装满蝌蚪的水瓶藏在了冰箱。随后的晚上，我翻来覆去睡不着，只期盼着第二天快点到来，好把战利品带到学校去——这大概是我第一次期待去学校吧。

第二天，我从冰箱拿出自己的水瓶，大吃了一惊——我的小蝌蚪们连带着池塘水一起冻成了冰块。那一个个黑色的小东西以各种奇异的姿态凝固在冰块中，拥挤着像火龙果的种子：有的尾巴笔直笔直的，成了一个大头的叹号；有的则打了个弯，成了问号——当然每个的弯都有着不同的弧度；有的干脆把尾巴贴在了头上，分辨不出了。我感到一阵难过，但想想这也算难得一见的标本，就又高兴起来。我把它塞进了书包的内层，紧紧贴着我的后背。

到了教室门口，我还在思索着什么时候把宝贝拿出来时，正在教室中间巡视的班主任叫住了我。班里熙熙攘攘的读书声立刻小了下去，全班都安静下来。我看到老师一张毫无表情的脸，正隔着大半个教室审视着我。

"昨天哪儿去了？"她问。

我没有说话，心里快速地在编织一个谎言。生病了？不行，万一打电话问妈妈怎么办。在路上摔倒了？可是没有伤口啊。迷路？不可信……

"没听见我问你话？！"老师的声音提高了一些。

我当然听到了，我心想，这不是在想怎么回答你吗。

"你不说，是吧？"她走到了我面前，居高临下地逼视着我。

老师们总会这一套，好像你不按照她说的做，天就会塌下来一样。我决定沉默，无论如何都要保护我的宝贝——它正凉凉地贴着我的脊梁骨，让我感到安全。

"不说就去墙角罚站！"

去就去！我甚至略带兴奋地准备走向墙角。

"报告老师，她去捉小蝌蚪了。"

正当我以为事情就这样结束时，听见这样一句话，简直难以置信——倒不是因为不相信有人看见了我捉蝌蚪，而是因为看见了说话的那人，站得笔直，一个大脑袋竖在上面。

他说："老师，我亲眼看见她在小池塘旁边捉蝌蚪的，装在一个矿泉水瓶里。"

他说："老师，小蝌蚪是益虫，捉小蝌蚪是犯罪的。"

他说："老师，应该让她把小蝌蚪交出来放生。"

他说："老师……"

这时，外界的声音渐渐遥远，我只觉得后背上的那一小块冰冷瞬间炸裂开来，扩散至全身。彻骨的凉意从头到脚，从里到外包围了我，像我四岁时跌入排水沟的那瞬间。

记忆中我仿佛还是被赶到墙角罚站，但溢水的眼睛却看不清周围的画面，因而记忆也是模糊的，仿佛被水淹没了，只能隔着水看到折射过的、扭曲的人脸和扭曲的世界。老师终于被我惊天动地的哭声吓到，连声安慰我"知错就改就是好孩子"。但她根本不知道，我究竟为什么哭。

放学后，我来到小池塘边。解冻后的水瓶洇湿了我的书包，还有我的后背。我恍惚地记得——有时我怀疑当时红肿的眼睛是否看得真切——那些小蝌蚪又在水瓶里微弱地游动起来。我把它们放回池塘，看它们一点点地恢复生机。

我这样一直一直看着，夕阳温暖地抚摩我的脸。直到最后，小蝌蚪们扭动起灵活的腰肢，游到池塘深处消失不见了，如同我渐渐远去的童年。

从前有座山

东北师范大学/赵晓迪

我好像已经有很久没见到外公了，他可能已经死掉了。他到底是什么时候死掉的？四五年前的春天？夏天？秋天？也可能是冬天吧。但这个暑假又是谁蹲在我家的门口送来馍馍和桃子呢？我好像忘了。

一

外公这几年搬到老宅去住了，门口有一株槐花树，每到四五月的时候就燃烧起满树的白，阳光穿过缝隙散落在地上碎成一朵朵花。他喜欢在欲睡未睡的午后，搬着板凳蜷缩在树下，沉吟的故事随着槐花甜淡的香味混合着苍老的烟草味儿悄无声息地消散。

外公的爹年轻时候是十里八村的名医，什么病到手便能治愈，也慢慢地攒了些家底，后来常年卧在床上抽大烟，屋子里整日烟缠雾绕，活活地把老婆气死了。外公他娘是后娶的，他娘生了四儿一女后没几年，他爹劫数耗尽留下一大摊子事儿就去阴间找大老婆去了。外公一直对医生这个职业不感兴趣，直到他爹去世，也没有跟着学过一天。他觉得世间生死平衡，他爹做医生从索魂鬼手里抢命，有生便有死，人淌着自己的眼泪来，走的时候带走别人的泪水，生时喜悦，死亦有个仪式，他喜欢看人离世之后安详的表情。

在农村，活得最累的是长孙，长孙活着活着就成了长子，一代一代生了，老了，村庄蹦着跳着笑着哭着，他们的选择在村庄的生息中湮没。外公作为长子，到了养家的年纪却没有一门看家本领，整天被他娘跟在身后撵着骂。他的三弟脾性最为乖巧，后来继承了他爹的医铺，他爹去世两三年后的一个冬天早晨，他三弟在天还没亮光的时候便起身说是出门去集市，冬日的雾气迷迷蒙蒙中有着一层冰凉，说来奇怪，那天的雾气太过浓厚直到晌午才可以看清楚不远处的轮廓，他出去抱柴，才发现三弟在屋后麦秸垛边缩成一团早已浑身冰凉，年纪轻轻便被唤走入了土。

几年之内，家里连着两位男丁走了，外公的娘依然不同意他做一个送葬人，在别人的葬礼上吹吹打打、拉拉唱唱，既不体面又很晦气，况且不容易说媒。他便背起一个破袋子，装几件衣服，坐在绿皮火车上去了陕西的宝鸡、河北的保定，说是跑着学做木匠活儿。这么说来也是讽刺，长了二十多年，我没见到过外公打磨出什么精巧的木活儿，一个洗脸盆木架也被他钉得歪歪扭扭，像是一副要散架的样子，却也在水缸旁边撑了好多年。从他学木匠一直到我出生这将近三十年的时间，他到底经历了什么并没有对我讲，可能缺少一个暖暖的午后，一堵可以晒太阳的老墙，或许只是他嘴上少了支可以燃烧一下午的草烟。

二

炮厂在我对它产生记忆的时候，它红色的砖墙已经痕迹斑驳。在有大风的日子，站在墙边，深红色的砖块有些已经被风化，吹下来一层层的粉末在童年微闭的眼睛里像是漫天花雨。

炮厂不生产鞭炮，这是在我记事之后，或者再早几年的事情。它早已经是一间间空房子和衰老的墙组成的大院子。三四十间瓦房里只有两间住着人，一间住着外公外婆、我和表妹，一间作为佛堂烧拜。其余的房间堆着些干草，窗棂上碎玻璃边飘展着一层层废弃的蛛网，一扬一扬的像是一汪水湄中摇曳的水藻。天气特别好的时候，会有光偷偷从屋顶的漏洞里钻进来，在这光影间伴随着燕子和麻雀的叫声。

我和表妹就在这些房间里伴着一股股陈旧的气息长大，每天寻找遗留的鞭炮，那气息是成熟的麦子沾满晨曦清瘦的阳光，在漫野青草衰老的流动感中被浸染在外公干瘪的唇角缓缓吁出的香烟里，不浓亦不淡。

炮厂的名气很大，后来成了村子的地标，有时候看到那么多的房子也试图去想象 20 世纪 80 年代一群人轰轰烈烈地制作爆竹的场景。热闹之后却异常安静，安静得只有外公外婆领着我生活在里面，夏夜里会有数不清的知了在粗壮的白杨树上放开嗓子歌唱。

2000 年是炮厂沉寂了十多年之后一个新的活力点。炮厂早就不生产鞭炮了，它被收拾出十几间屋子来生产粉条，这仍然是十里八村最大的厂，每天都有一批又一批的阿姨婶婶们骑着自行车迎朝送夕地工作。外公坐在院子中的铁炉边填进一铲一铲的煤块，冬天的时候，炉子边是最暖和的地方，晚上躺在他怀里，做了一个又一个安恬的梦。梦里是艳阳天，女工们的笑声碎在雾气蒸腾的生产间，碎在白杨树下的晾粉场上，到处都是马铃薯粉的气息，她们从一个又一个池子中捞起一捆捆刚刚造出的粉条，粉条刚出池的时候柔软晶莹，搭在竿子上在阳光里泛着柔光，一竿又一竿的粉条是一层又一层的帘帐，我喜欢揉着闻着这些柔软的丝。粉条最好吃的时候，是在刚出锅时，还未曾晾晒，保留着最初的鲜嫩顺滑以及马铃薯的味道。每次新的粉条要出锅之前，外公都会提醒我拿着小碗儿在门口等着，有时候我实在等不及了，就溜进去把碗递给漂亮的阿姨们，眼巴巴地看着她们给我捞一团，我双手捧着碗里的粉条跑去厨房，放些辣椒酱，放些盐，吸溜吸溜地吞进肚子里，好不过瘾。2003年面临非典，粉条厂关闭了。外公再也不用搬着凳子坐在煤炉边，他好像不知道该做什么了。

炮厂一直叫作炮厂，做了三年左右的粉条，也没有更名改姓。炮厂是村庄的一个孩子，出生时候就是这个名字，在时间里起落同随，炮厂也在变老，倒了一面面墙，垮了一根根梁。在搬回老宅之前的二三十年里，外公和外婆一直住在里面，他们把这套大院子住老了，直至有一天把它住死了。炮厂死了，但在这片土地上，新建的工厂无论是做假发还是衣服，都叫炮厂。

三

偌大的院子，没有其他的伙伴来陪我们玩耍。外婆种的花花草草，养的猫猫狗狗就自然承担了玩伴的角色。院子里有三只狗、一群猫，都被外婆养得胖胖的。猫究竟有多少只，恐怕现在我也数不过来，一窝一窝的小猫在还未长大的时候就被左邻右舍抱走了。但我们的玩伴从来没有缺少过乐趣。外婆悄悄在院子的土路旁撒下指甲花的种子，等到夏天的时候，指甲花就开了，粉色的，深红的，单层的，多瓣的都有。晚上，外婆把指甲花掺着一点明矾糅在一起，贴在我们的八根手指上，用摘来的豆荚叶子包裹好，最后用缝衣服的线一圈圈缠绕起来。外婆说睡一晚之后，指甲就会变成漂亮夺目的红色，但是左右手的食指是不会涂指甲花的，不然就会遇到老人们所说的鬼。

每到晚上，最开心的就是等待着盖灭煤油灯。黄豆大小的光一闪一闪的，却怎么也不够明亮，如果外面刮起大风下起雨，灯芯的微光就在窗户上那层塑料的翕张中随意摇晃，外婆就是在这孱弱的光影里忙完了锅碗瓢盆，插上门闩，搂着我和表妹躺在被窝里。我每晚必须要执行的任务就是熄掉煤油灯，在盖子盖上的那一刻，屋里瞬间就暗了下来，我会神色慌张地赶紧钻进被窝里，等着外公在黑暗里变换着声音讲王母娘娘，讲玉皇大帝，讲西天老母，讲转世轮回，讲因果报应，有时候讲到鬼魂抓人的地方会有我们的尖叫，会有外婆吵外公的责备声，外公哈哈哈地笑，不一会儿便有鼾声。我倒睡不着了，月色足够好的话，窗子边的木桌上会有白杨树的影子，夏天是一片一片的叶子，如果仔细闻，或许还有风的香味。冬天就瘦缩成一条一条的枝干，像是一根一根的虫子，却从来不咬人。

夏风再起的时候，河塘中绵延的十里荷花慢慢地就会弥散着甜而不腻的香味。炮厂背靠着河堤，翻过河堤便是一条深流的河水。当蒲公英的细秆开始和秋草一起衰老，河堤旁的野菊花却开满了眼眶。灰白色头发聚拢在后面梳成的小发髻，在她那双三寸小脚的碎步中一摇一晃。她的四周是闲散的我和表妹，还有那三只大狗。野菊花有硬币那么大，它们的颜色比连天秋草还要绚烂，摘下来还未凑在鼻尖就有一股淡淡的清冽的香味。余晖脉脉的时候，外婆便会带着我们来摘野菊花，她说用野菊花填满枕头对小孩子睡觉有好处。我们满心欢喜地争着告诉外婆自己想要什么样式的枕头，那股开心劲儿像头顶偶然飞过的喜鹊。

四

在粗糙的雕花木窗下长着一株粗壮的爬山虎，它枝叶缠绕着伸出触角搂抱着砖红色的屋顶，夏天黄昏的时候远远望去，像是绿海里点缀着些胭脂红蕊。秋天到了，爬山虎的叶子有的被日子染成了棕黄色，有的是少女脸边泛起的石榴红，而有的还在眷恋夏天。爬山虎会结出小球形的浆果，熟了的时候就被冻成了蓝黑色，披着一层白色的薄纱，有一些不知名的小鸟会像发现了新大陆一样前来啄食。这个时候，我带着表妹踮起脚尖去摘这些浆果，然后放入一个土黄色的瓦罐里，等这些浆果攒得足够多了，外公便会拿来酿酒喝。

我和表妹最开心的日子就是陪着外公在菜园子里劳动，与其说是劳动，倒不如说是捣乱的好。秋天的时候，菜园子里有许多的大蚂蚱，还有一种被我们叫作老扁担的虫子，最让我们不理解的是那么好玩的蝗虫为什么会是害虫呢。我和表妹在园地里追逐着去捉啁啾鸣叫的蟋蟀，小黑狗会在后面汪汪地叫着一蹦一蹿地伸着红舌头追着我们，那舌头可爱得像是一颗红草莓被含在嘴里。有时候我们会拿一个瓶子把捉来的蟋蟀和大青蚂蚱装起来给小黑吃，而有的时候就用狗尾巴草把它们串起来。这个时候外公会手扶着破旧的草帽拉着长音吆喝我们不要踩着大白菜和萝卜，还有不用支架的豌豆角。外公的声音像极了学堂门口老柏树下的那个在秋风里喘息的铁铃铛，这个时候表妹会向我眨巴眨巴眼睛，那双眼睛里泛着阳光下的河水的粼粼光泽，然后她会笑着拉起我一蹦一跳地跑到红薯地里拿一个小木棒掘红薯吃。连接红薯叶的黛青色的茎特别地脆，轻轻地掰一下就会断成两截，但是因为有外面的一层皮连着就不会全断掉而是像项链一样。每当我们把翠绿的茎折成长耳坠，外公便在这时候眯起眼睛呵呵地笑起来。

等夜晚来临，月亮胖了，外公会在庭院里升起篝火，表妹坐在外公的左腿上，我霸占着外公的右腿，我们两个都静默无声地听着外公唱起豫剧。等到兴起的时候，外公会站起来慢慢地走到屋里拿出来两个手电筒，带领我们到炮厂后面的河边去找螃蟹。我们拎着两只小木桶屁颠屁颠地跟在外公的后面。秋天，沙河里的水慢慢地就少了，露出了许多沙地，上面遗漏着很多地不规则的石块，这些石头特别硌脚，但是那些螃蟹有的会栖息在这些石头上，并同石头融为褐色。岸边的河水很浅，远处还有渔船在漆黑的水面投来暖色的灯光。外公拎着其中一只小木桶走在前面，我们走在后面，用手电筒照到螃蟹时我们并没有把它捉进木桶里，我拿着手电筒为表妹照着螃蟹，她则拿根木棍把我们看到的螃蟹赶回河里，然后我们都会偷偷地对着对方笑，仿佛完成了一件很神圣的任务。偶尔，手电筒的光照进水边时，会看见有大虾在水边停留，因为夜里在灯光之下，大虾的两只眼睛就变成了亮晶晶的红色，我怀疑是两颗小夜明珠镶在它们的眼眶里了。外公看到了只是掏出草烟，烟头的红光点亮远处的渔船。

五

外公终究没有成为一名职业的送葬人。他的日子过得太平淡了，淡得好像世上没有这个人，他们这一辈从泥土中长成的人，活了大半辈子竟又被生养他的泥土掩埋了大半的腰身，早已经被时代浪潮遗忘消磨掉渴望，他们活在生活的边缘，却又把边缘活成了自己的中心。外公最大的成就是做了一辈子的农民，平凡地甚或是悄无声息地忙弄他的菜地，翻犁几亩薄田便是最好的理想与愿望。把日子熬成粥，挤压成面条吃进肚子里，他好像只能这么活着，像他所生长的村庄一样，日复一日，年复一年，终于老去。

他把早年的愿望实现了一半。他成了一个戏班乐器的制作艺人，方圆百里只要有乡村唱戏的地方就有他制作的唢呐、梆子等乐器，但是他从来不在葬礼上亲自吹奏，他在打磨竹管的时候，可能只想做一个艺人，可能已经忘了送葬人的梦，可能吧，就是这样。晴天的时候，外公会把一根根竹管刷上棕色的漆放在阳光充足的地方晒干，看着一根根竹管从带着水分的绿色变成深沉的棕，时间应该也在这时候顺便停歇下来。阴雨天，我们就坐在一根微黄的蜡烛旁边听外公给这些乐器试音。外公的蜡烛放在一个大的茶缸里，一根一根的蜡烛燃尽堆起一层一层的蜡油，竹管就在这烛光里，在外公的老花镜里被装进薄薄的芯片，长短不一的竹管吹出不同的声音，有的脆，有的沉，有的悠长，有的短促，吹吹打打就是一段段豫剧，高亢的也有，更多的却是悲情。

总是感觉外公的手特别神奇，把农人生活中最朴实的喜怒哀乐、婚丧嫁娶表演在自己的乐器上，奏响在村野之间，迎来黎明，送走黄昏。我和表妹常常趁外公不注意就把他的乐器偷到最南边角落的空屋子里，按照戏本，你打鼓，我敲锣地咿咿呀呀唱起来。外公听到了只会悄悄站在破烂的木门外呵呵地笑，却不说一句话。

他的头发在黑与白之间彻底地迎来了冬日树枝上积压着的雪。他不再动手打磨那些乐器，学了一辈子的手艺终是要闲下来，村野之间平淡的生活，鸡犬相闻的日子波澜不惊的水样汩汩淌着。冬日里不下雪的日子，我们兄妹两个喜欢搬着小板凳和外公一起坐在背风的角落晒太阳，在坍圮的围墙边拉长了一张张剪影。薄薄的光带着一丝的慵懒，却是暖暖的，像是外婆脚边卧着眯眼的黄猫。那些闲置许久的唢呐、二胡全部都会聚集在一起，敲锣打鼓，弦鸣琴唱，在一段段唱词故事里重温着一场场褪掉华丽颜色的梦。在外公的声音里，已经习惯了没有唢呐的村庄不知不觉间就丢掉了、湮没了什么，却进行得天衣无缝，流水样自然。白日里的热闹在酣梦里丢掉了魂魄，成了一摊挣扎的沉寂，在声嘶力竭的挽留中还是嘶哑掉一个年代的记忆。也许外公早已预料到，这些喧闹着的音响将成为会发音的哑巴。或许他累了，而它们累得只能艰难地游荡在家家户户的炊烟中，无所依托，飘零成云。

六

一直没感觉到外公在变老，他过得太平淡了，他的静默已经要使我把他忘掉了。但是，我突然发现没有唢呐的村庄老了。

外公的村庄是全中国的村庄，这些村庄挽起手并起肩一同迈向衰老，昨天还坐在村头桥上和你饭后问好的大爷，今天就在大马路上搭起了哭丧的灵棚。刚刚还拉着你的手，说让你下次回来去她家院子里摘枣子的奶奶，还未等你从城里回来就挂上锁归了尘化成土。年轻人哪，一波一波地长大，光阴弹指一挥间，他们像一茬又一茬的韭菜长在喘息的村庄，被繁华的都市拿着锋利的镰刀割掉。村庄里面不到过年，你很难再看到年轻的面孔。年轻人不再留恋生养他们的故土，他乡是安乐窝啊，他乡是繁荣梦，等到三四十年后，城市不需要力气了，他们才发现他乡是一场空。村庄的老人一波一波地不见了，他们不提死，却在不动声色地死。

乳白色的麦花落了，等不到人来发现了，也许不是等不到人来发现，而是它们一粒一粒地等不及了。于是，麦花死了。六月份，微风拂过一层一层的麦浪遇不到知音了，它们舞给路旁的白杨树看，舞给远处的云朵看，单单就是人站在眼前却看不到，懂它们的都慢慢死了，收割机不懂它们。于是，麦浪死了。割麦子的时候，再也不用站在车厢里面踩麦子了，不用看到它们带着秆茎躺着，而你也不用和七姑八姨坐在拉麦车上晃晃悠悠地唱着歌回家。于是，麦秸垛也死了。你甚至在清晨柳树下的麦秸堆里再也见不到大鹅蛋。这些和老一辈相关的印记都慢慢地停止呼吸，像是这个时代已经过去了，年轻人的天下已经不再需要这些东西。田地都死了，你还靠什么活着？最自然的东西都没了，你还拿什么来温补自己？

但是，最让人胆寒的是路死了。终于再也不用穿着胶鞋踩在泥泞土路上，大雨之后的道路是灾区，你一只脚伸进泥里，再抬起来的时候会听到水和泥撞击的呼哧声，最好的办法是踩在前人的脚印上，慢慢地把凸凹的泥地再踩成坦途。终于，适合踩泥土的脚老了，每一次抬腿可能就会关节疼痛，索性窝在自家的墙角晒太阳。老人们把土路走平坦了，为年轻人走成柏油路，柏油路疯狂吞噬每一寸土路，把年轻人送了出去，却接不回来他们，三四十年后回来的都是等死的架子。我说，路啊，我还记得你但是我找不到你了，路也失声了。

外公也不喜欢动了，越来越喜欢沉默地靠着墙坐在门口的凳子上晒太阳，打一个盹儿，温一场梦。突然发现他竟然也成了那群老人的一部分，离开了菜园田地，那一刻，他老了。

也许，村庄等不来懂它们的人了。

肯定，村庄一定等不来懂它们的人了。都在死。

七

突然有一天，炮厂里再也没有声音传出来，就像外公那些早已不说话的乐器。乐器只是被闲搁下来，炮厂却真真实实从眼前消失掉。这块地被别人买了，好像就在昨天我才在炮厂门口和外公告别，当再次看到的时候却成了一片烂土，只有炮厂大门边的两个大石灰柱子挺立在一堆废墟上，我的心从此立了两座坚硬的墓碑，我不老，它不倒。我站在柱子中间，看着这堆被扒掉的瓦砾，扭过身，想哭，却只能干号。也许，时间再也容不下它，我却始终没想到气势庞大的它竟然比那些弦唢胡琴衰老的速度更快更急速更迫切，我的眼睛还没有缓过神来它就消失不见，剩下的只是不知所措。炮厂真的被拆掉了。

外公和外婆搬去了老宅，舅舅在老宅旁边早已经竖起了楼房，但是外公却坚持和外婆住进老宅里。他们变得只围着老屋转了，好像这一个小院子就足够他们过完余生。外公不再拥有大面积的炮厂，也许他和外婆从来都没拥有过。有一天，外公问我，迪，有没有办法帮我把这些唢呐、笙卖掉？我诧异地看着他屋子里的这些宝贝。没人买了，现在农村有人去世好像也用不着那么多的吊孝班子，这些东西没用了，现在的年轻人也不会吹，卖了吧。

外公的这些宝贝如今堆在他的工作间里，落尘染土，一个也没卖出去。

他不再做这些东西了。

搬到老宅一年后的冬天，外公的娘已经九十多岁高龄，一直和小儿子居住在城里，有天下楼梯的时候摔坏了，整个人被送到乡下来，精神恍惚之中还在喃喃自语着记挂在城里的小儿子，干瘦如柴的她最终也是没有熬过那一年的冬天，终是在腊月二十八那天把自己摔进棺材。她的葬礼是我二十多年来参加的第一个葬礼。天很冷，零星地飘着雪粒，外公作为长子在灵牌前摔了盆子。前往墓地的时候，女人队伍们头戴宽宽的孝布，围着棺材悲天痛哭，外婆一路被母亲搀扶着，声音嘶哑地哭不出眼泪来了。男人队伍们各个面色沉重，悄悄抹着眼泪。我跟在外公身后怕他有什么闪失，他始终没落一滴眼泪，沉默地看着厚重的棺材缓缓被人放下坟坑，直至平地上垒起一堆土。晚上安排完宾客们的饭菜，送走了他们，一切都收拾干净，许久才发现外公不见了。

那半夜外公失踪了，我们拿着手电筒走上漆黑的河堤，只听得远处广袤的原野里有时断时续悲怆的唢呐声，那声音从麦苗中的墓地传来，像是风在低吼，也像是无人之境里绵绵不断的哭声。这是我听过的最沉重的唢呐声，想要竭力地唤回他生命中所有死掉的人与物，呼唤声里有他那做医生的爹，有他的二弟和三弟，有他的娘，有他的炮厂，有他的村庄，有他的送葬人的梦。外婆和母亲站在河堤上，在远处暗夜的唢呐声里喊出了她们的哭声。从此以后，外公彻底走进了村庄的心脏，呼吸越来越慢。

从此，我熟悉的外公死掉了，他可能已经死掉四五年了，在春天？夏天？秋天？我不知道。可能就是在那个冬天的夜晚吧。以致我已经把今年暑假给我送西瓜，送馍馍，送桃子的老人是谁都忘了。

那一夜，外公终于成了他生命中唯一的一次送葬人。

八

我常常想，外公走的那一天究竟谁会是他的送葬人？不会是舅舅，不会是母亲。也不会是我。没有人做他的送葬人。

凡是死去的都会被遗忘。

凡是死去的都能被铭记？

父与子

福建师范大学/孟思佳

世间情动，不过盛夏白瓷梅子汤，碎冰碰壁当啷响。那天，摸着爷爷家墙壁上留下的坑坑洼洼的一撇一捺，我想，这大概就是我和老师最初的那么一点机缘吧。如果你和我一样，开始相信人生冥冥之中的安排。

我从小跟在爷爷奶奶身边长大，周末才被父亲接回家。从小待在爷爷家的时候，我就喜欢拿着蜡笔，学着幼儿园里老师拿着粉笔在黑板上写字的样子，在家里的墙壁上写写画画。在我的印象里，那时的爷爷和父亲并不常交流。每次父亲来接我的时候，两个人的对话不过就是那几句——“最近怎么样？身体没事吧？”“没事。”“钱够用吗？”“够。”

其实从我有记忆开始，爷爷的牙齿就基本掉光了，加上个性使然，他本身就比较少言。而成年成家的父亲也不善表达，这从小为我的不善言辞扎了根。明明亲近的人就在跟前，表达感情的方式却往往很笨拙。打小想念父亲从不说出口，最开心的是生病发烧的时候，父亲一定会放下手头的事情赶来看我。每次都好脾气地喂我吃药，哄我睡着。只是每次睡醒，父亲就不见了。这种时候，我就只能失望地再闭上眼假装睡着偷偷哭一会儿。

闭上眼，好像都能听到时光如水的声音。我今年都已经二十二岁了。

十四年前，父亲会在每个周末接我回家，雷打不动，风雨无阻。那些傍晚的一切细节依旧如昨，光从树叶的缝隙里透过来，照亮了他的背影，车座有点儿硌屁股。后座上的风景看了一遍又一遍，我从不腻，每次都很认真地在他身后出神。有次和爷爷负气离家，竟冲动地按照脑海里对父亲载我回家的路线的大致印象，走了整整四个小时。全家人都在到处找我，父母亲坐在的士上漫无目的地沿着街边找，却猜不准我究竟会去哪里。父亲没有想到，七八岁的我能记住的事情不多，回家的路只有他带我走的那条。

十四年前，我开始学唱很多很多爷爷那个年代的歌谣。每个晚上我和弟弟都搬来椅子，和爷爷一起坐在自家楼下的大榕树下乘凉，数着天上的星星，风吹过总带来一阵玉兰花香。有的时候我们也不出门，我们爷仨就躺在竹席上，他一边摇着蒲扇，一边教我们唱歌谣，最后我和弟弟就在他的歌声和枕间的玉兰花香中睡去。乌鸦妈妈和小夜莺，是爷爷给我留下的永远的童真。爷爷是当年没落的读书人，奶奶倒是大字不识一个。父母不在身边，所有作业要求的家长签字都是爷爷帮我签的。虽然他受教育的机会有限，可是笔锋苍劲有力，现在想想倒是很符合他有时候犯的读书人的倔脾气。奶奶只会说福州话，每次都要爷爷当中间人，把我的话翻译给奶奶听，或者把奶奶的话翻译给我听。

五年前，我和父亲开始频繁地争吵。我的叛逆期来得晚，但也几乎持续了整个高中。学习压力大，加上总是熬夜补课，戾气十足，和他的交流日益减少。每一个周末补课结束以后，我一出门就能看到他在冷风里抽烟等着我。他怕我饿着，总会半路找家店停留，或是冒着热气的小笼包牛滑汤，或是刚做好的油条锅边，然后继续回家的征途，在深而悠长的小巷里用深沉宽厚的背影陪着我度过沉默灰色的青春。

后来他越来越忙，不再像小时候一样定期来接我。就算是我在家，他也常常应酬到半夜才回，那时候我早已熟睡。他缺席了很多对我而言非常重要的，一生只有一次的场合。我高考的时候遇上他出差，我第一次到大学报到也遇上他出差。我开始气他埋怨他，我从来没有想过要去理解他工作上的压力和生活上的重负，我们之间的矛盾总是因为一点小事就爆发。

五年前，爷爷已经彻底掉光了牙齿。他不再教我们唱歌谣了，因为我们都已经长大了。他不再需要一字一句当我和奶奶之间的翻译了，因为我已经学会福州话了。他开始更加沉默寡言了，因为我们这些孩童都开始逃离他的手掌心了。于是，他也开始逃离家里，总是一个人往外面跑，自己去打牌搓麻将。他不爱搭理我，我也闷着气不说话。高考结束以后，我彻底搬回了父母家。

两个月前，爷爷重病住院，我亲眼看着父亲也一天天地瘦下去。他每天醒来洗漱好就出发去医院，深夜回到家洗完澡倒头就睡，日复一日，像一头任劳任怨的老牛。我没有听他抱怨一句辛苦，但他的疲惫全都写在脸上。只有一个晚上，他回到家来稀里糊涂发了一通脾气，我后来才知道那天医生给爷爷下了病危通知。

那一个月之内，我去了医院三次。明明原本十分亲近的人，我反而束手无策。每次都只能哭得一塌糊涂，没用得很。

第一次，我自己找到了爷爷的病房，因为父亲要看着他换新的吊瓶不能离开。我一进病房瞥到他因为挂瓶变得又肿又紫的手掌，一下子就哭了出来。积攒在心里多年的怨气，瞬间被大片大片的心疼掩盖。他那时说一句话已经要费很大的力气，但是他还是不停地摆手劝我“不要哭。不要哭”。以前他越来越少地和我说话，我气他；那天，他开始费力地交代我一些事情，我只把脸撇开，不想听，气他。后来我们爷俩一言不发地坐在窗前。我的眼里又慢慢噙满了泪，我看着窗外的枝条，一阵风吹落了飘零的黄叶。有那么一瞬间的恍惚，好像回到了小时候，唱累了歌谣的我们也是这样不说话的。我要走了，他最后一句话还是交代我："穿上外套，别牵挂我。"

其间我哭得太厉害，父亲把我带到走廊上透气，我看得懂他眼里对我的担心，也知道爷爷的情况不好，可我还是问他："爷爷会好吗？"父亲看着我因啜泣还在起伏的肩膀，沉默了一阵，答非所问似的回答我："老人家的病总是好得慢些。"那是我第一次，趴在父亲的肩膀上痛哭。

第二次，正好遇上父亲给爷爷喂饭，他细细捣碎了鱼肉和鸡蛋，我突然想起小时候生病，他也是这么照顾我的，只是这次他不会再舍得离开他的父亲了。可是爷爷还是和上次一样，闹脾气不肯吃，父亲想让他吃蛋白粉他也不愿意。我在一旁怯生生开了口："多少吃一点吧。"他不再反抗，父亲悄悄叹了口气，偷偷地把蛋白粉混在饭菜里让他吃下。

父亲去洗碗的时候，我开口劝他，要好好吃饭乖乖吃药，这样身体才撑得下去。他突然非常认真地，吸一口气说一个字："我——现在——不求生——只求死。"我根本控制不住地开始流泪，我知道他一生清苦，可是每次哪怕他只是眨眼回答我一次，我都忍不住想要多留他一天。

第三次，是爷爷被下了病危通知的第二天。我踏进病房的时候，父亲正躺在旁边的小床上休息。我一转眼看到心电监护仪就没忍住又哭了，一路上内心的空空荡荡，此刻都具化成了一根根缠绕在爷爷身上的线。奶奶问他还认得我吗？他用力地点了点头，伸出手在墙上写了我的名字。那个时候，爷爷已经出不了声了。他曾经是我和奶奶之间的翻译啊，他的那双手曾经帮我在无数份作业上签过字啊。那时候觉得最自然最基本的事情，现在想来却如滚滚热浪。时间啊，能慢些吗？

父亲被我吵醒，他无奈地看着我，快速抹去了自己眼角的泪水，又一言不发地开始给爷爷擦身子。而爷爷看着我，更加着急地摆了摆手。我朝他用力地点头，我知道他在叫我别哭了。他从第一次开始就是这样，连摆手的样子都一模一样。其实我可以坦然看待生死，可是我害怕告别。这列车要到站了，还没到目的地的我不知道该怎么送走已经要离站的人。更何况那个人是他呢！

第四次？没有第四次了。我再见到爷爷的时候，他已经躺在殡棺里了。我人生的前十八年，爷爷奶奶家就是我的家。爷爷出殡的这一天，我摸着墙上留下来的字迹，想着这个家从此就没了一半。那天父亲依旧忙碌，只在爷爷被拉走的时候放声痛哭了一阵，没一会儿又不得不压抑着情感处理大大小小的事情。我看着他原本合身的衬衫都开始漏风，心疼得要命。可是我什么也做不了，我只能尽我所能地使劲哭，帮他多哭一倍。

事情处理得差不多了，叔叔在宴席上终于大哭了起来，大家都上前安慰，我下意识地看了一眼父亲，他还是那样平静而落寞，这让我更加担心。自从爷爷得病，他始终沉默不语，好像要积攒所有的力气扛起压在他身上的重担，这个重担不知道要扛多久，长久或不长久都让人沉闷得喘不过气。爷爷走了以后，父亲也还从来没有失态地号啕大哭过。我只是好几次看见他和母亲在聊到爷爷生前的事时，偷偷红了眼眶，这样的他好像失去了父亲的样子，退回到一个还需要父亲的臂膀保护的二十岁少年，可是他今年也已经五十岁了。

虽然我后来和爷爷几乎断了交流，但我发现他始终心如明镜。他知道弟弟玩性大，心思很少放在学习上，他留给弟弟的最后一句话是"爷爷再也听不到你弹琴了"。他更了解我，怕我放不下，所以从第一次在医院分别的时候就不停地说"别牵挂我"，一直试图告诉我，走了对他是解脱，想让我释怀，想让我心安。这时候，我觉得我比之前二十年都更理解他和他给我的爱。现在每次要哭的时候，我都恍惚觉得他还在，他还在不停地摆手，像在安慰我，又像在告别。

我也开始理解我的父亲。年幼的我并不明白他和爷爷之间的感情维系，后来我才发现，父亲是个十分细腻而含蓄的人。他虽然不善言语，但是并未减少他对爷爷长年累月的关心。爷爷病重，他更是尽心尽力地、日复一日地侍奉在侧。

而这二十年，他更是默默地陪我走过成长的路，我的脚步从蹒跚变得稳健，他的脚步却从急促变得缓慢。是他将所有深沉的爱意都注入了我不断变大的脚印里，而我却残忍地将每一步成长都化作皱纹刻上他的面庞。那漫长的几年，我只顾着沉浸在自己伤春悲秋的世界里，竟从未理解过他看着我终于长大却数年无话可说的无限寂寞。

爷爷的离去对父亲的触动极大，对我的影响也不小。时至今日，我的父亲都未必能有把握地告诉别人该如何做一个好父亲。但这一次，他在一言未语之中身体力行地教导了我该怎么为人子女。这种感受之深刻，正是我认为生命代代相传最奇妙的地方，也是最不可替代之处。这种巧妙的传递一直维系在我们之间，在爷爷和父亲，父亲和我，乃至爷爷和我之间。

世间所有的爱都指向团聚，唯独父母的爱指向别离。送爷爷的骨灰去陵园，临近门口过往的风突然吹落了一路的花。回到家里，阳台许久不开的栀子花却突然开了。如果你和我一样，也相信那么一点缘分的话。

驯鹿的悲歌

华南农业大学/徐夕婷

“我就像守着碱场的猎手，可我等来的不是那些竖着美丽犄角的鹿，而是裹挟着沙尘的狂风。”——《额尔古纳河右岸》

——题记

所有坎坷不幸、衰败改变，都就着额尔古纳河冰下激涌的水流和呜咽的木库莲声渐渐远去。

怀念鄂温克，不是因为逝去才怀念。

那年。山中若渴，饮如水月色，山中若乏，望烟雨空蒙。额尔古纳河蜿蜒曲折，众多支流铺就了她的孕育之网，鄂温克族就在此安眠。他们世代与驯鹿相伴，在笼罩着幽蓝色雾霭的大兴安岭群山中迁徙。鄂温克人搭建的希楞柱是看得见星空的住所，树叶和飞絮落入附近清澈的河流中贴水而行，悠悠远去。河岸上铺满松针，鹿蹄踏过便溢出饱满的汁液，松软无声。白桦是最亮堂的树，像披着丝绒般的白袍子，上面点缀着一朵朵结痂似的黑色小花。放眼望去，群山绵延，满是刚劲挺拔的落叶松，耸入云天的山杨和亭亭玉立的西伯利亚冷杉。大翅长脖的白鹳灰鹳急急盘旋回巢，竖着毛茸茸大尾巴的松鼠不停地嗑着坚果，脸颊被塞得鼓鼓的，驯鹿在林间寻找带露水的青翠苔藓。鹿脖子下的铜铃被风带过，铃声回荡在山间和树梢。

松针铺地，寒月拂帐，日日月月的长风相对，岁岁年年的霜雪相催。男人们背着猎枪带着猎鹰和猎狗深入山中，一边寻找着猞猁、榛鸡、獐子，一边也防范自己成为黑熊和狼群的猎物。女人们缝制着云纹水纹的皮袍子，色泽斑斓的羽毛裙子，洗净树皮做成白桦皮盒。她们有大把的时间用来冥想、等待和守望。自给自足的鄂温克人，偶尔与外地“安达”交换物品，比如驯鹿喜欢的盐。四棵粗细合适的樟子松之间会有不上锁的靠老宝仓库，狩猎中走散的人就会依靠靠老宝救急，恢复体力后，一路打猎，打到什么吃什么，直到驯鹿的铜铃声响在耳畔，就是回到家了。严酷的生存环境中，人类不过是食物链里的一环，瘟疫、严寒、猛兽，让死亡变得像一层触手可及的纱。逝者都用风葬，一种挂在树上的葬礼，可以让灵魂和鸟儿一起飞翔，而每逢生死都会请萨满拿着神鼓围着篝火来跳神。鄂温克族崇拜的玛鲁神是光明所在，选中的驯鹿王要专门驮着玛鲁神的神偶和火种。他们不相信星星没有眼睛，不相信雷只是回声，不相信生死没有报应。鄂温克人让太阳炙烤着自己，让月亮洗濯着自己，让尘埃把自己覆盖再把自己擦亮。大山中孕育的感情朴实而真挚，文化中有野味，一种湿漉漉的水的韵味。

如今，“一段古老的传说正在消沉，他们在美好时分受尽命运的欺凌，苦痛更新，哀叹又飞升，鹿铃声在林中迷失，篝火舞仍然在飞转，桦皮船飘向了博物馆，那里有敖鲁古雅河沉寂的涛声”。鄂温克族天才的酒鬼诗人维佳这样写。总会有这样一个时刻宿命般到来，隐居一隅的文明终会暴露在大众视野里。当脆薄透明的阳光像梦一样褪去，再也没有人和驯鹿一起跨越山川湖泊，再也没有带着铜铃的驯鹿优雅地跳跃在白桦林间，在青石上溅出嗒嗒的响声。后来，林业局几十万林业工人大规模进入大兴安岭，进入鄂温克族的家园。鄂温克人为他们开山带路，用驯鹿和马匹为他们搬运行李，认真告诉这些外来者哪些区域要保护，哪些神树不能动——然后这些保护区域和神树就成了首要目标。森林伤痕累累，公路像铁网一样蔓延开来。

媒体喜庆地报道着“鄂温克族终于告别了野蛮的原始部落，走向了现代化的生活”。政府没收了鄂温克族的猎枪，让他们迁到山下去住，文化以博物馆的形式保存，驯鹿被圈养在小小的栏里，没有新鲜的苔藓和露水，他们变得消瘦，失去了神采。鄂温克最后的酋长玛利亚·索说：“我是不会说汉语，但是我有很多话想说，我想用最有力量的话，要回我们的森林和我们的猎枪，一想到鄂温克人没有猎枪，没有放驯鹿的地方，我就想哭，做梦都在哭。”

“是谁来自山川湖海，却囿于昼夜、厨房与爱？”

新的生活粗糙而庸俗，却以无比强悍的姿态逼人低头。留在山中的只有一两个老人，而年轻的生命总有一颗不安分的心。我似乎看到那样一个孩子，他把桦树皮投入火中，背后的希楞柱像一个沉默的老人送走了他仓促的背影。待他蓦然回首，望上一眼，希楞柱便越发矮了，斜斜的棱角越发模糊。有时他会突然想起儿时的木库莲声，当汽笛声如锯齿啮咬他的耳膜；有时他还想起驯鹿那像一汪清澈湖水的眼底，才恍然发现生命需要大兴安岭那蔚蓝而充满生机的天空，额尔古纳河右岸那潮湿带着腥气的大地。

也许这孩子就是那个灵气逼人的鄂温克女画家柳芭。毕业于中央民族大学的她和她构思奇特的皮毛画曾轰动一时，却 42 岁英年早逝，醉酒后淹死在一个小水塘里。她生命中最后几年总是在半梦半醒之间，把自己活成了一道伤口，心就在这个窄窄的逼仄的刀口上跳动、凌迟。离开大山的鄂温克人大多爱上了酒，一方面是猎民长时期在寒冷孤独环境中的习惯，另一方面是生活的压抑和迷茫，像北岛诗里写的“如今我们深夜饮酒，杯子碰到都是梦碎的声音”。

就着残阳下酒，独饮这酿在血脉中的呛口的乡愁。

何处是吾乡？失去故地的鄂温克人在城市与群山间，现实生活和传统文化间纠结、挣扎、彷徨失措。对新生活的不适应，对传统文化的负罪感，还有人性的妥协与改变。“凡一种文化值衰落之时，为此文化所化之人，必感苦痛，其表现此文化之程度越宏，则所受之苦痛越甚”，陈寅恪这样论王国维之死。鄂温克人的生活不是世外桃源，虽然这似乎可以满足现代人的田园牧歌式幻想，但是他们被严酷的生存环境、稀少的人口和封闭的生产方式所制约，就算鄂温克族能独立于历史之外不被外界干扰，也总会有下山的那一天。我怀念的是他们的草木文化，狩猎文明，敬畏之心。我们的世界正在由柔软变得坚硬，对树木、河流、驯鹿的审美情趣正在被玻璃、钢铁、墙壁所取代。人们不再为有机物连接，而被无机物隔离。“草木深深，福佑其中，花果累累，生之有养。”人有信仰，进而生敬畏，生活得节制，与山川花鸟湖海共存。在迷信的光照下，树木是幸福的，树木下的人也是幸福的。他们有对感情深沉的热爱，对生命的激情，对信仰的坚守。“景仰与厚泽，禁忌与荫庇，养护与反哺，物物循环，投桃报李。”

我看到画家王罡在《陈列的历史》中那一轮大兴安岭的金红色落日，色彩忧郁。那是历史给文明留下的伤口，还有时间赋予的一层厚厚的结痂。历史的车轮从不因个人意志而停下，它注定不可阻挡，不可假设。从游牧到现代生活，远不止百年，现代的生活法则就是快捷方便，这无可厚非，也是舒适和稳定战胜了所有。只是追求高效的同时，不能多一些文化包容力吗？

生活方式的改善有多种。失去土地的农民、无法驾船的船工、不能放牧的牧民，他们失去的不仅仅是土地、船只和马匹，更是整个精神世界。时光流逝，山河远去，民族的命运和个人的遭遇其实殊途同归，有些时候，宏大理论、伟大追求都是出于个人最基本的挣扎与追求。历史的决策也许是对的，但是这解脱不了给其中“所化”之人带来的痛苦。

无论在哪个时代，直击人心的爱与苦痛的本质，仍然没有变化。我知道每一轮夕阳也都是旭日。怀念鄂温克，不是因为逝去才怀念。古典悲剧的基本定理是失败而辉煌，是个人意志在历史规律面前的失败，是已经预知到的不可避免的失败。生命的投入是人格成就的最后一道工序，而一个个鲜红的身影也构成了民族的人格。一如自沉于颐和园中那个苍凉的背影，或是伊斯坦布尔旧街上的王朝遗梦。

我抬头看了看，那一枚小小的白月光就像只白色驯鹿向我跑来，我认得它的犄角，长着一串串鲜花和浆果的犄角，带着激流和晨风的味道。它只是转过身，踱着步，不回头地向森林深处走去。

单 线

安徽省铜陵学院/程 帆

我要有意躲开像“影城”这样更加现代化的词语，让“电影院”这一早已过了风潮的词凸显出哪怕一点点的年代性和沧桑感，竭力去迎合一位年过半百的男人对于电影的零星念想。可当在这世上混了二十余年的我刚刚知晓那个我最亲近的人已三十多年未曾踏足他记忆之中的“电影院”，方才懂得那样的选词填空只是一厢情愿的徒劳，而我活到这个份上，也只是虚妄。

“啥？现在的电影还分很多场次的啊？都不一样的吗？”偶然地，当我摆弄着刚订的电影票，在家里同他说及电影场次时，他竟倏地这样问起。双唇微张，眼角和额上的皱纹似摊开的书页一层层，眼里却满是童真。当时我竟没有觉得很讶异，下意识地将现在观影模式的变迁简述给他，带着笑意。“真的跟以前不一样啦？”他将信犹疑，将刚刚的皱纹和童真复制了一遍递给我。“早就不是啦！”我复笑，像是理所当然。

以前……会是多久之前？

隔了些零碎的年月，我去了另一座城，呆立在另一座陌生“影城”的大厅内。手里攥着一张单薄的票子茫然四顾，悲伤地难以自持。

这里的年轻情侣相搂相携，好友闺密嬉笑连连。处处弥散着逸乐的分子，却久久未曾容下父亲抖落的烟灰。

我料想那是孩提时光，至多是跟我这般大时。那个“以前”，姑且想它也是个这样的夏天吧。日薄西山，夕照满满，小小的街巷被染成了一幅温柔的油纸画。那里有个男孩，兜里揣着几毛钱换来的电影票，一路跑过小店和冰棍儿摊点去呼朋唤友，然后他们几个孩子三五成群地同夕阳玩着关乎影子的游戏，最后一同隐没在巷底的转角——那里有一家老旧的电影院，一家承载了那个年代，只在那个街巷的人们独有记忆的电影院。正如那群孩子爽朗的笑声，只在那个年代。

而后呢，我就来到了那个男孩的年纪。然后看惯了那个男孩上下班，握鱼竿，看法制专栏直到睡意正酣。好像总是那么简单恬淡，恬淡出了与世无争的自然而然。而我看不到的，是夕光与旧巷；看不全的，是期望与奔忙；看不透的，是他安静时的簌簌老去的忧伤。

龙应台说："所谓父女母子一场，只不过意味着，你和他的缘分就是今生今世不断地目送他的背影渐行渐远。"粗浅读来是不以为然，觉得不免残酷和伤怀。而除了目送，可以追索的仍有很多。毕竟人有记忆与印象，而且那么美。

可渐而发现，父亲的确是在我来到世上的年月里不遗余力地诠释着一条越发单调的路线，而且节奏越来越徐缓，像深院中的一曲悠长的二胡。不论多远，他当然不会追，只是那弦音一声声拉进儿女的心里，一声声告诉我万千追逐不如归去，也终要归去。

出于求学，第二次来到杭州城。当然较游西湖的第一次来说，时限更长，也更加自由。我可以逢得任何一个周末的清晨，轻装出门，向着这座记忆中满溢着情怀的城游荡。

记得自己在数不清的同学录上写过"环游世界"，却也不止一次地在不同书籍上读到"旅行的终点与你出发时的A城没什么两样"，甚至"家乡的景与家乡的人才是最美"的说法。曾经为之迷惘不知所云，纵使如何思寻也得不到清楚的答案。

不过在西湖沿线的公交车上，我似乎可以分清游客与市民——看他或她的眼睛，而非着装打扮。设若一位杭州本地的职员，每日乘公交经西湖去上班是例行事务。而慕名而来的你上车，与他的目光相遇了，那么你对于他而言，就如西湖，或者他手里的一纸文件。他路过了你这样一个刹那风景，就如飞尘一般仓促微茫，只将眼神平缓地投过来，再移回去，荡成窗外的西湖水，平和不起波澜。你看他望湖的神情，仿佛他看见的不是烟波浩渺，而是天荒地老。

还没坐过杭州的地铁。那趟公车将我送到站前，便乘着逸兴信步进了这座城的地下，渴盼着再去体验一次来自地下的速度，竟终未如愿。我可以形容那种很挤的公交车：人流的蠕动足以将一侧的你贴上车窗，似一块补丁。而整个车厢又像是一个贴满补丁的水盆，注水与漏水的节奏总不均匀，却使之总是将满不溢。而我却无法形容那天的地铁站如何拥挤。那不是摩肩接踵的挤，或者说，那不是空间的满溢。不，也是，只是那内容物不是身躯，而是心魂。早已忘却地铁站内的所有流程，我在地下失了神，满脸惶惑，漫无目的地游荡。通过一两个不知用途的关口之后想要回到原处，刚一转身移步即被守关的警员冷峻地抬手回绝。无奈复前行，在人群杂乱的流速中踏着无助的奇异步伐，饱尝了擦身乘客的刹那气息。匆忙，木然，悠闲，喜悦。当这么多副表情涌上来，携着未知的站点诉说各自的渴盼时，有种无望将自己团团围困，反复问及何去何从。大军压境，无力回驳。自己终是寻得一处光亮逃了出去。

到底有多少顾盼会让人情牵原点，且为着一条单线甘之如饴，岁岁年年。

兀自走在大街上，那种陌生城市给我带来的冲击仍是强留不让。偶行到一家内部空间宽敞高阔的电子商城（姑且就叫作电子商城吧）外，望见里面几张长桌，桌侧整齐划一地站满了专注于电子产品的人，并时不时地以眉眼和手语交流着，嘴里念念不息。另有很多悠游其间的顾客于一旁观摩。我停在门口，要退后两步才能确认外墙面那扇全通透的宽大的玻璃幕墙，以及悬在正中的一块醒目的标志：啃了一口的苹果。我这个年纪，好奇心渐消，求知欲却叫嚣，便也踏足进门去。我自是像多数人一样，首先将目光停留在了桌上的一块块银屏上。半晌也看不出个所以然来。而出于所学专业的影响，我开始观察这间空阔商店的里里外外，一直到我的目光停留在了门外的一位擦拭玻璃的中年妇女身上。

她的身形于整面玻璃墙面之下显得那么渺小，让人难以想象她如何清洁那大块的她无法到达的高度。她的抹布更像是平整海面上的一叶孤舟，你站到越远去看她，反倒越是觉得她成了玻璃上的一块污点，一块缓缓移动的污点。无来由地，我渐渐走近她，出门，然后很羞耻地钻进疾流的人潮中偷偷打量她：更准确地来说，她俨然是中老年了。额前鬓角散布着霜白，镜面反射的阳光划开了她脸上的皱褶，把肤色也熏得越显泥黄。她双目空蒙，好像只是隔着一堵玻璃墙面，也无法看到里面的热闹景象。这很奇怪，我突然觉得她身边来往的人潮与车流，涌动的热浪与无望宛若电脑软件的效果一样被一键虚化，而我看她擦过的玻璃上却突然一帧一帧地放映出了父亲讶异的面孔和那句目送，她也好像无声地一板一眼地告诉我，她思念的人是谁，在什么地方，她的生活又是怎样。

下班之后呢，你知道的，她有可能乘坐来时的地铁回家。当然不像我，她会购票落座，目不旁视，熟稔地几乎能沿着上班路上的脚印而毫无偏差。可她像父亲，总将简单的路线反复重申，或者是那沉落的夕阳，灿烂，坚强。

前尘隔海，古屋不再。

蓦然间，我好像分明理解了史铁生先生那句“我来到这世上，玩得真是太久了”。是啊，太久了，久到父亲在楼上等我回去的灯光明晃晃，他的朦胧睡样正安详。只等我一开门，他一眼就能看见我的内心，仿佛跟我说：“嘿，别藏了。”我也想学着史铁生说一句：有过我观看的片场，就有父亲导演过的人生。

想去影院看一部淡若流水的影片，邀请老爸。我想他应是不会拒绝。因为这个生性愚顽的男孩终于懂得伸手搭着当年那个男孩的肩膀，领着他走进现世的一间更高档的“电影院”，并在进片场时小声地跟他说：“走道黑，您慢点。”我想他应是不爱烟火，也甘赴烟火了。而后，他也会在回家路上稍有抱怨：“走道太黑了容易摔跤，屏幕太大了看不过来，声音太震颤了耳朵受不了。”然后下个周末依然是买蚯蚓装渔具，搭同事的便车寻一方野湖去了。

想去影院看一部淡若流水的影片，邀请老爸。

去见北岛（节选）

武汉大学 / 许仁浩

一

八月下旬的江城，热浪仍未退去。今年的“武汉诗歌节”，在朋友圈和卓尔书店同步打开。不过这一次，北岛来了。

去见北岛，对我来说颇有几分戏剧味道。两个月前，一位年轻的朋友在北京单向街书店见到北岛，并近距离接触了这位高瘦、干净且满头黑发的“年轻”诗人。

他出发前，我在微信上说“去吧，去粉碎一个梦”，因为我知道北岛对于他的写作意义非凡。我有意用了“粉碎”一词，但蕴含其中的含义他自能辨别。活动之后，他说他必须要写点东西，我表示赞成，而他的那篇《去见北岛》也确实写得极好。

步人后尘，并冠以相同的题目，自有如坐针毡之感。毕竟我不是鲁迅，鲁迅借用果戈理的题目写罢《狂人日记》，还能泰然地自评“比果戈理的忧愤深广”。现在，我也偷懒般地盗用“去见北岛”这个题目，不论怎样，总得敷衍出一点东西来。

二

天气很好，我和另外三个朋友搭乘地铁来到书店。店门外有好几幅“2016 武汉诗歌节”的中型海报，道路旁边还增设了临时路标，安保人员也明显多了。书店里边的人倒是不多，有几个正在选购北岛的书。

从落地窗户向外望去，行道树还是盛夏的模样，树冠青绿、蓊郁。我不知道心中期盼的诗人，究竟是怎样的一副面孔？虽然北岛的脸在每个人的脑海中都能立起一方形象，但是所有真理都只有在佐以感性经验的前提下，才能更令人信服。

我们知道，北岛就在楼上。但是大家没有急于上去，情绪的闸门总是需要一段时间才会开启，我们像平时逛书店一样，安静地翻看、选购，偶尔低语几句，但目光最终还是锁定在新开辟的“北岛专区”。

最后，大家都买了几本书，有《在天涯》《午夜之门》《青灯》《城门开》和《北岛诗精编》，而我自己则带了一本三联版的《时间的玫瑰》。此刻的我们，除了“去见北岛”，还带着一个想要签名的小心思。

进入会场，已经人满为患了。我透过人缝朝前望去，看见北岛正微笑着坐在会场中心，媒体记者正拿着“长枪短炮”对他进行“围攻”。我和我的朋友站在人群外围，但心里也有些激动。终于可以亲眼见到这位名叫“赵振开”的诗人了。如果可以航拍，我想此刻的会场一定会以诗人为中心，形成一个接近规则的同心圆。

终于，北岛从文学史中走出来，从“潜在写作”和“朦胧诗”中走出来，并出现在我们面前，并在“武汉诗歌节”出现。音乐声响起来，昭示着即将到来的仪式般“相遇”。神秘的朋友，今天，我们就为一个人而来。北岛在外漂流多年，他曾说过：远行与回归，而回归的路更长。

所以，今天这里发生的一切，于我们而言都是幸运。

三

北岛位于人群的标靶中心，我站在他的对面。

音乐声结束，主持人请北岛上台，掌声成雷。没有赘余的寒暄，对话就地展开。67岁的北岛比我想象的年轻，他满头黑发，并且茂密。他的确很瘦，但精气神很好，他上身穿着一件浅色衬衫，下面配着卡其色长裤，皮鞋不脏也不锃亮。完全想象不出这是一个刚从严重中风中恢复过来的人。北岛的神情和手势都是放松的，主持人也比较俏皮，台上与台下的“第四堵墙”逐渐坍塌。

主持人显然没有忘记北岛是当代中国最会写格言的诗人。

他说北岛有两句经典诗句非常受欢迎。一句是“一切都是命运，/一切都是烟云，/一切都是没有结局的开始，/一切都是稍纵即逝的追寻”（《一切》），另一句则是文青必备的“那时我们有梦，/关于文学，/关于爱情，/关于穿越世界的旅行。/如今我们深夜饮酒，/杯子碰到一起，/都是梦破碎的声音”（《波兰来客》）。北岛安静地听完主持人朗读自己的诗句，还不忘微笑鼓掌。

之后，他开始进入自己的讲述。我不由得往前挪了挪身体，希望听得更清楚些。他的语速不快，但发音标准，语调非常吸引人。很难相信，眼前的这位诗人，中风曾让他返回牙牙学语的三岁小孩，但他又能凭借中医治疗和自己的毅力获得了“语言和言语”的重生。

北岛从他与武汉的关联谈起。他说，在他这一生，与武汉直接发生关系的次数几乎没有，但提到武汉，提到湖北，他就不免悲从中来，不免回到几乎磨平的绝望。1976 年 7 月 27 日，北岛十分钟爱的妹妹珊珊在湖北襄阳溺水身亡。那天，珊珊和几个女孩子下河游泳，不料水库泄洪，她用尽力气救出一个溺水者，但自己体力不支被激流卷走，献出了年仅 23 岁的生命。当晚 9 点多，北岛接到传达室的长途电话，是珊珊的同事打来的，那位姓李的小伙子断断续续地告知了事情原委，并希望家属派人去襄阳。对于当时的情景，北岛后面在回忆中如是说："我紧握听筒，听到的是自己血液的轰响。"之后，北岛搪塞过母亲，又分别给父亲和弟弟打电话，他用"珊珊被淹了"来避开"死"这个字眼。

1976 年 7 月 28 日凌晨，唐山大地震。所有的事情就是这样凑巧，北岛说他当时几乎觉得世界末日要到了。地震过后，他和父亲还有表姐一起奔赴襄阳，一路跌跌撞撞，他自言那时候真想和争吵多年的父亲和解，然后抱着他痛哭一场。他们借道武汉，抵达襄阳，北岛把给珊珊的献诗（珊珊二十岁生日）放进棺木，终于失声痛哭。办完这件事，回到北京的北岛每日飘荡，魂不守舍，时常感受到来自车轮的诱惑。最终，他还是坚强地挺过来了。在朋友徐金波的帮助下，他用刀片划开手指，并写下：珊珊，我亲爱的妹妹，我将追随你那自由的灵魂，为了人的尊严，为了一个值得献身的目标，我要和你一样勇敢，决不回头……

诗人曾为珊珊写过许多诗句，以下为证："为了你，/ 春天在歌唱 / 草绿了，花红了 / 小蜜蜂在酒浆里荡桨"（《小木房的歌》），"夜已来临 / 夜，面对四只眼睛 / 这是一小片晴空 / 这是等待上升的黎明"《黄昏：丁家滩》，"我要到对岸去 // 河水涂改着天空的颜色 / 也涂改着我 / 我在流动 / 我的影子站在岸边 / 像一棵被雷电烧焦的树"（《界限》）。1998 年，珊珊的骨灰从湖北迁回北京，北岛在墓盖上为珊珊写了《安魂曲》。

> 那一年的浪头 / 淹没了镜中之沙 / 迷途即离别 / 而在离别的意义上 / 所有语言的瞬间 / 如日影西斜 // 生命只是个诺言 / 别为它悲伤 / 花园毁灭以前 / 我们有过太多时间 / 争辩飞鸟的含义 / 敲开午夜之门 // 孤独像火柴被擦亮 / 当童年的坑道 / 导向可疑的矿层 / 迷途即离别 / 而诗在纠正生活 / 纠正诗的回声

北岛讲述的途中，台下寂静，连记者的快门声也停止了。诗人自己几乎也是以平静的口吻叙述完整件事情的，偶有几声颤抖也转瞬即逝。之后，他谈到记忆中的汉口是很繁华的，但那是一种属于历史的繁华，当时码头很多，人也很多。因为妹妹的离世，他并未在武汉做太多逗留，所以对武汉的印象其实相当模糊。而现在的武汉，完全就是一座大都市，信息快速流通，人群熙熙攘攘。

香港也是这样，他说。大家都在微信，都在沦为“低头族”。不过他说，抓住乘地铁、挤公交的时间，进行一点儿碎片化阅读也是不错的。可以看出，北岛一再强调阅读的重要性，而我所带的《时间的玫瑰》就是诗人阅读和思考的结果。

谁校对时间，谁就会突然老去。北岛深谙此理，所以他以自己的方式介入时间、记忆时间，最后还给自己扣上一顶“文艺老青年”的帽子，对此我感到欣慰。

北岛在台上唯一没有提及的是，他曾经还有一个除了“石默”的笔名：爱珊。

四

北岛有一张“黑色地图”，我有国有家。

有一次，我和北京的那位朋友几乎彻夜读诗。他说北岛的《在天涯》其实少有人读，大家对北岛的印象更新得很缓慢，一旦谈及他，还是停留在《回答》《一切》《结局或开始》。他说，其实北岛后期的诗写得比前期的好很多，语言的弹性、诗歌的意味、意象的丰富程度都有很大提升。那晚，我们读了《过冬》《时间的玫瑰》《给父亲》《青灯》等很多首。但始终压在我心头的却是《黑色地图》。

寒鸦终于拼凑成 / 夜：黑色地图 / 我回来了——归程 / 总是比迷途长 / 长于一生 // 带上冬天的心 / 当泉水和蜜制药丸 / 成了夜的话语 / 当记忆狂吠 / 彩虹在黑市出没 // 父亲生命之火如豆 / 我是他的回声 / 为赴约转过街角 / 旧日情人隐身风中 / 和信一起旋转 // 北京，让我 / 跟你所有灯光干杯 / 让我的白发领路 / 穿过黑色地图 / 如风暴领你起飞 // 我排队排到那小窗 / 关上：哦明月 / 我回来了——重逢 / 总是比告别少 / 只少一次

每读到“黑色地图，我回来了”，我的内心就会有一阵波动。诗人多多有两句诗令我特别震撼，一句是“我始终欣喜有一道光在黑夜里”，还有一句是“我听见滴水声，一阵化雪的激动”。

在某种程度上，多多的这两句诗可以折射出北岛等同代诗人的艰辛和不易。在那种境遇里，始终相信有一道光的信念何其重要，在内心聆听化雪的声音又何其胆战心惊。正是因为有精神维度的着力点，北岛才能坚定地写下：我——不——相——信！但同时，北岛在会场也不止一次地提到食指以及他的《相信未来》，他说食指的这首诗让他对当时的诗歌生态有了不一样的认识，从而坚持在“不相信”的怀疑和反叛中“相信未来”，“相信不屈不挠的努力 / 相信战胜死亡的年轻 / 相信未来、热爱生命”。

虽然这种剪裁有我“过度阐释”的痕迹，而北岛本人对“过度阐释”又颇有微词。他在《时间的玫瑰》中讲述策兰时，曾对张枣提出批评，他认为张枣在翻译策兰的时候总体把握很好，也基本体现了原诗的节奏，但是把原诗的简朴放大变形了。

但对于我，把“黑色地图，我回来了”和多多、和当时的地下写作连在一起，完全出于自己的认识和理解。每读到这句诗时，就觉得碰到了许多人的心声，也碰到了一系列的去国诗人：北岛、多多、张枣、宋琳、田原……

现在，他们很多人都已经回家：“在光的终点 / 酒杯与呼喊重合。”

五

上午十一点半，北岛的陈述接近尾声。主持人邀请现场观众背诵诗人的作品，竟真的有好些人自告奋勇地举起手来，有老有少，还有一个十岁左右的小女孩儿和一个大叔模样的民工。大家背诵的仍是北岛被传诵得最多的作品，这自然无可厚非。

之后，北岛也朗诵了自己的两首作品。他的声音富有磁性，语调趋于平缓，将《一切》（1977）和《乡音》（1990）用自己的经历和理解加以演绎。北岛说，《一切》其实也是写给珊珊的，因此那首诗的结句是“一切死亡都有冗长的回声”。而《乡音》则是北岛 1990 年写于斯德哥尔摩的。北岛说，现在他坐在台上如明星，但在 1990 年冬天的斯德哥尔摩，他简直孤独得要死。在那里，除了他和他的影子，诗人几乎不认识任何人。所以，《乡音》的开头就是“我对着镜子说中文”，接着是“苍蝇不懂得什么是祖国”“祖国是一种乡音 / 我在电话线的另一端 / 听到了我的恐惧”。

北岛很长时间都在四处漂泊，但他一心想要回家。他曾说，“中文是我唯一的行李”。习惯写作短诗的北岛，竟在六十岁时（2009 年）决定写作长诗《歧路行》。永远在“迷路”的北岛显然已经褪去青春的激情，他需要用《歧路行》来充当记忆，从而再度回溯到自己与当代史对话的历史现场。在长诗的容量的语境中，诗人要把自己的经历以及周围的人事做个交代，这是他的原话。所以，中文将伴随他一生，而香港离祖国最近。

北岛想把《歧路行》当作生日礼物送给 70 岁的自己，这是朋友从北京单向街书店回来后告诉我的。2012 年的突然中风打乱了诗人原来的写作节奏，失去语言能力的北岛只能辗转求医，再度找回语言。幸运的是，北岛的语言能力从去年开始明显好转，他说现在自己说话还有点儿吃力，但是写作没有任何问题。

诗歌可以改变语言。作为写作者，最重要的是找到打开语言的钥匙或者密码。北岛说，现在“中国新诗百年”的标语四处可见，而他认为诗歌的尺度可能就是 100 年，所以他自己会是铺路者之一。

最后，大家开始排队等待签名，十分钟的时间，排到前面的欢呼雀跃，后面的则翘首以盼，有种望穿秋水的味道。我没有排队，在一旁等待十分钟过去，然后大家和北岛合影。我站在诗人的身后，看着他微微前倾的背脊，突然想到他的一句译诗——“桥：一只飞跃死亡的巨大铁鸟”（特朗斯特罗姆）——此刻的北岛好似这个隐喻本身，作为一个“飞跃死亡”的“桥”（铺路者）的存在：渡人，渡己。

六

如今的武汉已是清秋，雨细细地下了半月，校园的银杏树叶也开始转黄。距离“去见北岛”已经两个多月。前天和一个土建院的写诗的同学聊天，他忽然问我：“明年的‘香港诗歌节’你去不去？”我想了想说：“希望明年能够在内地再开一个分会场，像去年的成都那样。”

所有的记忆都会褪色，所有的锈迹都能除。我们所无法避免的此刻，就像深夜钥匙和锁碰击上宿舍大门，清醒、新鲜，需要词语去填满。

去见北岛，对我而言已然成为个人史上的一部分，以上记叙都可视为“一切历史都是当代史”的变相佐证。做了和鲁迅先生差不多的事情，但我的这篇文章不该是朋友《去见北岛》的唱和之作，如果将二者视为一种友谊的对话，或是诗意的互阐，会不会更有意思呢。

墙

西北政法大学 / 苏　雅

我打开书柜，静静地看着里面陈列的书籍，似乎忘记了什么，只是怔怔地立在那里。“你渴望听到回声——”“对，我渴望听到回声！”我的双眼直勾勾地盯着书柜，里面的书却突然不知所踪，只留下些许灰尘，似是嘲笑，又像是低吼。我近乎疯狂地挣扎着，仍是如鲠在喉。这些日子总是如此，当我打开书柜，看到的本该是书，映入视线的却是书柜背后的墙。

没错，是墙。我听见那柔弱而又沙哑的声音说道：“你转身的一瞬，我萧条的一生。”哼，可笑！我曾经不止一次地这样想。再怎么看都是过往，再怎么想也是痴念。既然终究无法逃离各自生命的围城，又何必费尽心思地去突围呢？外面的世界太复杂了不是吗？澄澈的双眸会被迷雾般的夜色蒙蔽，真我的灵魂会被炫目的灯光放逐。前一秒的纷繁喧闹，瞬间崩塌、坠落，陷入乌托邦的幻境中。不，不仅仅是幻境，还有历史，无法修改更无法抹去的历史，那些让人或自豪或惦念的尘封往事。这些思想如同邪恶的藤蔓爬满了整面墙，缠得越密，罪恶感也就越重。就像《罪与罚》中的情景，恐惧的拉斯科利尼科夫浑身颤抖着，一方面觉得自己的动机是正义的，另一方面又对自己的行为深感愧疚，祈求上苍对自己的救赎。

但是那又如何呢？一切不过是我的臆想。不仅如此，我还可以在头脑中建造无数面墙。这些墙或高或矮，或厚或薄，有着所谓的思想和情感。如同巫师手中的塔罗牌，每一张都是命运的占卜，只待翻牌的刹那。然而，现实更喜欢回馈我们以嘲讽，假想的墙往往会变成启动的机关，不断挤压周遭的空气和生物，到最后，只剩我们自己。

是时候该推倒这些墙了，我暗忖。但我仍旧忘了你，我心里的墙，你还在最远处静静地望着我。而我，始终没有向你瞥去一眼。因为你代表着岁月、记忆、情感……甚至代表我自己。很奇怪你为什么不出现在镜子里，而是藏在书柜后面。或许镜中的东西太过真切，而太过真切的东西，易碎，是握不到手心的。你需要被我们牢牢地握在手心，记在心里。我看到过无数的墙：那些荒僻村落的颓圮的街墙，那些富贵人家的漂亮的围墙，那些淡雅水乡的墨染的白墙，那些威严古城的伟岸的城墙，还有那些筑在我们思想里的墙……你，正是那些墙的总和，是岁月厚重的积淀，是思想深邃的体现，是我看不透的——人生。

终究是要和你谈谈了，我想。“世界不是因为有了我而产生隔阂，只是你们不懂得理解彼此。”你补充道。诚然，古往今来，多少冷漠缘自误解，多少杀戮缘自莫须有的仇恨。我不愿举例，因为这分明就是现实。在我们每个人的心里，都暗自筑着这样一面墙，时刻用来抵御他人的攻击，有时即便是善意的欺骗也不被允许。我们在和这个世界小心翼翼地交往着，所以一旦他人鲁莽地闯入你的世界，你所给予的就只能是一堵墙，挡住了他，亦挡住了你。

“这些都只是表象，你的恐惧隐藏了你的天性。”恐惧？应该没有吧。但毋庸置疑的是，一种奇特的情绪有时确实会占据我们的大脑，让我们不敢面对，甚至想要逃离这个世界。因诸多因素被朋友嫌弃的同学可能最有此想法：连同窗之谊都没有了，我还能拥有什么？毕业后工作碰壁而四处漂泊的学子们，或许也在喟叹着命运的不公。但他们又是否想过，横在他们面前的不过是一面挫折的墙，勇敢地迎上前去，一切都只不过是幻影。我们常常会因为社会的种种现象而慌了手脚，绝望地蜷缩在黑暗的一角，等待着别人的救援。但真正能解救你的只有你自己，绝望的墙是你亲手所砌，埋葬的也只能是你。

所以还是要跳出来的，跳到墙的外面去，去迎接属于自己的挑战，也用心去看看这世界，究竟是怎样一番风景。潜意识里我默默地回想着一句话：墙，把原本浑圆的世界切割下来，呈给你一个平面，这个平面就是现实。人生，可能永远也无法脱离现实，就好比鱼儿永远离不了水。有朋友曾对我说：一不小心成了童话的邻居，只是忘了问它离现实还有多远。我记得自己是这样答复她的：现实就住在童话的隔壁，只是我们有时不愿去相信。一墙之隔，咫尺天涯！我们妄图创造一个新的世界来还原我们的梦境，但最终依旧回归到合上书本后的会心一笑。这些墙，隔开的是梦幻与现实，留下的却是无尽的思索与希望，让我们在现实中坚定自己的步伐，走得更稳健，也更遥远。

“时间终会告诉你，别离也是生活的馈赠”，所谓逝者如斯夫，不舍昼夜，绝不是危言耸听。时间让人产生回忆，萌生些许感念与留恋。抚着岁月的墙慢慢地踱着，摸着那已磨得近乎光滑的墙面，看着墙角拼命挣脱而出的野草野花，蓦然抬头，已是不一样的天空。这些年走过的岁月，历历在目，墙头盘绕的藤蔓，向我诉说着岁月的沧桑：那是旧长城御敌的遗迹，是老宅院淳朴的民风，是破茅屋纯真的笑脸，亦是新街区洋溢的幸福……时间不觉困倦地向前走着，别离的不知是否会再相逢，相逢的又怎知不会再别离？

就这样，我们在墙与墙之间生存，在不同的墙体间徘徊、选择。我们踮起脚尖向墙的另一面张望，好奇墙是有怎样的超能力，将世界、人生和你我分隔。终究无法离开你——墙，无论在哪里，都有你的身影。看似无稽之谈，但我开始相信你，相信你最初的言语：当我转身背弃你之时，便也背弃了我的人生。你的墙体或洁白，或红艳，或暗淡，但始终是忠诚而智慧的。白墙无字，却可以透视人生，唯你能做到。也许，这正是我这几日终日惶惶而无所成的原因吧！我总是漫无目的地从书柜里汲取着所谓的知识，却从未认真地审视自己。于是，你开始出现在我打开书柜门的刹那，白色的墙漆时而刺痛着我的眼睛，时而又黯淡无光，让我心绪难平。而我，仍然忽视着你的存在，甚至厌烦你的出现。曾经看过的文字冲我咧嘴大笑，我痛恨这些笑声，也在这笑声中迷失了自己。

还好，我又一次听到了你的低语。我与你畅谈，聆听你的想法，关注你的世界。然后惊奇地发现，原来你就是那面墙，那面透视着我人生的墙。你带给我新的思考，新的希望，因为我在你那老旧的墙角看到了奋力生长的野花，在你那近乎光滑的墙面摸出了历史的踪迹，在你那缠绕的藤蔓上听见了岁月的歌唱……我与你还是好朋友，形影不离的好朋友，在我前行的路上始终有你为伴。虽然有人说：很多事情不能自己掌控，即便再孤单再寂寞，仍然要继续走下去，不许停也不能回头。但就像你说的："多年后，再回想今日的迷茫，或许连执着的原因都记不得了。青春就是让你张扬地笑，也给你莫名的痛。"

书架上的书再次出现，我依旧从中取出了一本，只是没有了往日的迷茫。不经意地翻合书本，我回首，看见你浅浅的笑……

微 名

苏州大学/缪君妍

莎士比亚说：What's in a name？ That which we call a rose by any other name would smell as sweet.

名字代表什么？我们所称的玫瑰换个名字还是一样芳香。

只是对中国人而言，名字的意义绝不仅于此。

——题记

小时候生活在南京，古都总少不了那么一条街，两边都是古董铺子。那时候我的家离那里很近很近，于是在闲来无事的午后就会在那条街上走来跑去，看看摸摸。那时候，最喜欢逛古董铺子，没有钱买，也不会有热情的过分的招呼，就是那么简单的一间一间地逛下去。

那时候，最喜欢逛古董铺子，因为那里面有说不完的故事。

古董铺子里到处都有些时代侵蚀的痕迹，有的印在纸上，浸染了；有的刻在器上，斑驳了；有的渗进了缝隙，从此你中有我。对于古物，我们有许多方法去鉴别它的年代，材料、工艺、纹饰，乃至于落款、印鉴、题字，而最难辨认也最易成为破绽的莫过于落款、印鉴和题字，托名、冒名不过稀松平常。

名字，在西方人看来不过是一种具有特殊意义的符号，于是爷爷、爸爸、儿子、孙子共用一个名字并没有什么不好，对中国人来说呢，名字很重要，有时重于一切。

记得今年清明节的时候，我和家人去拜祭先人，因为日子较于以往提前了不少，原来每次都熙熙攘攘的陵园显得有些空旷，作为标记的指示牌也并没有放在它们惯常的地方，于是不得不在一片一片的坟冢间按照编号寻找外公的墓穴。走过了一排又一排，蓦然间抬头回望，我看见一排排数不到边际的碑林，黑硬的石头在阳光下闪着冷厉的光，好像出鞘的刀锋带着与生俱来的寒气，碑上是红色与金色交错的名字，一个个、一列列、一排排，好像在向谁诉说着孝子贤孙的故事。我突然间觉得有些不甘，陵前的柏树逐渐长得粗壮了些，而栖身于此的魂灵依旧默默无闻地等待着熟悉的身影年年岁岁的祭扫，看着所有记挂的人越来越少，直到无人问津。

那时，很羡慕古人，他们的幸福在于魂归青山碧水之下，在这个世界上除了名字还留下了一篇篇墓志。于是，即使岁月更迭，人世沧桑，每一个路过的有缘人或许会带着发现的眼睛细看几眼，原本曾经有这样的一个人在这个世界上如此这般地生活过然后葬在了这里。

这是微名，无关功过。

中国人重名，自古如此。赢得生前身后名是多少人的梦想，《说文解字》中是这般说的："自命也。从口从夕。夕者，冥也。冥不相见，故以口自名。"名字是黑夜中辨识的密语，在一片漆黑中成为容貌之外一个人最独特的标识。还有谁说名字不重要。上下五千年，纵横八万里，中国人重名自古便是如此，纵然为了好养活而给心爱的小孩子取上那么一两个贱名昵称，贱名始终是贱名，不登大雅之堂，大名总须费上一番思量。

对于名，似乎总是贬抑多过褒扬，这也难怪，追名逐利，虚苦劳神，本就不是什么值得称道的，但"追名逐利千绳缚，度水登山万事休"的道理谁都懂得，只是懂得却不能放下。其实，退一万步讲，既然有欲有求，但求一个好名声总好过贪心不足、无所畏惧，名是风光无限也是束缚千重。

记得小时候，每到期末，公告栏的成绩排名表前就围满了人，找什么？不过是自己的名字罢了。于是，找到了，几家欢喜几家愁。同样是名单，与辛德勒名单比起，前者不过是风起微澜，后者才是惊涛骇浪，毕竟在生死面前一时的宠辱得失又算得了什么呢？曾经有两个场景令我深深体会到名字的震撼力，每每想起都恨不得看穿那长长的名单看到些许别的东西。其一是高中二年级时的一个下午，去往江东门南京大屠杀遇难同胞纪念馆时看到的那一堵人名墙。数不清的名字如同天上的繁星，明了，然后暗去，从此不在，那是一个生命留给世界的微光，微弱而仓促。或许，这是那个时代大多数人的命运，就像寒夜里小姑娘手里的火柴，原以为可以拥抱整个世界，结果不过是留不住的微光。其三，同样是一个午后，那时正是南京最热的三伏天，当我走进无梁殿这座明朝灵谷寺留存至今唯一的建筑物时，我感受到的是顺着骨缝散不去的凉意。坐北朝南的殿堂、宽敞的月台、殿檐斗拱、面阔进深、通长拱券，我似乎感受到了时间的凝滞。当你站在110块被编号的太湖青石碑前的时候，我终于明白了《盗墓笔记》里那段读起来莫名的对话："'他终有一天会忘记你是谁。''我无所谓，我用一辈子记住他就够了'布满青苔的石碑上，苍劲的瘦金体刻下了无尽的等待。"一块块石板上一个个曾经鲜活的名字，我用一整个下午用目光抚摩着这些冰冷的名字，直到他们似乎多了些温度，这终究只是一种无声的铭记。

魂兮归来，哀江南，与尔英灵，共饮酒。

只是，活成一块石碑，是喜是悲?

普希金写过一首诗,《我的名字》——

“我的名字对你有什么意义?

它会死去，像大海拍击海堤，发出的忧郁的汩汩涛声，像密林中幽幽的夜声。

它会在纪念册的黄页上留下暗淡的印痕，就像用无人能懂的语言在墓碑上刻下的花纹。

它有什么意义?

它早已被忘记在新的激烈的风浪里，它不会给你的心灵带来纯洁、温柔的回忆。

但是在你孤独、悲伤的日子，请你悄悄地念一念我的名字，并且说:有人在思念我，在世间我活在一个人的心里。”

名字是有力量的，我开始相信，相信这种力量不仅是为了刻在石碑上。

梦　渡

苏州市职业大学 / 李　娜

冬夜的雨是一只孤寂的兽，失了绿意和绛唇，结一张阑珊的网来入梦。

大书镇

生命最初的形状，只是一抔黄土。勤劳的建设者勾勒出轮廓，红砖作骨，水泥化肤，青瓦盖顶，混上烈日的汗水和恰逢的霡霂，在满心的喜悦里开了门户的眼，吐出家常的烟火气。

大书镇的得名缘何而来，早遗失在鸡鸣鸟叫里。老人说是开掘的时候发现古书而得名，因而此地具有灵秀之气，能拜得文曲星下凡。中年人宣扬知识育人，学识为先，以此名勉励后辈。青年人倒是不寻根问底，他们年幼时早已听了无数的传说佳话，收获了茶余饭后的唏嘘谈资，这些版本随着成长被添补充实，继续流传下去，和血脉交融在一起。

入镇的路没有刻意修建，只是将荒草除掉，露出光秃秃黄土，和桥洞相连。桥洞长约十米，天晴时尚有光，若遇到阴天，则漆黑一片，稍有动静便引得回音千迭，是孩子之间鬼事的发源地和流传之所。出了桥洞前面便是市集，大集的时候手作的编物、自家散养的鸡蛋、喷香流油的烧鸡、琳琅满目的花头绳和靓衣服不胜枚举。竹蜻蜓、布老虎、铁皮青蛙，每每引得小孩子驻足流连，除了大人带领，这是他们唯一愿意穿过桥洞的理由。

集市摆摊的商贩多了，后去的人便把自家摊子挪到桥洞里去，久而久之，这地方自成了天然的买卖之所，冬暖夏凉，可避日头雨雪，往日里可怖的桥洞，一跃成了大书镇独有的特色，便利了家家户户。

固定的摊贩存在久了，伴随着糖葫芦和糖面人长大的孩子也拔出一截了，响亮的叫卖声再次给大书镇增添了流动的色彩。大梁车子刚兴起的时候，拐弯避人时清脆的打铃声和锃亮有力的前杠都别具一番魅力，从外地来大书镇的中年汉子也凭着家传手做薄荷糖的工艺和叮叮当当的打铃声以及那一句句气息充沛的“卖——

薄——荷——糖——嘞——”很快俘获了男女老少的口味。薄荷糖是长片状的，厚约一厘米，香甜辛辣，饭后掰块薄荷糖清嘴去味，困意上头了来一块提神醒脑，绵长有力的味道直冲天灵盖，让人大呼痛快。汉子的性格也如薄荷糖般，实诚豪爽，遇见孩子送一块，新老顾客多称几两，图的就是自己手艺得到认可的快乐。

再往后，卖老豆腐的妇人也加入了走街串巷的行列，一粒粒豆子在她的手下被赋予了崭新的生命，点浆、涨浆、摊布、浇制、收袋、压榨，一丝一毫都容不得马虎，每份豆腐都沾了漏夜的月色和天蒙蒙亮的心意，豆香清冽，口感紧致。家常里往往切上一整块，横竖各三刀，另一边石臼里捣好蒜泥、混上陈醋和酱油调一蒜碟，沾满了热腾腾豆汁的豆腐和蒜泥碰撞在一起，就打开了晌午饭的味蕾。

从高处看，大书镇是呈对称状的，它的中轴线自桥洞起，至无名坡止，有九龙河与中轴线平行，其中一条支流慢慢悠悠环镇而过，钻进了镇的另一边，可谓是随性之至。

烟火气永远是萦绕在大书镇上层的独特气息。中轴线上的店铺如雨后春笋般开张起来，老面馒头、现磨的小麦玉米煎饼、有滋有味的凉菜店、精研甚久的果木烧烤、早点铺子，以及深受孩子喜爱的三两家小卖部，和大书镇一起自成天地，晃晃悠悠地把岁月推进。

九龙河

在大书镇尚未出现的时候，九龙河已经被岁月日夜不休地打磨。酷暑的日头将它的脸晒得发烫，寒冬雨雪把它的心冻成秤砣，它被大自然的造物者捧在手心端详，用刀锋凛冽雕刻出回路，用满怀欣赏将它推向远方。可它仍旧心不死，愣生生切出自己的肋骨，抛去了大书镇的方向。

九龙河身旁矗立着无名坡，坡呈椭圆状，沟壑纵横，爬到顶端需要转过无数圈，踩过无数草，绕过一个树林。坡的两侧有稀稀落落的石壁，石壁坚固，上有弹孔，据说当年抗战时曾以此处为据，伏击过敌人。而坡底却是中空，从高处望去，会产生眩晕之感，仿佛不经意就会坠入深渊。

饶是如此，无名坡与九龙河的相连，仍然为大书镇带来得天独厚的优势。夏季里水性好的男人，跃跃欲试的小孩子，赤条条地钻进水里，如浪里白条，溅起一连串的水花。比试水性速度，互相追逐嬉戏已经是烈日的必备节目，运气好了摸上条大鱼，就在众人羡慕的目光里凯旋，到了傍晚，烟囱里就传出来了鱼汤的鲜气。

九龙河的支流则是女人们的天堂。河水从九龙河分流，绕过无名坡，再穿过曲折的小巷，到源头已是清清浅浅。支道的碎石被河水冲刷得光滑圆润，触手生凉，赤脚的姑娘们抱着衣服在青石上浣洗，或者双臂打开保持平衡，摇摇晃晃地踩着石子玩耍。

对于大书镇的男女老少来讲，九龙河就像久未谋面的故人，虽有着经年的风霜，但仍旧秉持着一颗赤子之心，如细雨春风般荡涤过每个人的心头。

善人桥

没有人知道这座桥存在了多久，功德碑的志记早已模糊不清，它的历史也只能从名字中窥测一二。

善人桥是时代沧桑的缩影。青砖的裂纹如同岁月皲裂的手，拨过桥下蜿蜒的碧波。桥体散发出沉重的呼吸，往事密密列列，在雾气里庄严持重，伴随过一路的人事变迁。

岁月绵长，连生死也无谓，在恒久的屹立里，它也铭记过濒河的窗棂里那双动人的眼。一月的子时她换上了红色的袖裙，送走了九盏红色的河灯，她的痴心长长，妄念也长长，河灯漂过了远方。二月的荒鸡更深露重，她的发髻盘过了几重，身段袅袅，山水迢迢，音信也杳杳。三月的平旦烽火不断，她的针脚也不断，绣起了整夜阑珊。四月的日出她摘下了簪珠，抛向山谷，磨墨铺纸，如泣如诉，一个人写一部史书。五月的辰时她燃起了炉火，好似万物祥和，酿酒，耕作，岁月成蹉跎。六月的隅中牧笛声声，一盅清酒，云光天影，离别太匆匆。七月的日中烈阳当空，八月日跌把脸庞染红，九月的华发平添了忧愁，她在十月的日入埋下了泪水，十一月的黄昏把希冀打碎，十二月，十二月，十二月的人定驿站梅花也枯萎。

她纵身跃入了流水。

九龙河的水是生生不息，水上的百姓靠水吃水，水下的亡魂日夜游荡。善人桥不能言语，无法动作，只能连接起生死的两岸，继续做寡言的愚者。

这些故事，大书镇的人们都无从得知，不变的是日复一日的生活。待到天地间亮堂一些时，炊烟便恣意升腾起来。老妪用井水净了把脸，便把灶台的火烧了起来，待油热了，一把葱花下锅，煸出香味，手擀的面条在滚沸的水里冒出热气，浇头一铺，一碗葱油面的香气便开启了全新的一天。

朴实的百姓，嬉闹的孩童，圈养的牲畜，无一不在这片土地上得以凭借。人类本性的需求和情感的建设，随着这片沃土日益饱满深沉，直至联结在一起。人情终究滋生。

而桥只是看着，循着未竟的孤烟，在荒芜里生出一丝灵性。

大 院

大书镇的门户多是四合院式的。木质的门槛，漆黑的大门，门上的铜环俱是年代感的代表。每逢春节，必得请了德高望重的长老的笔墨，用正丹纸书了“民安国泰逢盛世，风调雨顺颂华年”，在除夕的清晨张贴在门上，取个一年的好兆头。而门口则高高地贴了“出门见喜”，然后打发孩子在院落里四处糊了“酉”字、小福字，以期年年有余，福临家门。

进了大门则是整齐地堆了打好的蜂窝煤以及煤球炉，炉子和水壶已被经年的炙烤熏成焦黑色，火钩、扫帚、矬子倚在墙角，随时等待人的取用。

石榴树是正对着大门的，石榴红透的时候，果实也会探到墙外，引得路人来看。每到这时，阿婆便会将果摘下来，选些大而红的，吩咐孩子给邻居送去尝鲜，邻里也会薅了自家院子里种的青菜作为回礼，一来二往间，关系也密切起来。

天井里则是一派绿意盎然。无花果、李树、杏树各自为界，草儿喂了兔子，花儿的汁液则被孩子们用来染指甲。靠近水井的香椿最受喜爱，嫩芽发出来的时候，便被主妇踩着梯子掐下来，或是从妇人那里买了豆腐，切成碎块和香椿拌在一起，尝个季节的鲜味，或是打了豆渣，在灶台里熬了一锅小豆腐，或是封在瓮里腌咸菜，不拘哪种吃法，都勾得人直咽唾液。

灶房里的陈设长年不变，自家榨的花生油、陶瓷罐里封的盐巴、簸箕里堆的小青菜，随着风箱呼啦啦地响，犒劳了一家人的胃口。

堂屋里则正正当当地摆了八仙桌，木匠手打的板凳随着年岁的使用而越发光亮，椅套、被子、床单都是女人们空闲时间的产物，一针一线都是生活的柔情。有一张藤椅那是最开心不过的，小孩子也学着老爷爷的样子，眯着眼睛躺在阳光下，身上被日头烘得暖洋洋的，不知不觉就睡着了。

出 梦

我从芜杂的睡梦里起身，窗外树影婆娑，天地寂寥，冷风似一记掌掴，将冬夜推得料料峭峭。

来不及披衣了，我的灵魂从天灵盖向上飞升，脱离开苍老的躯壳，脱离开皱褶滋生的皮肤，在万籁俱寂的深夜里四处游走。

记忆里的大书镇早已换了新衣。中轴线的碎石子路被柏油沥青的马路填得平坦严实，两侧鳞次栉比的店铺早萧条下去，老面馒头热腾腾的香气闻不见了，那一口小麦玉米的煎饼也只有老一辈的人还惦记着滋味，早餐店也不开张了，比巴掌大的萝卜丝包子和熬得黏稠的粥也寻不见了，只剩卖凉菜的女人推着三轮车，在寒冷的风里等着第一笔生意。

一排排的四合院被推倒，那高墙墨门、生机盎然的天井、炊烟缭绕的灶房、浸了油渍的八仙桌，都在滚滚的车轮里颓坍下去，被无声地搅成碎片。

九龙河的肋骨也折了，旧日里恣意奔腾到源头的清流，早变成了垃圾填埋处，沿途是腐烂腥臭的味道，被火烧过的老屋黑黢黢地矗在河边，玻璃碎裂了，只剩焦黑的窗棂在风里吱呀作响。这里便也成了鬼事的发源地和可怖之处，在新的孩子之间流传不休。

仍然傲立在风霜雨雪里的，还是那座善人桥，桥洞早荒芜了，成了野草的天堂，市集也没落下去，曾经的铁皮青蛙生锈了，被扔在某个角落，布老虎也发不出声响，灰尘吞噬了它，也终会吞噬一切。

历史终将会淘汰落后者，破损后被滚滚车轮碾过，我的魂魄从年少的天井里泅渡到梦醒时刻，只为再看一眼往日的路，若经历的人都如逝水东流，那谁又能铭记往事的诗篇，将峥嵘的岁月述与后来者同听？

夜空下的萤火虫

北京航空航天大学/夜　风

我应该怎样回忆，才不会惊动故乡夏夜飞舞的萤火虫?

小时候每一个夏夜都有萤火虫的记忆。吃过晚饭，一家人在屋外的土坪上乘凉，繁星满天，夜色如水，一只只萤火虫在房前屋后轻轻飞舞。我和妹妹围坐在母亲旁，看星星在夜空中闪，希望从繁星中挑出课本上的北斗七星；看萤火虫在矮矮的围墙上方起起伏伏，笑它们是群不会整齐排队的野孩子，打着灯笼瞎逛；看奶奶坐在一旁的竹椅上悠悠地摇着蒲扇，期待她摇累了把扇子拿过来给自己扇一扇。围墙后是条小径和一排桉树，然后就是稻田和池塘了，明朗的天气里稻田间总是蛙鸣阵阵，“呱，呱——”，空空荡荡，一声一声，把夜拉得很宽很宽。偶偶夜风拂过面庞，犹如酷夏中吃了块冰西瓜，清爽到骨子里。

长大了些，我就敢追着萤火虫跑了，妹妹也跟着来，跑到离家门几十米外。那是一块杂草地，草都长得很高，能没过人的膝盖。这里是萤火虫的天堂，许许多多的小亮点在草丛上空，草叶尖，草丛里穿梭着，微风习习，它们聆听着千叶万叶的相互交谈。我和妹妹看呆了，惊喜地跳进草丛中，一只一只，抓得两手都是黄绿黄绿的荧光粉。小心翼翼地将手心握紧，不让它们跑出来，然后狂奔回家。透过指缝，能窥见手中一闪一闪的黄绿光，弄得手心痒痒的。我们笑着跑进奶奶的房间，连忙把这些小虫放进床上的蚊帐中。六七只萤火虫一脱离手心就四处飞去，于是整张床的上空瞬间被点缀得荧光闪闪。一只萤火虫碰到蚊帐壁急忙转弯，兜了两圈出不去后就驻留在蚊帐上，弓着身子细细看它，两根触须，身子有点像饿得扁扁的牛虻，奇妙的是那发着光的屁股，是身体里面装了荧光粉吗?可为什么又会漏出来撒到我手里呢?玩了好一会儿，发现萤火虫的灯不那么亮了，不会是憋死了吧?我们慌了，连忙把它们放出蚊帐。然后它们就晃晃悠悠地冲着发光的窗户飞去，我们又只好把窗户打开，流动的微风随即飘进房间里，而萤火虫们则像加满了煤油，尾部的灯加亮了，穿过门前乘凉的土坪，翻过围墙，向远方飞去。

当时觉得萤火虫真是聪明，还能找到窗户，后面才懂得原来萤火虫也是趋光的。一如书上的小故事：小时候，一个夏天的夜晚，有一只小虫飞进了我的耳朵，我慌张地拨弄耳朵。可那调皮的小虫死活不肯出来，我急得哭了起来。奶奶拿来了一瓶精油，说，往耳洞里滴几滴精油，可以把小虫的翅膀粘住，然后憋死它。而母亲却让我站起来，把耳朵对准明亮的灯，像变魔术一样在我的耳边说："小虫小虫快出来，给你灯光让你玩。"果然，不一会儿，小虫便慢慢爬出来，围着灯泡快乐地飞着。有人说，两种方法，前者是生活，后者是诗歌。

但生活还是继续着。步入初二，母亲为我和姐姐在老家旁边建了两间小屋，自此我的卧室就搬到家门外了，没事的时候，我也习惯一个人待在屋内看书发呆，而不像小学时那么野，到邻居或者对门家到处玩，奶奶因此总是笑着说我像个女孩子。我的书桌正靠着小屋窗户，而窗正好对着家门外的土坪，顺沿着外出的那条小路，远处则是水泥马路。有月光的夏夜，一个人静静地在书桌前埋头写作业，屋后虫鸣声清脆，窗外的土坪是以前家人一块纳凉的地方，土坪外侧则是矮矮的围墙，围墙外是母亲种的一棵枇杷树，几只萤火虫从稻田那边飞来，绕着枇杷树转转，又慢悠悠地飞走了。偶然传来几声隐隐约约的鸣笛声，一抬头，透过窗户总能看到一两辆摩托车的影子在对面黑漆漆的马路上驶过，车灯却又快速地消失在黑暗的尽头了。取而代之的是邻居家的几声狗叫，在乡村的夜空中回荡了几圈后，隐匿在远处别人家门口的昏黄灯光中。

有时夜过十点，整个村庄都已经早早地沉浸在睡梦中了。老家大门这时传来一声轻响，是拉门灯的声音，一抬头门灯已经亮了，给门外的土坪撒上一层橘黄，屋顶"嗦"的一声，是被惊吓的老鼠逃窜而走。老家的木门被徐徐打开，像个被吵醒的老人，发出低沉的哈欠声，随即传来一声熟悉的轻轻咳嗽声，父亲看完电视了。父亲穿着拖鞋，慢慢向我的小屋走来，走到窗前，说："还没睡吗？""嗯，爸。"我轻轻答道。"早点睡。"父亲又说。"嗯，好，我晓得。"我放下笔。父亲没再说话，静静地在窗外站了一会儿，然后转身又慢慢走回家里，几只赶着回家的萤火虫一闪一闪地从他背影后飘过。关门，熄灯。静谧安详，夜色温柔。

电视节目似乎比高中的课本精彩，父亲一年比一年睡得晚。只是父亲转身回家时已经没有萤火虫再送他了。杂草地被他人的养猪场取代，夜深时望着窗外，土坪上只有些许暗淡的月光，却一层比一层荒凉，好像一个偌大的舞台，聚光灯已经亮起，但发现演员已经不在了，徒留一名台下的观众而已，他却还在低头计算着灯光的波长。或许翻阅语文课本算是一种消遣，"借书满架，偃仰啸歌，冥然兀坐，万籁有声；而庭阶寂寂，小鸟时来啄食，人至不去。三五之夜，明月半墙，桂影斑驳，风移影动，珊珊可爱"。归有光的项脊轩是能撩起人的思绪的，让我仿佛又回到了小时候追赶萤火虫的夏夜。"余自束发读书轩中，一日，大母过余曰：'吾儿，久不见若影，何竟日默默在此，大类女郎也？'比去，以手合门，自语曰：'吾家读书久不效，儿之成，则可待乎！’……如在昨日……”读至此，竟一时呆住。

停笔，家里人都已经睡了，有多久我已经没有在夜色下到处跑动了？是因为那些夏夜再也看不到萤火虫了吗？打开房门，午夜的体味多了丝凉意，月亮盖了床灰色的薄被，远处的天空则是厚厚的云翳，像那终年叆叇的记忆，渺茫无边。我沿着小路慢慢往前走，两边的树丛黑压压的，睡得很死，只有我一个人的影子在动。转弯，跨过石板桥，来到稻田区，不远处有一片亮光，是邻家的小池塘。蹲坐在池塘岸边的石块上，我静静地看着水面上的月亮，内心慢慢像水面变平，此时才听到还有几只未眠的青蛙在四周互相搭讪，叫声却很稀疏，也有可能只是睡着时的梦鼾吧。似乎什么都没想，一丝凉风掠过耳边，仿佛有个鬼在我身后，害羞地，想找个人聊天。我捡起一块石子扔向月亮，水面荡漾开来，原本的瘦月更加支离破碎，没有人能看见我了。真好。但却突然在视野中多了一个闪烁的亮点！竟是一只午夜的萤火虫！我站了起来，看着那盏小火星慢慢向我这边飞来，却又一个转身，在水面上方飘过，轻轻地向远处飞去了。我顺着它的方向望去，嘿，在稻田深处靠近树林那边，竟然还有几只萤火虫在那一闪一闪，轻轻飞舞。它是去那边赴一个深夜的幽会吗？如此晚的相见，灯似乎都不那么明亮了，可别迷了路。我静静地站着，看着那只萤火虫很大方地向远方飞去……

夜宽了。

往事成风。

有人说，那些萤火虫，愈小的孩童可以一瓶一罐地抓，抓到嫩嫩的小手掌变成透亮黄水晶也不稀奇，玩腻了，慷慨地放它们走；人到中年，或许只剩可怜的一只，像忽明忽灭的灯泡，合掌掬了它，贪看流光又怕不留神飞了它；到了老年，轻罗小扇早朽了，所有发光的东西也都成了煤渣。

我心中却看见有一只小小的萤火虫往远方的夜空轻轻飞去。

等待像独白

山东大学 / 高著原

高中的漆黑清晨，路灯的黄光很暖，约定好了六点在楼下集合，我提前十五分钟走向女朋友的楼下，北方的冬天真的很冷，我满心欢喜着一会儿可以看到可爱的脸庞，不知不觉路很快就走完了。我站在楼下等待，常常看见自己的影子，有时候很高有时候很矮，不一会儿女朋友就会从楼上下来，在这之前感觉自己像在独白，憧憬与想象无边无际，不必在意别人的笑，心里的话往外涌着自言自语，一如四年后的我，喝完几瓶啤酒后躺在稷下广场的高台上，恰逢毕业季，装作大四生喊着“我不想毕业”，前途是可以期盼的光明，也同样是在等待着自言自语着，好像是幼稚却也成长着。

恋恋情怀

我所理解的情怀几乎都与眼泪有关系，也许本就应该是这样的，永远年轻永远热泪盈眶——我有一个追星的朋友，疯狂喜欢张杰，一次演唱会的时候张杰从内场下来到后台热身，当时这个朋友就站在后台，看到好几个保安和他的经纪人围着张杰，她拿出手机拍照，但是保安不让拍她就放下了，她非常想喊张杰又怕被保安赶走就没有喊，于是在离张杰不到两米的地方站着默默看。很巧的是她和张杰对视了，张杰朝她挥手，她也朝张杰挥手并说：“杰哥我可以跟你拍照吗？”张杰可能没有听到但知道她说话了，就走到了她旁边，这时候她拿着手机在发抖，保安也在赶她走，然后张杰对保安说没事的，告诉我的朋友说别怕。我朋友刚准备拍的时候张杰的经纪人抓住了她的手机，说帮他们拍，怕光线不好。我的朋友很紧张就没有答应也没拒绝，但是手紧紧抓着手机。张杰跟经纪人说没事，于是我的朋友就打开手机和张杰合拍了一张，拍完之后她的眼睛就红了，泪水在眼眶里转，张杰说：“别哭哦。”我朋友的眼泪就下来了，说着“好，谢谢杰哥”然后双手合十向后走了出去。

尽管我无法理解追星的人，但朋友当时的心情我确实感同身受，因为我的眼泪曾经因为跟她一样的原因失控，疾驰而下，汹涌澎湃。从打第一次乒乓球山大杯开始，我就梦想可以进一次八强，虽然我的实力不算很优秀，但是那种竞技体育里对胜利的渴望一直在支撑着我，打完山大杯打阳光体育，从大一到大二到大三。不过很不幸，前面的所有比赛我都没有小组出线，在高手如云的单打组别里每次我都是筋疲力尽地铩羽而归，站在校车上垂头丧气地从兴隆山回到中心。练习是从来没有停止过的，不过我的水平仍然进不了八强，或许可以进入十六强，我在第三年参加山大杯的时候这么想。不仅如此，更不幸的是，我被安排到了男双的比赛，队友水平一般，虽然我嘴上说着努力打但是心里已经告别了这个比赛，想着这次的出局也就是我的谢幕演出了。将要比赛的时候有了一点意外情况，混双比赛的组队出了问题，男队员需要调换，我意识到这可能是我最后一次进八强的机会，于是强忍激动跑过去协商我打混双的比赛。我承认这个选择里有着背叛的味道，我抛弃了我的男双队友，也是我的好朋友，只是三年来那种对八强的渴望实在有着太强大的力量，让我甘愿带着一些我最鄙视的“背叛”去走上战场。后来的比赛也打得很艰难，小组赛打六场，最后一场比赛赢了就出线，输了就回家，比赛非常胶着，过度的紧张与不安使我不敢进攻，总是战战兢兢地削球，不过最后终于赢了。赢了的那一刻我握着球拍的手一直发抖，签完字后也没能停下来，我以为自己会哭可是并没有。出体育馆要坐车回中心的时候才发现外面下雨，虽然当时已经是筋疲力尽，脚底的泡都磨破粘在袜子上，但因为前两年没有出线一直没机会参加第二天的比赛，第三年参赛终于可以第二天再来一次兴隆山了，所以还是很兴奋。走到白玉兰路的时候发觉自己没带伞，脚底的疼痛断断续续地往上爬，雨滴从头发上滑下，我的眼泪再也忍不住，开始簌簌地掉下来。

最终我们获得了第四名，同学说也就加一分发展分吧，我对他点头微笑，希望他能明白这不是荣誉也不是名次，更不是发展分和排名，这是一种和眼泪息息相关的东西，叫作情怀。

很高兴在中文的课堂上可以听到“情怀”这个词，这让我想起我痴迷新概念的时光。谄媚讨好地借用老师的电脑打字，给同学买零食拜托他们把投稿带出学校，那是下课的埋头和午夜的台灯，打包成一个薄薄的信封，站在窗台目送着它离开。文学的种子一旦种下，就会不断成长茁壮，吸收养分，破土而出，风吹日晒，最终繁华如盖，把我藏匿于它的密密阴霾——上一辈说金融学好呀，赚钱多，同学们说建筑学好呀，工作好，然后我转到了中文专业，继续做着作家梦，希望可以继续文艺地仰望天空泪流满面，也可以在德令哈不关心人类只关心你。

即便，大学之后几乎就再没写过诗了，可那也是情怀啊，跟张杰和山大杯是一样的，太多了也太爱太恨了就觉得怎么说都是苍白的。恋恋风尘啊恋恋情怀。

红白玫瑰

红玫瑰在白玫瑰之前就有了，在我的印象里弱柳扶风，楚楚动人，后来红玫瑰成了我的女朋友，自此红白玫瑰的故事就开始了。我十分想说这个事情无关爱情，可又觉得不对，我上大学以来对爱情的理解，正是这个故事的结尾，纠结与矛盾尘埃落定，像一夜之间绿了的树和下过雨后济南的蓝天。

不那么矫情地说，就是我跟女朋友在一起的时候喜欢着另一个女孩，而且是在跟女朋友在一起之前就喜欢了，说阴差阳错也好，说世事难料也罢，我跟女朋友好了之后，我还喜欢她，而且十分病态。

我的目光经常透过树枝和层层叠叠的人群去寻找她，在她迎面走来的时候小心翼翼地整理自己的心跳，找一个最恰当的时机微笑，僵硬地招手，在她走过之后才能长舒一口气，肩膀瘫软下来。在各种节日的时候买各样的礼物，不想也并不送出去，有的就放在街边的橱窗台上，情人节会买一枝月季，插在她宿舍楼下的草地里。因为我知道一些可能与不可能，知道一些他们与她们，所以心里想着把这样的情感压抑住，止于唇齿，掩于岁月，不也很好吗？既不用打扰她的生活，又不会破坏我的平静。可还是会在深夜失眠的时候，面对着床板，看着眼泪跑出来，心里很平静也没有难受，就是怔怔地哭。

压抑并不能消除情感，我知道这一点，我只不过是囿于道德罢了，不愿伤害也不愿辜负。白玫瑰总要凋谢的，我对自己说。

史铁生说："上帝给谁多少苦难，往往伴随着同样的赐予；如思想、智慧、幸福和奇遇等，但并不是所有的人都能得到。"我在一次意外之后获得了白玫瑰的永久绽放。那天凌晨的三点钟，我从公安局出来，在花园路上紧紧抱住了她，她没有说话也没有叹气，用手轻轻拍着我的头，像小时候妈妈安慰受委屈的我。那一刻我心里的什么东西仿佛沉了下去，当时太过疲惫没有明白，现在我才懂得那是放下。在她焦急地单枪匹马来到大厅救我的时候，在她因为担心破口大骂着警察的时候，在她带着一沓钱来找我的时候，我没有意识到，心房壁上那粒沉重的朱砂痣，已经放下了。

我不愿回忆那个夜晚的每个细节，但我脑中常常浮现出我们在街上拥抱的镜头，以第三人称观看的方式，没有任何背景音乐，却又是千言万语，她轻轻拍着我的头，如果加一个注脚，我希望是爱情。以前我总以为好的爱情需要找到一个合适的人，两个人分手了一定是因为还没遇到对的人，于是曾经不断地更换伴侣，寻求千万人中的那根肋骨，后来我发现，其实所有人都一样，都有着美丽动人的正脸与阴暗潮湿的背面，没有人可以成全你心中的完美。人是不能感动我的，感动我的是爱，它可以融化掉坚硬厚实的坚冰，让我不再浮躁而是沉稳安静，收获的是幸运，像沈从文的“乡下人，喝杯甜酒吧”，或是三毛的“只要吃得饱的钱也嫁”。并没有合适的两个人，合适就是两个人牺牲一些又得到一些，一起走向同一个地方，这就是我现在所理解的最好的爱情。于是很庆幸当初的克制，庆幸自己写过这样的话：

“红玫瑰和白玫瑰的选择向来令人为难，如果有人问我，我希望你可以选那粒饭粘子，因为爱永远是参差的，如果克制带来均衡，愿你可以泯灭一点天性，成全一些圆满，虽然里面崎岖艰难，即便放弃喜欢泪流满面。”

诗和远方

高晓松的妈妈说：“生活不只眼前的苟且，还有诗和远方。”我曾经把这奉为圭臬，一心想着旅行可以带给我经验带给我灵感带给我诗意，于是我踏上了全国四处游荡的旅程，当然，还跟着一个姑娘。

标榜着美食与爱不可辜负，吃青岛新鲜得不能再新鲜的海鲜，喝一桶扎啤，吃北京五百块一只的烤鸭，喝一路老酸奶，看平遥的古旧城墙，住古色古香的民宿，看南京的妖娆秦淮河，享受桨声灯影，然后用各种焦距的镜头拍各样的照片，景色如梦如幻，人像生动活泼。

姑娘的心思永远是简单的，我想去花石楼的时候她想去金沙滩，我想去故宫的时候她想去798，我想看日昇昌了她想买手鼓，我想看鸡鸣寺了她想去牛首山。想想也罢，去了花石楼又能怎样呢，蒋介石什么时候在南京什么时候在青岛我都不知道；去了故宫又能怎样呢，乾清宫和坤宁宫哪个在前哪个在后我都不知道；去了日昇昌又能怎样呢，雷履泰的名字我都没听说过；去了鸡鸣寺又能怎样呢，鸡鸣除妖的传说我不过是知道个题目罢了。还不如像姑娘说的那样呢：“那里拍照好看啊！”于是我们带着成千上万的照片从全国各地回来，把它们用PS精心打磨，精挑细选地放在社交平台上，收获无数的点赞与评论，仿佛在说：我多潇洒啊，我可以翘课去浪迹天涯呢，你们天天在学校无聊吧，你们羡慕我吧？

有一次从外面回来的时候我突然累了，是那种怅然若失的累。我想到虽然出门多次，曾经以为有了灵感却毫无头绪，看着济南公交上的游客，想着他们在景点摆着剪刀手拍照，又行色匆匆地赶到下一个地方。我跟他们一样，我就是个游客，几乎没有与居民的交流，在商业化的街道上流连，甚至吃的小吃店都是连锁的，感想都没有更不用提故事了。很多人对余秋雨恶语相向，可是此刻我是多么羡慕他，可以在文化的遗迹面前遐想，脑中的心里的东西与眼前的身边的东西连接反应，在咬合中擦出火花，所到之处都像是重逢，对每一段残垣如数家珍，像一个历史的儿子。

那天晚上，我重新想起了一句因为太熟悉而来不及让人深思的句子——“读万卷书，行万里路”。我想到了自己没有到场的课堂，那些我不屑的课本铅字，它们可能正飘浮在文化遗迹上，裹挟着历史的气息，嘲笑着自拍美颜的人们，以及我们。

我本来以为除了远方我一无所有，事实上，除了朋友圈我一无所有，连一篇游记都没有。在哪里都是一样的，生活不只止眼前的苟且，还有远方的苟且，生活要是培养出了诗意，生活就是远方。可惜我的造化还不够，万里无云啊哈哈如同我永恒的悲伤。

本来这篇文章叫《我的大学》是更适合的，我写了一些大学里印象深刻的场景和感悟，其实还可以写更多的，但好像高中作文留下了800字后遗症，总是写着写着就想结尾。远方不远，情怀不死，玫瑰不败，这大概就是我的收获了吧，像个农民一样，在火炉旁烤着火看到饱满的谷粒还是心满意足的。第十三届新概念的时候我有一篇作文入围了，因为期末考试而没能去上海，那大概就是文学梦燃起的地方，现在我站在大三的尾巴上来总结自己的大学，那篇作文的题目就是《等待像独白》。人可能终其一生都在等待吧，只不过有的知道有的不知道，等完中学是大学，等完大学是工作，等完工作是稳定，等完稳定是晋升……

等待像独白，等待着自言自语着，好像是幼稚却也成长着。

绒·爱

江西师范大学 / 宁永顾

母亲不是个漂亮的人，按照现在的审美标准甚至有点丑。她腰很粗，加上个头又矮，远看就像个皮球；而近看，头发干枯，皮肤粗糙，脸颊被晒得很黑，手指粗大布满老茧——她真的和美丽这个词沾不上边。

外公去世那年，她还不到十八岁。哥哥姐姐各自成家，弟弟还小，外婆身体又不好，于是她便开始操劳整个家，像其他农民一样，根据时节忙里忙外，整年基本没有空闲之时，春播、秋收、冬藏，而自己亦不曾在那样的花季年华得到本该有的无忧无虑。后来有了我，她更不能闲。

小时候不懂事，没有什么爱美的意识，自尊心也没有那么强。直到上了初中，看见别人的母亲都是裙子、高跟鞋，再看看自己的母亲，裁缝店里缝制的质地一般的衣服，自己熬夜纳的布鞋。一身衣服穿起来显得特寒酸，心里那种失落通过长久的沉默表达出来。

然而，在我还来不及青春期虚荣心发作，就陷入了另一种长久的孤独与无望——父亲去世。后来，我与母亲度过彼此生命里的不幸年华，在吵闹与隔阂中慢慢懂得珍惜。但说来不孝，那几年彼此仍然伴随伤害，如今看来，痛心疾首。

父亲刚去世的那几年，我从来没有和母亲度过我完整的暑假。第一年，祖母看我可怜于心不忍，撇下了家里的一切，带着身体孱弱的我去她的娘家小住，住在祖母的妹妹家。在那里，我度过了第一个失去至亲的夏天，初次品尝孤苦的滋味。

后来几年又辗转于几个舅舅家，直到我十五岁。现在回忆起那样的生活，便如黛玉住进大观园，但是黛玉身边还有宝玉和一些能说话的姐妹，而我只是孤身一人。

大人常常以为给了你安稳的环境便是幸福，然而孩子的敏感又岂是物资能够代替的。或许当时的我要的不过是母亲一个温暖的怀抱，丝毫没有隔阂的纯真的爱。长大以后我才明白，那个时候的我打心眼里厌恶那种生活——大人独裁般的自以为是的举措，表哥们居高临下的不悦眼光。与他们生活相处会时时产生细小的摩擦，折磨着年少多愁善感的我。那种寄人篱下的感觉严重撞击着脆弱的自尊，滋生出不满的情绪，连我自己都不曾发现。可是，一切都由不得你。也许从那个时候起，我就渐渐明白，所谓的要现实点便意味着要妥协。于是，我日渐变成了沉默寡言的人。

十五岁那年暑假我待在第三个舅舅家，长到了懂得人情世故的年龄，虽然知道他们对我好，但我仍然受着自己内心的折磨，有少年维特式的烦恼。但是我知道这种生活快到尽头了——这便是成长的好处——就像漂泊已久的船终将要靠在码头上，只是还不知道以怎样的方式停靠。

在我整天郁郁寡欢的日子里，母亲用600块钱买下了一辆女式摩托车。在我赌气想回家的时候，母亲正日夜学习骑车，终于她用了最快的速度学会了，然后在那个暑假的尾巴上出现在我的面前，在阳光惨烈的马路边，大声叫着我的乳名，我看见意气风发的她开心得快要哭鼻子。

于是，我收拾好一切，跟着母亲回家了。坐在母亲的后面，我们谈论起家里发生的事情，稻子收割，西瓜熟了，谁给我买了十五岁的生日礼物，像是久别重逢的故人，完全不是孩子与母亲的角色。也就是在那个夏天，在夏天的阳光里，我终于算是告别了我的童年。

风从脸上快速地刮过，我们穿过厚厚的沙土路，远处是绵延而平静的湖水，我突然明白过来，家才是那艘破船适合靠岸的码头。坐在母亲的车子后面，可以跟她去很远的地方走亲戚，有很多好吃的好玩的，那段时间是我最快乐的时光。

直到我小学毕业升上初中，坐在母亲车子上悠闲且惬意的时光才停止。母亲不再去哪里都带上我，总是要我在家写作业——事实上我也因为学习任务沉重，再不能跟在她身后。

幼年时期迅速过去，我跟母亲终于渐渐有了隔阂。我们经常不能开心地说话，有时候她说着说着就是一顿大骂，我时常委屈到不知道怎么发泄，于是我就慢慢深陷进小说的天地，有时候看得忘我，被母亲发现后便一记响亮的耳光打得我说不出来话。她站在我面前，一直数落我如何如何不争气，最后往往以她的眼泪结束。

初一下学期，我开始隐隐滋生年少的虚荣。莫名地厌恶母亲频繁来学校看我，讨厌她总是鸡皮蒜皮的小事都来找我倾诉，担心我这担心我那的。那个时候，因为害怕被同学看见自己的母亲长什么样子，回家就和她大吵大闹。

让我难以想象的是，当初我是全镇前十名考进那所初中的，而初一下学期成绩猛然下降，导致我不得不转学，母亲在别人面前装作“那所学校不好才转学”的神情，与别人批判中国教育的失败之处，回家就对我无比冷漠，时常刻薄到让我难以接受，但是我知道她是太想让我考上一个好的高中了。

八月，我们忙着转学的事情。那所初中离我家更远了，母亲再也不能像以前一样，随时随地来看我。有时候十天半个月回家一趟，因为家所处的地理位置偏僻搭不到车，母亲便去借摩托车送我去学校。路程遥远，母亲骑车要骑一个多小时。我仿佛又回到了小时候，坐在母亲的后面，伸手牢牢地抱着母亲的腰肢，任风吹打在脸上，幸福之时也不免唏嘘岁月残忍。而她现在已经是一个中年妇女了，身体上的赘肉扯着她，让她站在我面前越来越矮。

骑到离学校快两百米的地方，我便叫母亲停车。母亲一脸难堪，又十分理解地说，你快去吧，妈妈知道。又是一阵叮嘱的话，然后我低着头说你路上小心，我走了。

其实我并没有走多远，就回头看着她，看着她熟练地穿梭在人群之中，像一条鱼，摆动着肥胖的身姿直到尽头然后消失不见。内心的愧疚久久挥之不去，便决定要用最好的成绩来报答。说来也是奇怪，年少的结竟然只因为同学一句“你有什么资格嫌弃你父母的长相”而豁然开朗，解开心结的我发现我们都长大了，平常私底下都不再议论谁的父母难看了，彼此发生摩擦的时候也不再用脏话问候对方的父母了。后来，随着知识和阅历的增加，学会了理性思考，那群厌恶父母是农民的孩子渐渐明白了上一辈子人的艰辛，从而决定要认真读书，出人头地，让父母过上好日子。

初二结束，因为我成绩拔尖，又转回了我家附近的初中。

去学校有很长一段泥巴路，下雨天就不能骑车过去。而南方又偏偏多雨，母亲便总是帮我提着大包小包，跟在我后面。她用最原始的办法，送我去学校。

初三那年，不管天晴下雨，她总是送我到学校前面几百米的地方就停下脚步，让我赶快进去，我知道她是怕自己长得不好看会让同学以此来嘲笑我，而在初二的时候我便如此狠狠伤害过她，一想起来就觉得自己当初很浑蛋。她像往常一样叮嘱一些类似于“好好学习、好好吃饭”的话，脸上带着不舍而坚定的笑意。

然后，谁先转身呢？

总是她先转的。我常常走在转弯的地方，频繁回头看她，有时候就站在那里木讷地看着她的背影，流下没有缘由的泪水。她被雨水淋湿，衣服粘着身体，更加凸显出她的矮小，她的腰肢不再粗壮，这种感觉带有一丝孤寂的味道，那一刻多么心疼与难过。直到她拐进一个转弯，就再也看不见她了。

她与别的母亲不一样。她总是提前转身，不愿看着我的背影缓缓离去。我们母子不像天底下别的母子那样，别的母亲看着自己孩子的背影是幸福，而我的母亲不是。她独自扛下生活的重担，她再也受不了生活里的亲人渐渐在她面前消失不见的过程——在那么多短暂的离别面前她只能早早回头，装作不再牵念。我不知道在无数个落寞的夜晚，她会不会哭着醒过来？而身边，亦无他人。

高二暑假，偶然看见一篇散文上写给母亲剪指甲，我被作者的言语感动，便决定学着去给母亲剪一回指甲。然而当时母亲在午休，我便蹲在床尾，拿起她的脚端详，才发现她的十个脚趾盖全部已经发黄了。因为长年累月做农活，脚指甲已经变形，深深钻入脚趾的死肉里——这是我见过的最丑的脚了。那种感觉难以言表，坐在地上听着这个深爱我的中年女人打着和男人一样的鼾声，不禁鼻头一酸。

往事已经模糊，但脑海里却也清晰地想起她曾经风轻云淡地说，在农田里干活被玻璃划伤脚便用泥巴裹住止血，炎夏在田里锄草的时候没有了水喝便去水沟里喝那些不干净的水……好像她一直在委屈自己，但唯有在我身上，她一直都在不计后果地付出。

这几年，外婆住在我家，时常跟我说起家里人的过去，更多的是关于母亲。她说母亲从小就可怜，跟着她受尽孤儿寡母的苦。本指望嫁个人享福却又未能如愿，现在只能指望我长大后能孝敬她，让她的晚年过得好些。我自然是连连点头，但外婆却总是异常扫兴，说我现在还小，说不定以后就变心了，为此总是惹得舅舅不悦，埋怨她净胡说八道。但我却明白外婆的那种心理，正如爱之深责之切，她只是太疼爱这个女儿了，以于在任何人面前都是一副不相信的样子。

记得更小的时候，我打赤脚跑出去玩，不小心被碎玻璃割了脚，脚不能下地，之后我坐在竹床上整整半个月，都是母亲早上把我背出来，晚上又把我背回房间。她每天干完农活回来还要给我端饭倒茶，那个时候的我以为这是她应该做的事。后来我的脚底板上便有一块疤痕，很多很多年以后我看见她的一双脚时，才明白我的这块疤多么让我难堪。母亲从来不把自己的痛苦展现在我面前，而我亦不曾真的关心她，或许外婆说得对，我不过是在嘴上逞能，将来不论我对她多么好，也报答不了今生她的付出——这是一件很残忍的事实。

如今我在大学读书，每个月按时给她打电话，要是有时候忘记了隔了太久时间，她也会给我打过来。她不会直接问我为什么不给她打电话，而是问我最近很忙吗，有没有给家里的老人打电话，等等。生怕惹得我不开心，她的话总是绕许多弯，却独独不敢说一些直接的话，比如她想我，比如我为什么不给她打电话，不想她吗。

母亲用她能够做到的一切，小心翼翼地守护着自己爱的人，却又敏感地生怕对方发现自己的秘密，但是母子连心，世界上有哪一个人不知道挚爱心里想的是什么。她不过是想我了。年近五十还要去外地打工挣钱，她不过是想我过得好一点，将来有个体面的工作，不必像她那样从小就过得艰辛。

这些年她已经习惯了，在离我很远的时候就黯然转身，一副理解的神情，只让我一个人独自前行。而我却有深深的愧疚，我知道她是怕她亲爱的孩子，再次伤害她，所以她强忍着所有的爱意，保持着两代人难以把握的距离，只留下一个深深的回眸。

我知道，不管我们去了哪里，一定都会有一个人，在你不注意的时刻，投以深深的回眸。那个眸就是整个世界，就是你长大的背影。

将爱藏于心底，永远不说再见。

故乡的原风景

西华师范大学/董芷伽

从大凉山支教回来的朋友，向我讲述着她的经历。而令她大为不解的，竟是这样一个现象：那里的中青年宁肯面朝黄土背朝天在凉山州耕种，也不愿出门融入大山外的打工潮。朋友不解，待农闲时候，跑去问道："为何你们不愿出去打工？那样赚钱会更快些。"

耕者叼着磨得脱皮的水烟袋，火星一明一灭，眼睛雾蒙蒙地看向田地，用浓重的川音回答道："不晓得，就是耕地。"

"不晓得？"朋友追问道。

"是呀，就是不晓得为啥子要耕地，但是祖辈们都生活在这里。"声音里有着某种坚决，却又说不上是什么。

朋友不解，也没有继续追问下去。

但她似乎感觉到，那样的情意，只有生活在乡村的人才会明白。

欧阳应霁主持过一道美食节目，名叫"原味"。节目中，欧阳应霁另辟蹊径，按他的话说，则是"到田野乡间，刨地采摘，就地取材，生火烹饪，寻找有别于城市，无添加剂无污染的奢侈的'原味'"。在吃过北京城的130多家高档餐厅后，他并没有发现食物的个中况味，也没有发现什么让人留恋的好食。作为一个饕餮客，他的内心追寻的是食物在历经炒焗烹煎煮之后，仍然能散发出原本味道的那一抹惊艳。

于是他到了平谷桃林，和桃园的主人在凌晨不到的时候，一起摘桃子，赶在太阳出来前运到集市上。归来用亲手摘的桃子，酿成一杯新鲜十足的桃子薄荷酸奶。也看着自己摘下的黄桃，亲手做成黄桃罐头，那种自豪感，溢于言表。他还涉足延庆的生态牧场，品尝第一碗鲜奶做成的法式奶酪，品着作坊主纯手工的奶酪艺术，聆听作坊主的追寻与创新。还去了农场，抛开机械，用最原始的耙子掘出紫薯，享受木柴熏烤紫薯接地气的味道。亲手揉制紫薯汤圆，回忆童年紫色的味道。

他在乡村、田野，在牧场、农场，找到了归宿，找到了久居城市中丢失的东西。乡村的一切，唤醒了他沉睡已久的性灵，让他回忆起了本真的快乐。

看着他的经历，我感到，自己在向往着一个地方。而这个地方，是我的故乡——一个乡野之地。

只有在乡野之地，才会种植食材。只有在乡野之地，才能寻找到食物最本真的味道。也只有乡野之地，才能让人感到脚踏实地的真实。

农人的脚踩在泥土上，弯着腰，面朝土地，与土地交流着，锄头便是这交流的媒介。旱地的田外放养着的牛羊，其粪便可当肥料，亦可做驱虫之用。田垄间，杂草野花静默地生长，引来虫鸣鸟飞。植物一轮一轮地成熟，农人将种子收集起来以备来年之用。在这里，可以搭了木柴，焚了落叶，埋进刚挖出的地瓜烤熟，以抚慰久久漂泊的心。在这里，农人们榨油、磨面、打谷，自给自足。在这里，他们播种、除草、收获，认认真真地生活。

这里，一切都是最初的样子，一切都保留着原点的纯净，无论是食物还是人。而城市就大为不同。

甜品店的玻璃橱窗内，码放着精致的马卡龙，优雅的奶油裙边包裹着黄油巧克力，咬一口，混合着椰蓉、蛋黄和冰激凌的甜腻，夹杂着拉花咖啡的浓郁，一股脑地向味蕾进击。人有限的味觉神经，大概早已忘记，椰蓉应该是清冽香醇的模样，蛋黄应该是爽滑温润的滋味，而冰激凌，原本是清新淡雅的口感。

星级酒店的大厨，做出的菜品花式百样，刀工考究。精致的熏鱼，洒满胡萝卜与奶酪花雕。简单的卤水豆腐上，花椰菜亦凹凸着漂亮的造型。让人不忍下箸去破坏这些精雕的菜品。然而，人们大概想不起，胡萝卜用油来炒，佐以葱花，是至上的美味。也想不起花椰菜焯水，以热油浇头，用蒜汁酱油调味，是再好不过的开胃菜。它们生来并不是做雕饰的配角！

然而何时，人类忘记了它们本来的味道，忘记了故乡的原风景，亦如忘记了自身的坚守。

“人类四千多年的农耕文明，发展过一个轮回，又回到了对最初无污染无害的原始的追求。”欧阳应霁如是说。也是，现代人，无时无刻不处于危险之中——雾霾的影响，过量食品添加剂的威胁，蔬菜催红素的侵害，以及随处可见的地沟油的馊臭。我们的身体、细胞、器官、味觉、嗅觉甚至心灵都在负重前行。

是时候需要找回当初的坚守了，无论是食物，还是人，都要返璞归真。

记得小时候，父亲带我去问乡村的一户农家讨要机械耕地后的欠款。农人叹息：“收成真的不怎么好，先缓缓，等钱回来了，再还吧。”

那时，我心里偏执地在想，这个人只是想拖延欠债，久欠不还罢了。因为欠债人的通病就是都爱拖，一直不还钱的人都是这样的说辞。

快到晌午，农人再三挽留父亲和我，用完午饭再回，于是坐下来边谈边聊。谈及种地，农人说道：“我的地是倒茬轮作，今年出产玉米，明年就该黄豆了。”

父亲有些不解，问道：“为什么要倒茬呢？重茬轮作，施些肥，产量会高些，也省事吧。”

农人摇头，声音带着黄土地沙质的沙哑，叹道：“重茬轮作产量是高，但是耗损土地养分太多，对土地不好啊。”

说着，他将一小块茶饼砸开，提溜起蜂窝煤炉上刚烧开的一壶水，冲到了搪瓷茶缸里。轻抚着已经掉了烤瓷的茶缸边缘，他若有所思，缓缓说道：“土地是有感情的，只要人对它好好养护，它就会尽力回报。”

骑着摩托回家的路上，我有些放心不下，就问父亲这个农夫会不会还钱。

他微微笑着，缓缓说道：“会的，一定会的。”

我有些不解，“为什么呢？”我问道。

“对土地忠诚的人，心就会有坚守，他对人也一定会忠诚，我相信。”

原来，心若有坚守，做人必定亦有坚守。坚守自己内心最本质的渴望，正如欧阳应霁坚守的是对食物本真的追求，而农人坚守的是对土地的忠诚，而游子，则是坚守着故乡的原风景。

那位凉山州的农人，也许正是坚守着故乡的那一抹原风景吧。

邛都的松风水月之景，西昌的四季如春之城，无不让人留恋。凉山州的水田盛满绿色，如郁金香酿造的兰陵美酒一样，氤氲悠长。又如盛满琥珀色的玉碗，光泽温润。水满田畴，新插的秧苗整整齐齐。日光穿过林草，铺洒在水田，晓烟绕风，低回婉转。黄莺飞过青山，在日影中鸣啼。如有雨落，那情景，像极了“绿遍山原白满川，子规声里雨如烟”的意境。在时雨春深时节，草塍绾蔓山崖的时候，开门便有晨光照入。扛着荷耙，水牛低着头慢慢地随在身后。泥花在脚下蹦着，紫燕相逐，随着农人的高歌而一路叽喳。或许农人爱这片美景，心系这片有灵气的水田，便觉日复一日的守护亦是平常之事。其中虽有辛苦，但爱比苦多。

我想，如果可以，我愿建所房子，开在这一地繁花的春天里。

摩托行在白杨道上，此时的乡村也渐近傍晚。不远处田埂上水漫过野草，汩汩而淌。还有形状不均的积水，积水处偶有小麻雀停留着。水中倒映着的蓝天白云，也似一幅天然的油画。夕阳渐沉，斜晖镀满飞云，青烟漫过晚霞。车辆行过处，蝉有力的翅膀摩擦着、响着，一波接着一波，如影随形。

此时此刻，故乡的黄昏让人感到真实。

而我，并不是这黄昏的收集者，我只是个过客。

猫　事

江南大学 / 龚书凝

那天夜里，我躺在宿舍的床上，被走廊里的猫叫声惊醒。

深夜里的猫叫声总是带着些凄厉的味道，让人听起来惶恐与不安。我们总是不自觉地从它们近乎哭诉的嘶吼中听出些痛苦又愤恨的情绪，殊不知它们歇斯底里的叫声里的，不是痛苦，而是一种酣畅淋漓的痛快与疯狂。

每次听到猫叫声，我都会替阿柏羡慕它们。

阿柏是我喂过的许多猫中长得最没有特色的一个，深灰色虎斑与白色相间的毛色，绿色的眼睛，瘦瘦小小的。小时候因为一次意外，它的腿被门夹了一下，可能夹得还是挺厉害的，从那以后看它走路总有些一瘸一拐，我觉得它有点像港剧《潜行狙击》里的苏星柏，于是干脆就叫它阿柏了。

虽然瘸腿，但阿柏凶过所有猫。为了吃独食，它赶走了它的妈妈大花，每次它吃东西的时候，只要有猫靠近，它都会恶狠狠地从喉咙口发出呜呜声，停下咀嚼，只是瞪着面前的猫。如果这个不识相的家伙还不走，它就会往前走两步，于是对面的猫就会面露怯色地往后退，最后一扭头三步并作两步地消失了。很快，我们这一带就没有别的猫了，只剩下它一个。

我喂过很多猫，让我怕的猫只有阿柏一个。

我有时候不敢看它绿色的眼睛。它的瞳孔常常细成一条线，每次眼神相撞，它都会盯着我看，瞳孔忽大忽小，好像随时准备战斗，它就那样一动不动地看着我，直到我移开视线为止。

我总担心它下一秒会冲上来挠我，然而它并没有。它只是比它的妈妈以及大多数我所见过的猫戒心更大，或许是被夹了腿留下的后遗症，如果它是人的话，那一定是心理不太健康的那一种。

那年初夏楼道里突然出现了很多蟑螂，于是不知道哪位好心的邻居在楼道里放了蟑螂药。我也不知道阿柏是怎么鬼迷了心窍，竟然跑去吃那蟑螂药。

尽管没有证据证明阿柏一定是吃了蟑螂药，也没有人亲眼看见，但是除此之外，没有比这更合理的诱因，能直接导向它的死亡。

那天我晚自习回家，看到阿柏趴在我家门口哀号。它的叫声很凄切，呜啊呜啊，一下一下，每一下都拖得长长的，最后音调逐渐掉下去，落下一个绝望的尾音。我以为它又被什么东西夹了腿，于是旧患复疼，想着过些日子也就好了吧，就没有理它，只是给它添了点粮。谁知道它越叫越大声，越叫越惨，隔了两道门我还能感觉到它的歇斯底里。

我第二次看它的时候它的叫声小了很多，只发出低低的呜咽。它在窝里蜷成一团，眼神很无助，它吃力地抬头看了我一眼，不用我移开视线，它的眼神开始自己躲闪。我突然觉得它不是脚伤，而是别的什么地方不舒服。外公疑心它吃错了什么东西，提议明天带它去宠物医院看看，我想也好，十一二点的深夜里，我蹲下来看着它，很认真地告诉它不要怕，明天就好了，然后关门回屋。

除了阿柏自己，大概谁也没有料想到它是没有明天的了。第二天清晨，树上那些令阿柏很讨厌的鸟准时地叫起来，当光线透过那扇布满了灰的窗户照进黑漆漆的楼道的时候，阿柏已经趴在地上死了。

阿柏一动不动，它保持着生命最后那个令它痛苦的姿势。我第一次触碰到被抽掉了灵魂的身体，僵僵的冷冷的，像一个标本。

阿柏被放在一个盒子里，盒子被放在一条河里。那天下着雨，我总能想起它掉入河里的样子，泛起的涟漪与雨水混在一起，很快消失不见，谁也不知道它会漂去哪里。

某一时刻，我坐在教室里，忽然想到，它会不会在离我很近的地方，水里很冷很黑，它在漂来漂去的过程中一点点腐烂一点点溶解，它的皮毛，它的骨头，它的一切，每到一个地方，都沉淀一部分，最后分散到了它能去到的所有地方，远得不可想象。

阿柏就这样死了，它是我见过的死掉的第一只猫，也是唯一一只猫。

我喂过很多猫。它们大多是自己毫无征兆地来，毫无征兆地走，我总是假想这个世界上有一个猫的桃花源，那是它们的乐园，走掉的猫都去了那里，它一定是存在的，只有我们这些人类不知道它在哪儿。

直到阿柏死了之后，我才意识到这个世界上并没有什么桃花源。流浪猫的生命是一场短暂而精彩的狂欢，不在乎结局是怎样。最开始的时候，每次有猫消失，我都会到处去找它们，找不到了以后我就哭一场，然后继续我的生活。后来它们来来走走，我慢慢学会了接受，我试着用祝福去替代寻找，不管它们去哪里，至少要活得比在我身边好，就算没有安逸的桃花源，至少要有个自在痛快——这就是我最简单的祝福和希望。

我认识很多猫，而我却不懂它们中的任何一个。它们有它们自己的社会，它们一次次在我面前预演人世间的生离死别，它们从来不属于我，我也帮不到它们什么。它们作为一个独立的生命个体在这座城市里流浪，为一餐温饱，一个窝而欣喜，却也小心翼翼地提防着人心莫测。它们总是与人类保持安全距离，衡量着他们是敌是友，若是真正遇到了会善待自己的人，就毫不吝啬地交出信任与依赖。我想阿柏戒备了我这么久，最后多多少少是信任我的，它一定很想我救它，那么门关上的一刹那，它的心里是什么？是恨吗？是绝望吗？还是多少有一些感激？

流浪猫的世界是现实的，今朝有酒今朝醉。阿柏在那天夜里，或许也曾无比羡慕楼下那些痛快地大叫大闹着的猫。它一岁都不到。它什么都没有经历。如果它能活下去，它也一定会和那些曾经走掉的猫一样，不会选择一辈子活在这个楼道里，即使瘸腿，它也要去闯荡，去在居无定所里寻找果腹的快乐。

流浪猫都活得这么简单，却偏偏又活得那么艰难。它们渴望的这么少，却偏偏又得不到。它们是自由而无奈的城市流浪者。

喂猫的时候，经常有人觉得我为它们付出了很多，然而其实是它们给了我很多。至少它们让我们明白了如何面对离别，如何对每一个生命尊重与平等相待，什么是归属，什么是自由。同时，没能给它们一个家，是我的亏欠。所以有一天它们厌倦了或只是单纯地对外面的世界好奇了，想要离开，也由它们。死亡，是谁也规避不了的结局。

很多年以后我也碰到过曾经喂过的猫，它睨了我一眼，转身跳上不高的围墙，漠然地消失在墙后，甚至对我没有一点熟悉感。

我多希望阿柏也能像它们一样，但它没有这个机会。能活着的猫都是幸运的猫，而这个世界上还有太多太多的阿柏。我尽我所能减少它们的不幸，却也在渐渐接受并习惯着这个事实。活着而且自由着是每一个个体的诉求。存在不幸是这个世界的定数。

我的一生很长，有很多猫在我的生命里匆匆走过。可惜它们的一生太短，早已被寻觅温饱的艰辛占满，容不下我。

附录一：第七届“包商银行杯”全国高校文学作品征集、评奖、出版活动·获奖名单

一等奖（3 名）

《寻人启事》（诗歌） 喻　武（首都师范大学）
《檐下客》（散文） 黄婉婷（华南师范大学）
《金刚》（小说） 崔　君（北京师范大学）

二等奖（9 名）

《时间的秘密》（诗歌） 张　元（洛阳师范学院）
《来不及了》（诗歌） 易晓倩（北京第二外国语学院）
《缅因山》（诗歌） 陈钰鹏（中央民族大学）
《父亲的河流》（散文） 李析容（暨南大学）
《台湾笔记》（散文） 董　玥（江苏淮阴师范学院）
《雷腔》（散文） 黄　宇（中山大学）
《青鸟西去兮》（小说） 黄临池（吉林大学）
《无我》（小说） 王　文（北京师范大学）
《火山》（小说） 罗　淇（延安大学）

三等奖（15 名）

《狭路相逢》（诗歌） 郑一建（福州大学）
《凉》（诗歌） 叶由疆（暨南大学）
《在一家咖啡馆的墙壁上看到的电影海报》（诗歌） 吴雨伦（北京师范大学）
《他们这一年》（诗歌） 左　手（重庆大学）
《十三岁》（诗歌） 黄燕花（华南师范大学）
《蚕》（散文） 刀　刀（山东省济宁学院）
《分不清的回路》（散文） 刘小笨（广东技术师范学院）
《象牙塔与精神病患者》（散文） 陶玉帅（河南省新乡医学院）
《爷爷，爷爷》（散文） 马晨薇（安徽省池州学院）

《虞山尚湖祭》（散文） 曹瑞冬（温州大学）
《佰伦斯之死》（小说） 耕　笔（海南大学）
《南方侦探》（小说） 索　耳（武汉大学）
《想飞》（小说） 鲁　静（西南大学）
《推轮椅的人》（小说） 聂　朦（河南大学）
《巫陵王》（小说） 程名科（云南大学）

优秀奖（90名）

诗歌（30名）

高　璨（湖南大学） 西　克（甘肃农业大学）
胡　游（湖南第一师范） 李啸洋（北京师范大学）
黄语蝶（江苏师范大学） 覃东院（广西河池学院）
钟芝红（浙江师范大学） 李国兴（山东理工大学）
乐　枫（江西省赣南师范大学） 倪广慧（西安外国语大学）
阿　煜（甘肃林业技术学院） 甜　河（同济大学）
刘思仁（广东省肇庆学院） 陈浩文（中国社会科学院）
曾子芙（首都师范大学） 刘亚兰（重庆长江师范学院）
陈再雄（贵州民族大学） 北　鸽（闽南师范大学）
刘自豪（北京电影学院） 李健辉（湖南科技大学）
廉　荆（上海大学） 陈　越（山西师范大学）
祁连山（南京视觉艺术职业学院） 黄维盈（湖北大学）
丁　鹏（北京大学） 梁茹雁（云南省楚雄师范学院）
秦原姑（西安外国语大学） 贾假假（天津城建大学）
张　升（兰州城市学院） 南　来（浙江传媒学院）

散文（30名）

徐　晓（山东师范大学） 朱盛榕（广东省外语艺术职业学院）
朱　弦（湖南第一师范学院） 高　璨（湖南大学）
高宇飞（北京师范大学） 年问问（中国科学技术大学）
刘　鑫（湖南涉外经济学院） 伊　诺（黑龙江大学）
慕　秋（北京师范大学） 未　名（西安建筑科技大学）
毕　雪（中国海洋大学） 聂　朦（河南大学）
王云超（北京大学） 柳下舟（南通大学）

陆娇晟（上海中医药大学）
王明宪（上海外国语大学）
王磊斌（中国矿业大学）
许应田（南通大学）
阿　亭（中国科学技术大学）
郑金波（广东工业大学）
王瑞源（中国药科大学）
刘秀林（北京师范大学）
赵晓迪（东北师范大学）
孟思佳（福建师范大学）
沈子渝（长安大学）
徐夕婷（华南农业大学）
程　帆（安徽省铜陵学院）
许仁浩（武汉大学）
苏　雅（西北政法大学）
缪君妍（苏州大学）

小说（30名）

张艳庭（同济大学）
苦　岩（贵州师范学院）
陈小手（北京师范大学）
石圣哲（东北师范大学）
夫　子（河南理工大学）
钟晓琦（浙江传媒学院）
明　久（德州学院）
郭渝峰（浙江大学）
李伟兴（湖北文理学院）
刘东草（重庆大学）
刘海若（沈阳理工大学）
鱼　骨（衡阳师范学院）
哑　马（贵州民族大学）
王卓雅（乐山师范学院）
戴建浩（韩山师范学院）
范密莎（西华师范大学）
廉　荆（上海大学）
话桑客（浙江传媒学院）
张宁馨（内蒙古工业大学）
郝　瀚（中国传媒大学）
辜玢玢（南京师范大学）
芳庆圆（吉林华侨外国语学院）
凌　恒（集宁师范学院）
陈　作（浙江传媒学院）
唐小林（北京大学）
秋刀鱼与安德烈（石河子大学）
张　亮（中国人民大学）
王逸驰（中国人民公安大学）
佳　枣（复旦大学）
宋文静（北京师范大学）

组织奖（20名）

北京大学：五四文学社
清华大学：清华文学社
中国人民大学：中文新世纪
中国传媒大学：青果文学社
北京师范大学：五四文学社
首都师范大学：鹿鸣演颂文学社
中央民族大学：朱贝骨诗社
广东省肇庆学院：湖畔文学社
重庆长江师范学院：文学院
洛阳师范学院：文学院
闽南师范大学：文学院
广西师范大学：采薇文学社
西安外国语大学：文学院
福建师范大学：文学院

贵州民族大学：黔风文学社
中国医科大学：静轩文学社
山东师范大学：陀螺文学社
湖南科技大学：人文学院
华南师范大学：文学院
浙江传媒学院：文学院

参加“包商银行杯”全国高校文学作品征文的同学请登录作家网（www.zuojiawang.com）查看详情。

附录二：第七届“包商银行杯”全国高校征文散文评委签名

张清华 北京师范大学文学院副院长

方 文 《中国作家》编辑部主任

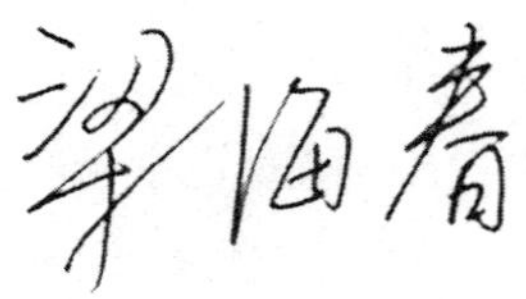

梁海春 中国现代文学馆常务副馆长

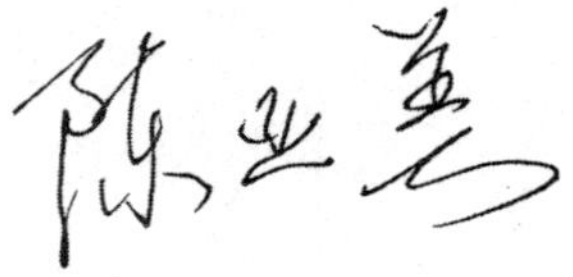

陈亚美 作家网副总编

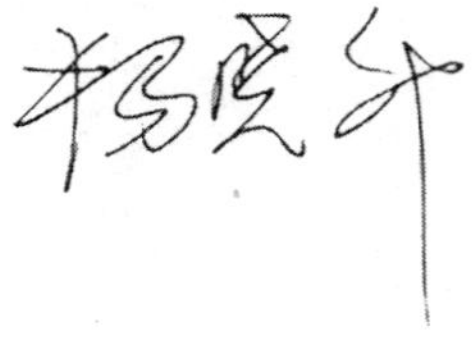

杨晓升 《北京文学》社长兼执行主编

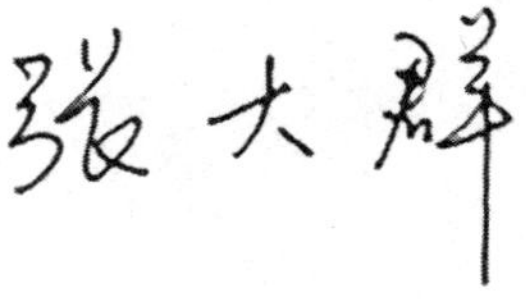

张大群 作家网图书出版部主任

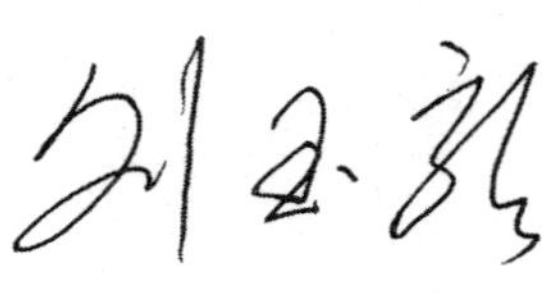

刘玉龙 《亚洲微电影》杂志常务副主编